ROCKSTAR LOVE

EIN SONG FÜR ALEXIS

POPPY J. ANDERSON

Poppy J. Anderson

Rockstar Love

Ein Song für Alexis

ALLE BUCHREIHEN DER AUTORIN

- Die New York Titans Reihe
- Die Fitzpatrick Reihe
- Die Hailsboro Reihe
- Die Ashcroft Saga
- Die Taste of Love Reihe
- Die Just Married Reihe

1. Auflage Mai 2019

Covergestaltung: Catrin Sommer rausch-gold.com
Unter Verwendung von © Jenn Werner
© AlexandrBognat - shutterstock.com
©Valentin Agapov - shutterstock.com
Model: Michael Pichler
Korrektorat: SW Korrekturen e.U
poppyj.anderson@googlemail.com

Poppy J. Anderson
c/o copywrite Literaturagentur GmbH & Co. KG
Woogstraße 43
60431 Frankfurt/Main

Für meine Cousine und Patentante Barbara, die die Entstehung dieser Buchreihe nicht mehr miterlebt hat.

Barbara, du wirst mir immer fehlen.

PROLOG

2002

„WIR WERDEN HEUTE eine Wahnsinnsshow abliefern!" Taylors Stimme vibrierte. Er konnte es nicht abwarten, auf die Bühne zu gehen und dort alles zu geben.

Adrenalin schoss durch seine Blutbahnen, sein eigener Herzschlag dröhnte ihm in den Ohren und ein euphorisches Kribbeln zog sich über seinen ganzen Körper, bis er glaubte, im nächsten Moment abzuheben. Die Aufregung und Anspannung, kurz bevor man auf die Bühne ging und vor einem kreischenden Publikum auftrat, war mit Sex zu vergleichen – man kam ins Schwitzen, verausgabte sich und war am Ende voll mit Glückshormonen, während man um eine Zugabe angebettelt wurde. Außerdem wurde man süchtig danach.

Wenn man einmal auf der Bühne gestanden hatte, wollte man immer wieder dort stehen.

Taylor liebte alles daran, auf einer Bühne zu sein, Songs zu singen, Gitarre zu spielen, eine gute Performance abzuliefern und seine Fans glücklich zu machen. Wenn er auf der Bühne stand, wusste er, wohin er gehörte und wofür er geboren worden war. Es fühlte sich richtig an.

Er fühlte sich richtig an.

Als Musiker hatte er seine Bestimmung gefunden, und er wusste, dass kein anderer Beruf ihn glücklich machen würde. Nur in der Musik fand er Erfüllung, so kitschig es sich auch anhörte. Nachdem er einmal Bühnenluft geschnuppert und in einem Tonstudio seine Songs eingesungen hatte, konnte er sich nicht vorstellen, etwas anderes zu machen. Sein Großvater war Apotheker gewesen und sein Dad verkaufte Badezimmermöbel, aber Taylors Liebe gehörte der Musik. Seit er mit drei Jahren auf dem Schoß seines Onkels gesessen und auf dessen Gitarre herumgeklimpert hatte, war er der Musik verfallen.

Während im Hintergrund Konzertbesucher jubelten und Teenager lauthals kreischten, weil sie es nicht erwarten konnten, dass das Konzert begann, atmete er tief durch. Die Vorband hatte das Publikum angeheizt und der dröhnende Bass, mit dem die ersten Takte ihres derzeitigen Hits angekündigt wurden, tat sein Übriges dazu, um die Stimmung unter den Konzertbesuchern anzustacheln. Sobald Taylor zusammen mit seinen Bandkollegen auf der

Bühne erscheinen würde, wäre die Hölle los. Das spürte er, und das wusste er, schließlich hatte er schon einige Konzerte geben dürfen. Obwohl Taylor erst neunzehn war, besaß er bereits Erfahrung, was das Leben eines Musikers betraf.

Er wusste, wie es sich anfühlte, seine eigene Stimme im Radio zu hören, er konnte im schaukelnden Tourbus nicht nur wie ein Baby schlafen, sondern auch neue Songs komponieren, und er kannte die Spielregeln, nach denen man sich richten musste, um in der Musikwelt zu bestehen.

Alte Schulfreunde, die mittlerweile aufs College gingen oder noch immer in seiner winzigen Heimatstadt in Oregon wohnten, hielten sein Leben für puren Spaß und eine endlose Party, aber sie wussten nicht, welche Arbeit, welcher Aufwand und welche Anstrengung hinter seinem Job steckten. Ja, sicher – er hatte wahnsinnig viel Spaß, und ständig war er auf Partys eingeladen, deren Gastgeber er nur selten kannte. Außerdem hatte er bislang mehr von der Welt gesehen als der amerikanische Durchschnittsbürger, und er kannte auch die Vorteile, dank seiner Popularität keine Probleme damit zu haben, haufenweise Frauen kennenzulernen. Es war aufregend, an einem Tag im britischen Fernsehen aufzutreten und am nächsten Morgen in Italien aufzuwachen, um dort ein Konzert zu geben. Gleichzeitig steckte er seine komplette Energie in seine Musik und hatte kaum Freizeit, weil er entweder im Tonstudio oder auf Tour war.

Schon in der Schule war er derjenige gewesen, der seine Nachmittage und seine Wochenenden damit verbracht hatte, Musik zu machen, Songs zu schreiben und Instrumente zu spielen. Als Teenager hatte er Demobänder an Musikproduzenten geschickt und darauf gehofft, entdeckt zu werden. Sein Dad hatte seinen Eifer belächelt, und seine Stiefmutter hatte ihm vorgeschlagen, Tanzunterricht zu nehmen, damit er Musicaldarsteller werden konnte, aber Taylor hatte immer daran geglaubt, eines Tages als Musiker auf einer Bühne stehen zu dürfen.

Tatsächlich war es noch gar nicht so lange her, dass sein Telefon geklingelt hatte, weil einer der Musikproduzenten, denen Taylor sein Demoband geschickt hatte, auf ihn aufmerksam geworden war. Was er gehört hatte, musste ihm gefallen haben, denn kurz darauf war Taylor nach Orlando eingeladen worden, um dort jenen Produzenten kennenzulernen. Von dessen Idee, eine Band aus fünf Musikern zusammenzustellen, war Taylor anfangs nicht begeistert gewesen, auch wenn er das nicht gesagt hatte, schließlich hatte er sich diese einmalige Chance nicht verderben wollen. In seinen Ohren hatte der Plan des Produzenten verdächtig nach einer Boyband geklungen, was Taylor an sich ablehnte. Die meisten Boybands bestanden seiner Meinung nach aus hübsch anzusehenden Typen, die kaum einen Ton halten konnten und stattdessen peinliche Tanzschritte lernten, um dann mit nackten Oberkörpern aufzutreten. Musiker waren das nicht, sondern viel eher gut bezahlte Stripper. Er wusste, wovon er sprach, schließlich war seine Stiefmutter glühender Fan der Chippendales.

Eigentlich hatte Taylor den damaligen Vorschlag ablehnen und es als Solokünstler versuchen wollen, aber dann hatte er die anderen Jungs kennengelernt – allesamt Musiker, die Instrumente spielen und fantastisch singen konnten. Und die Chemie hatte von Anfang an gepasst. Alle fünf waren ungefähr im gleichen Alter, liebten die Musik und träumten davon, aus ihrem Hobby einen Beruf machen zu können.

Und sie träumten davon, berühmt zu werden.

Also hatten sie sich zusammengetan, waren alle fünf in die Band gekommen und hatten sich angefreundet. In weniger als anderthalb Jahren waren die anderen vier Jungs nicht nur seine Bandkollegen und Freunde geworden, sondern auch zu seinen Brüdern. Verdammt, er liebte die Mistkerle, auch wenn sie ihn manchmal um den Verstand brachten. Erst in der letzten Nacht hatten Zac und Jesse ihn stundenlang wach gehalten, weil die beiden Komiker ihm bis in die frühen Morgenstunden Telefonstreiche gespielt hatten, und vor zwei Wochen hatten sie Deans achtzehnten Geburtstag gefeiert, als sie in Spanien ihre neueste Single promotet hatten. Bei der Gelegenheit war Cole gleich mit drei Groupies im Tourbus erwischt worden und durfte sich seither gutmütige Frotzeleien seiner Bandkollegen anhören. Vor allem Dean nahm ihn mit der Geschichte auf den Arm, wobei Taylor vermutete, dass ein wenig Neid dahintersteckte, denn eigentlich war

Dean der Aufreißer unter ihnen, der von Groupies geradezu gestalkt wurde und nichts anbrennen ließ.

Außerhalb der Band hätte niemand geglaubt, dass ausgerechnet der brav wirkende Cole mit drei Mädchen im Tourbus verschwinden könnte. Dafür sorgte das Image, das die Plattenfirma und das Management der Band sorgsam wahrten. Taylor und seine Bandkollegen wussten, was von ihnen erwartet wurde und welche Rollen sie zu spielen hatten. Obwohl sie keine Boyband im klassischen Sinn waren, weil sie auf der Bühne Instrumente spielten und keine ausgefeilten Tanzschritte üben mussten, waren ihr Zielpublikum junge Mädchen zwischen zwölf und zwanzig Jahren. Diese gaben ihr komplettes Taschengeld dafür aus, in SpringBreak-Bettwäsche zu schlafen, jede verfügbare CD zu kaufen und die Konzerte der Band zu besuchen. Sogar detailgetreue Barbiepuppen gab es von ihnen, was Taylor ein wenig verstörend fand.

Wer wäre nicht verstört gewesen, wenn sein Kumpel und Bandkollege im betrunkenen Zustand die Puppen, die aussahen wie sie selbst, ausziehen und sie das Kamasutra nachspielen lassen würde. Jesse hatte nun einmal einen merkwürdigen Sinn für Humor.

Um weiterhin Bettwäsche, CDs, Konzertkarten und auch Puppen zu verkaufen, war es wichtig, dass sich ihre Fans reihenweise in sie fünf verknallten. Und das ging nur, wenn sie ein gewisses Image besaßen und wenn sie Single waren. Die Mädchen, die sich darum prügelten, in der ersten Reihe zu stehen, selbst gemalte Plakate in den Händen hielten und sich die Kehle aus dem Leib brüllten, sollten glauben, dass sich Taylor und seine Kollegen in sie verlieben könnten. Aber das ging nicht, wenn einer von ihnen eine Freundin gehabt hätte. Also beteuerten sie bei jedem Interview, dass sie noch auf die Richtige warteten.

Nicht dass sie auf der Suche waren.

Taylor und auch die anderen vier hatten erstens keine Zeit für eine Beziehung und zweitens genossen sie das Leben eines Musikers, dem Telefonnummern williger Frauen zuhauf zugesteckt wurden, für den Frauen die Shirts hochzogen und ihre nackten Brüste zeigten, wenn er im Tourbus an ihnen vorbeifuhr, und dem so viel Unterwäsche auf die Bühne geworfen wurde, dass er problemlos eine Kleinstadt damit hätte einkleiden können. Wieso sollte sich ein Mann unter diesen Umständen mit einer einzigen Frau zufriedengeben? Laut würde keiner von ihnen so etwas sagen. Welche Eltern wären auch so verrückt gewesen, ihre Teenagertöchter zu Konzerten zu fahren, wenn sie gewusst hätten, wie es hinter der Bühne der ach so anständig wirkenden Band aussah?

„Die Halle ist ausverkauft“, erklärte er seinen Bandkollegen und konnte sehen, dass sie ebenfalls vor Aufregung und Adrenalin glühten. „Zwanzigtausend Zuschauer sind hergekommen, um uns zu sehen. Sie sind hier, um Spring-Break zu sehen, und wir werden ihnen eine Wahnsinnsshow bieten.“

Er blickte in die Runde und konnte sehen, dass Jesse nickte und tief durchatmete. Auch wenn er der Spaßvogel unter ihnen fünf war, wusste er, wann es darauf ankam, alles zu geben und sich auf den Job zu konzentrieren.

Manchmal wünschte sich Taylor, ein bisschen mehr wie Jesse zu sein, der stets gut gelaunt und unbefangen war. Diese Leichtigkeit kam vor allem bei den Fans gut an, denen Jesse lediglich ein winziges Lächeln schenken musste, bevor sie kreischten, in Ohnmacht fielen oder ihm ihre ewige Liebe schworen. Von Vorteil war natürlich auch Jesses faszinierendes Aussehen, das er einem afroamerikanischen Vater und einer grünäugigen irischen Mutter verdankte.

Der Schönling unter ihnen fünf war jedoch nicht Jesse, sondern Cole, der momentan die Augen geschlossen hielt und den Kopf senkte, wie er es immer vor einem Konzert tat, um ein kurzes Gebet zu sprechen. Der blondhaarige Surferboy aus Kalifornien, den Taylor als Erstes kennengelernt hatte und mit dem er sich von allen am besten verstand, hatte vermutlich die meisten Fans von ihnen allen. Er war immer blendend aufgelegt, war das, was die weiblichen Fans *niedlich* nannten, und wirkte irgendwie ... harmlos. Bei seinem Anblick wäre niemand auf den Gedanken gekommen, dass er gleich drei Groupies auf einmal abschleppte, weil Cole wie jemand aussah, der seiner Grandma die Einkäufe ins Haus trug und anschließend das Geschirr spülte.

Das genaue Gegenteil von Cole war Dean, der keineswegs wie ein braver Enkel oder wie ein harmloser Surferboy aussah. Nein, brav und harmlos war Dean sicherlich nicht, was jeder Mensch in seiner Umgebung nach einem Blick wissen musste. Wenn man in Coles Gegenwart das Bedürfnis verspürte, ihm die Wange zu tätscheln, so wollte man Dean lieber aus dem Weg gehen, denn er versprühte eine gefährliche Ausstrahlung. Mit seinem schwarzen Haar, den stechend blauen Augen und einem muskulösen Körper, der mit diversen Tattoos bedeckt war, hätte er auch Mitglied einer Bikergang sein können. Von ihnen fünf war Dean der Bad Boy, den die Fans anhimmelten und bewunderten, weil er gerne Regeln brach, während sie ihren Eltern niemals erzählt hätten, dass sie für ihn schwärmten. Sobald Väter Dean kommen sahen, kämpften sie vermutlich gegen den Drang an, ihre Töchter zu Hause einzusperren und die Tür mit einer geladenen Schrotflinte zu verteidigen.

Dieses Bedürfnis löste Zac – der Jüngste von ihnen – sicherlich nicht aus. Zac besaß ein absolutes Babyface, hatte eine alberne Frisur mit abstehenden, blondierten Haarsträhnen und spielte anderen gerne Streiche. Weil er noch harmloser als Cole wirkte, schwärmten vor allem die Jüngsten ihrer Fans für ihn. Dass ausgerechnet Zac sie alle unter den Tisch trinken und die schmutzigsten Witze erzählen konnte, hätte niemand vermutet, der einen Blick auf sie fünf geworfen hätte.

Neben dem Spaßvogel Jesse, dem Surferboy Cole, dem Bad Boy Dean und dem Babyface Zac gab es noch ihn – Taylor. Er war sozusagen der Anführer, der inoffizielle Frontmann und der Vernünftige, der dafür zuständig war, seine Bandkollegen davon abzuhalten, über die Stränge zu schlagen und Unsinn anzustellen. Er wusste, dass er als der Ernsthafte verkauft wurde, der die Liebeslieder voller Inbrunst sang, in der Musik aufging und perfektes Schwiegersohnmaterial bot. Tatsächlich war es ihm egal, welches Image ihm zugedacht worden war, solange er nur Musik machen konnte. Gerne beteuerte er während Interviews, dass er auf der Suche nach der ganz großen Liebe war, und benahm sich stets wie ein Musterknabe, wenn er dafür nur Musik machen konnte.

Allein die Musik zählte für ihn.

Scheiße, ihre letzte Platte war die momentane Nummer eins in den USA! Für diesen Erfolg spielte er gerne den Hampelmann und betete die Aussagen rauf und runter, die das Management ihnen vorsagte.

Genau das raunte er seinen Bandkollegen zu, mit denen er in einem Kreis stand: „Denkt dran: Wir sind zurzeit die Nummer eins in den USA! Wir haben Jennifer Lopez und 50 Cent hinter uns gelassen. Wir sind gut. Wir rocken die Halle!“

Jesse grinste breit. Coles Brust schwoll sichtbar an. Deans Augen funkelten vor Begeisterung. Und Zac klatschte in die Hände. „Worauf warten wir dann noch?“

Nachdem sie sich gegenseitig umarmt, ihre jeweiligen Plätze eingenommen und einander ein letztes Mal zugenickt hatten, starrte Taylor auf den dunklen Vorhang vor sich und umschloss das Mikrofon mit seiner rechten Hand. Die Taktfolge des Intros ihres Eröffnungssongs dröhnte in seinen Ohren, und er konzentrierte sich auf seinen Einsatz, während der Vorhang rasant nach oben gezogen wurde. Vor ihm erschienen Tausende schemenhafte Gesichter, Blitzlichter und kreischende Teenager, als die Beleuchtung mit der Präzision eines Schweizer Uhrwerks einsetzte.

Er schloss die Augen und sang die erste Strophe des Songs.

Und dabei dachte er an nichts – außer daran, dass er schon immer nichts anderes gewollt hatte als das hier.

1

„Brad, Sie gehören zu den Nominierten für das Album des Jahres, und Branchenkenner rechnen Ihnen sehr gute Chancen aus, dass Sie heute Abend den Grammy mit nach Hause nehmen können. Darf ich Sie fragen, wie es Ihnen geht?"

Brad Paxton präsentierte der Kamera sein strahlend weißes, perfektes Gebiss und schmunzelte, während er die Frau an seiner Seite näher an sich zog. Er sah fantastisch aus in seinem Smoking und mit dem kunstvoll zerzausten blonden Haar sowie den blauen Augen, die er liebevoll auf die Frau an seiner Seite gerichtet hatte. Die war eine rassige Schönheit mit einer dunkelbraunen lockigen Mähne, aparten Gesichtszügen und einem Körper, der sowohl in dem luxuriösen Abendkleid von Marchesa eine gute Figur machte als auch halb bekleidet auf diversen Hochglanzmagazinen wunderbar in Szene gesetzt werden konnte.

Sie waren das absolute Traumpaar des Abends – das

hatten bereits diverse TV-Sender, Kollegen und Fans in Interviews verkündet und über Twitter verbreitet. Er – der erfolgreiche, charismatische Sänger und Grammy-Anwärter und sie – das brasilianische Topmodel. Auf Instagram gab es sogar einen eigenen Hashtag. Eine Zusammensetzung ihrer beiden Namen: Brad und Camila.

#Bramila

„Vielen Dank der Nachfrage, Steve. Der heutige Abend ist sehr aufregend, und eigentlich sollte ich nervös sein, aber ehrlicherweise muss ich zugeben, dass Camila und ich viel zu müde sind, um besonders aufgeregt zu sein. Wir wollen diesen Abend vor allem genießen, schließlich kommen wir zurzeit nicht sehr oft aus dem Haus.“

Der Moderator gab ein joviales Glucksen von sich. *„Ich kann mich noch sehr gut daran erinnern, wie es war, als mein Sohn zwei Monate alt war. Damals haben meine Frau und ich pro Nacht nicht mehr als vier Stunden Schlaf bekommen. Aber Sie beide sehen großartig aus, wenn ich das sagen darf. Wie machen Sie das nur?“*

„Bei mir ist das Geheimnis eine dicke Schicht Feuchtigkeitscreme. Bei Camila sind es die Gene. Sie sieht immer fantastisch aus“, bekannte Brad mit einem seelenvollen Lächeln auf seine Frau, das vermutlich reihenweise die Herzen der Zuschauer zum Schmelzen brachte. Und als er die Hand seiner Frau an den Mund zog, um sie zu küssen und anschließend zu murmeln: *„Ich bin ein sehr glücklicher Mann, denn unsere Tochter kommt ganz nach ihrer schönen Mutter“*, verliebte sich sicherlich die eine oder andere Zuschauerin hoffnungslos in den Mann, der noch vor zwei

Jahren gänzlich unbekannt gewesen war und sein Geld als kaum beachteter Backgroundsänger verdient hatte.

„Alexis, schaust du dir wirklich diesen Mist an?"

Alexis Gardner hob den Kopf und spähte über die Rückenlehne der Couch zu ihrer Schwester, die den Raum betrat und missbilligend den fünfundachtzig Zoll Fernseher betrachtete, auf dem Brad Paxton zu sehen war, der gerade seine Ehefrau küsste. Dass Holly ausgerechnet jetzt in Alexis' Wohnzimmer auftauchte und Zeugin wurde, wie sie förmlich an den Lippen des neuen Superstars hing, während der seinen großen Auftritt mit seiner bildschönen Ehefrau hatte und stolz ein Foto seines bezaubernden Töchterchens in die Kamera hielt, war Alexis ein wenig peinlich. Eigentlich war es ihr sogar wahnsinnig peinlich, aber das hätte sie ihrer Schwester niemals verraten.

Umschalten konnte sie jetzt auch nicht mehr. Das wäre zu offensichtlich gewesen.

Wenn sie gewusst hätte, dass Holly zu Hause war, wäre sie genau dieser Situation aus dem Weg gegangen, indem sie im Schlafzimmer ferngesehen und die Tür abgeschlossen hätte. Dummerweise war sie davon ausgegangen, dass Holly mit ihren Freunden unterwegs war. Bei ihrer Schwester konnte sie sowieso nie sicher sein, was sie gerade tat, wo sie war oder ob sie bei Alexis auftauchte. Obwohl sie eine eigene Wohnung in West Hollywood hatte, verbrachte Holly nicht gerade wenig Zeit bei Alexis in Brentwood. Alexis wusste nicht, ob es daran lag, dass ihr Kühlschrank immer gut gefüllt war und dass sie einen

Pool hatte, oder ob es daran lag, dass Holly ihr nach den letzten Monaten ein wenig unter die Arme greifen wollte.

Normalerweise gefiel es ihr, Besuch von ihrer Schwester zu haben, denn in ihrem Haus konnte es sehr schnell sehr einsam werden, aber ausgerechnet heute wäre sie lieber allein gewesen. Sie hätte lieber ohne Zuschauer ihre Wunden geleckt und sich in Selbstmitleid gesuhlt.

„Ich habe gerade erst umgeschaltet", log sie und war stolz darauf, wie souverän und beiläufig sie klang.

Holly verdrehte die Augen, schließlich war sie alles andere als auf den Kopf gefallen. „Natürlich, Alexis. Ich bin doch nicht bescheuert!"

Alexis rümpfte die Nase und wich dem wissenden Blick ihrer Schwester aus. Gleichzeitig war sie froh, dass Holly nicht bereits vor zwei Minuten erschienen war, als sie sich einen verirrten Nacho aus dem BH gefischt und diesen gegessen hatte. Nun ja ... wenigstens hatte sie sich heute dazu aufgerafft, einen BH anzuziehen, was momentan nicht sehr oft vorkam.

„Dieser Typ ist so ein verfickter Schleimer", ließ sich Holly in ihrer wunderbar zurückhaltenden Art vernehmen und warf sich neben Alexis auf die Couch, wobei sie ein abfälliges Schnauben von sich gab und anschließend lauthals würgte, als der Mann auf der Leinwand bedeutungsvoll das Foto seiner Tochter küsste. „Das ist ja noch schlimmer als dieses unerträgliche Bild von ihm mit nacktem Oberkörper und dem Baby auf der spärlich behaarten Brust auf dem Instagram-Account seiner

Trulla. Meiner Meinung nach sollte man nicht damit hausieren gehen, wenn man als Kerl zu wenig Testosteron besitzt."

Normalerweise hätte Alexis ihre Schwester wegen ihrer Ausdrucksweise gescholten. Als ältere vernünftige Schwester war es sozusagen ihre Aufgabe, ihre hitzköpfige kleine Schwester im Zaun zu halten. Aber sie tat es nicht, denn das Gefühl, dass Brad Paxton durch den Kakao gezogen wurde, war wahnsinnig tröstlich.

Um Holly zu zeigen, wie dankbar sie ihr war, reichte sie ihr die Schale mit den überbackenen Nachos. Jedenfalls das, was noch übrig war. Zwar war es in letzter Zeit nicht so, dass Alexis eine Ausrede brauchte, um sich mit Junkfood vollzustopfen, aber heute Abend war der Frust der vergangenen Monate noch größer als sonst, was die Familienpackung mit Schokolade überzogener Marshmallows, die mit Käse überbackenen Nachos und die fettige Pizza erklärte, die ihr schwer im Magen lagen.

Vielleicht lag ihr auch nur schwer im Magen, was sie gerade auf dem Bildschirm sah.

„Ihr Leben hat sich im letzten Jahr sehr verändert, Brad. Sie haben geheiratet, ein Baby bekommen und sind – wenn Sie mir die Ausdrucksweise verzeihen – innerhalb weniger Monate von einem relativ unbekannten Sänger zum Grammy-Anwärter aufgestiegen. Worauf führen Sie Ihren Erfolg zurück?"

„Auf sehr viel harte Arbeit, Durchhaltevermögen und die Unterstützung meiner Familie."

„Am Arsch!" Das kam von Holly.

Auch Alexis ballte die Hände zu Fäusten und beobachtete das Geschehen auf dem Fernsehbildschirm. Sie nahm ihm den aufgesetzten Gesichtsausdruck keine einzige Sekunde lang ab.

Harte Arbeit!

Dass sie nicht lachte!

Brad würde harte Arbeit nicht einmal dann erkennen, wenn sie ihm mitten ins Gesicht schlug.

„Dies ist nun die dritte Grammy-Verleihung, bei der Sie zu Gast sind, Brad. Die Ereignisse im letzten Jahr und die Schlagzeilen der anschließenden Monate sind uns allen noch vor Augen. Sie haben sich aus der Öffentlichkeit herausgehalten und sich anständigerweise kein Urteil erlaubt, als …“

„Das ist doch nicht sein Ernst!“ Wutschnaubend fiel Holly dem Moderator ins Wort und war dabei so laut, dass Alexis nicht verstand, was er sonst noch sagte, auch wenn sie es sich denken konnte. Trotz allem verkrampfte sich ihr Magen. Nach der letzten Zeit hatte sie eigentlich nicht geglaubt, dass sie so heftig reagieren würde.

„*Anständigerweise*? Ist der Typ bekifft oder einfach nur ein Arschloch?“

Alexis presste die Lippen aufeinander und erhöhte kommentarlos die Lautstärke. Zwar konnte sie nicht hören, was der Moderator fragte, aber dafür bekam sie Brads Antwort mit.

Seine Miene war regelrecht besorgt und ernst, als er den Kopf neigte und leise seufzte. *„Ivy ist heute nicht hier, um Stellung zu beziehen, daher wäre es nicht richtig, wenn ich mich zu diesem Thema äußere. Ich schätze sie sehr als Künstlerin, Kollegin und als Mensch und wünsche ihr nach den turbu-*

lenten Ereignissen der letzten Monate nur das Beste und hoffe, dass Ivy wieder auf die Beine kommt. Was wäre die Musikwelt ohne ihr Talent?"

Beinahe hätte Alexis die Fernbedienung in den Fernseher geworfen. „Bitte *was*?"

„Ich habe dir von Anfang an gesagt, dass er ein opportunistisches Schwein ist, Alexis!"

„Das klingt, als wären Sie besorgt um Ivy."

„Das bin ich in der Tat", entgegnete Brad kummervoll und mit einem Seufzen. *„Während unserer Zusammenarbeit habe ich sie als sehr empfindsamen und bedachtsamen Menschen kennengelernt. Die Schlagzeilen der letzten Monate passen nicht zu der Frau, die durch und durch Musikerin ist. Ich hoffe sehr, dass sie weiß, wie gerne ich sie unterstützen würde, wenn ..."*

„Gib mir die Fernbedienung", forderte Holly sie auf, nahm sie ihr aus der Hand und schaltete auf den nächsten Kanal – einen Shoppingsender, auf dem gerade eine neue Produktpalette in der Hundefellpflege präsentiert wurde. Ein armer Pudel wurde vor laufender Kamera schamponiert und sah dabei ziemlich dämlich aus der Wäsche. Sein Gesichtsausdruck hatte vermutlich damit zu tun, dass die Verkäuferin ungeniert seinen rasierten Hintern mit einem Waschlappen bearbeitete, während die Kamera diese Prozedur filmte.

Alexis verstand, wie sich der arme Hund fühlen musste – vor aller Öffentlichkeit entblößt und gedemütigt.

„Ich habe gleich gesagt, dass du dir diesen Mist nicht

ansehen sollst.“ Holly legte die Fernbedienung beiseite und klang eher tröstlich als aufgebracht.

Aus dem Augenwinkel bemerkte Alexis, dass ihre Schwester unsicher die Hände rang, als wüsste sie nicht, was sie nun tun sollte. Sie konnte ihr keinen Vorwurf aus diesem Verhalten machen, denn rein objektiv betrachtet hatte sich Alexis im vergangenen Jahr ziemlich unberechenbar verhalten. Früher, ja, früher war das anders gewesen, denn Alexis war stets die Verantwortungsvolle, Pflichtbewusste und Vernünftige gewesen, die gewusst hatte, was von ihr erwartet worden war. Jahrelang war sie durch die Reifen gesprungen, die man ihr hingehalten hatte, und war nicht von ihrem Weg abgekommen. Dem Image, das alle Welt geliebt hatte, war sie treu geblieben, bis sie es irgendwann nicht mehr aushielt.

Jeder machte dann und wann eine Existenzkrise durch, aber nicht jeder stand in der Öffentlichkeit. Das war der entscheidende Unterschied.

„Dieser Mist ist mein Job“, entgegnete Alexis ziemlich gefasst und erhob sich vom Sofa, wobei ein paar Krümel auf den Boden rieselten.

Wie von selbst fiel ihr Blick auf ihr fleckiges Shirt und ihre löcherigen Leggins sowie auf den abgesplitterten Nagellack auf ihren Fußnägeln. Sie war froh darüber, in ihrem Haus in Brentwood zu sein und nicht in ihrem Strandhaus in Malibu, wo es für Paparazzi ein Leichtes gewesen wäre, einen Schnappschuss von ihr in dieser Aufmachung zu machen.

Es hatte in den letzten Monaten genügend unvorteilhafte Fotos von ihr gegeben, als dass sie es ertragen hätte, ein weiteres Mal ihr ungepflegtes Selbst auf der Titelseite einer Zeitschrift zu sehen. Insbesondere dann nicht, wenn Camila Paxton kurze Zeit nach der Geburt ihres Babys strahlend schön und beneidenswert attraktiv auf dem roten Teppich erschienen war. Alexis musste dagegen wie eine Ökoaktivistin wirken, die Abstand zu jeglichen Körperpflegeprodukten nahm und aus Prinzip nicht duschte, um kein Wasser zu verschwenden. Für Paparazzi wäre ihr derzeitiges Aussehen ein gefundenes Fressen, daher verbarrikadierte sie sich bereits seit einiger Zeit in ihrem Haus.

Ihr Anwesen in Brentwood lag abgelegen, war fast vierzehntausend Quadratmeter groß und uneinsehbar für aufdringliche Fotografen. Prominente aus allen Branchen schätzten diesen Stadtteil von Los Angeles, der am Fuß der Santa Monica Mountains lag und dafür bekannt war, seinen Bewohnern Privatsphäre zu bieten. Ein abgeschiedenes Anwesen neben dem anderen war hier zu finden. Zu Alexis' Nachbarn zählten Arnold Schwarzenegger, Harrison Ford und Robert Downey Jr. Bis vor ein paar Jahren hatten Heidi Klum und Gisele Bündchen gleich nebenan gewohnt. Und obwohl Alexis all diese prominenten Nachbarn hatte, kannte sie kaum jemanden von ihnen, schließlich zog man hierher, um Ruhe zu haben. Niemand wäre jemals auf die Idee gekommen, bei seinem Nachbarn zu klingeln, um nach etwas Mehl oder Zucker zu fragen. Und sobald eine Luxusvilla zum Verkauf stand und einen neuen Besitzer fand, stellte man sich bei den neuen Nachbarn auch nicht mit einem Kuchen in der Hand vor, um ihn in der Nachbarschaft willkommen zu heißen.

Nein, man zog nach Brentwood, um allein zu sein.

Alexis konnte sich kaum daran erinnern, wann sie zum letzten Mal das Haus verlassen hatte. Mittlerweile kultivierte sie das Leben eines Einsiedlers ziemlich gut und hatte Übung darin, in alten Jogginghosen bekleidet durchs Haus zu schleichen und stundenlang Reportagen über schwule Affen oder Naturvölker am Amazonas zu schauen. Vielleicht brauchte sie diese Einsamkeit, nachdem sie in den vergangenen vierzehn Jahren tagtäglich von so vielen Menschen umgeben gewesen war, dass sie hatte froh sein können, allein auf die Toilette zu gehen.

„Wenn dieser Mist dein Job ist, dann musst du mir erklären, warum du heute Abend nicht ebenfalls im Staples Center bist. Oder hast du keine Einladung bekommen?“

Natürlich hatte sie eine Einladung bekommen. Und sie konnte sich sehr gut vorstellen, dass nicht wenige Branchenmitglieder geradezu gehofft hatten, dass sie kam – es wäre die Sensation gewesen. Eine wundervolle Möglichkeit, sich das Maul zu zerreißen, und viel interessanter als die Frage, wer sich die Lippen hatte aufspritzen lassen und wessen Brüste gemacht worden waren.

Alexis wusste, wie es lief. Und sie wusste, dass neben einigen wirklich anständigen Kollegen die weniger anständigen Kollegen sich darüber diebisch freuten, dass sie auf dem besten Weg war, ihre komplette Karriere zu zerstören.

Kollegen, die jahrelang neidisch beobachtet hatten, wie sie erfolgreich gewesen war und einen Hit nach dem anderen veröffentlicht hatte, und die missgünstig reagiert hatten, weil Alexis' Ruf stets einwandfrei gewesen war, warteten jetzt darauf, dass Alexis ihrer Karriere den endgültigen Todesstoß gab oder sich bis auf die Knochen blamierte. Noch einmal.

Wenn sie in ihrer jetzigen Verfassung bei den Grammys aufgetaucht wäre, hätte es einen Skandal gegeben.

In der Musikwelt gab es zwei Arten von Künstlern – die durchgeknallten, exzentrischen Musiker, die dafür gefeiert werden, nackt auf einer Abrissbirne zu sitzen oder in einem Fleischkleid auf dem roten Teppich zu erscheinen, und die geradlinigen mustergültigen Musiker, die sich von Skandalen fernhielten und wegen ihrer Bodenständigkeit beliebt waren. Alexis war immer Letzteres gewesen – das anständige, liebenswerte All American Girl, das sich bei jeder Preisverleihung brav bei seinen Fans bedankt und ohne Starallüren Autogramme gegeben hatte.

Von ihr hatte es nie Tonaufnahmen gegeben, auf denen sie Mitarbeiter beschimpfte, oder gar Fotos, die sie im betrunkenen Zustand auf einer Party zeigten. Und es waren auch nie private Sexvideos erschienen, die aus ihrer Villa gestohlen worden waren, weil es sie schlichtweg nicht gegeben hatte. Alexis hatte stets aufgepasst, dass sie nichts tat, was ihr in der Öffentlichkeit hätte schaden können, schließlich war sie sich bewusst gewesen, welches Image sie besaß und dass sie gewisse moralische Werte repräsentierte. Aber dann hatte sie sich verliebt und hatte sich in aller Öffentlichkeit das Herz brechen lassen.

„Du weißt sehr gut, dass ich nicht hingehen konnte", erwiderte sie ruhig und wich dem Blick ihrer Schwester aus.

„Warum nicht?", fragte Holly forsch nach.

Sie warf ihrer Schwester einen langen Blick zu, anstatt ihr zu antworten.

Holly, die im Gegensatz zu ihr dunkles Haar und dunkle Augen hatte, verdrehte die Augen. „Komm mir bitte nicht mit diesem Paxton-Arschloch. Den steckst du doch locker in die Tasche!"

Da war sich Alexis nicht sicher. Voller Scham erinnerte sie sich an die Verleihung im letzten Jahr und ihren peinlichen Auftritt. Unter diesen Bedingungen hätte sie ganz unmöglich heute über den roten Teppich laufen und ihm sowie seiner Frau begegnen wollen.

„Können wir bitte das Thema wechseln?" Sie nahm Holly die Schale mit den Nachos aus den Händen und verließ das Wohnzimmer.

Als sie durch den Salon lief, in dem sie sich zwar nie aufhielt, der aber dank seiner wunderschönen Einrichtung und der Doppeltüren zur Terrasse für repräsentative Zwecke wie Interviews oder Fernsehaufnahmen gerne genutzt wurde, hörte sie, dass Holly ihr folgte. Wie es aussah, war ihre Schwester noch nicht bereit, das Thema zu wechseln, was Alexis überhaupt nicht passte. Während sie am Esszimmer vorbeilief und anschließend die Eingangshalle durchquerte und dabei den kühlen Steinboden unter ihren Füßen spürte, fragte sie sich, was sie tun konnte, um ihre kleine Schwester loszuwerden. Außerdem rätselte sie, ob es eventuell unhöflich wäre, Holly vor die Tür zu setzen und sie auf diese Weise davon abzuhalten, eines der Schlafzimmer für die kommende Nacht zu belegen. Alexis war anscheinend nämlich etwas masochistisch veranlagt und wollte sich den Rest von Brads Interview ansehen, sobald Holly verschwunden war.

„Ich meine es ernst, Alexis. Der Typ kann dir nicht das Wasser reichen. Du solltest ..."

„Musst du nicht an deiner Doktorarbeit schreiben?", unterbrach sie ihre Schwester und betrat die Küche, die für ein Haus von über siebenhundert Quadratmetern relativ gemütlich eingerichtet war, wenn man die massiven Holzmöbel und den nostalgisch wirkenden Herd betrachtete, an dem man problemlos ein mehrgängiges Menü für zwanzig Gäste zubereiten konnte. Nicht dass Alexis es jemals versucht hätte. Wann hätte sie in den letzten Jahren auch jemals Zeit für einen Abend mit Freunden gehabt? Und wann hätte sie die Zeit finden sollen, um Freunde – ehrliche und aufrichtige Freunde – zu finden, die nicht nur etwas von ihrem Ruhm, ihrem Geld und ihrem Status abhaben wollten?

„Ich nehme mir heute eine kreative Pause", gab Holly zurück, die nie um eine Antwort verlegen war. Ihre Schwester, die ein paar Jahre jünger war als sie und aus der zweiten Ehe von Alexis' Mom stammte, öffnete den Kühlschrank und nahm eine Flasche Wasser heraus. „Chaucer ist seit über sechshundert Jahren tot. Ich denke also, dass ein Tag mehr oder weniger nicht ins Gewicht fällt, was eine Dissertation über die Canterbury Tales betrifft."

„Und was sagt dein Professor zu dieser Einstellung?" Alexis stellte den Teller auf die Arbeitsfläche der Kücheninsel, die den Raum dominierte, und wusch sich anschließend über der breiten Spüle, die in die Kücheninsel eingelassen worden war, die Hände. Vor den Augen ihrer Schwester hätte sie die Salsasauce, die an ihrem Daumen klebte, schließlich nicht einfach ablecken können. Holly schien Alexis bereits für eine Vogelscheuche zu halten, dabei war die jüngere Schwester eigentlich diejenige, die sich nicht sonderlich viel aus Mode und Schönheitspflege machte.

Während Alexis bereits als Grundschulkind Tanzstunden und Gesangsunterricht genommen hatte und von ihrer Mom stets herausgeputzt worden war, hatte Holly ihre Nase immer viel lieber in Bücher gesteckt, als ihre Haare zu hübschen Frisuren zu flechten und mit den Kleidern ihrer Mom Modenschau zu spielen. Auch in der Highschoolzeit war Holly für Make-up und typischen Mädchenkram wie Cheerleading nicht sonderlich zu erwärmen gewesen. Stattdessen hatte sie Theater gespielt und ihr wundervolles dunkelbraunes Haar abschneiden lassen – zum Missfallen ihrer Mom. Alexis konnte sich ziemlich gut erinnern, wie oft es zwischen ihrer Mom und ihrer Schwester geknallt hatte, was rückblickend sicherlich auch damit zu tun gehabt hatte, dass ihre Mutter sehr ehrgeizig Alexis' Talent gefördert hatte, während Holly dabei stets zu kurz gekommen war.

Ihre Mom war mit ihr ständig zu Talentshows gefahren, hatte sie bei Castings angemeldet und so ziemlich alles getan, um Alexis eine Karriere als Sängerin zu ermöglichen, nachdem der Musiklehrer der Vorschule davon gesprochen hatte, wie schön ihre Stimme und wie musikalisch sie doch sei. Obwohl die Familie nie viel Geld besessen hatte, bekam Alexis Musikunterricht, ein Klavier und Tanzstunden. Außerdem zog ihre Mom mit ihr nach New York, damit Alexis dort zur *Professional Performing School of Arts* gehen konnte. Sie war damals elf Jahre alt. Holly war erst sieben und blieb für fast ein Jahr in Georgia bei ihren Großeltern, bevor sie drei zusammen nach Tennessee zogen, wo Alexis in Nashville ihre Gesangsausbildung fortsetzte.

Sie waren zu dritt oft umgezogen – immer wegen Alexis. Und Holly hatte jedes Mal die Schule wechseln und neue Freunde finden müssen. In vielen Fällen hätte die geschwisterliche Zuneigung darunter gelitten, was bei ihnen jedoch nicht der Fall gewesen war, denn Alexis wusste, welche Opfer auch Holly für die Karriere ihrer Schwester gebracht hatte. Stattdessen war das Verhältnis zwischen Holly und ihrer Mom angespannt, denn ihre Mutter meinte, dass Alexis' Erfolg schließlich auch Holly zugutekam. So einfach war es nur leider nicht.

„Wollen wir uns wirklich über meinen Professor unterhalten?“

Alexis zuckte mit den Schultern und drehte das Wasser ab. „Wieso nicht?“

„Ich würde mich lieber darüber unterhalten, dass du diesem Mistkerl nicht das Feld räumen solltest.“

„Das tue ich auch nicht“, protestierte sie, obwohl sie beide wussten, dass sie log.

Und Holly kannte keine Scheu, ihrer Schwester genau das ins Gesicht zu sagen. „Natürlich überlässt du ihm kampflos das Feld, wenn du heute Abend auf der Couch liegst, anstatt auf dieser Verleihung zu sein und ihm zu zeigen, dass er sich nicht mit dir messen kann.“

Sie hätte ihrer Schwester sagen können, dass sie momentan nicht in der Verfassung war, Brad Paxton entgegenzutreten, und dass sie erst recht nicht in der Verfassung war, über den roten Teppich zu laufen und dabei von unzähligen Fotografen und Kameramännern aufgenommen zu werden. Sie wäre zur absoluten Lachnummer geworden.

Stattdessen erwiderte sie schlicht: „Ich hatte einfach keine Lust, mich in Schale zu werfen.“

„Es hätte schon gereicht, wenn du dir die Haare gekämmt hättest.“ Ganz die liebevolle Schwester griff sie in Alexis’ unordentlichen Dutt hinein und zupfte an ein paar verworrenen Strähnen herum. „Leider bin ich keine Modeexpertin, aber ich denke nicht, dass der In-meinem-Haar-brüten-Vögel-Look momentan angesagt ist.“

„Vielen Dank“, grollte Alexis und entzog Holly den Dutt. Sie wusste selbst, dass sie zurzeit alles andere als repräsentabel aussah. Ihr Haar hätte nicht nur einen

Kamm, sondern auch eine Pflegepackung gebraucht sowie einen anständigen Schnitt, ihr blasser Teint hätte ein wenig Sonne vertragen können, und um in die eleganten Kleider zu passen, die man auf dem roten Teppich trug, hätte Alexis den Fitnessraum mal wieder benutzen sollen, der sich im Keller ihres Hauses befand. Beim Kauf des Hauses war es ihr wichtig gewesen, dass sie genügend Platz hatte, um ein Tonstudio installieren zu können, in dem sie rund um die Uhr arbeiten konnte, und um in einem eigenen Fitnessbereich zu trainieren, in dem sie sich ausdauertechnisch auf anstrengende Konzerte vorbereiten konnte sowie in Form zu bleiben. In den letzten Monaten hatte sie weder das Tonstudio noch den Fitnessraum benutzt. Stattdessen verbrachte sie übermäßig viel Zeit vor dem Fernseher.

„Ein Kamm, etwas Farbe im Gesicht und vielleicht sogar eine förmlichere Kleidung als dein zurzeit bevorzugter Kleidungsstil und du hättest heute Abend geglänzt", prophezeite Holly.

Über den Optimismus ihrer kleinen Schwester konnte sie nur lächeln. „Um dort zu glänzen, braucht es schon etwas mehr. Nach den Schlagzeilen der letzten Monate hätte ich dort nicht auftauchen können."

Holly nahm einen Schluck Wasser und schraubte die Flasche anschließend wieder zu. „Alexis ..."

„Ich will wirklich nicht darüber reden."

„Du bist doch sonst nicht der Typ, der den Kopf in den Sand steckt." Ihre Schwester seufzte schwer. „Himmel, Alexis, ich gebe Mom ja ungern recht, aber langsam solltest du aus dem Schneckenhaus herauskommen, in dem du dich verkrochen hast."

Ganz automatisch hob sie die Schultern in die Höhe und murmelte: „Und du denkst, dass ausgerechnet die Grammy-Verleihung die richtige Veranstaltung ist, um mich wieder nach draußen zu wagen?"

„Nein", gab sie zu, um mit ernster Stimme gleich darauf fortzufahren: „Aber es wäre ein Anfang, wenn du dir Hosen anziehen würdest, die man nicht mit einer Kordel zuzieht, und du dich ab und zu an die frische Luft trauen könntest. Momentan beschränken sich deine sozialen Kontakte auf Mom, mich, Theresa und den Netflix-Support, bei dem du dich beschwerst, wenn keine weiteren Staffeln deiner Lieblingsserien produziert werden. Außerdem habe ich es langsam satt, in diversen TV-Shows hören zu müssen, dass man dir einen Nervenzusammenbruch diagnostiziert, weil du völlig von der Bildfläche verschwunden bist. Ist dir eigentlich klar, dass im Internet Wetten darüber kursieren, ob du dir bald deine Haare abrasierst und anschließend mit einem Regenschirm auf Fotografen losgehst wie damals Britney Spears?"

„Das ist nicht komisch", murmelte Alexis und spürte gleichzeitig, dass sie vor Verlegenheit rot wurde.

„Da sind wir einer Meinung. Ich finde das auch nicht besonders lustig." Holly verzog den Mund und lehnte sich gegen den Küchenschrank hinter sich, bevor sie ernst zu bedenken gab: „Du hast so hart an deinen Erfolgen arbeiten müssen, dass ich es unerträglich finde, was momentan passiert. Kannst du dir bitte die Haare kämmen und dich irgendwo blicken lassen, damit ich nicht ständig lesen muss, dass meine Schwester reif für eine Therapie ist?“

Alexis erwiderte den Blick ihrer Schwester und merkte erst nach ein paar Sekunden, dass sie auf ihrer Unterlippe herumnagte. In Hollys Ohren hörte es sich so leicht an – als wäre es eine Frage der richtigen Frisur, sich in der Öffentlichkeit blicken zu lassen und sein eigenes Foto anschließend auf der Titelseite eines Magazins zu sehen. Und das mit einer vermutlich weniger schmeichelhaften Überschrift. Eigentlich wusste sie, dass sie solche Bilder und Artikel ignorieren sollte, weil sie ohnehin nie der Wahrheit entsprachen. Dennoch war das fast unmöglich, wenn man sich sowieso verletzlich und angreifbar fühlte.

Sie war zweiunddreißig Jahre alt und konnte nirgendwohin gehen, ohne erkannt zu werden und ohne Menschen zu begegnen, die nicht wussten, was sich gerade in ihrem Leben abspielte. Das ganze Land kannte ihr Liebesleben – oder glaubte zumindest, es zu kennen. Was es jedoch nicht wusste, war, dass Alexis erst zweimal in ihrem Leben verliebt gewesen war und dass beide Male nicht sonderlich gut für sie ausgegangen waren. Nachdem ihr mit achtzehn Jahren das Herz gebrochen worden war, hatte sie eigentlich nicht geglaubt, dass ihr das noch einmal passieren könnte.

Leider hatte sie sich in jenem Fall geirrt.

2

SEIN AGENT HATTE Dutzende Klinken putzen müssen, um ihn auf die Gästeliste dieser Party zu setzen. Es war die Aftershow-Party der Grammys – eine der unzähligen Partys, die nach der Verleihung überall in Los Angeles stattfanden. Musikproduzenten, Plattenfirmen, TV-Sender und Zeitschriften veranstalteten in der Nacht, in der der wichtigste Musikpreis der ganzen Branche verliehen wurde, diverse Partys und hofften, dass sich das *Who is who* der Musikwelt bei ihnen blicken lassen würde. Nur war das *Who is who* der Musikwelt ziemlich wählerisch und besuchte lediglich die wirklich wichtigen Partys, nachdem es im Staples Center in Downtown L. A. an der Grammy-Verleihung teilgenommen hatte.

Zum *Who is who* gehörte er schon lange nicht mehr.

Taylor Sutter, einstiger Frontmann von SpringBreak und Besitzer eines Albums mit Platinstatus, schaute sich in dem gemieteten Restaurant um, in dem heute Abend die

Party eines weniger erfolgreichen Musikproduzenten stattfand, und fragte sich, wie er hierhergekommen war.

Bei dem Gedanken verzog er selbstironisch den Mund, denn die Frage war eher rhetorischer Natur gewesen, immerhin war er mit einem Taxi hergekommen.

Nein, er fragte sich, wie weit es gekommen war, dass er heute mit fünfunddreißig Jahren nur durch die Kontakte seines Agenten zu einer Party eingeladen worden war, nach der sowieso kein Hahn krähte. Er musste es wissen, denn früher war er zu Gast auf allen wirklich wichtigen Partys gewesen. Von daher konnte er einschätzen, dass diese Party für keinerlei Schlagzeilen sorgen würde. Sie diente lediglich der Gelegenheit, ein paar kostenlose Drinks und seltsam schmeckende Häppchen abzugreifen und gleichzeitig zu hoffen, dass wundersamerweise ein Kontakt zu einem Musikproduzenten oder Agenten hergestellt werden konnte, um später von diesem Kontakt zu profitieren.

Taylor nahm einen Schluck aus seinem Glas und ließ seinen Blick währenddessen über die übrige Gästeschar wandern.

Die meisten Gäste hatte er niemals zuvor gesehen, aber das musste nichts heißen, denn Taylor schaute ziemlich wenig Trash-TV, und er war sich sicher, dass einige der dürftig bekleideten Mädchen mit den künstlichen Fingernägeln und den künstlichen Oberweiten an diversen Reality-Shows teilgenommen hatten und jetzt hofften, ihre Gesangskarriere zu starten. Er hätte ihnen gleich sagen können, dass der Weg, den sie eingeschlagen hatten, nicht funktionieren würde. Sogar bei seinem Kumpel Cole, der nach seiner Karriere als erfolgreicher Musiker an einem unerträglichen TV-Format, das auf einer karibischen Insel gedreht worden war, teilgenommen hatte, hatte der Plan nicht funktioniert. Anstatt durch seine Teilnahme wieder in den Fokus der Öffentlichkeit zu rücken und das Interesse von Musikproduzenten zu wecken, war Cole lediglich zur Lachnummer der Nation geworden. Von diesem Ruf hatte er sich auch heute, Jahre später, noch nicht erholt. Und von einem Plattenvertrag war er meilenweit entfernt.

Taylor auch, obwohl er nicht nur mit einem Bambusröckchen bekleidet vor laufender Kamera diverse Challenges bestreiten und unter anderem Eidechseninnereien hatte essen müssen. Bis heute begriff er nicht, weshalb sich sein Kumpel und ehemaliger Bandkollege auf diesen Scheiß eingelassen hatte.

Im Gegensatz zu Cole, der nach dem Aus von Spring-Break nicht mehr auf der Bühne oder in einem Tonstudio gestanden hatte, war Taylors weitere Karriere sogar ziemlich erfolgversprechend gestartet.

Als Solokünstler hatte er gleich nach dem Ende der Band einen Vertrag bekommen und an einem Album gearbeitet, das Platinstatus und mehrere Preise gewonnen hatte. Alles war glänzend verlaufen – so glänzend, dass die Plattenfirma mit Dollarzeichen in den Augen darauf gedrängt hatte, das nächste Album so schnell wie möglich zu produzieren. Und dummerweise hatte sich Taylor darauf eingelassen, anstatt die Zeit einzufordern, die er gebraucht hätte, um erstklassige Songs zu schreiben und zu komponieren. Inmitten einer Konzerttour durch über zwei dutzend Städte innerhalb weniger Wochen, einer groß angelegten Pressetour mit zehn Interviews am Tag und mehreren Videodrehs hatte er zugestimmt, den Großteil der Songs schreiben zu lassen.

Songwriter waren nicht verwerflich. Die wenigsten Sänger schrieben ihre Songs selbst. Auch die ersten Lieder und Alben von SpringBreak stammten fast ausschließlich von Songwritern, aber Taylor war nun einmal nicht nur Sänger, sondern auch Songwriter. Er wusste, dass seine besten Songs diejenigen waren, die er auch selbst geschrieben hatte. Dennoch hatte er sich auf einen Kompromiss eingelassen, weil das fast alle Künstler taten. Woher hätte er auch die Zeit nehmen sollen, Lieder zu schreiben, wenn er sowieso nur vier Stunden Schlaf pro Nacht bekam?

Weil sein erstes Album *Left behind* frenetisch gefeiert worden war und großartige Kritiken erhalten hatte, war Taylor davon ausgegangen, dank seiner Vorschusslorbeeren auch mit seinem zweiten Album *Sunset* Erfolg zu haben. Natürlich war ihm klar gewesen, dass ein paar der Songs eher mittelmäßig geworden waren – ohne nennenswerte Tiefen und individuellen Klang, aber ein paar andere Songs waren wahnsinnig gut gewesen. Leider hatte sich die Plattenfirma mit *Only us* für einen der Songs entschieden, die nur mittelmäßig gelungen waren, und ihn als erste Auskopplung des neuen Albums präsentiert.

Verdammt, an jenem Album war so viel grottenschlecht und total beschissen gewesen. Angefangen bei den teilweise unerträglich kitschigen Songtexten bis zu den grauenvollen Coverfotos, auf denen er wie ein lächerlicher Schmusesänger aussah, der sich mit der Unterwäsche seiner Fans den Schweiß von der Stirn wischte. Man hätte ihn für den Nachfolger von Tom Jones halten können.

Noch heute könnte sich Taylor selbst in den Arsch treten, dass er nicht einfach Nein gesagt und die Reißleine gezogen hatte. Es war gekommen, wie es hatte kommen müssen.

Die Kritiker hatten sich wie die Hyänen auf ihn und auf das Album gestürzt.

Niemanden hatte interessiert, wie gut sein erstes Album gewesen war und wie sehr seine eigenen Songs des zweiten Albums überzeugen konnten. Stattdessen war er über Nacht als One-Hit-Wonder gebrandmarkt worden, das sich sozusagen ausgeschrieben hatte und nach seinem ersten Album nichts Neues, nichts Innovatives und nichts Überzeugendes mehr vorzeigen konnte.

Taylor war vom Senkrechtstarter, dem eine überragende Solokarriere vorhergesagt worden war, zum absoluten Flop abgestiegen. Und das so schnell, dass er erst Monate später begriff, was überhaupt passiert war.

Zwar hieß es immer, dass die Musikindustrie schnelllebig war und man stets auf der Hut sein musste, um nicht auf der Strecke zu bleiben, aber Taylor hätte nie für möglich gehalten, dass ihm so etwas passieren könnte. Das beste Beispiel war die Party, auf der er sich momentan befand.

Mit Anfang zwanzig war er in der Grammynacht von einer Party zur nächsten gefahren und hatte auf jeder Gästeliste gestanden. Auf wirklich jeder einzelnen. Damals hatte er auch nicht in einer Schlange stehen und einem Türsteher seine Einladung vorzeigen müssen, sondern war sehnlichst erwartet und bevorzugt eskortiert worden. Er und seine Bandkollegen. Dabei waren sie damals nicht einmal trocken hinter den Ohren gewesen. Und auch am Anfang seiner Solokarriere war er immer ein gern gesehener Gast gewesen, der hofiert worden war, wenn er eine Veranstaltung oder auch ein Restaurant in Los Angeles oder in New York betrat.

Zehn Jahre später sagte sein Name kaum noch jemandem etwas, wenn er ihn erwähnte. SpringBreak waren schließlich nicht die Beatles gewesen. Und er war nicht Paul McCartney.

Der heutige Abend war offensichtlich der absolute Tiefpunkt seiner bisherigen Karriere. Niemals zuvor hatte er eine Einladung zu einer Party erbetteln müssen, die sogar auf den ersten Blick ziemlich ernüchternd aussah. Nach außen machte das Restaurant, das für diesen Anlass gemietet worden war, zwar etwas her, aber wenn man genauer hinsah, bemerkte man, dass nicht etwa Grey Goose Vodka ausgeschenkt wurde, sondern billiger Fusel für ein paar Dollar die Flasche, dass die weiblichen Gäste keine echten Taschen von Chanel oder Gucci trugen, sondern billige Imitate, und dass beinahe alle Gäste hinter ihren Lächeln gehetzt und fast schon verzweifelt wirkten, weil sie sich von dieser Party mehr erhofften, als sie sein würde. Dabei musste man bereits bei den lustlosen Türstehern, dem verschlissenen roten Teppich, dem fehlenden Parkservice und der nicht existenten Warteschlange vor dem Eingang des Restaurants erkennen, dass diese Veranstaltung eine echte Zeitverschwendung war. Aus langjähriger Erfahrung konnte Taylor sagen, dass ein Event, bei dem keine hochwertigen Give-away-Tüten an die Gäste verteilt wurden, ein ziemlicher Reinfall war.

Um ehrlich zu sein, ärgerte sich Taylor schon jetzt darüber, den heutigen Abend hier zu verbringen, anstatt zu Hause an seinen Songs zu arbeiten. Momentan hatte er nämlich einen ziemlichen Lauf und war mehr als zufrieden mit der Ausbeute der letzten Wochen. Dieses Album versprach, sehr gut zu werden, sofern er jemanden fand, der sich dazu bereit erklärte, es zu produzieren, wonach es momentan nicht aussah. Nach dem Flop mit seinem zweiten Album war er in der Branche verbrannte Erde. Mittlerweile war er sogar nicht einmal mehr das. Er war ein Niemand. Unter diesen Umständen war es schwierig, jemanden zu finden, der ihm eine Chance gab.

In den vergangenen Jahren hatte sich Taylor damit über Wasser gehalten, für andere Künstler Songs zu schreiben, für diverse Plattenlabels Demotapes einzusingen und sogar – obwohl er mit diesem Job nicht hausieren ging – ein paar Werbejingles zu komponieren. Außerdem hatte er ein dickes finanzielles Polster aus seiner Zeit bei SpringBreak und als Solokünstler, denn Taylor hatte niemals Geld aus dem Fenster geworfen, indem er im Luxus gelebt hatte, schließlich war er Musiker geworden, weil er die Musik liebte, und nicht, weil er ein Star hatte werden wollen, der im Champagner badete.

Taylor wollte auch nicht wegen des Geldes wieder im Aufnahmestudio stehen und ein Album herausbringen, sondern weil er sich rastlos und ohne Aufgabe fühlte. Er brauchte eine sinnvolle Beschäftigung, die ihn ausfüllte und die ihm Spaß machte. Außer der Musik fiel ihm nichts ein, was ihm dieses Gefühl gab.

„Kenne ich dich nicht irgendwoher?“

Mit einem unverbindlichen Lächeln drehte sich Taylor zu der hohen, fast schon quietschenden Stimme um, die dem winzigen Persönchen gehörte, das sich neben ihn gestellt hatte und ihn aus dick bemalten Augen anstarrte – und das viel zu jung aussah, um zu dieser Party eingeladen worden zu sein und legal Alkohol trinken zu dürfen. Jedenfalls ging er davon aus, dass die knallrote Flüssigkeit in dem Martiniglas aus Alkohol bestand.

Auch wenn er nicht damit gerechnet hatte, am heutigen Abend interessante Gespräche zu führen, wollte er erst recht nicht mit einem Teenager plaudern und Gefahr laufen, von der Polizei verhaftet zu werden, weil man ihm vorwarf, die Kleine mit Alkohol versorgt zu haben. Er kannte genügend Leute aus der Branche, die auf diese Weise in der Klatschpresse gelandet und mit einem schlechten Ruf davongekommen waren. Nichtsdestotrotz antwortete er dem Mädchen: „Keine Ahnung. Das kann schon möglich sein.“

Sie wirkte beeindruckt, warf sich in Pose und verkündete: „Ich heiße Estelle, aber ich überlege, mir einen

Künstlernamen zuzulegen, mit dem ich bekannt werden kann."

Himmel! Taylor wusste nicht, ob er amüsiert oder besorgt sein sollte, denn Estelle gehörte zu den Mädchen, die voller Optimismus und Naivität eine Karriere anstrebten und über kurz oder lang auf die Nase fallen würden. Er wusste zwar nicht, aus welchem Provinznest sie kam, aber Los Angeles war ein hartes Pflaster. „Aha. Schön."

„Ehrlich." Die Kleine himmelte ihn förmlich an. „Du kommst mir total bekannt vor. Bist du ein Sänger?"

„Das war ich – in einem früheren Leben", entgegnete er trocken und schaute sich in der Hoffnung um, jemanden zu entdecken, den er begrüßen konnte, um dem Gespräch mit Estelle zu entkommen. Er war hier, um gesehen zu werden, weil sein Agent darauf bestand, und nicht, weil er auf der Suche nach einer schnellen Nummer war. Mit Mädchen in Estelles Alter hatte er zum letzten Mal gevögelt, als er im gleichen Alter gewesen war. Taylor fand Frauen attraktiv, mit denen er sich auch unterhalten konnte.

Estelle kicherte. Offenbar fand sie ihn lustig.

Taylor hätte beinahe eine Grimasse geschnitten, denn nur leicht zu beeindruckende Teenager konnten über diesen abgedroschenen Spruch kichern.

„Ich bin auch Sängerin", gestand sie ihm.

„Faszinierend."

Für seinen Sarkasmus unempfänglich bekannte sie: „Ich bin erst seit ein paar Tagen in der Stadt und habe jetzt schon eine Einladung zu dieser Party bekommen. Jetzt hoffe ich, dass Lady Gaga hier auftaucht. Vielleicht bekomme ich sogar ein Autogramm."

Die einzige Frau, die hier auftauchen und Lady Gaga ähnlich sehen würde, wäre ein vom Veranstalter gebuchter Transvestit. „Mhm."

„Bist du mal bei *American Idol* aufgetreten?" Estelle runzelte die Stirn und klebte dabei an seinen Lippen. „Ich wüsste zu gern, wo ich dich schon einmal gesehen habe."

Seufzend nahm er einen Schluck von seinem Drink und räusperte sich anschließend. „Ich war früher Mitglied von SpringBreak."

„SpringBreak?"

„Die Band SpringBreak."

Estelle starrte ihn weiterhin unwissend an.

„*It has to be you*, *Shame*, *Downstairs*", zählte er ein paar ihrer damaligen Songs auf, die alle auf Platz eins der nationalen Charts gekommen waren. Ihr Lied *It has to be you* war sogar in einigen Ländern Europas auf Platz eins gelandet und hatte sich in den USA mehrere Wochen an der Spitze gehalten.

„Ach so!" Bei dem Mädchen fiel anscheinend der Groschen, denn sie fasste sich an die Stirn. „Jetzt weiß ich, wen du meinst."

Taylor nickte, nahm den letzten Schluck aus seinem Drink und stellte das Glas anschließend auf einem der Tische ab, da er bislang keinen Kellner entdeckt hatte, der leere Gläser einsammelte.

„Meine Mom war ein großer Fan und hat eure Musik

immer gehört, wenn sie mich zur Schule gefahren hat", plauderte Estelle vergnügt. „Die wird Augen machen, wenn sie hört, dass ich jemanden getroffen habe, der früher mal berühmt war. Und ich Idiotin dachte, du wärst dieser Typ von American Idol gewesen! Aber der muss natürlich viel jünger sein als du."

Es kostete ihn einige Mühe, dass ihm seine Gesichtszüge nicht entglitten.

Plötzlich fühlte sich Taylor uralt und hatte das Bedürfnis nach etwas Stärkerem als dem Gin Tonic, den er gerade getrunken hatte.

Die wird Augen machen, wenn sie hört, dass ich jemanden getroffen habe, der früher mal berühmt war.

Dieser Satz beschrieb seine Situation ziemlich gut und traf Taylors bereits angeknackstes Ego.

Er hätte sich niemals als einen Aufschneider bezeichnet, der sich durch den Grad seiner Bekanntheit definierte und durch seinen früheren Ruhm abgehoben war. Auch heulte er seinen damaligen Erfolgen nicht hinterher – jedenfalls tat er es nicht immer. Dennoch hatte Taylor daran zu knabbern, aufs Abstellgleis geschoben worden zu sein und sich wie ein Verrückter abzustrampeln, um eine zweite Chance zu bekommen und zu beweisen, wie gut er war.

Denn er war gut. Verdammt gut.

Und wenn er sah, dass talentlose Idioten wie Brad Paxton Erfolg hatten, dann ärgerte er sich, weil er wusste, dass der ihm musikalisch betrachtet nicht das Wasser reichen konnte.

Die Vorstellung, dass Taylor vielleicht nie wieder die Möglichkeit hatte, der Musikwelt zu beweisen, was in ihm steckte, und dass er der Nachwelt als der Typ von Spring-Break in Erinnerung blieb, der an dem Versuch gescheitert war, sich als Solokünstler zu etablieren, machte ihn fast wahnsinnig. Mit seiner Musikerkarriere konnte er nicht einfach abschließen. Irgendwie hatte er das Gefühl, es sich selbst schuldig zu sein, alles dafür zu geben, um wieder Erfolg zu haben.

Seine früheren Bandkollegen handhabten ihre Karrieren etwas anders, nachdem sie sich vor dreizehn Jahren getrennt hatten.

Cole war nach einem kurzen Abstecher in den Reality-Show-Wahnsinn zum Modeln gekommen und arbeitete nach ein paar Gastauftritten in diversen Telenovelas als DJ.

Jesse hatte sein komplettes Geld in das Bauunternehmen seines Bruders gesteckt, das vor ein paar Jahren pleitegegangen war, und verdiente seine Brötchen zurzeit als Radiomoderator.

Dean war nach dem Aus der Band abgestürzt und hatte drei Entzüge hinter sich gebracht, bevor er der Glitzerwelt den Rücken zugekehrt hatte und mittlerweile in Oregon als Handwerker arbeitete, wo Taylor ihn ab und zu sah, wenn er seinen Dad und seine Stiefmutter besuchte, die ganz in der Nähe von Dean wohnten.

Was Zac machte, wusste Taylor überhaupt nicht. Zu ihm war der Kontakt gänzlich abgerissen, als er die Band verlassen hatte. Das Letzte, was Taylor gehört hatte, war, dass der damals Zwanzigjährige aufs College gegangen war.

Leider war das Ende von SpringBreak alles andere als glamourös oder anständig gewesen. Was damals mit Zac geschehen war und welchen Anteil sie alle daran besessen hatten, brannte Taylor noch heute auf der Seele.

„O mein Gott! Der Kerl da vorne sieht aus wie Mario von den DeeDee-Brothers“, unterbrach Estelle seine Gedanken, indem sie sich auf die Zehenspitzen stellte und zum Eingang des Restaurants spähte. Taylor konnte nur hoffen, dass es besagter Mario war, auch wenn er von ihm noch nie etwas gehört hatte. Ihm war alles recht, solange es Estelle dazu brachte, das Weite zu suchen.

„Entschuldigst du mich? Von ihm brauche ich unbedingt ein Autogramm!“

„Viel Glück“, verabschiedete er sich von dem Mädchen, das auf seinen hohen Absätzen rasch davoneilte. Mario von den DeeDee-Brothers tat ihm jetzt schon leid.

„Du scheinst dich genauso sehr zu amüsieren wie ich.“

„Und wie“, erwiderte er inbrünstig und drehte sich zu der Stimme um, die hinter ihm erklang. „Wer hat dich dazu genötigt, heute Abend herzukommen?“, wollte er von Raphael Medina wissen, den er seit einem gemeinsamen Job vor einigen Jahren kannte.

Damals hatte Taylor den Titelsong für eine Fernsehsendung geschrieben und Raphael hatte ihn gesungen. Für beide war nicht viel Geld herausgesprungen und die Fernsehsendung war gleich nach den ersten vier Folgen abgesetzt worden, aber seither waren sie miteinander befreundet.

So gut man in Los Angeles miteinander befreundet sein konnte – in der Stadt, in der die meisten Leute die eigene Großmutter für ein Engagement verkauft hätten.

„Ich bin freiwillig hier, denn ich hörte, die Drinks wären gut und die Frauen bildschön", bekannte der gut aussehende Südamerikaner, der vor zehn Jahren mit einer nicht gänzlich unbekannten Latina-Popsängerin, die für ihre heißen Rhythmen und ihren prallen Hintern bekannt war, eine kurze Beziehung geführt und dank ihr Fuß im Musikgeschäft gefasst hatte. Wie bei vielen hatte er anfangs Erfolge gefeiert, bis er aus dem Dunstkreis seiner Exfreundin verschwunden und nicht mehr interessant genug gewesen war. Seither hangelte er sich von einem Job zum anderen – immer auf der Suche nach einer Chance, um groß herauszukommen.

„Die Drinks sind verwässert und die Frauen sind Mädchen, mit denen man sich nicht unterhalten kann."

„Wer spricht denn davon, dass ich mich mit ihnen unterhalten will?"

Taylor schnaubte, denn seiner Meinung nach sollte Raphael Abstand zu Mädchen wie Estelle nehmen, die alterstechnisch seine Töchter hätten sein können. Der Sänger gab sich zwar als Mittdreißiger aus, hatte die Vierzigermarke jedoch schon vor einigen Jahren überschritten. Verfallsdaten gab es in der Branche nicht nur bei Frauen.

„Wer schmeißt eigentlich diese Party?"

„*ThalulaProductions*", erwiderte Taylor schlicht und

beobachtete währenddessen, wie sich die meisten Gäste auf das spärliche Buffet stürzten, das soeben aufgebaut wurde.

„Der Name sagt mir nichts."

„Da bist du nicht der Einzige", entgegnete er trocken und drehte sich wieder zu Raphael um, der in seinem weißen Sakko und mit dem auffällig schwarzen Haar ein bisschen wie der Schneider von Panama aussah. „Angeblich sollen sie ein brandheißes, neues Talent am Start haben, das bei ihnen unterschrieben hat."

„Ist an dem Gerücht was dran?"

Taylor verdrehte die Augen. „Was denkst denn du?"

Raphael grinste und schlug ihm freundschaftlich auf die Schulter. „Und wie sieht es bei dir aus? Ich dachte, du hättest einen Vertrag bei deinem alten Label in Aussicht?"

Es war ihm ein bisschen peinlich, vor seinem Kumpel zuzugeben, dass nicht einmal sein altes Label, das mit ihm einen Haufen Geld verdient hatte, bereit war, das Risiko einzugehen, ihn unter Vertrag zu nehmen. Mit fünfunddreißig war er zu alt, um von Teenagern umschwärmt zu werden, sein Name war kein Selbstläufer mehr und seine Altersgenossen waren kritisch, wenn es um *neue* Sänger ging, die plötzlich auf der Bildfläche erschienen. Heute brauchte man schon einen richtig guten Aufmacher, um zu einer Chance in der Musikbranche zu kommen. Sobald man im Mittelpunkt der Aufmerksamkeit stand und für Furore sorgte, war der Plattenvertrag lediglich eine Formalität.

„Die wollten lieber einen jüngeren Sänger", antwortete

er leichthin, auch wenn die Lässigkeit seiner Stimme ihm einiges abverlangte. „Momentan arbeite ich an ein paar Songs. Vielleicht überzeugen die ja irgendeinen Produzenten. Mal abwarten."

Raphael zuckte mit den Schultern. „Mein Agent verhandelt gerade mit einem Streaminganbieter über eine Sprechrolle in einer Comicverfilmung. Wenn du willst, kann ich auch deinen Namen fallen lassen."

Taylor lächelte schwach. „Ich glaube, ich bleibe lieber bei meinen Songs."

„Falls du deine Meinung änderst, gib mir Bescheid." Raphael hob den Kopf. „Da vorne habe ich meinen Agenten entdeckt. Kann ich dich allein lassen?"

„Sicher."

„Gut, wir sehen uns später." Er klopfte ihm gegen die Schulter und machte sich anschließend vom Acker, was Taylor nur recht war.

Sobald er allein war, machte er sich daran, selbst eine Runde zu drehen und seine Schuldigkeit zu leisten, indem er mit ein paar Leuten ins Gespräch kam und sogar mit dem Verantwortlichen der Party ein paar Worte wechselte. Er glaubte nicht, dass sich seine Anwesenheit am heutigen Abend irgendwann auszahlen würde, aber wenigstens konnte er sich nun nicht nachsagen lassen, dass er es nicht wenigstens versucht hatte. Sein Agent würde zufrieden sein.

Ungefähr zwei Stunden später verließ er die Party wieder und lief zu Fuß über den Sunset Boulevard, weil er auf die Schnelle kein Taxi bekommen hatte und die Uber in der Grammy-Nacht beinahe zusammenbrachen. Um ein wenig frische Luft zu bekommen, war ein nächtlicher Spaziergang nicht das Schlechteste.

Während er am *Roxy Theatre*, am berühmten Club *Whisky a Go Go* und am wunderbar heruntergekommenen *Viper Room* vorbeilief und die harten Bässe hörte, die aus dem letzten Club drangen, vermisste er die Zeiten, in denen er zusammen mit seinen Bandkollegen Clubs in Großstädten der ganzen Welt unsicher gemacht hatte. Nach ihren Konzerten waren sie in Clubs gefahren, um dort ausgelassen zu feiern, bevor sie nach der Sperrstunde ins Hotel gefahren waren und dort weitergemacht hatten. Sie hatten so verdammt viel Spaß gehabt.

Sie alle fünf.

Diese Zeiten vermisste er.

Komischerweise hatte er lange Jahre nicht an seine Zeit mit SpringBreak gedacht, sondern sich auf seine Solokarriere konzentriert. Dabei war ihm nie in den Sinn gekommen, dass er als Teil einer fünfköpfigen Band sehr viel glücklicher gewesen war als zu der Zeit, in der er als Solokünstler aufgetreten war.

Damals hatte er SpringBreak als Sprungbrett betrachtet, das er ausnutzen wollte, um irgendwann Solokünstler zu werden. Das hatte auch funktioniert, doch im Nachhinein hatte es viel mehr Spaß gemacht, mit vier anderen Menschen als Band – als Einheit – aufzutreten und mit ihnen Musik zu machen. Vielleicht vermisste er auch einfach nur die Leichtigkeit, die man mit Anfang zwanzig besaß, weil das Leben als Erwachsener manchmal verdammt schwer sein konnte.

Bevor er noch in Depressionen verfiel, schnappte er sich eines der Taxis, die vor einem Restaurant auf Fahrgäste warteten, und fuhr nach Hause nach Glendale. Während der knapp zwanzigminütigen Fahrt checkte er seine Mails, ärgerte sich über die Nachricht, dass ein wichtiger Termin mit einem Musikproduzenten abgesagt worden war, las die Anfrage eines Tonstudios, das ihn als Demosänger engagieren wollte, und hoffte, dass der Anruf seines Anlageberaters nichts Schlechtes bedeutete.

Als er sein Handy in seiner Hosentasche verstaute und sich anschließend in den Sitz zurücklehnte, befahl er sich, nicht eingeschnappt zu sein, dass man ihn als Demosänger haben wollte.

Dennoch nagte die Anfrage an seinem Ego. Demosänger wurden für Probeaufnahmen engagiert, um einen ersten Eindruck der Songs zu vermitteln, bevor die *richtigen* Sänger die Stücke einsangen. Für jemanden, der früher mit seiner Band mehrmals für den Grammy nominiert gewesen war, dreimal den Billboard Music Award und zweimal den MTV Music Award gewonnen hatte sowie daheim mehrere Platinplatten hängen hatte, war der Status eines Demosängers ein kolossaler Abstieg.

Noch vor ein paar Jahren hätte er gelacht oder zumindest geschmunzelt, wenn man ihm gesagt hätte, dass er als Demosänger arbeiten sollte.

„Sind Sie sicher, dass ich Sie nicht bei irgendeinem Club herauslassen soll? Es ist nicht einmal zwölf, und Sie sind zu sehr herausgeputzt, um allein nach Hause zu gehen."

Taylor schaute auf und begegnete dem Blick des Taxifahrers durch den Rückspiegel hindurch. Er lächelte schwach. „Nach Hause klingt fabelhaft."

„Langer Tag?"

„So könnte man es nennen."

„Streit mit der Freundin?"

Seine Mundwinkel zuckten. „Es gibt keine Freundin."

Der Taxifahrer, der dank des akkurat geschnittenen Bartes und der winzigen Brille dezente Ähnlichkeit mit Ringo Starr besaß, zog seine Augenbrauen in die Höhe. „Dann sollten Sie vielleicht wirklich ausgehen und sich auf die Suche nach einer machen."

Eine Freundin würde sicherlich dazu beitragen, dass er noch mehr Probleme hatte, als er ohnehin schon besaß. Aus seiner Erfahrung mit Frauen wusste er, dass das weibliche Geschlecht nicht damit zurechtkam, wenn der Mann bereits eine große Liebe besaß, für die er alles tun würde.

Und bei Taylor war es die Musik.

Frauen spielten nicht gerne die zweite Geige, wenn der Partner Musiker war und seine volle Aufmerksamkeit seinem Job widmete.

„Lieber nicht", wägte er ab, woraufhin der Taxifahrer mit den Schultern zuckte und das Radio lauter stellte.

„Für viel Gelächter, etwas Spott und auch einige Kritiken sorgte der Moderator der diesjährigen Grammy-Verleihung. Der britische Comedian Bill Carey überraschte das Publikum bei seiner Eröffnungsrede, indem er verkleidet als Liza Minnelli

auftrat und eine Darbietung von Cabaret *bot. Nur kurze Zeit später parodierte er den Skandal des letzten Jahres, als er mit blonder Perücke die Bühne betrat und die Rede der mehrmaligen Grammy-Gewinnerin Ivy persiflierte. Ivy, die nach ihrem grotesken Auftritt im letzten Jahr für einige Skandale sorgte, war in diesem Jahr nicht ...*"

„Könnten Sie das Radio bitte ausschalten?", bat Taylor den Taxifahrer und merkte, wie sich seine Kopfhaut unangenehm zusammenzog – auch dann noch, als der Fahrer das Radio längst ausgeschaltet hatte.

Nach seinen heutigen Gedanken über SpringBreak und über den Verlauf seiner Karriere wollte er nicht auch noch über *Ivy* nachdenken müssen.

Ivy.

Noch mehr Nostalgie, die unangenehme Gefühle in ihm auslöste, konnte er an diesem Abend wirklich nicht vertragen.

3

Sie hatte nicht geglaubt, dass es noch schlimmer werden könnte.

Alexis starrte auf die Titelseite des Schmierblattes und wäre am liebsten in einem Erdloch versunken und nie wieder aufgetaucht. Von allen Peinlichkeiten, die ihr im letzten Jahr passiert waren, war dieses Foto zusammen mit der Schlagzeile tatsächlich der Höhepunkt aller beschämenden Nachrichten – oder der Tiefpunkt. Es war eine Frage des Standpunktes. Alexis glaubte jedenfalls nicht, dass sie noch tiefer sinken konnte.

Himmel, sie konnte sich nicht einmal daran erinnern, wann und wie jenes Foto entstanden war. Jene Nacht in Las Vegas fühlte sich auch Monate später wie ein schlechter Albtraum an, aus dem sie nicht entkam.

Liebeskummer, Long Island Iced Tea und Las Vegas vertrugen sich leider überhaupt nicht und führten dazu, dass man verdammt schlechte Entscheidungen traf. Vor allem dann, wenn man keineswegs trinkfest war. Alexis hätte sich viel Kummer, einen Haufen Probleme und einige Demütigungen erspart, wenn sie damals zu Hause geblieben wäre, anstatt die Einladung eines Promoters anzunehmen und die Eröffnung eines Clubs zu feiern.

Von dem Geld einmal abgesehen.

Aber damals – vor etwas mehr als sechs Monaten – hatte sie sich dazu entschieden, für alle Welt sichtbar Party zu machen und die gehässigen Stimmen verstummen zu lassen, die davon sprachen, dass ihr das Herz gebrochen worden war und dass sie doch nicht Miss Supergirl höchstpersönlich war, der einfach alles gelang. Alexis hatte ihren Stolz retten wollen, und dieser Plan war absolut nach hinten losgegangen. Von ihrem Stolz war nichts mehr übrig.

Erst recht nicht, wenn sie vor einem Tribunal bestehend aus ihrer Mom, ihrem Agenten und ihrem Anwalt in ihrem eigenen Wohnzimmer saß, die alle sorgenvoll die Stirn runzelten und ein Gesicht machten, als hätten sie eine Steuerprüfung vor sich. Alexis hätte sich bei diesem Gespräch sehr viel wohler gefühlt, wenn ihre Mom allein gewesen wäre. Oder wenn Alexis wenigstens geduscht hätte, bevor die drei plötzlich bei ihr aufgetaucht wären. Ihre Pläne für den heutigen Tag, die darin bestanden hatten, eine wahnsinnig interessante Dokumentation über kanadische Holzfäller zu schauen, Pizza zu essen und einen ungefähr zweistündigen Mittagsschlaf zu machen, waren anscheinend hinfällig. Stattdessen musste sie hier sitzen und auf die Titelseite einer Zeitung starren, die sie lieber nicht zu Gesicht bekommen hätte.

„Der Aufstieg vom Stripper zum Millionär – dieser Mann verdiente pro Minute über neuntausend Dollar als Ehemann eines Popstars."

„Ich kann es lesen, Mom", unterbrach sie ihre Mutter, während ihre Wangen feuerrot wurden. Wer wurde in ihrem Alter auch schon gerne wie ein Teenager behandelt? Alexis wartete eigentlich nur noch darauf, zu Hausarrest verdonnert zu werden.

„Kennst du das Foto, das die Zeitung gedruckt hat?"

Nein, das tat sie nicht. Um ehrlich zu sein, konnte sie sich an kaum etwas erinnern, was damals passiert war. Und an den Mann, der ganze achtzehn Stunden lang ihr Ehemann gewesen war und dafür eine Abfindung von zehn Millionen Dollar erhalten hatte, als er einer Annullierung ihrer Ehe zustimmte, erinnerte sie sich ebenfalls nur schwach. Wenn sein Gesicht nicht in diversen Zeitschriften aufgetaucht wäre, wüsste Alexis nicht einmal, wie er aussah.

Ja, Long Island Iced Teas waren eine Erfindung des Teufels.

„Ich kenne es nicht", erwiderte sie, während es in ihrem Magen unangenehm grollte.

Eigentlich wollte sie nicht hinschauen, denn allein der kurze Blick auf die Titelseite hatte sie regelrecht ernüchtert, aber irgendeine diabolische Neugierde ließ sie das dort abgedruckte Foto suchen und betrachten. Gleichzeitig glühten ihre Ohren.

Ihre Hochzeit hatte sie sich immer anders vorgestellt – klassisch, stilvoll und romantisch. Das, was auf dem Foto zu sehen war, war weder klassisch noch stilvoll oder gar romantisch.

Es zeigte sie in einem unerhört kurzen Pailettenkleid mit tiefem Rückenausschnitt, barfuß und mit einem pinken Schleier auf dem Kopf, während ihr Bräutigam einen Cowboyhut, Jeans und eine Lederweste trug – und sonst nichts. Der Mann, den sie geheiratet hatte, war mit nacktem Oberkörper vor den Traualtar getreten, um sich von einem Elvis-Double verheiraten zu lassen, und war über und über mit Goldfarbe beschmiert gewesen. Eigentlich war es angesichts dieses Fotos, das offenbar heimlich aufgenommen worden war, ein Wunder, dass Alexis nicht längst für unzurechnungsfähig erklärt worden war.

Welche zurechnungsfähige Frau heiratete einen wildfremden Mann, den sie nur drei Stunden vorher auf einer Cluberöffnung kennengelernt hatte, auf der er als Stripper auf einer Bühne gestanden hatte?

„Also weißt du auch nicht, wer das Foto gemacht hat?"

Sie starrte ihre Mom an und war stolz, wie ruhig ihre Stimme klang, als sie trocken erwiderte: „Ich weiß nicht einmal mehr, wie ich an jenem Abend in diese Hochzeitskapelle gekommen bin, Mom. Wie soll ich also wissen, wer das Foto aufgenommen hat?"

Ihre Mutter drehte sich zu Alexis' Anwalt um, der sich bedeutungsvoll räusperte und genauso wie Alexis' Agent einen dunklen Anzug trug, der mit Sicherheit eine schöne Stange Geld gekostet hatte. Alexis hatte keine genauen Zahlen im Kopf, aber beide Männer hatten sich eine goldene Nase verdient, seit sie für sie arbeiteten, denn sie war seit ihrer Volljährigkeit, als sie mit ihrem Debütalbum durchgestartet war, eine regelrechte Gelddruckmaschine gewesen.

Das wusste auch ihre Mom, die ehrgeizig an ihrer Karriere gearbeitet hatte, sie managte und seit fast einem Jahr darum bemüht war, Alexis wieder auf Spur zu bringen.

Alexis liebte ihre Mutter, aber angesichts des Eintausend-Dollar-Haarschnitts, des maßgefertigten Kostüms und der eleganten Uhr von Cartier, die ihre Mom an ihrem linken Handgelenk trug, musste sie sich fragen, worüber sie sich am meisten Sorgen machte – um Alexis oder um ihre Einnahmequelle.

Kaum hatte sich dieser Gedanke in ihrem Kopf festgesetzt, wand sie sich innerlich, denn Alexis wollte ihrer Mutter kein Unrecht tun. Vielleicht hatte sie in letzter Zeit einfach zu viel ferngesehen und sah überall Verschwörungen, anstatt rational zu bleiben.

„Gilbert, wir haben mit diesem Goldgräber einen Vertrag, dessen Auflage besagt, dass keine Einzelheiten zur Eheschließung, zur Annullierung und zum Inhalt des Vertrages bekannt werden darf!“

Besagter Goldgräber hieß eigentlich Carlos Hernandez und war unter dem Künstlernamen Hector aufgetreten. Das alles hatte Alexis erfahren, als sie mit einem furchtbaren Kater in ihrer Hotelsuite aufgewacht war und ihrer Mutter Rede und Antwort stehen musste, nachdem die nach Las Vegas geflogen war. Vermutlich konnte Alexis von Glück reden, dass ihr Bodyguard sie mit ihrem frisch Angetrauten im Bellagio aufgegabelt hatte, bevor die beiden die Ehe vollziehen konnten.

Kaum zu glauben, wie blöd sie damals gewesen war.

Es gab genügend Popsternchen, die solche Dummheiten anstellten, zu viel tranken und sich keine Gedanken um Konsequenzen machten, aber Alexis war schon immer der vernünftige, abwägende und vorsichtige Typ gewesen. Bis heute verstand sie nicht, dass ausgerechnet sie derart ausgeflippt war. Mädchen mit Anfang zwanzig warfen alle Bedenken über Bord und heirateten einen Wildfremden, aber das taten keine Frauen mit zweiunddreißig Jahren, die ein ausgeprägtes Verantwortungsgefühl besaßen.

„Wir kennen die Quelle der Zeitschrift nicht und wissen auch nicht, von wem das Foto stammt. Unter diesen Umständen ist es schwierig, Mr. Hernandez einen Vertragsbruch nachzuweisen. Ich persönlich denke nicht, dass er die Quelle ist, schließlich geht es bei ihm um zehn Millionen Dollar, die er zusammen mit einer Strafe zurückzahlen müsste, wenn er gegen die Auflagen des Vertrages verstößt."

Die Aussage des Anwalts schien ihrer Mom nicht zu gefallen, weil sie die Stirn runzelte. „Wer soll denn die geheimen Klauseln des Vertrages publik gemacht haben? Wir waren es schließlich nicht!"

„Du weißt doch selbst, dass es bei solchen Angelegenheiten immer jemanden geben kann, der davon Wind bekommt und zur Presse rennt, Emma."

„Und damit sollen wir uns abspeisen lassen?" Das Gesicht ihrer Mutter wurde zornesrot. „Wozu gibt es überhaupt die Verschwiegenheitsklausel, wenn die Einzelheiten des Vertrages doch an die Öffentlichkeit geraten?"

„Wenn keine der beiden Parteien dagegen verstößt, dann können wir nichts tun", bemühte sich der Anwalt zu erklären.

„Damit gebe ich mich nicht zufrieden. Ich werde einen Privatdetektiv engagieren, der herausfinden soll, von wem die Informationen und das Foto stammen, die dieses unsägliche Schmierblatt publik gemacht hat."

Alexis schloss für einen Moment die Augen, bevor sie ihre Mutter mit müder Stimme bat: „Mom, können wir die Sache nicht auf sich beruhen lassen?"

Das Gesicht ihrer Mutter, das nicht zu altern schien und beneidenswert schön war, erstarrte förmlich, als sie sich zu ihrer Tochter drehte und sie verständnislos ansah. „Wie bitte?"

Alexis zuckte hilflos mit den Schultern. „Was bringt es denn, wenn wir wissen, wer für den Artikel verantwortlich ist? Die Zeit zurückdrehen können wir dadurch nicht."

„Darum geht es nicht."

„Und worum geht es dann?" Alexis schüttelte kurz den Kopf. „Ich will nicht, dass die Angelegenheit noch mehr Aufmerksamkeit bekommt. Die letzten Monate waren peinlich genug", gestand sie, obwohl es ihr schwerfiel, dies in Gegenwart der beiden Männer zuzugeben. Ihr Liebesleben sollte schließlich nur sie etwas angehen.

„Umso peinlicher wird es sein, wenn nun Spekulationen über diesen Mann publik werden und wir dem nichts entgegensetzen."

Sie seufzte innerlich auf, während sie ihrer Mutter erklärte: „Übermorgen ist schon Gras über die Sache gewachsen. Die Blitzhochzeit ist bereits ein paar Monate her. Niemand interessiert sich mehr dafür, wenn wir die Gerüchte nicht anheizen, indem wir ein Dementi verkünden ..."

„Alexis, dein Ruf steht auf dem Spiel."

„Und du meinst, dass es meinem Ruf helfen könnte, wenn du einen Privatdetektiv engagierst?" Sie erhob sich und verschränkte schützend die Arme vor der Brust. „Mir ist es egal, dass diese Zeitschrift Details der Annullierungsvereinbarung veröffentlicht."

„Mir ist es nicht egal", widersprach ihre Mutter. „Und vielen anderen ist es ebenfalls nicht egal. Deine Plattenfirma interessiert sich beispielsweise sehr für dein Image, das unter diesem Artikel noch mehr zu leiden hat als zuvor." Mit ordentlich manikürten Fingernägeln tippte ihre Mom aufgebracht gegen das Foto auf der Titelseite. „Dieser Mann trägt nur eine Lederweste!"

„Vergiss den Cowboyhut nicht."

„Das ist nicht witzig, Alexis."

Sie schob das Kinn nach vorn. „Sehe ich etwa aus, als wäre mir zum Lachen zumute?"

„Du solltest die ganze Angelegenheit etwas ernster

nehmen! Nicht nur dein Ruf steht auf dem Spiel, sondern auch deine Karriere."

Alexis' Agent mischte sich in das Gespräch der beiden ein, das immer lauter zu werden versprach. „Wir sollten uns alle erst einmal beruhigen. Okay?"

Alexis spürte, dass ihr Puls raste und sie vor lauter Anspannung ganz steif wurde. Sie wusste, dass sie damals einen Fehler gemacht hatte. Und sie wusste auch, dass sie aus ihrem Schneckenhaus herauskommen musste, wenn sie nicht wollte, dass ihre komplette Karriere den Bach hinunterging. Aber wie sollte sie mit einem strahlenden Lächeln vor ihre Fans treten, Autogramme geben und allen den immer fröhlichen Popstar vorspielen, wenn sie derart niedergeschmettert war und wenn sie sich ausgenutzt, benutzt und hintergangen fühlte?

In dieser Situation hätte sie ihre Mom gebraucht, aber nicht ihre Managerin, die sich nur für Alexis' Image und ihre Außenwirkung interessierte.

„Das ist eine ernste Sache, Alexis", begann ihr Agent mit besorgter Miene zu erklären. „Aber ich gebe dir recht, dass wir diesen Artikel am besten ignorieren sollten. Gleichzeitig ist es höchste Zeit, dich wieder ins richtige Licht zu rücken. Du hast dich monatelang nicht blicken lassen, und die Öffentlichkeit beginnt, die Gerüchte zu glauben, die über dich kursieren. Auch wenn wir kein Dementi hinsichtlich des Artikels veröffentlichen, müssen wir gegensteuern, um deinen guten Ruf wiederherzustellen."

„Gegensteuern?" Sie schluckte schwer, denn in ihren

Ohren klangen die Worte ihres Agenten danach, sich wieder draußen blicken zu lassen und an die Öffentlichkeit zu gehen. „Was meinst du damit?“

Sehr ernst schaute er sie an. „Ivy ist als das fröhliche, herzliche, talentierte und typisch amerikanische Mädchen von nebenan berühmt geworden, das man sich als Tochter oder beste Freundin wünscht. Du bist der Vorzeige-Star, Alexis – skandalfrei und pflichtbewusst. Dass du dich in Las Vegas hast volllaufen lassen und einen Stripper geheiratet hast, war schlimm genug für deine konservativen Fans und insbesondere für die Eltern deiner minderjährigen Fans, aber dass du dich seit Monaten verkriechst, erweckt den Eindruck, dass du Depressionen und eventuell ein Alkoholproblem hast.“

„Ich habe kein Alkoholproblem“, wehrte sie sofort ab. Allein die Vorstellung war lächerlich. „Ich mag nicht einmal Rumkugeln!“

„Du warst total betrunken, als du einen Stripper geheiratet hast!“

„Die Sache in Las Vegas war eine absolute Ausnahme, und das wisst ihr.“

„Aber das wissen die Leute nicht, die dich nur aus Musikvideos kennen und das Foto mit diesem halb nackten Stripper gesehen haben“, erwiderte ihr Agent schonungslos. „Wir brauchen gute Presse, bevor Ivy als abgestürzter Popstar wahrgenommen wird. Du weißt doch, wie schnelllebig die Branche ist.“

„Außerdem dürfen wir nicht vergessen, wie viel Geld auf dem Spiel steht.“ Das kam von ihrer Mutter, auf deren

Wangen sich rote, hektische Flecken gebildet hatten. „Du hast einen Vertrag mit deiner Plattenfirma zu erfüllen, und die Zeit läuft bald ab. Es fehlen noch immer ein paar Songs, und eingesungen ist erst ein Viertel. Seit Monaten warst du nicht im Tonstudio. Die Produzenten werden langsam nervös. Und wir auch."

„Mir macht die Möglichkeit einer Vertragsverletzung mit *Shine Productions* am meisten Sorgen", bekannte ihr Anwalt. „Der Vertrag besagt ganz deutlich, dass du als Ivy ein gewisses Image pflegen und nach außen präsentieren musst. Die Plattenfirma hat dich jahrelang als All-American-Girl vermarktet. Der Skandal deiner Annullierung muss vom Tisch sein, bevor das neue Album veröffentlicht wird. Und das bedeutet, dass wir nicht einfach die Hände in den Schoß legen können, während irgendwelche Artikel über dich im Umlauf sind. Dein Image leidet, und dein Image ist Bestandteil deiner Verträge."

Ihr Agent gab ihm sofort recht. „Alexis, du hast schon das Sponsorship mit der Kosmetikfirma verloren, die an dir als Werbegesicht ihrer Pflegelinie interessiert war. In deiner jetzigen Position kannst du dir nicht noch mehr schlechte Presse leisten. Dave Phillips von *Shine Productions* ist zwar dein größter Fan und hatte bislang immer Verständnis für dich, aber er wird keine Sekunde zögern, dich fallen zu lassen, wenn er mit Verlusten rechnen muss."

Dass er ausgerechnet Dave Phillips ins Spiel brachte, den Mann, der ihr als Achtzehnjährige einen Vertrag und damit eine Chance gegeben und sie seither protegiert hatte, gab Alexis zu denken. Irgendwie war sie nämlich immer davon ausgegangen, der Unterstützung ihres Produzenten sicher zu sein. Wenn sogar Dave Phillips darüber nachdachte, sie fallen zu lassen, dann war die Situation ernster als gedacht.

Weil alle drei Augenpaare kritisch und teilweise tadelnd auf sie gerichtet waren, nahm ihre Stimme einen etwas trotzigen Tonfall an. „Und was soll ich jetzt tun? Schadensbegrenzung üben?"

Ihre Mutter verzog den Mund. „Für eine einfache Schadensbegrenzung ist es etwas spät."

„Wir dachten an eine Art Charme-Kampagne", warf ihr Agent ein.

„Charme-Kampagne?" Alexis runzelte die Stirn. „Und wie soll die aussehen?"

* * *

„Na, altes Haus, was treibst du gerade?"

Taylor schnitt eine Grimasse, während er den Stapel Rechnungen, die er soeben durchgegangen war, auf den Tisch in seiner Küche fallen ließ. Leider trudelten zurzeit mehr Rechnungen als Tantiemenzahlungen ein, was zusammen mit der Nachricht seines Anlageberaters, dass ein paar seiner Aktienpakete deutlich an Wert verloren hatten, zu seiner schlechten Laune beitrug. Momentan war einfach der Wurm drin. Eigentlich hatte Taylor heute den ganzen Tag in einem Aufnahmestudio verbringen wollen, aber den Termin hatte er am Morgen abgesagt, weil er nicht in der Stimmung war, seine neuen Songs einzusingen.

Unter diesen Voraussetzungen wären die Aufnahmen katastrophal geworden.

Vielleicht half ja Coles Anruf, ihn ein wenig aufzuheitern, denn sein Kumpel war der Inbegriff der guten Laune.

„Nicht viel, um genau zu sein. Ich arbeite an einem neuen Song, aber bislang ist er miserabel. Und wie sieht es bei dir aus?"

„Vor allem sonnig", ertönte Coles blendend gelaunte Stimme. „Du weißt ja – in San Diego scheint immer die Sonne."

„Wie auch in Los Angeles."

Sein Freund lachte amüsiert. „Danach klingst du aber nicht."

„Auch wenn die Sonne scheint, muss das nicht auf meine Laune abfärben." Taylor ließ sich auf den Barhocker seiner Küche sinken, die rein funktionell eingerichtet war, was kein Wunder war, weil es sich um eine Mietswohnung handelte. Obwohl Taylor seit Jahren in Los Angeles wohnte, kam er immer nur in Mietswohnungen unter, um flexibel zu sein, wenn es darum ging, seinen Wohnort zu wechseln. Von seinen Musikinstrumenten abgesehen reiste er gerne mit leichtem Gepäck und war nicht sonderlich anspruchsvoll, was seine Unterkunft betraf. Das eine und auch andere Mal hatte er darüber nachgedacht, ein Haus oder eine Wohnung zu kaufen und dort ein eigenes Tonstudio einbauen zu lassen, aber diesen Schritt wollte er erst gehen, wenn er wieder oben angekommen war. Bis dahin war ihm diese Investition einfach zu risikoreich.

„Dann solltest du dir vielleicht einige Tage freinehmen und nach San Diego kommen, um mit mir abzuhängen, an den Strand zu gehen und auszuspannen", riet Cole ihm. „Ein Kumpel hat mir für ein paar Wochen sein Strandhaus überlassen, während ich hier arbeite, und die Aussicht ist fantastisch."

„Lass mich raten", versetzte Taylor trocken. „Direkt vor deiner Tür findet die Meisterschaft im Frauen-Beachvolleyball statt."

Cole lachte heiser. „Komm vorbei und finde es selbst heraus."

„Ich muss arbeiten."

„Du arbeitest immer", hielt sein Freund ihm entgegen. „Ein bisschen Erholung würde dir guttun."

„Vielleicht", gab er zu. „Aber du weißt ja, wie das ist. Ich suche nach einer Plattenfirma, die mein nächstes Album produziert. Leider ist das einfacher gesagt als getan."

„Was sagt dein Agent?"

Taylor streckte seine Beine von sich und fuhr sich mit einer Hand durch sein Haar. Es war schwer, nicht frustriert zu sein, denn seit Tagen wartete Taylor auf einen Rückruf seines Agenten. Wie es aussah, stand Taylor auf dessen Prioritätenliste ziemlich weit unten, seit er eine Sechzehnjährige unter Vertrag genommen hatte, die die neue Miley Cyrus werden wollte. „Der ist genauso optimistisch wie ich. Nämlich gar nicht."

„Autsch." Cole räusperte sich. „Es ist zwar keine große Sache, aber im Herbst bin ich als DJ für eine Kreuzfahrt gebucht. Zehn Tage Karibik mit Vollverpflegung und einer ziemlich guten Gage. Die suchen noch einen Sänger für ihr abendliches Programm. Soll ich dich vorschlagen?"

Bilder, die er vor knapp vier Jahren während eines Besuches bei seinen Eltern über einer Portion Käsekuchen hatte anschauen müssen, tauchten vor seinem inneren Auge auf. Bilder, die seine Stiefmutter in einem knallorangen Bikini und seinen Dad mit einem knallroten Sonnenbrand auf einer Kreuzfahrt um Hawaii zeigten. Damals hatte Taylor den Eindruck gewonnen, dass das Klientel auf solchen Kreuzfahrten selten jünger als sechzig war. Cole wäre auf solch einer Kreuzfahrt der absolute Publikumsmagnet – auf jeden Fall unter den weiblichen Gästen, die ihn umschwärmen würden, während er die Aufmerksamkeit genoss.

Bei Taylor sah es leider etwas anders aus, denn die Urlaubsfotos seiner Eltern hatten ihn ein wenig abgeschreckt. Mit kreischenden Groupies, die Teddybären auf die Bühne warfen, kam er klar, aber mit übergriffigen Damen im Rentenalter, die mit Stützstrümpfen in der Luft herumfuchtelten und ihn an den Hintern fassten, sah es anders aus.

„Im Herbst? Ist da nicht Hurricansaison?"

„Aus dir spricht der Pessimist", verkündete Cole gut gelaunt. „Sieh es als bezahlten Urlaub an. Wir beide hängen zusammen ein paar Tage auf einem Kreuzfahrtschiff ab, trinken Cocktails, machen abends ein bisschen

Musik und schauen uns nach einer netten Urlaubsbegleitung um, wenn wir Lust dazu haben."

Taylor schnaubte. „Du weißt aber schon, wie hoch das Durchschnittsalter von Gästen solcher Kreuzfahrten ist?"

„Wie gesagt – du bist ein Pessimist. Einige der alten Damen und Herren werden bestimmt von ihren jungen Enkelinnen begleitet, die sich um ihre Großväter und Großmütter kümmern. Und da die übrigen Gäste viel älter sind als wir, haben wir freie Bahn."

„Das klingt wahnsinnig verlockend, aber ich schätze, dass ich dennoch absagen muss. Bis zum Herbst ist es noch lang hin. Wer weiß, was bis dahin passiert."

Mit anderen Worten hoffte er trotz schlechter Prognose dennoch auf einen Plattenvertrag, auch wenn er das nicht so offen sagte.

Cole verstand ihn trotzdem. „Okay, aber falls du dich anders entscheidest, lass es mich bald wissen."

„Mhm." Er wechselte das Thema. „Wie lange bleibst du noch in San Diego?"

„Nur ein paar Wochen. Anschließend komme ich zurück nach Los Angeles, und ich hoffe, dass ich in der ersten Zeit auf deiner Couch schlafen kann, bis ich etwas Geeignetes gefunden habe."

Etwas Geeignetes konnte in Coles Fall vieles bedeuten – eine WG mit einigen Models, eine Studentenbude mit ausländischen Studienanfängerinnen oder eine Villa mit privatem Strandzugang einer schwerreichen Frau. Cole blieb ein Frauenmagnet. Das hatte sich seit ihrer Zeit mit

SpringBreak nicht geändert. „Klar, du bist immer herzlich willkommen“, versicherte Taylor ihm.

„Das höre ich gerne, Bruder. Ach, da fällt mir ein, dass ich Jesse vor Kurzem über den Weg gelaufen bin, als ich einen Abstecher nach New York gemacht habe. Für einen Kerl, der morgens um drei Uhr aufstehen muss, um eine Radioshow zu moderieren, sah er ziemlich gut aus. Und er lässt dich grüßen.“

„Was macht Jesse denn in New York? Ich dachte, er wohnt in Chicago.“

Irgendwo im Hintergrund waren laute Frauenstimmen zu hören, die ziemlich schrill kreischten – die Geräusche erinnerten Taylor an feierwütige Groupies, die miteinander rummachten, um die Aufmerksamkeit der Männer im Backstagebereich zu gewinnen. Himmel, war das lange her!

Cole war inmitten des Gekreisches kaum zu verstehen. „So lange konnten wir gar nicht reden. Er war in Begleitung einer aufgedonnerten Blondine, die ihn kaum aus den Augen ließ.“ Er seufzte genervt. „Ich hatte schon Schiss, dass sie mir in die Eier treten könnte, weil sie Jesse ganz für sich allein haben wollte. Hoffentlich ist das nichts Ernstes zwischen ihm und der Tussi.“

Weil sich das laute Kreischen sogar noch steigerte, wollte Taylor von Cole wissen: „Was ist bei dir los? Es klingt nach einer Zombieattacke.“

„Falls sich alle Zombies in winzigen Bikinis eine Wasserpistolenschlacht liefern, dann lasse ich mich gerne von ihnen beißen.“ Cole klang merkwürdig zufrieden und beschrieb die Situation, die sich offenbar gleich in seiner unmittelbaren Gegenwart abspielte. „Das solltest du sehen, Mann. Ich wette fünf Mäuse, dass es nicht mehr lange dauert, bis mindestens eine von ihnen ihr Oberteil verliert."

Taylor verdrehte die Augen. „Hast du mir verheimlicht, dass du seit Neuestem als Hausmeister einer College-schwesternschaft arbeitest?"

„Die Idee klingt gar nicht schlecht", witzelte sein Kumpel. „Ein paar wirklich heiße Mädels verbringen den Tag am Strand und liefern sich gerade direkt vor meinem Fenster eine Wasserschlacht. Ich fürchte, ich muss auflegen, um zwischen ihnen für Frieden zu sorgen."

„Du solltest darüber nachdenken, anstatt als DJ als Friedensbotschafter der Vereinten Nationen zu arbeiten", schlug Taylor trocken vor. „Auf diese Weise hätte die ganze Welt etwas von deinem Talent, zwischen Konfliktparteien zu vermitteln."

„Ich werde darüber nachdenken", versprach Cole lachend, bevor er auflegte.

Nachdem sie das Telefonat beendet hatten, schnappte sich Taylor seine Wohnungsschlüssel und machte sich auf den Weg nach draußen. Die Arbeit hatte ihn heute nicht nur frustriert, sondern ihn auch davon abgehalten, etwas zu essen. Also lief er durch seine momentane Nachbarschaft, genoss das milde Wetter und gönnte sich einen kleinen Snack. Im Plattenladen, der sich nur wenige Straßen entfernt befand, stöberte er eine gute Stunde lang herum und kaufte eine Aufnahme von Ella Fitzgerald, bevor er wieder zurück zur Wohnung schlenderte, in der er zurzeit lebte.

Kaum hatte er die Tür hinter sich geschlossen, begann sein Handy zu klingeln. Überraschenderweise war es sein Agent, der sich endlich bei ihm meldete. Es geschahen also doch noch Wunder.

„Hey, Mike. Wie komme ich zu der Ehre deines Anrufs?"

„Tut mir leid, dass du so lange auf einen Rückruf warten musstest, Taylor. Du weißt ja, wie das ist – die Vertragsverhandlungen meiner neuen Künstlerin haben länger gedauert als geplant."

„Kein Problem", erwiderte Taylor lässig, auch wenn er innerlich mit den Zähnen knirschte.

„Tja, also ... ich habe eine gute und ich habe eine schlechte Nachricht. Welche willst du zuerst hören?"

Weil sein Agent merkwürdig klang und den Anschein machte, dass ihm das Telefonat unangenehm sei, erwiderte Taylor wachsam: „Zuerst die schlechte, Mike."

„Die Produzenten, mit denen ich über dein nächstes Album gesprochen habe, sind leider nicht interessiert."

Das hatte Taylor zwar geahnt, dennoch traf ihn die Nachricht mitten in den Magen. „Haben sie sich die Demobänder wenigstens angehört?"

Mike seufzte schwer. „Du kennst die Branche, Taylor. Momentan werden andere Künstler gesucht. Jungs wie Ed Sheeran oder Shawn Mendes, die bedeutend jünger sind als du."

Sein Agent war die Offenheit in Person.

„Und die gute Nachricht?“, wollte er wissen, bevor Mike auf die Idee kommen konnte, ihm einen Platz in einem Seniorenheim zu vermitteln.

„Wie soll ich es sagen? Ich weiß selbst nicht genau, was ich damit anfangen soll, aber ich hatte gerade aus heiterem Himmel einen Anruf von Dave Phillips, der sich nach dir erkundigt hat.“

Augenblicklich war Taylor hellwach, denn Dave Phillips war nicht einfach nur irgendein Musikproduzent. Er war *der* Musikproduzent – seit Jahrzehnten im Geschäft mit der richtigen Spürnase für Talente mit Starpotenzial, die alle groß rausgekommen waren. „Du hast mit Dave Phillips über mich gesprochen?“

„Ja, das habe ich. Zwischenzeitlich habe ich befürchtet, vor Ehrfurcht zu erstarren, und einmal dachte ich, dass mich einer meiner Kollegen verarschen würde und sich als Dave Phillips ausgegeben hat, aber er war es wirklich.“

„Das ist nicht dein Ernst.“

„Doch.“ Mike räusperte sich und klang so ungläubig, wie sich Taylor fühlte. „Er lässt fragen, ob du Interesse hättest, dich mit ihm zu treffen.“

Taylor hatte das Gefühl, sich setzen zu müssen, bevor er weiche Knie bekam. Gleichzeitig krächzte er förmlich in sein Handy hinein: „Du willst mich doch auf den Arm nehmen!“

„Nein, tue ich nicht. Ich bin genauso überrascht wie du.“

Überrascht? Der Begriff beschrieb nicht einmal annähernd das Gefühl, das Taylor zurzeit hatte. „Wie kommt

Dave Phillips auf mich? Hattest du ihm mein Projekt vorgeschlagen?“

Mike schien in den Telefonhörer hinein zu schnauben. „Nimm's mir nicht übel, Taylor, aber Dave Phillips und *Shine Productions* gehören zur obersten Garde. Ich kann mich nicht erinnern, denen jemals irgendjemanden vorgeschlagen zu haben. Die haben nur Top-Künstler unter Vertrag.“

„Und wieso ruft er dich dann an und erkundigt sich nach mir?“

„Das solltest du ihn selbst fragen. Ich hoffe, du hast morgen noch nichts vor, denn er lädt dich zu sich nach Hause ein.“

Taylor brauchte ein paar Sekunden, um sich zu fassen. „Habe ich dich richtig verstanden?“, hakte er ungläubig nach. „Ich soll morgen Dave Phillips in dessen Haus treffen?“

„Ja, um zwölf Uhr. Die Adresse schicke ich dir noch.“

Kopfschüttelnd erwiderte er: „Wenn du ihm meine Demobänder nicht einmal zugeschickt hast, was will er dann von mir?“

„Keine Ahnung“, antwortete sein Agent. „Ich kann dir nur sagen, dass er mich völlig unerwartet angerufen hat, um sich nach dir zu erkundigen. Aber ...“

„Aber?“

„Aber ich hatte den Eindruck, dass er ziemlich gut informiert war, was dich betraf. Von mir wollte er vermutlich nur eine Bestätigung. Warum auch immer.“

„Warum auch immer“, wiederholte Taylor und konnte sich keinen Reim auf das machen, was er gerade hörte.

„Ach, und eine Sache wäre da noch.“

„Die da wäre?“

„Er bat um absolute Verschwiegenheit und darum, allein und vertraulich mit dir zu reden – unter vier Augen.“

4

Das Haus, das Dave Phillips bewohnte, als einfaches Haus zu beschreiben, grenzte fast schon an Blasphemie. Als Taylor mit seinem Jeep vorfuhr, befürchtete er angesichts der Pracht des Anwesens mitten in Brentwood, umgehend fortgeschickt zu werden, weil man ihn für einen Schnorrer oder Bettler halten könnte. Überraschenderweise ließ das Wachpersonal, das am Eingang des Anwesens in einem Überwachungshäuschen saß, ihn jedoch hinein und öffnete das ungefähr drei Meter hohe Tor, damit Taylor die Einfahrt hochfahren konnte.

Seit fast zwanzig Jahren war er immer wieder in luxuriösen Villen und Anwesen zu Gast gewesen und hatte während seiner Zeit mit SpringBreak zusammen mit den anderen vier für ein paar Monate selbst in einer Villa samt Pool und Tennisplatz in Florida gewohnt, aber das Anwesen des Musikproduzenten hatte etwas Einschüchterndes an sich. Bereits von außen sahen das mehrflügelige Haus sowie die gepflegten Außenanlagen samt der Gärten verdammt kostspielig und beeindruckend aus, aber das Innere übertraf den ersten Eindruck um einiges.

Auch Dave Phillips war eine beeindruckende Erscheinung, der Taylor gleich am Hauseingang in Empfang nahm und durch das Haus bis auf die Terrasse führte. Und obwohl der Musikmogul eine beeindruckende Person war, gab er sich total bodenständig, goss für Taylor und für sich zwei Gläser mit Eistee ein und bat ihn, Platz zu nehmen.

Also fand sich Taylor auf der breit angelegten Terrasse unter Sonnensegeln in einem bequemen Gartenstuhl wieder, während der Mann ihm ein Glas Eistee in die Hand drückte, der Elvis Presley, Michael Jackson und die Beatles entdeckt hätte, wenn er damals schon im Geschäft gewesen wäre.

„Nett, dass Sie gekommen sind, Taylor, obwohl ich mich so kurzfristig gemeldet habe."

Er wollte ehrlich sein und entgegnete daher: „Gibt es jemanden, der einen Termin bei Ihnen nicht wahrnehmen würde?"

Der ältere Mann mit den grau melierten Haaren grinste. „Touché. Trotzdem bin ich sehr erleichtert, dass Sie meiner Einladung gefolgt sind. Ich würde Ihnen nämlich gerne einen etwas ungewöhnlichen Vorschlag unterbreiten."

„Ich bin ganz Ohr", versprach er dem anderen Mann und nahm einen Schluck von seinem Eistee, obwohl ihm vor Anspannung und Aufregung gar nicht der Sinn nach einem Getränk stand. Dazu kam der atemberaubende

Blick auf die Skyline von Los Angeles und andere Anwesen, die Dave Phillips seine Nachbarschaft nannte.

Der Musikproduzent streckte seine Beine von sich, musterte Taylor eingehend und wollte dann unvermittelt wissen: „Wie lange ist es her, dass Sie mit Ihrer Platte den Platinstatus erreicht haben?“

Obwohl er mit der Frage nicht gerechnet hatte, antwortete er schlicht: „Elf Jahre.“

„Das ist eine lange Zeit. Und das zweite Album, das Sie als Solokünstler herausgebracht haben, lief nicht besonders gut, richtig?“

„Es lief überhaupt nicht und war ziemlich schlecht.“

Der andere Mann lachte rau auf. „Ziemlich schlecht?“

Taylor schaute ihm direkt in die Augen. „Es war beschissen.“

Das schien ihn ehrlich zu amüsieren. „So viel Ehrlichkeit ist in unserer Branche selten.“

Während er mit den Schultern zuckte, erklärte er: „Sie werden die Zahlen kennen, und ich bin mir sicher, dass Sie auch die Songs kennen. Von daher will ich nichts beschönigen, was so offensichtlich ist.“

Dave Phillips nickte leichthin, ohne etwas zu sagen. Stattdessen lehnte er sich in seinem Sessel zurück wie jemand, der keine Sorgen auf der Welt hatte und den sonnigen Tag auf der Terrasse seiner Villa in den Hügeln von Los Angeles genießen wollte. Taylor war sich sicher, dass irgendetwas hinter der Frage nach seinen Alben steckte. Nur wusste er noch nicht, was das war. Und er wollte nicht allzu sehr darüber nachdenken, denn hier zu sitzen und die Gelegenheit zu haben, mit Dave Phillips zu reden, war sicherlich einmalig. Die Chance wollte er nicht versauen, indem er sich den Kopf zerbrach.

„Ich fand *Left behind* ziemlich genial und hätte mir in den Hintern treten können, dass ich es nicht produziert hatte."

„Danke", erwiderte Taylor.

„Was ich schon immer wissen wollte, Taylor: Wie kam es, dass Sie nach dem ersten Album, das so grandios war, ein derart verkorkstes zweites Album mit diesen schlechten Songs veröffentlicht haben?"

„Nicht alle Songs waren schlecht." Das wollte er klarstellen, weil einige Lieder richtig gut gewesen waren. Leider waren es nur einige gewesen. „Aber die erste Auskoppelung war die falsche Wahl – ein kitschiger Liebessong mit keinen guten Lyrics und keinem richtigen Flow. Von da an hatte das ganze Album keine Chance mehr. Niemand interessierte sich für den Rest."

„Also hat es die Plattenfirma verbockt?" Dave Phillips zog interessiert eine Augenbraue in die Höhe.

Taylor war nicht so dumm, die Schuld an dem missratenen Album seiner alten Plattenfirma in die Schuhe zu schieben. „Nicht nur. Ich bin auch schuld, weil ich zu allem Ja und Amen gesagt habe, anstatt darauf zu bestehen, die Songs selbst zu schreiben, oder wenigstens gegen einige der Songauswahlen zu protestieren. Ich hätte mir mit dem zweiten Album mehr Zeit lassen sollen. Stattdessen habe ich mich von der Euphorie um mich herum anstecken lassen. Vielleicht war es auch jugendliche Arroganz, die mich denken ließ, dass ich bereits ein Superstar war, dessen Platten nur wegen des Namens darauf verkauft würden." Er legte den Kopf schief und lächelte schwach. „Hochmut kommt vor dem Fall."

„Mir gefällt, wie Sie denken, Taylor. Es gehört viel dazu, eigene Fehler zu akzeptieren."

Er nahm einen Schluck von seinem Eistee und erklärte anschließend: „Mir blieb ja auch nichts anderes übrig."

Der andere Mann schien ihn eine Ewigkeit zu mustern. „Und nach so vielen Jahren sind Sie noch immer im Geschäft und wollen wieder durchstarten."

„Ich versuche es."

„Ihr Agent hat mir erzählt, dass Sie an einem neuen Album arbeiten."

Er nickte bedächtig. „Das stimmt. Dieses Mal lasse ich mir mehr Zeit und habe ein paar Songs wieder verworfen, die ich bereits eingespielt hatte, weil sie nicht zum Rhythmus des Albums passten. Mittlerweile bin ich aus dem Alter raus, Einheitslieder zu singen, weil sie zu einem Image passen, das sich besonders gut verkauft. Ich will weg von der seichten Popmusik, bei der jeder Ton gemastert und am PC überarbeitet wird. Stattdessen will ich hin zur Rockmusik – zu etwas Ursprünglichem. Stimme und Instrumente ohne viel Chichi."

Taylor konnte sehen, dass sich der andere Mann ein Grinsen verkneifen musste. „Sie wissen aber schon, dass ich momentan einige Sänger unter Vertrag habe, deren Musik fast ausschließlich am Computer entsteht?"

„Ja, aber diese Sänger sind mindestens zehn Jahre jünger. Und deren Zielpublikum auch."

Neugierig beugte er sich nach vorn. „Ihr Zielpublikum soll also älter sein?"

„Ich denke, dass gute Musik kein Zielpublikum braucht."

„Das stimmt, aber Sie vergessen, dass Sie früher Mitglied einer Boyband waren."

„Ja, und wir haben gute Musik gemacht, unsere eigenen Instrumente gespielt und niemals Gruppentänze performt." Taylor stieß die Luft aus. „Hören Sie, Mr. Phillips, ich bin Musiker durch und durch, und ich weiß, was ich kann. Jetzt brauche ich lediglich eine zweite Chance als Solokünstler."

„Mhm. Sieht ganz danach aus."

Mit dieser Antwort hatte Taylor irgendwie nicht gerechnet.

Geradezu freundlich und beiläufig ließ der andere Mann verlauten: „Ich habe mich ein bisschen über Sie schlau gemacht, Taylor. Ihr Name wurde noch nie mit einem Skandal in Verbindung gebracht. Keinen einzigen Schmutzspritzer haben Sie in all den Jahren abbekommen, was in dieser Branche Seltenheit besitzt."

Worauf zum Teufel wollte er hinaus? „Ich mache Musik, Mr. Phillips."

„Das machen andere auch und landen trotzdem dank peinlicher Skandale in den Klatschspalten unzähliger Zeitschriften. Sie nicht. Sie gelten als Saubermann. Und als ehrlich."

Taylor runzelte die Stirn, weil er noch nie in seinem Leben derart langweilig beschrieben worden war. Vielleicht hätte er sich den einen oder anderen Skandal leisten sollen, um für Musikproduzenten interessant zu werden. „Ist das ein Problem?"

„Ganz im Gegenteil! Ihr anständiger Ruf ist es nämlich, der mir so gut gefällt." Er rieb sich mit einer Hand über die Stirn. „Erlauben Sie mir eine persönliche Frage?"

„Sicher."

„Obwohl ich mich ein wenig umgehört habe, konnte ich nicht in Erfahrung bringen, ob Sie eine Beziehung haben."

Zwar hatte Taylor schon einige Gespräche mit Produzenten geführt, aber war niemals danach gefragt worden, ob er eine Freundin hatte. Skeptisch wollte er daher wissen: „Fragen Sie mich, ob ich eine Freundin habe?"

Dave Phillips schnitt eine Grimasse. „Um ehrlich zu sein: Ja."

Er war zu alt und zu lange in dem Geschäft, um vor einem Musikproduzenten – auch wenn es sich bei ihm um Dave Phillips handelte – zu katzbuckeln, weshalb er mit fester Stimme erklärte: „Bei allem Respekt, aber ich wüsste nicht, was mein Beziehungsstatus mit meiner Arbeit als Musiker zu tun hat."

Merkwürdigerweise war der andere Mann nicht eingeschnappt, sondern nickte nachdenklich. „Da haben Sie natürlich recht. Normalerweise wäre es mir auch ziemlich egal, aber in diesem Fall ist es anders. Sie würden mir also einen Gefallen tun, wenn Sie die Frage beantworten könnten.“

Noch immer misstrauisch verzog Taylor den Mund, erwiderte jedoch: „Nein, ich habe keine Freundin.“

„Ausgezeichnet.“ Sein Gegenüber wirkte erleichtert. „Ich musste Sie das fragen, weil ich Ihnen ein etwas ... ungewöhnliches Angebot machen möchte.“

„Inwiefern ungewöhnlich?“ Taylor verschränkte die Arme vor der Brust und war plötzlich auf der Hut.

„Ungewöhnlich, weil ich eine bestimmte Bedingung an einen möglichen Plattenvertrag knüpfen würde. Sagen wir, dass Sie bei mir einen gut haben, wenn Sie sich drauf einlassen. Und Sie werden wissen, was es bedeutet, wenn ich Ihnen einen Gefallen schuldig bin.“ Bedeutungsvoll sah der andere Mann ihn an.

„Und was hat das Ganze mit meinem Beziehungsstatus zu tun?“

Dave Phillips seufzte schwer und suchte offensichtlich nach den richtigen Worten. „Was ich Ihnen sage, ist nur für Ihre Ohren bestimmt, Taylor. Auch Ihr Agent darf von dem, was ich Ihnen unterbreite, nichts erfahren. Sollte es jemals öffentlich gemacht werden, würde ich es nicht nur abstreiten, sondern auch denjenigen zur Rechenschaft ziehen, der dafür verantwortlich ist, dass es an die Öffentlichkeit gedrungen ist.“

Ein Angebot und eine Drohung in einem – jetzt war Taylor tatsächlich neugierig. „Ich kenne Ihren Einfluss, Mr. Phillips, und bin nicht dämlich. Von mir erfährt niemand ein Wort.“

„Gut." Etwas harsch nickte der andere Mann, bevor er mit der Tür ins Haus fiel. „Ich möchte, dass Sie für einige Monate den festen Freund von einer meiner Künstlerinnen spielen und sich mit ihr in der Öffentlichkeit zeigen, um dem Ganzen einen glaubwürdigen Anstrich zu verleihen."

Taylor hatte mit allem gerechnet, aber nicht damit. „Wie bitte?"

„Nach einer Frist von einigen Monaten können Sie das Spiel beenden, und ich kümmere mich persönlich darum, dass Sie Ihre zweite Chance bekommen. Quid pro quo."

Er blinzelte verwirrt und brauchte ein paar Sekunden, um zu antworten. „Habe ich Sie richtig verstanden, dass Sie mich sozusagen als Fake-Freund engagieren wollen?"

„Es wäre nicht das erste und sicherlich nicht das letzte Mal, dass so etwas in unserer Branche passiert. Ich kann Ihnen zehn Sänger nennen, die mit ihren angeblichen Freundinnen eine Beziehung vorgaukeln, damit ihre Homosexualität nicht ans Licht kommt."

„Also ist Ihre Sängerin lesbisch?"

„Nein, das ist sie nicht. Sie hatte nur in letzter Zeit ein bisschen schlechte Presse", wiegelte er ab. „Sie steht kurz davor, ihr neues Album fertigzustellen und zu präsentieren. Unter diesen Umständen können wir uns nicht leisten, dass alte Geschichten wieder aufgewärmt werden. Stattdessen soll sie die Presse mit einer neuen Beziehung ablenken. Und da kommen Sie ins Spiel."

Taylor stellte sein Glas auf dem kleinen Gartentisch ab, der zwischen beiden Sesseln stand, und legte anschließend seine Hände auf seine Oberschenkel. Natürlich kannte er die Branche und wusste daher, dass der Öffentlichkeit häufig Liebesbeziehungen, Freundschaften und sogar Ehen vorgegaukelt wurden, um Images aufzupolieren und mehr Konzerttickets sowie Downloads zu verkaufen. Früher sorgten Musikproduzenten für Verkaufshits, indem sie gut aussehende Tänzer auf die Bühne schickten, während die Musik vom Band kam und die Tänzer lediglich die Lippen bewegen mussten, und heute sorgten sie auf andere Weise für gut gefüllte Kassen. Heute kamen nicht mehr die Bands aus der Retorte, sondern die Lebensläufe der Sänger.

Und dazu gehörten deren Liebesgeschichten.

Nur war Taylor noch nie gefragt worden, ob er sozusagen den Gigolo für eine Sängerin spielen wollte. Er wusste nicht, ob er sich geschmeichelt oder beleidigt fühlen sollte.

„Brauchen Sie Bedenkzeit, Taylor?"

„Ich bin Musiker und kein Schauspieler, Mr. Phillips."

„Ist das ein Nein?"

Er rümpfte die Nase und gab zu: „Das habe ich nicht gesagt."

„Ah." Der andere Mann nickte zufrieden.

„Eigentlich bin ich davon ausgegangen, dass Sie an meiner Musik interessiert wären, als ich die Einladung zu Ihnen nach Hause bekam."

„Eine Hand wäscht die andere." Dave Phillips zuckte mit den Schultern. „Sie wollen einen Plattenvertrag, und ich will, dass meine Künstlerin in der Öffentlichkeit in einem guten Licht steht. Es ist ziemlich einfach. Wenn ich bekomme, was ich will, bekommen auch Sie, was Sie wollen. Aber wenn Sie mir absagen, dann ..." Er ließ den Satz unvollendet und lächelte stattdessen.

„Ich verstehe."

„Ihre Entscheidung, Taylor."

* * *

„GUT SIEHST DU AUS, Liebes."

„Das ist gelogen, Dave, und das weißt du." Alexis ließ sich von ihrem Produzenten umarmen und auf die Wange küssen, als sie sein Haus betrat. Gleich darauf schlang er einen Arm um ihre Schulter und führte sie in sein Arbeitszimmer, in dem es angenehm kühl war. Sie war froh darüber, dass die Klimaanlage in dem Raum lief, weil sie vor Nervosität schwitzte und ihr vor Aufregung bereits warm genug war.

Sie hatte sich auf das Treffen mit Dave nicht sonderlich gefreut, obwohl sie ihn als einen der Menschen bezeichnete, die ihr lieb und teuer waren. Seit Jahren war er ihr Mentor, ihr Unterstützer und der Vater, den sie nie gehabt hatte. Deshalb fand sie den Gedanken, ihn enttäuscht zu haben, umso bedrückender. Und die Worte ihres Agenten und ihrer Mom, dass ausgerechnet Dave sie fallen lassen könnte, hatten sie mehr erschreckt, als sie zugeben wollte.

„Willst du dich setzen?"

Alexis folgte seiner Einladung und ließ sich in den wuchtigen Ledersessel sinken, der vor dem alten Schreibtisch stand, den er während einer Europareise irgendwo in Italien gefunden und nach Kalifornien hatte verschiffen lassen. Sie konnte sich noch genau erinnern, wie Dave ihr die Geschichte erzählt hatte, als sie zusammen in diesem Zimmer auf ihre erste Grammynominierung angestoßen hatten. „Wieso komme ich mir wie eine in Ungnade gefallene Schülerin vor, die zum Direktor zitiert wird?“, fragte sie ihn scherzhaft und merkte selbst, wie unnatürlich ihr Lächeln aussehen musste.

Anstatt sich wie besagter Schuldirektor in seinen Sessel zu setzen, hockte sich Dave auf die Kante seines Schreibtisches und schaute Alexis abwägend an. Sie kannte diesen Blick. Ihr blieb nichts anderes übrig, als schwer zu schlucken und sich zu fragen, ob er sie quasi feuern würde.

„Ein Stripper, Alexis?“

Sie verdrehte die Augen. „Wo die Liebe hinfällt, Dave.“

„Willst du mir sagen, dass du dich in einen Mann mit Cowboyhut verliebt hast, der unter seiner Lederweste nackt war und vermutlich zu den Village People getanzt hat?“

„Ich kann mich schwach erinnern, dass er zu einem Song von George Michael getanzt hat.“

„Gut, dass du deinen Sinn für Humor nicht verloren hast.“ Er seufzte leichthin.

Alexis verschränkte die Finger miteinander und wurde ernst. „Hör mal, Dave, die Sache tut mir leid. Ich war ... irgendwie nicht ich selbst, aber ich kann dir guten Gewissens versprechen, dass er der letzte Stripper war, den ich geheiratet habe."

„Beim nächsten Mal schwörst du lieber einem Poledancer Treue?"

Mit gespielter Ernsthaftigkeit erwiderte sie: „Eigentlich hatte ich an einen Callboy gedacht."

„Gott, Alexis." Dave verschluckte sich an einem Lachen. „Manchmal machst du mir Angst."

Sie lächelte leicht, auch wenn ihr danach gar nicht zumute war. „Und dabei dachte ich, dass ich ein immerwährender Quell der Freude für dich bin."

Nun legte er den Kopf schief und musterte sie eindringlich. „In den letzten Monaten warst du eher mein Sorgenkind. Nach den Grammys bist du irgendwie ausgeflippt." Er verzog den Mund. „Willst du mir erzählen, was es mit dieser Sache mit Brad Paxton auf sich hat?"

Dass Dave Brad erwähnte und sie gleichzeitig mit väterlicher Besorgnis musterte, ließ ihr Gesicht rot werden. „Da gibt es nicht viel zu erzählen", wehrte sie ab. „Um ehrlich zu sein, würde ich die Geschichte gerne vergessen."

Dave rümpfte die Nase. „So einfach ist das nicht. Seit der Verleihung im letzten Jahr hast du ständig für schlechte Presse gesorgt, und das ist nicht gut fürs Geschäft. Du verkörperst nun einmal eine anständige, liebenswerte und moralisch einwandfreie Künstlerin, die niemals auf die Idee käme, einen Mann zu heiraten, der seine Brötchen damit verdient, sich auf einer Bühne zu entkleiden. Bevor dein neues Album an den Start geht, müssen diese Skandale der Vergangenheit angehören."

Am liebsten hätte sie mit den Zähnen geknirscht und gegen das Bild protestiert, das er gerade malte. Wenn ein Mann auf die Idee kam, in Vegas irgendeinen Unsinn anzustellen, dann fand es die Öffentlichkeit meistens amüsant. Bei einer Frau stand gleich ihre komplette Karriere auf dem Spiel. Alexis konnte es nicht mehr hören! Nichtsdestotrotz beteuerte sie: „Du musst dir wirklich keine Sorgen mehr machen, Dave. Ab sofort werde ich mich einzig und allein auf die Musik konzentrieren und nichts mehr tun, was meinem Image schaden könnte."

Als er die Arme vor der Brust verschränkte, ahnte sie, dass sie so leicht nicht davonkommen würde.

Und sie hatte recht gehabt, denn er schüttelte den Kopf. „Ich fürchte, dass es nicht so einfach ist. Wir müssen uns aktiv darum bemühen, deinen Ruf wiederherzustellen. Und dafür müssen wir schwere Geschütze auffahren."

Alexis runzelte die Stirn. „Wieso werde ich den Eindruck nicht los, dass mir nicht gefallen wird, was jetzt kommt?"

„Deine Mutter, dein Agent und ich sind der Meinung, dass es nur eine Möglichkeit gibt, deinen Ruf reinzuwaschen und diese unsägliche Heirat sowie deinen Auftritt bei den Grammys in Vergessenheit geraten zu lassen. In den nächsten Monaten wirst du den Leuten vorspielen, in einer glücklichen und vernünftigen Beziehung mit einem anständigen Mann zu sein, damit man die letzte Zeit als jugendlichen Leichtsinn verbuchen kann."

Es dauerte ganze zwanzig Sekunden, bis sie verstand, was er meinte. Fassungslos öffnete sie den Mund. „Das ist nicht dein Ernst."

„Es ist mein voller Ernst, Alexis."

Sie sprang auf und ballte die Hände zu Fäusten. Gleichzeitig raste ihr Herz vor Empörung und ein bisschen auch vor Wut. Allein die Tatsache, dass sie eine erwachsene Frau war und von ihrer Mom, ihrem Agenten und ihrem Produzenten vorgeschrieben bekam, was sie tun sollte, machte sie wütend. Aber dass ihr mitgeteilt – ja, *mitgeteilt* – wurde, dass sie der Öffentlichkeit eine Beziehung vorspielen sollte, ließ sie vor Wut rasen. Schließlich war sie kein Kind mehr!

„Das mache ich nicht mit", erwiderte sie kategorisch. „Die Vorstellung ist absurd, dass ich den Fans und der Presse vorspielen soll, mit einem Mann zusammen zu sein!"

„Du bist in Verruf gekommen, Alexis. Nach der Sache mit Brad Paxton wurdest du bemitleidet und nach der Bekanntgabe deiner Annullierung haben die Leute gespottet, aber nach dem Artikel über deinen Stripperehemann ist die Öffentlichkeit empört. Die Menschen in den USA sind prüde! Sie wollen nicht, dass ihre Lieblingssängerin, die immer für hohe moralische Werte stand und die Familie über alles gestellt hat, aus einer Laune heraus einen Mann heiratet, der sich Dollarscheine in den String stecken und sich gleich darauf wieder scheiden lässt."

„Die Ehe wurde annulliert", widersprach sie.

Er machte eine wegwerfende Handbewegung „Uns

bleibt nichts anderes übrig, als Schadensbegrenzung zu betreiben."

Sie keuchte auf. „Und Schadensbegrenzung betreibt man am besten, indem man mich an einen Mann verschachert, der so tun soll, als wären wir ein Paar?"

„Du wirst nicht verschachert."

„Das sagst du!" Alexis schüttelte den Kopf, verschränkte die Arme vor der Brust und drehte sich weg, bevor sie nervös hin und her lief. „Wieso hat Mom mir nichts von eurem tollen Plan gesagt? Oder Ted? Er ist immerhin mein Agent."

„Die beiden hielten es für besser, wenn ich mit dir darüber rede."

„Aha." Mit anderen Worten hatten sie sich aus der Affäre gezogen, indem sie Alexis zu diesem peinlichen Gespräch mit ihrem Produzenten geschickt hatten, der immerhin das letzte Wort hatte. Sie fühlte sie übergangen. Schlimmer noch – sie fühlte sich verraten und verkauft.

„Alexis." Jetzt spielte Dave den verständnisvollen Produzenten, als er sie mit einem liebenswerten Gesichtsausdruck ansah und ihr ruhig versicherte: „Wir wollen nur dein Bestes."

Abfällig schnaubte sie, denn sie war nicht so dumm, sich durch ein paar Worte einlullen zu lassen. „Du meinst, ihr wollt das Beste für euch und für euer Geld."

Augenblicklich änderte sich sein Blick und wurde stahlhart. Es war unmöglich, aber ihr gefror das Blut in den Adern, und sie fragte sich, ob sie sich jemals mit Dave gestritten hatte. Alexis konnte sich nicht an irgendeine

Gelegenheit erinnern, bei der es zwischen ihnen auch nur ansatzweise laut geworden wäre. Nein, zwischen ihnen hatte immer eitel Sonnenschein geherrscht. Und jetzt wollte er sie dazu zwingen, zum Schein mit einem Mann eine Beziehung zu führen.

Sie konnte es nicht fassen.

„Es geht um deine Karriere. Um dein Geld. Was, denkst du, wird davon übrig bleiben, wenn du so weitermachst? Es dauert nicht mehr lange und man lässt dich fallen – deine Werbepartner, deine Fans und auch deine Plattenfirma."

Das war ganz sicher eine Drohung. Tränen der Wut und der Hilflosigkeit stiegen ihr in die Augen. „Soll das heißen, dass du mich feuerst?"

Mit einem Seufzer stieß er sich von seinem Schreibtisch ab und ging zu ihr. Dann legte er ihr eine Hand auf die Schulter. Seine Stimme klang sanft und beruhigend, aber was er sagte, war eindeutig. „*Shine Productions* braucht keine Künstlerin, die ihr Image zerstört und dadurch untragbar wird. Das solltest du wissen."

Alexis öffnete den Mund, jedoch kam kaum mehr als ein Krächzen raus. „Dave ..."

„Die Fans von Ivy wollen eine Sauberfrau ohne Skandale und ohne Starallüren sehen. Also solltest du ihnen genau das geben, Alexis."

Sie schluckte schwer und hoffte, nicht in Tränen auszubrechen. „Du setzt mir also die Pistole auf die Brust? Wenn ich bei diesem Spiel nicht mitmache, bin ich raus?" Zittrig atmete sie aus. „Du willst tatsächlich, dass ich mit irgendeinem fremden Kerl ausgehe? Dave ... das ... das kann ich nicht. Das ist beschämend", flüsterte sie hilflos.

„Daran ist nichts beschämend, sondern das ist das Geschäft."

Mit dem Gefühl, in der Falle zu sitzen, entzog sie sich ihm, wandte ihm den Rücken zu und atmete durch. Panik kroch ihr den Rücken hoch.

„Es ist wirklich keine große Sache."

„Das sagst du", hielt sie ihm heftig vor. „Außerdem finde ich euren Plan unlogisch. Wer sagt euch, dass die Leute mich nicht als Schlampe betrachten, wenn ich auf einmal mit einem anderen Mann auftauche und ihn als meinen Freund vorstelle? Vielleicht macht diese Fake-Beziehung alles schlimmer!"

„Das wird sie nicht." Er klang absolut überzeugt. „Du warst in den letzten Monaten komplett von der Bildfläche verschwunden, was insofern gut ist, weil wir sagen werden, dass ihr euch bereits vor Monaten kennengelernt habt und schon seit einiger Zeit ein Paar seid. Ihr habt eure Beziehung vorerst geheim gehalten, um die erste Zeit gemeinsam ohne öffentliches Interesse auf euch zu ziehen und um eure Privatsphäre zu wahren."

Alexis schob den Unterkiefer nach vorn und senkte den Kopf. „Ihr habt an alles gedacht", erwiderte sie bitter. „Muss ich von ihm schwanger werden oder reicht es, wenn ich mir seinen Namen auf die Stirn tätowieren lasse?"

„Sei nicht albern, Alexis."

Abrupt drehte sie sich zu ihm um. „Albern? Wenn ihr schon von mir verlangt, bei einer solchen Schmierenkomödie mitzumachen, dann gebt mir gefälligst ein Drehbuch zur Hand, Dave!“

„Du hast dir diese Schmierenkomödie durch dein Verhalten selbst eingebrockt. Und jetzt musst du den Leuten beweisen, dass du eine integre, *erwachsene* Frau bist, die in der Lage ist, eine anständige Beziehung zu führen.“

Dass er das Wort *erwachsen* betonte, machte Alexis fuchsteufelswild. Seit ihrer Jugend hatte sie fleißig, ehrgeizig und stets pflichtbewusst an ihrer Karriere gearbeitet und war niemals über die Stränge geschlagen. Ein einziger Ausrutscher machte sie noch lange nicht zur Vollkatastrophe. Während ihrer Highschoolzeit hatte sie im Gegensatz zu anderen Teenagern niemals Partys gemacht, war an den Wochenenden um die Häuser gezogen oder hatte Dates gehabt – sie war zum Tanzunterricht, zum Gesangsunterricht und zu Terminen mit Musikproduzenten und Agenten gegangen.

All das hätte sie Dave gerne entgegengeschleudert. Stattdessen schaute sie ihn böse an, damit er merkte, wie sehr ihr sein Plan gegen den Strich ging. „Und woher nimmst du diesen Mann, mit dem ich eine erwachsene, anständige Beziehung auf Zeit führen soll? Außerdem würde mich interessieren, wie viel Geld er dafür bekommt, meinen Freund zu spielen, damit ich weiß, ob ich ihm ein Trinkgeld geben soll.“

„Du solltest das Ganze nicht derart negativ sehen, sondern dankbar sein, dass du eine zweite Chance bekommst.“

Sie verkniff sich lieber eine Antwort darauf. „Also? Hast du schon einen Kandidaten, der bei diesem unmoralischen Angebot mitspielen soll?“

„Ja, den habe ich. Und er wartet auf der Terrasse auf uns.“

Schockiert riss sie den Kopf in die Höhe, während ihre Arme schlaff hinunterfielen. „Was! Er ist hier? Aber ... aber ...“ Alexis stieß die Atemluft auf. „Du gibst mir nicht einmal einen Tag Bedenkzeit?“ Beinahe hätte sich ihre Stimme überschlagen.

Als wäre es das Normalste auf der Welt erklärte Dave, ohne auf ihre Frage einzugehen: „Er ist ein netter Kerl – sieht gut aus, ist fünfunddreißig und eine ehrliche Haut. Auch ein Musiker, der vor ein paar Jahren einige Hits landen konnte und sehr talentiert ist. Ich denke, dass du ihn mögen wirst.“

„Hast du auch sein Gebiss begutachtet?“, fragte sie ihn mit einiger Schärfe in der Stimme.

„Alexis.“ Er sprach so nachlässig zu ihr wie zu einem Kleinkind. „Sieh es als eine Geschäftsvereinbarung an. Niemand will dir etwas Böses.“

Eine Geschäftsvereinbarung.

Beinahe hätte sie ihm ins Gesicht gelacht.

Alexis presste eine Hand gegen ihre Stirn und schwor sich, ihre Mom umzubringen, weil sie ihr kein Sterbenswörtchen verraten hatte, bevor sie zu diesem Termin gefahren war, bei dem sie den Löwen zum Fraß vorgeworfen wurde. Außerdem hatte sie gute Lust darauf, Ted zu feuern. Agenten gab es schließlich wie Sand am Meer.

Unvermittelt erklärte sie Dave: „Ich will ihn kennenlernen, bevor ich dazu Ja sage."

„Natürlich." Er räusperte sich bedeutungsvoll. „Vielleicht solltest du dich ein bisschen frisch machen, bevor du zu uns stößt, Liebes."

Weil es sich anfühlte, als würde ihre Nase laufen, schniefte sie vernehmlich. „Wieso? Sehe ich nicht vorzeigbar aus?"

„Ich will nicht, dass er gleich verschreckt ist, wenn er dich sieht", erwiderte Dave trocken. „Sei charmant und präsentiere dich von deiner liebreizenden Seite."

Sie schenkte ihm ein übertriebenes Lächeln, das sicherlich ein bisschen an die verrückte Carrie White aus dem Roman von Stephen King erinnerte. „Besser?"

„Versuch lieber, nicht zu lächeln." Dave schüttelte seufzend den Kopf. „Und auf deine sarkastischen Kommentare können wir auch verzichten. Die Situation ist für uns alle kein Idealfall, aber wir sollten zusammen das Beste daraus machen."

Als sie kurz darauf im Gästebadezimmer von Daves Haus vor dem Spiegel stand und kaltes Wasser ins Waschbecken laufen ließ, traute sie sich kaum, sich selbst ins Gesicht zu schauen.

Ja, Alexis hatte mit einer Standpauke gerechnet, als sie hergekommen war, und sie hatte sogar befürchtet, von ihm richtig was um die Ohren geschlagen zu bekommen, aber mit der Wendung, die ihr Gespräch genommen hatte, hätte sie niemals im Leben gerechnet.

Die Idee, dass sie eine Beziehung zum Schein mit

einem fremden Mann eingehen sollte, war abartig. Geradezu grotesk. Und sie war peinlich. Niemand musste ihr einen Mann verschaffen – das hätte sie allein sicherlich ebenfalls hinbekommen, wenn sie es gewollt hätte. Sie war doch keine bemitleidenswerte alte Jungfer, die an den Mann gebracht werden musste. Und wenn es sein musste im Austausch gegen Geld.

Ihre Überlegungen trugen nicht unbedingt dazu bei, dass sie sich beruhigte, als sie ihr Gesicht mit kaltem Wasser bespritzte, sich abtrocknete und dann widerwillig das Badezimmer verließ, um sich auf den Weg in Richtung Terrasse zu machen.

Sie hörte bereits Männerstimmen, als sie den an die Terrasse angrenzenden Salon durchquerte, und straffte die Schultern. Unwillkürlich fragte sie sich, welchen verzweifelten Typen Dave aufgegabelt hatte, um in nächster Zeit ihren Freund zu spielen. Ein Mann musste extrem wenig Selbstachtung haben, wenn er bei dieser Scharade mitmachte. Vielleicht hatte Dave ihm Geld geboten, das der Kerl brauchte, um sich Haarverpflanzungen zu leisten. Bei dem Gedanken kniff Alexis die Augen zusammen. Sie konnte nur hoffen, dass der Typ keine Sprühhaare benutzte, denn *das* wäre in der Tat peinlich, sollten sie sich irgendwo zusammen blicken lassen und ihm würden bei einsetzendem Nieselregen Farbreste vom Skalp übers Gesicht nach unten tropfen.

Sobald sie die Terrasse betrat, fiel ihr zuallererst auf, dass der Mann neben Dave sicherlich keine Haarverpflanzungen brauchte, denn er schien noch im Vollbesitz einer dunkelbraunen Haarpracht zu sein. Dann bemerkte sie, dass er hochgewachsen war, eine gute Figur abgab und eigentlich keinen verzweifelten Eindruck machte.

Und dann drehte er sich zu ihr um, als hätte er bemerkt, dass sie die Terrasse betreten hatte, und schenkte ihr ein unverbindliches Lächeln, das augenblicklich erstarrte.

Wenn Alexis gelächelt hätte, wäre ihr dieses spätestens jetzt vergangen, als sie Taylor Sutter neben Dave stehen sah.

Taylor Sutter.

Von allen möglichen Männern, die Dave als ihren Freund hätte engagieren können, hatte er ausgerechnet Taylor Sutter ausgesucht – groß, gut aussehend, charmant und mit einem außergewöhnlich schönen Paar brauner Augen sowie einer der schönsten Stimmen gesegnet, die Alexis jemals gehört hatte.

Warum musste es Taylor sein?

Wenn sie geglaubt hätte, dass es peinlich werden könnte, wenn ein Wildfremder ihren Freund spielte, hatte sie sich getäuscht. Es war sehr viel demütigender, wenn jemand vorgab, ihr Freund zu sein, den sie kannte.

Und wie sie Taylor kannte!

Alexis gab sich einen Ruck und lächelte, während sie auf ihn zuging und sich sagte, dass sie schon viel schlimmere Gelegenheiten durchgemacht hatte – wie damals, als sie bei einem Videodreh beinahe ertrunken wäre oder als sie während ihrer großen Europatour trotz einer Durchfallerkrankung auf die Bühne gegangen war.

„Hallo, Taylor.“ Auch wenn es sie umbrachte, würde sie nicht zeigen, wie unangenehm ihr diese Begegnung war. „Wie nett, dich hier zu sehen.“

„Ach, ihr kennt euch?“ Dave schaute erstaunt von einem zum anderen.

Taylor hatte noch kein Wort gesagt, aber er wirkte nicht wie ein Mann, dem die Situation gefiel, in der er steckte.

„Ja, das tun wir.“ Alexis taten vom Lächeln bereits die Mundwinkel weh. „Wir haben uns vor Ewigkeiten auf einem Konzert von den *Black Eyed Peas* kennengelernt. Das war, bevor du mich unter Vertrag genommen hast.“ Geradezu süßlich schaute sie Taylor an und begegnete seinem dunklen Blick, während es in ihrem Magen zu rumoren begann. „Damals warst du mit SpringBreak noch sehr erfolgreich, nicht wahr, Taylor?“

5

Damals warst du mit SpringBreak noch sehr erfolgreich, nicht wahr, Taylor?

Taylor knirschte innerlich mit den Zähnen und starrte Alexis Gardner an, die direkt vor ihm stand und ein aufgesetztes Lächeln zur Schau trug, das nicht verbergen konnte, wie ungern sie ihn hier sah. Er konnte auch nicht behaupten, dass er wahnsinnig erfreut darüber war, sie zu sehen.

Nun ja, das war vermutlich die Untertreibung des Jahres!

Scheiße, was hatte er sich da bloß eingebrockt?

Wenn er gewusst hätte, dass Dave Phillips von Alexis gesprochen hatte, als er ihm vorschlug, den Freund einer seiner Künstlerinnen zu spielen, dann ... Nun, dann hätte Taylor wahrscheinlich trotzdem zugestimmt. Die Chance, die sich ihm bot, war einfach zu gut, um sie nicht wahrzunehmen, auch wenn das bedeutete, Alexis wiederzusehen.

Er betrachtete sie, während sie weiterhin gekünstelt lächelte, und stellte fest, dass sie sich kaum verändert hatte, seit sie sich zum letzten Mal gesehen hatten. Wobei das nicht ganz richtig war – gesehen hatte Taylor sie ziemlich oft. Auf Werbetafeln, Plakaten, Zeitschriftencovern und im Fernsehen. Nur persönlich waren sie sich nie über den Weg gelaufen, was eigentlich nicht verwunderlich war, denn sie beide waren zwar in der Musikbranche, jedoch in völlig verschiedenen Sphären.

Heute war sie diejenige, deren Songs die Charts dominierten. Und er war es nicht.

Als sie sich kennengelernt hatten, war es genau andersherum gewesen.

Scheiße – während er sie betrachtete und ihr hübsches Gesicht musterte, das trotz der Strapazen der letzten Zeit völlig unverbraucht und lebendig wirkte, fühlte er sich ein paar Jahre zurückversetzt, als Alexis achtzehn und er einundzwanzig Jahre alt gewesen waren. Obwohl mittlerweile vierzehn Jahre vergangen waren, konnte er sich an jenen Abend in Florida erinnern und daran, dass er damals nicht unbedingt geglänzt hatte. Bisher hatte er ihre letzte Begegnung eigentlich gut verdrängen können, weil er nicht darüber hatte nachdenken wollen, auf welche Art er sich aus der Affäre gezogen hatte.

Auch Alexis schien sich an jenen Abend zu erinnern. Anders war der harte Blick ihrer blauen Augen nicht zu erklären. An den Anblick musste sich Taylor erst einmal gewöhnen, denn die Alexis, die er von früher kannte, hatte niemanden angesehen, als würde sie ihm am liebsten mit einem spitzen Schuh in die Eier treten.

An die erwachsene Alexis musste er sich ebenfalls gewöhnen.

Natürlich kannte er Fotos und Videos von ihr, wenn sie mit strahlender Miene Musikpreise entgegennahm, Fans zur Aufmunterung in Krankenhäusern besuchte und auf offiziellen Pressefotos am Klavier saß, während sie in die Kamera lächelte. Und seit ein paar Tagen kannte er auch Fotos einer ausgeflippten Alexis, die einen Stripper mit Cowboyhut in Vegas geheiratet hatte, während sie selbst wie jemand angezogen war, der es darauf anlegte, wegen Erregung öffentlichen Ärgernisses verhaftet zu werden.

Kein Wunder, dass Dave Phillips ihren Ruf retten wollte.

Sie war schließlich *das* Aushängeschild von *Shine Productions*.

Mit Alexis hatte der Musikproduzent das große Los gezogen – ein hübsches, lustiges und wahnsinnig talentiertes Mädchen, das nur einen Raum betreten musste, um die Menschen um sie herum mit ihrem Charme zu verzaubern. Scheinbar mühelos hatte Alexis die ganze Nation über Nacht in sich verliebt gemacht, als sie als Ivy ihren ersten Song präsentiert hatte. Von da an war die sympathische Blondine mit der ungekünstelten Art und der ansteckenden Lache nicht aufzuhalten gewesen. Ivy war die Verkörperung des American Dream – das bodenständige, ehrliche Mädchen von nebenan, das auch noch wie kaum jemand sonst singen konnte.

Wenn Taylor Dave Phillips gewesen wäre, hätte er auch nicht gewollt, dass Alexis wegen Imageproblemen ihre treuen Fans und ihren guten Ruf verlor.

Der Musikproduzent räusperte sich, nachdem weder Alexis noch Taylor etwas sagten. Der Mann war schließlich kein Idiot und musste die Anspannung zwischen ihnen beiden bemerkt haben. Der Traum eines Plattenvertrages rückte plötzlich für Taylor in weite Ferne.

„Gibt es ein Problem zwischen euch?“

„Ganz und gar nicht“, beteuerte Alexis sehr gelassen und zu Taylors Überraschung.

Dave Phillips schaute zwischen beiden hin und her und fixierte Taylor, der sich darum bemühte, Gelassenheit zu demonstrieren und seine Anspannung nicht sichtbar werden zu lassen. „Gilt das auch für Sie, Taylor? Oder ist es für Sie ein Problem, dass es sich bei unserem Arrangement um Alexis handelt?“

Wenn Alexis dieses Spiel spielen konnte, dann konnte er es auch, schließlich war er nicht so dumm, sich die Chance auf einen Plattenvertrag zu ruinieren. Nicht wegen einer Sache, die über ein Jahrzehnt zurücklag. Er schüttelte daher den Kopf und erklärte leichthin: „Ich war lediglich überrascht, Alexis hier zu sehen. Das ist alles. Zwischen uns gibt es kein Problem.“

„Ausgezeichnet.“ Dave Phillips wirkte zufrieden. „Warum setzen wir drei uns nicht gemütlich hin, essen eine Kleinigkeit und besprechen alles Weitere?“

Natürlich erwiderte Taylor nicht, dass er wirklich keinen Hunger hatte, sondern angesichts der Entwicklungen des heutigen Tages lieber auf hochprozentige Flüssignahrung umgestiegen wäre. Stattdessen fand er sich kurz darauf an einem überdachten Tisch gleich neben dem imposanten Pool wieder, wo er gegenüber von Alexis saß, die ebenfalls nicht hungrig zu sein schien und in ihrem Meeresfrüchtesalat herumstocherte. Abgesehen davon wich sie seinem Blick aus, was Taylor nur recht war!

Die Situation war einfach zu irrsinnig, als dass man sie hätte glauben können.

„Wie ich Taylor bereits erklärt habe, müssen wir dich wieder ins rechte Licht rücken, Alexis." Dave Phillips war der Einzige am Tisch, der sich den Appetit nicht verderben ließ und heißhungrig über das Essen herfiel, das ein Hausmädchen kurz vorher aufgetischt hatte. „Wenn dein nächstes Album erscheint, muss dieser unsägliche Skandal längst vergessen sein. Die Öffentlichkeit und deine Fans werden es nicht verzeihen, wenn du nicht langsam wieder auf die Beine kommst."

„Das hatte ich schon verstanden, Dave."

Angesichts ihrer gereizten Stimme schaute Taylor über den Tisch, um zu sehen, dass Alexis das Kinn nach vorn geschoben und die Augen gesenkt hatte. Das Arrangement zwischen ihnen fing ja gut an!

„Ich will dir lediglich die Ernsthaftigkeit der Situation verdeutlichen, damit du die nächsten Monate nicht auf die leichte Schulter nimmst."

„Das werde ich schon nicht." Sie seufzte verärgert. „Ich weiß, wie wichtig es ist, an meinem Image zu arbeiten."

Langsam lehnte sich Taylor in seinem Stuhl zurück,

während der Musikproduzent weiter darüber redete, dass Alexis an ihrem Image arbeiten musste, sich zurückhalten sollte und ihre Fans nicht durch ungebührliches Verhalten verprellen durfte. Währenddessen wurde Alexis' Miene immer finsterer, und sie kniff die Augen zusammen wie jemand, der jeden Moment an die Decke gehen konnte. Außerdem nippte sie überdurchschnittlich oft an ihrem Wasserglas – als ob sie sich damit davon ablenken wollte, ihrem Produzenten zu widersprechen.

Er hätte es ihr nicht einmal verübelt, denn Dave Phillips behandelte sie zunehmend wie ein etwas zurückgebliebenes Highschoolkind, dem man beibringen musste, nicht bei rot über die Straße zu laufen.

Offenbar wurde es Zeit für ihn, sich einzumischen und über einen konkreten Plan zu sprechen, bevor Alexis auf die Idee kommen konnte, das Besteck in ihren Händen als Waffe zu verwenden. Sollte es so weit kommen und Dave Phillips an einer Stichwunde sterben, würde Taylor niemals einen Plattenvertrag erhalten.

„Wie stellen wir es an, dass Alexis und ich der Presse und den Leuten glaubhaft vormachen können, ein Paar zu sein?" Er unterbrach den Musikproduzenten, der überrascht aufsah und darin innehielt, Alexis weitere Anweisungen zu geben. „Gibt es schon einen konkreten Plan?"

„Gut, dass Sie das ansprechen, Taylor." Der andere Mann wischte sich mit seiner Serviette über den Mund und lehnte sich ebenfalls in seinem Stuhl zurück. „Wir wollen der Presse ja nicht auf die Nase binden, dass ihr ein

Paar seid. Sie soll es sozusagen selbst herausfinden, damit eure Beziehung nicht inszeniert wirkt."

Alexis schnaubte leise auf.

Taylor warf ihr einen kurzen Blick zu und stellte fest, dass sie absichtlich beiseite sah, auch wenn sich ihre Wangen röteten. Gut – wenigstens war er nicht der Einzige, dem dieses Gespräch peinlich war.

Möglichst professionell wollte er wissen: „Und wie sieht dieser Plan aus?"

Der ältere Mann lächelte. „In den nächsten Tagen werdet ihr inkognito einen Ausflug nach Ventura in ein abgeschiedenes Restaurant machen. Überraschenderweise wird dort ein Foto von euch geschossen, das kurz darauf in den sozialen Medien auftaucht."

„Ein Foto, das in den sozialen Medien auftaucht?" Alexis mischte sich mit skeptischer Stimme ein. „Willst du etwa bei einer Agentur anrufen und einen Fotografen engagieren, der uns ablichten soll? Sehr unauffällig", schloss sie spöttisch.

Dave Phillips schnalzte mit der Zunge. „Also bitte! Wir sprechen hier von völlig unprofessionell gemachten Handyfotos, die ein übereifriger Fan schießt und über seinen Instagram-Account hochlädt. Dafür ist auch schon gesorgt. Niemand wird dieses Foto zu uns zurückverfolgen können. Wir werden nichts dem Zufall überlassen. Ihr müsst lediglich in diesem Restaurant die Turteltauben spielen, damit die Fotos eindeutig sind und einschlagen werden."

Alexis verschränkte die Arme vor der Brust. „Und wie geht es dann weiter?"

„Dann ist die Jagd eröffnet." Dave Phillips klang geradezu begeistert.

Die Wortwahl fand Taylor ein wenig geschmacklos. Alexis musste es ähnlich gehen, weil sie ihren Produzenten finster ansah.

Der bemerkte es nicht oder wollte es nicht bemerken, da er beschwingt fortfuhr: „Anschließend sind euch die Paparazzi auf den Fersen, und ihr gebt ihnen die Gelegenheit, euch hie und da zu fotografieren – beim Einkaufen, auf dem Weg ins Fitnessstudio und so weiter. Natürlich tut ihr jedes Mal so, als wäre es euch furchtbar unangenehm, dass ihr zusammen erwischt wurdet. Wenn erst einmal genügend Fotos von euch kursieren, werden wir eine offizielle Erklärung veröffentlichen, in der stehen wird, dass ihr bereits seit einigen Monaten ein Paar seid und euch in Ruhe kennenlernen wolltet, ohne dass eure Beziehung im Mittelpunkt des öffentlichen Interesses steht. Anschließend werdet ihr gemeinsam offizielle Veranstaltungen besuchen und euch bei Filmpremieren, Preisverleihungen und anderen werbewirksamen Events blicken lassen. Außerdem werden wir ein paar Interviews mit euch zwei arrangieren, bei denen auch hübsche Fotos entstehen, die dem Ganzen einen ernsten Charakter verleihen."

Ernster Charakter?

Taylor hoffte, dass Dave Phillips nicht so verrückt war, eine fingierte Verlobung vorzuschlagen. Bei diesem Punkt würde er auf jeden Fall protestieren – Plattenvertrag hin oder her. Sobald seine Stiefmutter hörte, dass Taylor verlobt sei, würde sie losziehen und für seinen Dad einen Smoking kaufen.

Allein der Gedanke an seine Stiefmutter und seinen Dad ernüchterte ihn, denn die beiden würden auch in Oregon erfahren, dass Taylor der neue Freund von *Ivy* war. Seine Stiefmutter war schließlich Abonnentin aller Klatschzeitschriften, die sie in die Finger bekam.

Bevor Taylor weiter über die Reaktion seiner Eltern nachdenken konnte, eröffnete Dave Phillips, als sei es das Normalste auf der Welt: „Natürlich müsst ihr beide in den kommenden Monaten viel Zeit zusammen verbringen, um euch miteinander vertraut zu machen. Wir wollen schließlich nicht, dass unser Schwindel auffliegt, weil ihr euch überhaupt nicht kennt und euch fremd seid. Deshalb wird Taylor in der nächsten Zeit bei dir wohnen, Alexis. Das macht diese Fake-Beziehung perfekt.“ Es hätte nicht viel gefehlt und er hätte sich vermutlich die Hände gerieben. So wie einer der bösen Schurken in Cartoons, kurz bevor er verhaftet wurde und im Knast landete.

Auf seine Mitteilung folgte Stille.

Taylor konnte nicht sagen, wer schockierter war – er oder Alexis, die ein Gesicht machte, als hätte man ihr soeben verraten, dass Paul McCartney und David Hasselhoff zusammen ein Album herausbringen würden. Bei der Vorstellung wurde auch Taylor ganz anders zumute. Der Gedanke war fast genauso verstörend wie die Erkenntnis, dass er sich für einen Plattenvertrag darauf eingelassen hatte, den Gigolo für Alexis Gardner zu spielen!

„Er soll bei mir wohnen?“

Dave Phillips machte eine wegwerfende Handbewegung. „Ja, für eine gewisse Zeit, damit erst gar keine skeptischen Kommentare aufkommen können. Sobald die Nachricht eurer Beziehung veröffentlicht ist, werden die Paparazzi vor deinem Haus Wache stehen. Sollte Taylor dann nur vor Ort sein, um gelegentlich mit dir zum Shoppen zu fahren, könnten die Leute misstrauisch werden.“

Das klang zwar einleuchtend, trug jedoch nicht zu Taylors Beruhigung bei.

Und offensichtlich auch nicht zu Alexis’. „Findest du es nicht übertrieben, gleich so weit zu gehen? Viele Paare leben nicht zusammen und …“

„Wenn er bei dir wohnt, unterstreicht das eure Ernsthaftigkeit, von der deine Fans überzeugt werden müssen. Außerdem ist dein Haus so groß, dass ihr euch kaum zu sehen bekommen werdet.“

Räuspernd mischte sich Taylor ein, der das Gefühl nicht abschütteln konnte, zu einem verdammt gut bezahlten Callboy degradiert worden zu sein. „Ich weiß auch nicht, ob das so eine gute Idee ist, zumal ich an meinem Album weiterarbeiten muss.“

„Alexis hat ein eigenes Tonstudio im Haus, das Sie sicherlich nutzen können, Taylor.“

Er hielt dem Blick des Produzenten stand. „Dennoch habe ich kein gutes Gefühl bei der ganzen Sache.“

Dave Phillips runzelte die Stirn. Man konnte ihm ansehen, dass es höchst selten vorkam, dass seine Forderungen abgelehnt wurden. „Entweder führen wir diese Scharade richtig durch oder gar nicht. Alexis steht im Zentrum der Aufmerksamkeit und wird ganz genau beobachtet werden, sobald die Kunde draußen ist, dass sie einen neuen Freund hat. In dieser Situation erlaube ich keine Fehler, weil ihr beide euch dagegen wehrt, zum Schein zusammenzuwohnen." Er schüttelte tadelnd den Kopf. „Es sind nur ein paar Monate!"

„Nur ein paar Monate?" Alexis schnaubte. „Hast du denn auch eine Idee, was nach den *nur ein paar* Monaten passiert, wenn Taylor wieder ausziehen soll und die Trennung verkündet wird? Wie sollen wir das erklären?"

Die Frage interessierte auch ihn, also schaute er zum Musikproduzenten, der nachlässig mit den Schultern zuckte. „Eine Trennung im gegenseitigen Einvernehmen ohne Streit – ihr hattet beide aufgrund voller Terminkalender und eurer Arbeit, der ihr mit leidenschaftlichem Eifer nachgeht, nicht genügend Zeit füreinander und habt euch deshalb auseinander gelebt. Aber ihr bleibt Freunde ... bla ... bla ... bla."

Wenigstens würde er nicht als der Buhmann dastehen, der den Superstar verlassen und ihr das Herz gebrochen hatte. Schon wieder. Trotzdem war Taylor nicht begeistert. Alexis auch nicht, denn sie sah aus, als müsste sie gleich aufs Schafott steigen. Gut, ihr war die Angelegenheit also genauso unangenehm wie ihm.

Das zeigte sie auch, als sie das Gesicht in seine Richtung drehte und ihn missmutig fragte: „Wann kann ich deinen Möbelwagen bei mir erwarten?"

* * *

Wenn das letzte Mal, als sie sich die Kante gegeben hatte, nicht in einem Annullierungsdrama mit einem Stripper und in einem Skandal geendet hätte, der beinahe ihre Karriere zerstört hätte, würde Alexis spätestens jetzt zur Flasche greifen und sich betrinken.

Das konnte alles nicht wahr sein!

Innerhalb von wenigen Stunden war ihr Leben vom durchschnittlichen Chaos in eine absolute Katastrophe gestürzt. So hatte es nicht laufen sollen. Sie war in der Absicht hergekommen, sich bei Dave für die Unannehmlichkeiten der letzten Monate zu entschuldigen und ihm zu versichern, dass sie sich ab jetzt Mühe geben würde, ihrem guten Ruf gerecht zu werden. Mehr nicht.

Alexis hatte nicht erwartet, von ihm vor vollendete Tatsachen gestellt zu werden. Und sie hätte ihre Hand dafür ins Feuer gelegt, dass Dave ihr niemals die Pistole auf die Brust setzen und ihr drohen würde, sie fallen zu lassen, wenn sie bei seiner bescheuerten Inszenierung nicht mitmachen sollte. So wie es aussah, blieb ihr nichts anderes übrig, als in nächster Zeit eine Scheinbeziehung zu führen.

Eine Scheinbeziehung mit Taylor Sutter.

Augenblicklich sackte ihr der Magen bis in die Kniekehlen.

In den letzten Jahren hatte sie das eine und auch andere Mal darüber nachgedacht, wie eine Begegnung mit ihm ablaufen könnte. Voller Genugtuung hatte sie überlegt, so zu tun, als kenne sie ihn nicht, wenn er ihr über den Weg lief, und sie hatte sich vorgestellt, dass sie dabei umwerfend aussehen und ihn wortwörtlich umhauen würde. Ihre Lieblingsvorstellung war die gewesen, in der sie für den Titelsong eines Films den Oscar bekommen hatte, mit ihrer Trophäe im Arm und in einem Wahnsinnskleid auf Taylor traf und ihm gnädig ein Autogramm schrieb, während ihre Bodyguards ihn in Schach hielten. So oder so ähnlich hätte es aussehen sollen, wenn sie nach Jahren wieder aufeinandertrafen – sie mittlerweile ganz oben im Musikbusiness angekommen und er ... nicht.

Er hätte bereuen sollen, wie er sich damals entschieden hatte. Und Alexis hätte ihm nachlässig den Kopf tätscheln wollen, um ihn dann stehen zu lassen.

Ja, diese Fantasie hatte sich verdammt gut angefühlt.

Aber jetzt war sie auf ihn angewiesen und kam sich wie eine bemitleidenswerte Frau vor, deren Dad ihr ein Abschlussballdate besorgt hatte, weil sich niemand mit ihr blicken lassen wollte. Und umwerfend hatte sie auch nicht ausgesehen, sondern verquollen, ungeschminkt und ohne einen Oscar im Arm.

Zu allem Überfluss sollte er auch noch bei ihr wohnen!

Was auch immer sie in ihrem letzten Leben angestellt hatte, um derart bestraft zu werden – es musste grauenvoll gewesen sein. Vielleicht war sie für einen Vulkanausbruch verantwortlich gewesen, hatte einen Bürgerkrieg angezettelt oder sogar das Brazilian Waxing erfunden. Sie wusste es nicht. Auf jeden Fall musste es schlimm gewesen sein. Sehr schlimm.

„Alexis, kann ich dich kurz sprechen?"

Sie drehte sich erschrocken zu Taylor um, der mit in den Hosentaschen vergrabenen Händen auf sie zukam, während sie im Eingangsbereich von Daves Haus stand und darauf wartete, dass sie von einem Wagen abgeholt wurde. Eigentlich hatte sie gehofft, dass ihr heute weitere demütigende Gespräche erspart blieben, als sie sich gerade von den beiden verabschiedet hatte. Und nun fing Taylor sie regelrecht ab, bevor sie verschwinden konnte. Es war doch alles gesagt und geregelt worden. Was also wollte er von ihr?

Da Dave nicht in der Nähe war, machte sie sich erst gar nicht die Mühe, ein Lächeln aufzusetzen, sondern runzelte die Stirn.

Eigentlich sollte ihr nicht auffallen, wie groß er war und dass er sogar noch besser als Brad aussah. Früher mit Anfang zwanzig war Taylor ein absoluter Mädchenschwarm gewesen und hatte dank seines gut geschnittenen Gesichts, der samtig braunen Augen und seiner leicht rauchigen Stimme für eine Menge Furore gesorgt. Heute war er ein Mann – groß, athletisch und mit einem ausdrucksstarken Gesicht, das noch immer von den braunen Augen dominiert wurde, auch wenn sich nun winzige Lachfältchen in den Augenwinkeln befanden. Keine Frage, Taylor war älter geworden. Aber unfairerweise sahen Männer mit Mitte dreißig besser aus als mit Anfang zwanzig. Vor allem dann, wenn sie mit hageren Wangen, dunkelbraunem Haar und einem faszinierenden Lächeln gesegnet waren.

Der Mistkerl würde einen perfekten Scheinfreund abgeben und die mitleidigen Stimmen verstummen lassen, die sich noch immer das Maul über sie, über Brad und über diese verdammte Grammyverleihung im letzten Jahr zerrissen.

Und Alexis wusste nicht, ob sie sich darüber freuen sollte oder nicht.

„Was willst du?“, fragte sie ihn daher barsch und ignorierte den Duft nach seinem Aftershave, als er näher trat, als wolle er vertraulich mit ihr reden.

„Mit dir reden, ohne dass dein Produzent dabei ist und du glaubst, dich seinetwegen verstellen zu müssen“, erwiderte er fest und schaute ihr dabei in die Augen. „Ich will wissen, ob du mit der Situation klarkommst.“

Alexis verzog den Mund und verschränkte die Arme vor der Brust. Ohne es zu merken, machte sie automatisch einen kleinen Schritt zurück, weil sie ihm nicht näher sein wollte als unbedingt nötig. Außerdem konnte sie kaum mit ihm auf Augenhöhe reden, wenn sie den Kopf in den Nacken legen musste, um ihm ins Gesicht zu sehen. „Du willst wissen, ob ich damit klarkomme, dass mein Produzent jemanden engagiert hat, der meinen festen Freund spielen soll? Ja, damit komme ich klar. Business as usual“, spottete sie.

Taylor runzelte die Stirn. Leider tat das seinem guten Aussehen keinen Abbruch. „Und kommst du auch damit klar, dass ich derjenige bin, der deinen festen Freund spielen wird?“

Nein, so hatte ihre Begegnung nach so vielen Jahren wirklich nicht aussehen sollen.

Achtlos zuckte sie mit den Schultern. Gleichzeitig klopfte ihr Herz wie verrückt. „Warum sollte ich nicht damit klarkommen?"

„Weil du und ich eine Vorgeschichte haben."

Zum Glück hielt sie ihre Arme weiterhin vor der Brust verschränkt, weil er sonst hätte sehen können, dass ihre Hände zitterten. Er sollte keineswegs herausfinden, dass seine Bemerkung sie traf.

„Himmel, Taylor." Sie lachte leise und legte den Kopf schief, um ihn mit einem Blick zu mustern, den man nur aufsetzte, wenn ein Kleinkind etwas Albernes gesagt hatte. „Hängst du dieser alten Sache immer noch nach? Ich kann mich kaum daran erinnern, so lange ist es schon her. Damals hattest du sogar noch Erfolg mit deiner Band, und die Zeiten sind ja nun wirklich lange vorbei."

Fast hätte sie gejubelt, als sie feststellte, dass er sich offensichtlich an ihrem letzten Kommentar störte. Dafür war er ja auch gedacht gewesen. Dennoch reagierte er nicht, obwohl ihr Spruch deutlich unter die Gürtellinie gegangen war.

Er war die Ruhe selbst. „Ich will nicht, dass es wegen dieser alten Sachen zu Missverständnissen oder Problemen zwischen uns kommt."

„Keine Ahnung, welche Missverständnisse oder Probleme du meinst, aber ich werde diese Scheinbeziehung sehr professionell angehen", beteuerte sie trocken. „Wir beide werden schließlich etwas davon haben, auch wenn ich nicht weiß, was Dave dir geboten hat, damit du bei dieser Farce mitmachst."

„Alexis." Seine Stimme klang düster. „Lass den Scheiß, ja?"

„Hey, ich bin die Ruhe selbst."

„Es geht hier um deinen Job – um dein Image", betonte er. „Es steht auf dem Spiel und du solltest diese Scheinbeziehung daher etwas ernster nehmen."

„Das vergesse ich schon nicht, aber danke für die Erinnerung." Demonstrativ schaute sie auf ihre Uhr, weil sie ihm ansonsten vermutlich auf die Nase geboxt hätte. Arroganter Mistkerl! „Mein Wagen müsste jede Sekunde da sein."

Taylor seufzte schwer. Offenbar wollte er die Fronten zwischen ihnen klären. „Mir ist das alles genauso unangenehm wie dir, Alexis, aber wir müssen das Beste draus machen. Ich will nicht verheimlichen, dass auch ich etwas davon habe, wenn dieser Plan funktioniert. Also habe ich ebenfalls ein großes Interesse daran, eine ernsthafte Beziehung zwischen uns beiden vorzuspielen."

„Was hast du denn davon, wenn die Leute uns abkaufen, dass wir ein Paar sind?", wollte sie neugierig wissen, während sich die winzigen Haare in ihrem Nacken abrupt aufstellten. Seine Ehrlichkeit überraschte sie und verfinsterte augenblicklich ihre Laune, ohne dass sie genau wusste, weshalb.

Taylors Schultern sackten hinunter. „Schon lange suche ich nach einem Label, das mein neues Album produzieren soll. Jetzt habe ich eventuell eine Chance." Er fuhr sich unwirsch durch sein Haar und setzte hinzu: „Wenn wir es hinkriegen, dass die Presse diese Geschichte schluckt."

„Also geht es dir nicht nur um mein Image, sondern auch um dein Album?"

„Ja." Taylor sah ihr fest in die Augen. „Für mich ist das eine einmalige Chance. Verstehst du das?"

Sie schenkte ihm ein zuckersüßes Lächeln. „Natürlich. Ich weiß doch, was du alles für deine Karriere tun würdest."

Bevor er ein weiteres Wort sagen konnte, hatte sie sich schon umgedreht und dazu entschlossen, vor dem Hauseingang auf den Wagen zu warten, der sie abholen sollte.

6

„Hast du Mom, Ted und Dave Phillips etwa nicht gesagt, wohin sie sich diese Idee stecken können?“

„So einfach ist das nicht, Holly.“

„Doch. Das ist so einfach. Niemand kann dich dazu zwingen, mit einem Typen auszugehen und ihn hier wohnen zu lassen, wenn du das nicht willst! Das ist die dümmste Idee, von der ich jemals gehört habe. Warum um alles in der ... *Was tust du da eigentlich*?“

Alexis hob den Kopf und schaute über die Schulter zurück zu ihrer Schwester, die mitten in ihrem Schlafzimmer stand, die Hände in die Hüften gestemmt hatte und im ganzen Gesicht rot vor Zorn war. Währenddessen kniete Alexis auf dem Teppichboden und wühlte in der untersten Schublade ihrer Kommode. Dummerweise hatte sich ihre Schwester in letzter Zeit die Angewohnheit zugelegt, immer in den unpassendsten Gelegenheiten aufzutauchen.

Heute war eine dieser Gelegenheiten, denn es würde nicht mehr lange dauern, bis Taylor hier auftauchen und ins Gästezimmer am anderen Ende des Flurs ziehen würde. Und für diese Gelegenheit suchte Alexis nach einem bestimmten Rock, den sie anziehen wollte, um wiedergutzumachen, dass sie bei ihrer letzten Begegnung vor ein paar Tagen wie ein Müllsack auf zwei Beinen ausgesehen hatte. Ihre Kleiderschränke im angeschlossenen Ankleidezimmer hatte sie in der letzten Stunde bereits durchsucht, war aber nicht fündig geworden.

Es war zwar nicht so, dass Alexis zu wenig zum Anziehen hatte, aber sie hatte gründlich über ihr heutiges Outfit nachgedacht und brauchte dafür unbedingt den dunkelblauen Rock aus Wildleder, der einen wahnsinnig tollen Po machte und der Figur schmeichelte. Außerdem war er kurz, aber nicht zu kurz, und betonte dank seiner schönen Farbe Alexis' Augen. Zu dem Rock wollte sie ein einfaches, weißes Shirt sowie offene Sandalen tragen, die einen schmalen Fuß machten. An alles war gedacht – sogar den passenden Nagellack hatte sie auf ihren Fußnägeln aufgetragen. Nur fand sie den Rock einfach nicht!

Es war zum Verzweifeln.

„Ich suche nach einem bestimmten Rock."

„Welchen?"

„Den blauen Wildlederrock, den ich mir im letzten Sommer auf Capri gekauft habe."

Alexis konnte sehen, dass Holly eingehend das Chaos betrachtete, das sie in der letzten Stunde in ihrem Ankleidezimmer fabriziert hatte, als sie jedes verfügbare Kleidungsstück aus den Schränken gezogen hatte. Dann drehte ihre Schwester den Kopf wieder in ihre Richtung und musterte nun sie.

„Was ist hier los?"

„Ich weiß nicht, was du meinst, Holly."

Ihre Schwester schnaubte und machte eine ausholende Handbewegung, die das ganze Zimmer sowie das angrenzende Chaos beinhalten sollte. „Ich komme her, um dich zu besuchen, sehe, dass Theresa das Gästezimmer vorbereitet, und erfahre von dir, dass heute irgendein Typ hier einziehen wird, der in der nächsten Zeit deinen Freund spielen soll, weil Mom, dein Agent und dein Produzent es so wollen. Und du richtest ein Chaos in deinem Ankleidezimmer an, weil du einen bestimmten Rock anziehen willst, obwohl du mehr Klamotten hast, als eine ganze Fabrik in Taiwan jemals produzieren kann. In den letzten Monaten war die Jogginghose dein bester Freund. Was ist also hier los?"

Wieso musste Holly so verdammt scharfsinnig sein? „Hast du schon einmal daran gedacht, dass ich nicht wie ein Obdachloser aussehen will, wenn Besuch kommt?"

Ihre Schwester antwortete mit einer Gegenfrage: „Seit wann drehst du dir eigentlich Lockenwickler ins Haar, wenn du zu Hause bist? Das tust du doch sonst nur, wenn du zu irgendeiner Veranstaltung auf dem roten Teppich eingeladen bist."

Wie ertappt fasste sie sich an den Kopf, auf dem sich diverse Lockenwickler türmten. Sie spürte, wie ihre Wangen heiß wurden. „Mir war einfach danach, meine

Haare mal wieder zu frisieren. Hast du mir nicht erst letztens gesagt, dass meine Frisur einem Vogelnest gleicht?"

„Mhm." Misstrauisch musterte Holly sie. „Kann schon sein, aber das erklärt nicht, warum du falsche Wimpern trägst, geschminkt bist und dir endlich mal wieder die Beine rasiert hast!"

„Für die Paparazzi wäre es ein gefundenes Fressen, wenn ich mit unrasierten Beinen am Arm meines neuen Freundes irgendwo auftauche und ..."

„Wer ist es?"

„Was?"

„Du hast mich schon verstanden", grollte ihre Schwester. „Wer ist dein neuer Freund, für den du diesen Aufwand betreibst?"

Alexis presste die Lippen aufeinander, lieferte sich ein Blickduell mit ihrer Schwester, das sie verlor, und ließ mit einem Seufzen die Schultern nach unten fallen. Gleich darauf streckte sie Holly die Hände hin, damit die ihr beim Aufstehen behilflich sein konnte.

Sobald sie auf ihren Füßen stand, glättete sie ihren Morgenmantel. „Es ist Taylor. Taylor Sutter", gab sie widerstrebend zu.

Ihre Schwester holte geräuschvoll Luft. „Bitte *was*?"

Alexis bückte sich, um ein Kleidungsstück aufzuheben, das sie umständlich faltete, damit sie beschäftigt war und Holly nicht ansehen musste. „Mach kein Drama draus, Holly. Es ist nicht ideal, dass ausgerechnet Taylor meinen Freund spielen soll, aber ... es ist nun einmal so."

„Es ist nicht ideal?“, platzte es empört aus ihrer Schwester heraus. „Dieser Typ hat ...“

„Das ist Ewigkeiten her“, warf Alexis ein und bemühte sich darum, ihre aufbrausende Schwester ein wenig zu zügeln. Wenn Holly nämlich in Fahrt war, konnte niemand sie bremsen. „Damals war ich fast noch ein Kind.“

„Das macht es nicht besser!“

Seufzend betrat sie ihr Ankleidezimmer und hörte, wie Holly ihr folgte. „Nein, das macht es nicht besser, aber ich muss vernünftig sein und rational an die Angelegenheit rangehen. Taylor kann mir helfen, mein Image zu verbessern, und das ist wichtiger als eine Sache, die Ewigkeiten her ist.“

„Du warst dein ganzes Leben lang vernünftig“, widersprach Holly, „und du hast ein Recht darauf, alle Rationalität über Bord zu werfen und an dich und deine Gefühle zu denken!“

„Im letzten Jahr habe ich alle Vernunft über Bord geworfen. Und wohin hat es mich gebracht?“ Alexis legte das gefaltete Kleidungsstück in einen Schrank und zuckte innerlich zusammen, als sie das Chaos um sich herum betrachtete. Das Zimmer sah aus, als wären die Vandalen oder eine Horde durchgeknallter Modeblogger hier eingefallen. Sie würde das Chaos beseitigen müssen, bevor Theresa es sah. Ihre Haushälterin würde einen Anfall bekommen, wenn sie die vielen teuren Kleider zerknittert und achtlos auf dem Boden finden würde. Sie drehte sich zu Holly um. „Meine Karriere steht auf dem Spiel ...“

„Du bist Ivy, Alexis. *Die* Ivy! Deine Karriere kann nicht auf dem Spiel stehen."

„Sie kann." Finster runzelte sie die Stirn. „Dave Phillips war sehr deutlich. Entweder ich spiele mit und präsentiere Taylor als meinen neuen Freund oder ich bin raus."

„Das kann er doch nicht tun!"

Sie nickte. „Er kann sogar noch mehr tun, wenn *Shine Productions* mir kündigt und mich wegen Vertragsbruch verklagt, weil ich durch meine eigenen Handlungen in der Öffentlichkeit mein Image ruiniert habe. Mein Anwalt war, was diese Sache betrifft, sehr präzise."

Holly wirkte schockiert und fuhr sich mit der Hand über das Gesicht. „Und Mom heißt es gut, dass ... dass du bei diesem Scheiß mitmachst?"

„Ja, das tut sie", erwiderte sie schlicht, weil sie dazu nicht mehr sagen wollte. Es tat einfach zu weh, dass ihrer eigenen Mutter mehr daran gelegen war, Alexis' Karriere zu retten, als sich um ihre Gefühle zu kümmern.

Hollys Gesicht wurde weicher, als wüsste sie, was Alexis gerade dachte. Auch ihre Stimme klang merklich sanfter, als sie fragte: „Das erklärt jedoch nicht, warum du dich derart in Schale wirfst. Es ist wegen Taylor, richtig?"

Alexis verzog den Mund und kam sich wie ein bemitleidenswerter Teenager vor. „Was würdest du denn tun, wenn du in meinen Schuhen stecken würdest?"

Ihre Schwester grinste schief. „Ich würde vermutlich ein Kleid mit dem tiefsten Ausschnitt tragen, das ich finden kann, um ihm zu zeigen, was er verpasst hat." Sie räusperte sich und blickte sich um. „Wo hast du denn schon nach diesem Rock gesucht? Irgendwo muss er doch sein."

* * *

„Du musst also der Loverboy sein."

Taylor sah auf und entdeckte eine kurzhaarige Frau in der Tür zu seinem Schlafzimmer, die ihn mit einem feindseligen Blick musterte, während er dabei war, seine Reisetasche auszupacken.

Das hatte ihm gerade noch gefehlt – eine weitere Frau in diesem Haushalt, die ihm das Gefühl gab, gänzlich unerwünscht zu sein. Als wäre es für ihn nicht bereits beschissen genug, mit Sack und Pack zu Alexis in deren Villa zu ziehen, die in einer der teuersten Gegenden der ganzen Welt stand und ihm demonstrierte, dass er zu einem Gigolo geworden war. Der Blick, mit dem die winzige Haushälterin ihn gemustert hatte, als er seine Tasche in die obere Etage getragen hatte, während sie ihm sein Zimmer zeigte, hatte ihm das Gefühl gegeben, zu einem Callboy geworden zu sein, der den Preis für eine Nacht ausmachen sollte, bevor er seine Schuhe und Socken auszog.

Für jemanden, der seit seinem siebzehnten Lebensjahr auf eigenen Füßen stand und sich selbst um seine Finanzen kümmerte, war die aktuelle Situation ein echtes Problem. Taylor hatte sich noch nie aushalten lassen, aber als *Gast* in Alexis' Villa und als baldiger Mann an ihrer Seite wurde er das Gefühl nicht los, sich zu verkaufen.

Wenn Cole davon wüsste, würde der sich vor Lachen vermutlich einnässen.

Sein Freund hätte sicherlich kein Problem damit, in die Villa einer Frau einzuziehen, sich als ihren Freund auszugeben und von der Beziehung zu profitieren, indem er einen Plattenvertrag in Aussicht gestellt bekam. Cole war pragmatischer und leichtfertiger. Taylors Problem war sein Stolz. Und der war momentan etwas angeknackst.

Die spöttische Bemerkung der Frau mit dem feindseligen Blick ignorierte er, legte das Hemd zur Seite, das er gerade gefaltet hatte, und kam um das Bett herum. „Eigentlich ist mein Name Taylor."

„Ich weiß."

Er blieb vor ihr stehen und registrierte, dass sie nicht zurückwich, sondern unerschrocken den Augenkontakt erwiderte. „Dann bist du im Vorteil, denn ich weiß nicht, wer du bist."

„Ich bin Holly."

Bei dem Namen klingelte es in seinem Kopf.

„Alexis' Schwester." Taylor nickte verstehend. „Deshalb auch der Blick, als würdest du mir am liebsten in die Eier treten."

Ihre Mundwinkel zuckten. „Ich bin handwerklich sehr geschickt und bevorzuge eine Kastration. Bei Netflix gab es eine Reportage über Tierärzte, und ich denke, mit genügend Motivation bekäme ich es schon hin, dich zu entmannen."

Taylor ertappte sich dabei, wie er rau auflachte, bevor er zögernd die Hand ausstreckte. „Wenn das so ist, frage ich dich lieber, ob ich dir die Hand zur Begrüßung geben darf. Oder muss ich damit rechnen, anschließend nie wieder eine Gitarre spielen zu können?"

„Du machst dir Sorgen, dass du mit einer amputierten Hand keine Gitarre mehr spielen kannst?" Sie klang erstaunt. „Normalerweise befürchten Männer, dass sie ohne rechte Hand sextechnisch aufgeschmissen sind. Interessant." Holly streckte ebenfalls die Hand aus und ergriff seine. „Keine Sorge, Loverboy, ich beiße nicht."

Obwohl sie ihn Loverboy nannte, fand Taylor Holly sehr sympathisch. Jetzt wusste er, dass Alexis' Humor genetisch sein musste, denn auch ihre kleine Schwester war ziemlich witzig – obwohl diese Witze auf Taylors Kosten gingen. Ansonsten waren sich die beiden Schwestern kaum ähnlich. Alexis war blond, blauäugig und eher zierlich, während Holly dunkelhaarig, dunkeläugig und ein wenig burschikos war. Dafür sprach ihre Kurzhaarfrisur und ihre saloppe Kleidung, die aus Jeansshorts, einem T-Shirt und Turnschuhen bestand. Außerdem war sie größer als ihre ältere Schwester.

Wie Taylor wusste, stammte Holly aus der zweiten Ehe von Alexis' Mom und hatte einen anderen Vater als sie. Kennengelernt hatte er die jüngere Schwester zuvor nicht.

Aber das musste nicht bedeuten, dass Holly nicht wusste, wer er war.

Das bewiesen auch ihre nächsten Worte: „Ich habe echt gedacht, dass Alexis einen geschmacklosen Witz macht, als sie mir gesagt hat, dass ausgerechnet du ihren Freund spielen sollst." Sie maß ihn abschätzend und lächelte anschließend derart freundlich, dass sich ganz automatisch sein Nackenfell aufstellte. „Lustig, wie sich die Zeiten ändern können, nicht wahr? Du warst damals der Star und Alexis nicht – und heute ...“ Sie ließ den Satz unvollendet.

„Ja, ich lache noch immer“, entgegnete Taylor trocken.

Holly zog langsam ihre Hand zurück. „Du scheinst ein lustiger Zeitgenosse zu sein, Taylor, aber ich habe nicht vergessen, was damals zwischen dir und Alexis passiert ist.“

Er zog eine Augenbraue in die Höhe. „Wie alt warst du damals? Zwölf?“

„Fünfzehn. Ich war fünfzehn. Mein Erinnerungsvermögen ist großartig.“ Gutmütig klopfte sie ihm gegen den Oberarm, was eine freundschaftliche Geste hätte sein können, wenn sie nicht gleich darauf erklärt hätte: „Wenn du meiner Schwester noch einmal wehtust, solltest du dir um mehr als um eine amputierte Hand Sorgen machen. Viel Erfolg beim Umzug, Loverboy.“

Dann verschwand sie fröhlich pfeifend aus dem Zimmer und ließ Taylor allein zurück, für den diese Begegnung sehr aufschlussreich war. Irgendwie hoffte er, Holly nicht gegen sich aufzubringen, weil sie einen etwas gemeingefährlichen Eindruck gemacht hatte. Alexis hatte in der Tat eine sehr interessante, kleine Schwester.

Loverboy – dass er nicht lachte!

Als hätte sie gewusst, dass die Luft rein war, klopfte Alexis keine Minute später gegen die offene Tür des

Schlafzimmers. „Hey. Theresa hat mir gesagt, dass du schon da bist.“

Ihre Begrüßung klang zwar nicht wahnsinnig euphorisch, jedoch auch nicht derart feindselig, wie er es erwartet hatte. Taylor hob den Kopf, um etwas zu erwidern, und brauchte ein paar Sekunden, um wieder klar denken zu können.

Vor ihm stand eine Alexis, die er nicht erwartet hatte – nicht nach ihrem letzten Treffen vor ein paar Tagen, bei dem sie einen Pferdeschwanz, eine formlose Bluse und eine unspektakuläre Hose getragen hatte. Natürlich war ihm bereits da aufgefallen, wie schön sie war – wie schön sie noch immer war. Aber vor allem hatte sie müde und erschöpft gewirkt. Das war heute nicht der Fall.

Heute trug sie ihr blondes Haar offen, das ihr in weichen Wellen über die Schulter fiel, ihr Gesicht glühte regelrecht und ihre blauen Augen strahlten. Und sie waren so blau, dass er unwillkürlich den Atem anhielt. Den gleichen Farbton hatte ihr Rock, der verdammt kurz und eng war und Taylors Blick auf Alexis' schlanke Beine lenkte.

Wie ein Idiot stammelte er: „Ja, hey ... irgendwie gab es kaum Verkehr.“

„Sehr schön. Ist das Zimmer in Ordnung?“

Zimmer? Welches Zimmer?

Er riss sich von dem Anblick ihrer Beine und ihrer wiegenden Hüften los, als sie den Raum betrat und bevor er sich zum Idioten machen konnte. „Ja, sicher. Danke.“

Alexis lächelte und plötzlich kam sich Taylor dennoch wie ein Idiot vor.

„Wenn du etwas brauchst, lass es Theresa wissen."

„Mhm. Ich habe Holly kennengelernt", erklärte er und wechselte das Thema.

Alexis' alarmiertes Gesicht hätte lustig sein können, wenn er sich nicht noch von dem Schock erholen musste, sie in diesem kurzen Rock zu Gesicht bekommen zu haben. Ein Mann musste auf so etwas vorbereitet werden! Zum Glück besaß er kein schwaches Herz ...

„Was hat sie zu dir gesagt?"

Taylor zog seinen Kosmetikbeutel aus der Reisetasche und warf ihn auf das Doppelbett, das mit einer weichen Überdecke bezogen war. „Sie hat sich vorgestellt, mich einen Loverboy genannt und mir dann mit einer Handamputation oder einer Kastration gedroht, wenn ich dir wehtun sollte. Ich bin mir ehrlich gesagt nicht mehr sicher, was genau ihre Drohung mit einschloss."

Einen Moment war Alexis sprachlos, aber dann sackten ihre Schultern hinunter. „Vermutlich sollte ich mich für Holly entschuldigen. Sie kann manchmal ein wenig übers Ziel hinausschießen."

„So kann man es nennen", bestätigte er amüsiert.

„Außerdem hat sie das mit der Amputation und Kastration nicht ernst gemeint", versicherte Alexis ihm mit einem kleinen Lächeln. „Wenn sie Blut sieht, wird sie ohnmächtig."

„Bist du sicher? Deine Schwester wirkte sehr motiviert und entschlossen."

„Ja, ich bin mir sehr sicher." Alexis verschränkte ihre Hände hinter ihrem Rücken, was bewirkte, dass sich ihre

Brüste noch mehr nach vorn wölbten. Taylor fragte sich, ob sie dies mit Absicht tat, um ihn gewissermaßen abzulenken. Es funktionierte nämlich ganz ausgezeichnet. Scheiße.

„Holly wusste, wer ich bin“, erzählte er und fokussierte ihr Gesicht. Das war besser, als seine Augen tiefer gleiten zu lassen. Er war schließlich kein sexuell frustrierter Triebtäter.

„Was?“ Ihre Augenbrauen zuckten in die Höhe, als hätte sie nicht verstanden, was er meinte.

„Deine Schwester kannte meinen Namen. Hast du ihr damals von uns erzählt?“

Vorsicht und Skepsis breiteten sich auf ihrem Gesicht aus. „Hätte ich das nicht tun sollen?“

„Nein, ich meine ... Ich war überrascht, dass sie darauf zu sprechen kam“, gab Taylor zu.

Alexis sah ihn ein paar Momente lang an und runzelte dabei die Stirn. Er konnte nicht sagen, was sie gerade dachte, aber was es auch war, sie wollte offenbar nicht darüber reden, weil sie in Richtung Reisetasche nickte. „Ich will dich nicht beim Auspacken stören.“

„Das tust du nicht.“

Sie schob sich eine Strähne ihres Haares hinter das Ohr. „Ist das alles oder brauchst du Hilfe beim Gepäck?“

Bisher hatte er lediglich die winzige Haushälterin, ihre bedrohliche Schwester und sie – ein Fliegengewicht im Gegensatz zu ihm – gesehen und fragte sich, wer ihm beim Gepäck helfen sollte. „Ein bisschen was habe ich noch in meinem Jeep, aber das ist nicht der Rede wert.“

„Gut."

„Wo kann ich meine Instrumente lagern?", fragte er nach und knöpfte sich sein Hemd auf, weil er in ein gemütliches T-Shirt schlüpfen wollte.

Irritierenderweise freute er sich darüber, dass Alexis aus dem Konzept zu kommen schien und seine Hände fixierte, die Knopf für Knopf das Hemd öffneten.

„Am ... am besten unten im Tonstudio", erwiderte sie nervös und machte einen Schritt zurück. „Ich werde Theresa sagen, dass sie dir den Weg dorthin zeigen soll."

„Okay", antwortete er vergnügt und beobachtete, wie Alexis aus dem Zimmer stolperte.

Das war sehr aufschlussreich.

7

Dave Phillips hatte ein nettes Restaurant am Hafen von Ventura ausgesucht, das sogar mitten in der Woche gut besucht war und seine Gäste mit allerlei kulinarischen Köstlichkeiten anlockte. Überall roch es nach frischem Fisch, die Sonne schien, ein leichter Wind ging und die kalten Getränke schmeckten fantastisch. Eigentlich hätte man hier ein perfektes Date haben können.

Eigentlich.

Taylor schaute über den Tisch zu Alexis, die ihre Augen hinter einer riesigen Sonnenbrille verbarg, aufs Wasser starrte und keine Anstalten machte, irgendetwas zu sagen. Schon die knapp einstündige Fahrt von Los Angeles bis hierher hatte sich gezogen wie ein altes Kaugummi, weil keiner von ihnen viel gesagt hatte.

Mit Fotos, auf denen sich ein vermeintliches Liebespaar anschwieg, würde niemand etwas anfangen können.

Zwar hatte sich Taylor absichtlich nicht umgesehen

und nach demjenigen gesucht, der die unprofessionellen Handyfotos von ihnen schießen würde, die später in den sozialen Medien für Furore sorgen sollten, aber er konnte sich denken, dass derjenige bereits sehnsüchtig darauf wartete, dass Alexis und Taylor endlich damit begannen, ein turtelndes, frisch verliebtes Paar zu spielen, das ein Date in einem hübschen Restaurant genoss und nur Augen für sich, aber nicht für die Speisekarte vor sich hatte.

Anscheinend war es an der Zeit, dass er zur Tat schritt.

Also legte er die Speisekarte beiseite und schob seinen Stuhl direkt neben ihren, bevor er seinen Arm um sie schlang und sich zu ihr beugte.

„Was tust du da?“ Sichtlich erschrocken drehte sie den Kopf in seine Richtung und öffnete den Mund.

„Wenn wir nicht wollen, dass darüber spekuliert wird, ob wir uns gestritten haben oder ob wir uns hier mit einem Auftragskiller treffen wollen, sollten wir anfangen, uns wie ein verliebtes Paar zu benehmen“, flüsterte er ihr zu und streichelte mit seiner Hand über ihren nackten Oberarm, während sein Mund ihr Ohr beinahe berührte. Wenn Alexis jetzt damit aufhören würde, stocksteif neben ihm zu sitzen, hätte man seine Gesten als liebevolle Berührungen werten können.

Obwohl sein letztes Date schon einige Zeit her war, war Taylor klar, dass Alexis mitmachen musste, wenn sie verliebt aussehen wollten.

„Das alles ist total bescheuert“, flüsterte sie, schmiegte

sich jedoch gegen seinen Oberkörper und lächelte ihn an, als würde sie es ernst meinen.

Das war ein Anfang.

„Nimm meine Hand."

„Was?"

„Nimm meine Hand", wiederholte er leise und klopfte mit den Fingern seiner linken Hand demonstrativ auf die Tischplatte.

„Warum?", fragte der Quälgeist, der besser roch, als es einer Frau erlaubt sein sollte, und die in ihrem heutigen Outfit, das aus engen Jeans und einem ärmellosen Strickoberteil sowie hohen Schuhen bestand, bezaubernd aussah.

„Weil ich mir habe sagen lassen, dass verliebte Menschen so etwas tun", raunte er ihr zu und drückte einen flüchtigen Kuss hinter ihr Ohr. Zum Glück hatte sie sich die Haare hochgebunden. Gleich unter dem Ohrläppchen roch sie besonders gut. Und ihre Haut war samtweich.

Wenn er nicht befürchtet hätte, dass Alexis ihm womöglich eine scheuern würde, hätte er seine Lippen lieber auf ihren vollen Mund gedrückt.

„Behalte deinen Mund bei dir", flüsterte sie zurück und schob ihre Finger zwischen seine.

Das gefiel ihm. Taylor grinste erfreut. „Was möchtest du essen, Baby?"

„Kosenamen? Ich habe mir sagen lassen, dass nur völlig verzweifelte Menschen anderen Menschen Kosenamen geben."

„Dann muss ich mich fragen, warum deine Schwester mich Loverboy genannt hat."

Alexis schnaubte leise, bevor sie ein kehliges Lachen ausstieß, das ihm durch und durch ging. „Loverboy ist kein Kosename."

„Vielleicht hast du recht. Ich wusste gar nicht, wie mir geschah, und ein bisschen fühlte ich mich sexuell belästigt."

„Weil sie dich einen Loverboy genannt hat?" Sie legte den Kopf ein Stück zurück, um ihm ins Gesicht sehen zu können. „Was wäre gewesen, wenn sie dich einen Gigolo genannt hätte?"

„Dann hätte ich mir vermutlich sofort Gel in die Haare schmieren und mir einen billigen Anzug kaufen müssen."

Ihre blauen Augen sprühten vor Belustigung, während sie ihn ansah. Taylor hielt es für die perfekte Gelegenheit, ihre Hand an seinen Mund zu heben, sie zu drehen und ihr einen Kuss aufs Handgelenk zu pressen. Falls jemand davon Fotos geschossen hatte, würden sie bestimmt verdammt gut aussehen.

An ihrer Kehle konnte er sehen, dass sie schluckte, bevor sie heiser erklärte: „Loverboy, du sollst doch deinen Mund bei dir behalten."

„Wie war das mit den Kosenamen? Ich dachte, nur wirklich verzweifelte Menschen benutzen die. Und was meinen Mund betrifft, wirst du den wohl in nächster Zeit ertragen müssen."

„Dir ist schon klar, wie doppeldeutig das klingt, oder?"

„Und dir ist schon klar, dass ich es absichtlich habe doppeldeutig klingen lassen, oder?“

Alexis verdrehte die Augen.

„Komm schon“, ermunterte er sie. „Lächeln, Alexis. Denk dran: Du bist gerne hier mit deinem Loverboy.“

„Du findest das auch noch komisch“, warf sie ihm vor, klang aber nicht wirklich aufgebracht – eher resigniert und ein wenig belustigt. „Und ich denke, du lässt deine Bemerkungen nicht nur absichtlich doppeldeutig klingen, sondern betatschst mich auch absichtlich.“

„Betatschen?“

Sie zog eine Augenbraue in die Höhe. „Deine rechte Hand wandert gerade gefährlich weit nach unten“, warnte sie ihn mit einem Flüstern, unternahm jedoch nichts gegen seine Berührung, mit der er zuerst über ihren Oberarm gefahren und dann bis zu ihrer Hüfte gewandert war, auf der seine Hand zum Liegen gekommen war.

Um ehrlich zu sein, war diese Berührung keineswegs absichtlich geschehen.

„Die Fotos sollen echt aussehen.“

Ihre Antwort bestand darin, den Oberkörper langsam nach vorn zu beugen und ihm verführerisch ins Ohr zu flüstern: „Verarschen kann ich mich selbst, Taylor.“ Und dann biss dieses Biest ihm tatsächlich ins Ohrläppchen, kicherte und setzte einen verliebten Blick auf, bevor sie ihm die Wange tätschelte und an ihrem Drink nippte.

Taylor knirschte mit den Zähnen, machte aber gute Miene zum bösen Spiel, indem er lachte, als hätte sie etwas Komisches gesagt, und ebenfalls einen Schluck von seinem Drink nahm. Außerdem musste er es sich gefallen lassen, dass Alexis seine Maraschinokirschen stahl und aß, mit denen sein alkoholfreier Cocktail garniert war. Wenigstens sahen sie wie ein echtes Paar aus, wenn Alexis schon so weit ging, seine Cocktailgarnitur zu mopsen.

Gerade als er darüber nachdachte, wie sie das Spiel fortsetzen konnten, wurden sie von der Bedienung unterbrochen, die an ihren Tisch trat und Stift sowie Notizheft zückte. „Darf ich eure Essensbestellung aufnehmen oder habt ihr euch noch nicht entschieden, was ihr nehmen möchtet?"

Großen Hunger hatte er nicht, dennoch war es wohl nötig, etwas zu bestellen und zu essen, um den Schein zu wahren. Wer fuhr denn bis nach Ventura, wenn er nicht vorhatte, dort etwas zu essen?

„Bestell du für mich, Baby", bat Alexis ihn mit einem listigen Lächeln. „Du weißt am besten, was ich gerne esse."

Kurz überlegte er, ob er sozusagen als Rache das Steak Tartar für sie bestellen sollte, verwarf diese Idee jedoch sofort wieder und bestellte stattdessen zweimal den Salat mit den frischen Scampi für sie beide.

Als sich die Kellnerin die Bestellung notiert hatte, warf sie ihnen einen zögernden Blick zu, wartete einen Moment und verschwand dann mit einer gemurmelten Entschuldigung. Taylor war sich ziemlich sicher, dass sie Alexis erkannt hatte. Seinetwegen wäre die Kellnerin nicht zögernd stehen geblieben und hätte darüber nachgedacht, ihn um ein Autogramm zu bitten, wie sie es vermutlich bei Alexis getan hatte. Er wurde sehr selten erkannt – dafür war es einfach zu lange her, dass er bekannt gewesen war. Außerdem war er zu SpringBreaks Zeiten gerade einmal Anfang zwanzig gewesen und hatte sich seither rein äußerlich verändert. Er war kein Junge mehr.

Nein, es war glasklar, dass man Alexis erkannt hatte.

„Du bestellst dir einen Salat? Hast du keine Angst, wofür man dich halten könnte, wenn Fotos von dir publik werden, auf denen du Grünzeug anstatt richtiges Männeressen isst?"

„Wir sind immer noch in L. A.", erwiderte Taylor gelassen. „Niemand wird mich für schwul halten, wenn ich einen Salat esse. Aber um auf Nummer sicher zu gehen, sollten wir uns etwas mehr Mühe geben, wie ein verliebtes Paar zu wirken."

Und das tat er, indem er Alexis fast auf seinen Schoß zog, die Arme wieder um sie schlang und ihr die Sonnenbrille auszog, um ihr tief in die Augen zu sehen, während er vertraulich mit ihr flüsterte und ihr ab und zu kleine Küsse auf die Fingerknöchel, ihren Hals und ihre Stirn presste.

Die ganze Zeit über war er sich bewusst, dass sie von mindestens zwei Personen beobachtet wurden – von der Kellnerin und dem Fotografen, der Schnappschüsse von ihnen machen sollte. Außerdem war er sich bewusst, dass es Alexis nicht gefiel, dass er derart auf Tuchfühlung ging. Und das stachelte ihn seltsamerweise an.

* * *

Alexis war niemals zuvor so erleichtert gewesen, endlich ihr Essen serviert zu bekommen, wie in dem Moment, als die Kellnerin ihnen die Salate brachte. Dabei hatte sie nicht einmal großen Hunger!

Sie konnte nur hoffen, eine kleine Atempause zu haben, wenn sie beide aßen, denn die letzten Minuten waren eine ziemliche Tortur gewesen. Sie hatte beinahe auf Taylors Schoß gesessen und es sich gefallen lassen müssen, dass er sie nicht nur eng an sich zog, sondern auch die ganze Zeit berührte, ihr ins Ohr flüsterte und wie ein verliebter Idiot seinen Mund nicht bei sich behalten konnte.

Offenbar hatte es sich Taylor zur Aufgabe gemacht, sie in den Wahnsinn zu treiben.

Das Problem war, dass ihr seine Berührungen ganz und gar nicht unangenehm waren. Das Gegenteil war der Fall, denn ein warmes Gefühl breitete sich in ihr aus, wenn er so nah bei ihr saß, sie berührte und mit seinen Lippen feuchte Küsse auf ihre Haut drückte. Dazu kam eine elektrisch aufgeladene Gänsehaut, die sich von ihrem Nacken bis über ihr Rückgrat zog, sobald sie seinen Geruch wahrnahm.

Seine Berührungen waren ihr früher niemals unangenehm gewesen. Aber nach allem, was geschehen war, hatte Alexis vermutet, dass sie nicht mehr auf ihn reagieren würde. Sie war davon ausgegangen, dass Taylors Berührungen ihr egal sein würden. Dummerweise hatte sie sich diesbezüglich geirrt.

Jetzt konnte sie nur hoffen, dass er nicht bemerkte, wie

sie jedes Mal zusammenfuhr und kurzatmig wurde, sobald er sich ihr näherte und sie anfasste.

„Hast du schon die Salsa verde probiert? Die ist einfach göttlich", schwärmte Taylor, tunkte ein Stück Brot in die grüne Salsa und hielt es Alexis hin.

„Willst du mich füttern?"

Grinsend hielt er ihr das Brot direkt vor den Mund und raunte: „Das gibt tolle Fotos."

Obwohl es sie störte, dass hinter allem, was er tat und sagte, ein Hintergedanke zu stecken schien, lächelte sie und öffnete den Mund, um das Brot zu probieren. Es war köstlich – nichtsdestotrotz hatte Alexis einen schalen Geschmack auf der Zunge, der jedoch nicht vom Essen kam.

„Und?"

„Lecker", antwortete sie, nachdem sie den Bissen gekaut und hinuntergeschluckt hatte. Das Essen war tatsächlich sehr gut. Nur hatte Alexis kaum bis wenig Hunger.

Taylor probierte einen roten Dip, der zusammen mit dem Brot serviert worden war, und urteilte anschließend: „Der hier ist auch nicht schlecht. Paprika und Karotten. Willst du kosten?"

Sie schüttelte den Kopf. „Lieber nicht."

„Wieso nicht?"

„Eine Allergie gegen Karotten."

„Gut zu wissen." Er trank von seinem Cocktail und aß anschließend weiter von seinem Salat, wobei er immer darauf achtete, Alexis hin und wieder zu berühren, den

Arm um sie zu legen und beispielsweise seinen Mund für einen flüchtigen Kuss gegen ihren Oberarm zu pressen. Und sie vergalt es ihm, indem sie permanent lächelte, durch sein Haar strich und die Cocktailtomaten von seinem Teller mopste.

Für dieses Laientheater verdienten sie beide die Goldene Himbeere.

Hoffentlich war der heutige Ausflug bald vorbei.

Gerade als ihre Teller abgeräumt waren und Alexis die Minuten zählte, bis sie sich auf den Weg nach Hause machen konnten, traten zwei Kinder an ihren Tisch und hielten schüchtern ein Blatt Papier, einen Stift und ein Handy in den Händen.

„Entschuldigen Sie, Ma'am, aber sind Sie Ivy?" Das ältere Mädchen wurde rot und stotterte ein wenig, während der jüngere Junge neben ihr mit großen Augen blinzelte, aber keinen Ton sagte.

Alexis wandte sich den beiden Kindern zu, während Taylor den Arm von ihrer Schulter nahm und ein Stück zurückrutschte. „Ja, das bin ich. Und wie heißt ihr beide?"

„Ich bin Pauline und das ist mein Bruder Ben." Noch immer stotterte die Kleine und warf unsichere Blicke über die Schulter zurück.

Lächelnd schaute Alexis die beiden an, schließlich hatte sie Erfahrung mit aufgeregten Fans und ahnte, dass die Eltern die beiden an den Tisch geschickt hatten, um nach einem Autogramm zu fragen. So etwas kam häufig vor. „Das sind sehr schöne Namen. Wie alt seid ihr denn?"

„Ich bin neun und Ben ist sechs." Die Kleine schluckte

nervös und sprudelte dann hervor: „Bekommen wir ein Autogramm und können wir ein Foto haben?“

„Natürlich.“ Alexis nahm dem Mädchen das Papier und den Stift ab und begann, für die beiden ein Autogramm zu schreiben, während sie fragte: „Habt ihr heute schulfrei?“

„Unsere Mom hat heute Geburtstag und deshalb dürfen wir schwänzen.“ Abrupt schwieg das Mädchen – anscheinend entsetzt, dass es ein Geheimnis verraten hatte, und starrte Alexis an, als erwarte es, jeden Moment von der Polizei verhaftet zu werden.

Taylor lachte amüsiert und auch Alexis gluckste auf. „Keine Sorge“, beruhigte sie die Kleine. „Von mir erfährt niemand etwas.“

„Soll ich ein Foto von euch machen?“ Taylor streckte die Hand nach dem Handy aus, das das Mädchen ihm reichte, und erhob sich von seinem Stuhl.

Alexis schlang einen Arm um das Mädchen und den anderen um den Jungen und ließ sich von Taylor fotografieren, der in die Hocke gegangen war, um ein Bild von ihnen dreien zu machen.

Noch immer schüchtern, jedoch deutlich aufgetauter als zuvor bedankten sich die beiden, als Taylor ihnen das Handy zurückgab und Alexis ihnen das Autogramm überreichte.

„Und grüßt eure Mom von mir“, bat sie die Kinder, als diese sich verabschiedeten und zurück zum Tisch ihrer Eltern gingen.

„Du kannst gut mit Kindern.“ Taylor setzte sich wieder

neben sie und warf einen Blick zurück zu Pauline und Ben. „Zuerst waren sie total nervös, aber du hast ihnen die Aufregung genommen und warst unglaublich lieb zu ihnen. Ich denke, das kurze Treffen mit dir wird das Highlight der Woche für sie sein."

Alexis lächelte. „Ich denke ja eher, dass das Autogramm für ihre Mom sein sollte."

„Und wenn schon – trotzdem hast du den beiden ein gutes Gefühl gegeben."

„Ich mag Kinder." Sie zuckte mit den Schultern. „Kinder erwarten nicht, dass du perfekt bist, und sie verurteilen dich nicht, wenn du mal aus der Reihe tanzt. Bei Erwachsenen ist das anders."

Taylor beugte sich zu ihr und murmelte, als wüsste er genau, woran sie gerade dachte: „Deine erwachsenen Fans mögen dich, auch wenn du mal aus der Reihe tanzt."

Sie grinste schief, gleichzeitig machte sich ein flaues Gefühl in ihrem Magen breit. „Dann lies dir die empörten Briefe aufgebrachter Fanclubs durch, die an mein Management geschickt wurden, weil ich einen Stripper geheiratet habe."

Glucksend verdrehte er die Augen. „Ach, komm schon! So dramatisch war die Sache doch gar nicht."

Alexis legte den Kopf schief und betrachtete sein Gesicht. „Findest du?"

„Natürlich!"

„Also ist dir das auch schon einmal passiert?"

„Dass ich in Vegas einen Stripper geheiratet habe, der

einen Cowboyhut trug? Nein.“ Er schmunzelte. „Das ist mir tatsächlich noch nie passiert.“

Ohne es zu wollen, zuckten ihre Mundwinkel. „Touché.“

„Offenbar habe ich so einiges ausgelassen, wenn ich es genau bedenke.“

„Glaube mir – das hast du nicht.“

„Hey, ich verurteile dich doch gar nicht“, scherzte er vergnügt. „Allein sein Outfit hatte etwas Animalisches an sich. Diese Lederweste – die kann nicht jeder tragen.“

Alexis gluckste und warnte ihn: „Du bringst mich zum Lachen. Hör auf.“

„Ich an deiner Stelle wäre auch schwach geworden bei diesem Prachtburschen. Wer hätte zu ihm schon Nein sagen können?“

Sie kniff die Augen zusammen und versuchte, ernst zu bleiben. Leider scheiterte der Versuch und sie verschluckte sich an einem Lachen. „Das ist nicht besonders komisch, Taylor!“

„Ernsthaft? Eigentlich finde ich die Angelegenheit ziemlich witzig. Vielleicht gehören Lederwesten und Cowboyhüte bald zur Standardbekleidung eines jeden Mannes. Stell dir mal vor, wie unser Präsident bei Staatsempfängen in diesem Outfit auftaucht. Die Aufmerksamkeit aller internationalen Pressevertreter wäre ihm sicher. Und dem Papst würde die Aufmachung auch gut stehen.“

„Dem Papst?“ Allein die Vorstellung! Sie schüttelte sich.

„Tja, das Zölibat kann er mit diesem Outfit vergessen –

Scharen von Frauen würden über ihn herfallen. Denn wir wissen ja, wie sehr Frauen auf Lederwesten und Cowboyhüte stehen."

Sie fasste sich an die Stirn und verzog das Gesicht, bevor sie zugab: „Ich war betrunken."

„Das hoffe ich doch, schließlich habe ich keine Lust, mit einer Lederweste durch die Gegend zu laufen."

„Keine Sorge – so weit wird es nicht kommen", versprach sie ihm und wollte einen weiteren Kommentar abgeben, als eine junge Frau an ihrem Tisch auftauchte und ebenfalls nach einem Autogramm fragte.

Kurz darauf fragte Taylor nach der Rechnung, bezahlte und rückte Alexis den Stuhl zurecht, als sie aufstand. Sie wusste, dass er es fürs Publikum machte, als er sie an sich zog und ihr einen Kuss auf die Schläfe drückte, aber das hielt ihren Puls nicht davon ab, plötzlich zu rasen.

Sie war so durcheinander, dass sie nicht protestierte, als er vorschlug, über die Hafenanlage zu spazieren und ein Eis zu kaufen.

„Wenn du im Restaurant den anderen Gästen aufgefallen bist, sollte man dich auch auf der Promenade erkennen. Es kann nicht schaden, wenn dort ein paar Fotos gemacht werden." Taylor klang wie ein General, der einen Schlachtplan entwarf.

Zu seinem Plan gehörte vermutlich auch, ihre Hand in seine zu nehmen und liebevoll an ihrem Zopf herumzuzupfen, als sie sich anstellten, um ein Eis zu kaufen. Und sicherlich war es auch volle Absicht, dass er von ihrem Eis probierte, als sie in Richtung Parkplatz schlenderten, und dass er seinen Arm locker über ihre Schulter legte.

Langsam begann es sich wie ein richtiges Date anzufühlen – ihr Begleiter schenkte ihr seine volle Aufmerksamkeit, er hing an ihren Lippen, lachte über alles, was sie sagte, und konnte die Finger nicht von ihr lassen. Dazu kam, dass er höflich ihren Stuhl zurechtgerückt hatte, ihr den Vortritt ließ und fantastisch aussah. Ein Mann wie Taylor fiel selbst dann auf, wenn er lediglich Jeans und ein Polohemd trug.

Ja, dieses Date war perfekt. Nur war es kein richtiges Date.

„Du hast da was."

„Hm?" Aus ihren Gedanken gerissen schaute sie auf, als Taylor stehen blieb und sie somit zwang, ebenfalls an Ort und Stelle zu verweilen. Fragend sah sie zu ihm auf und bemerkte, dass er ihren Mund fixierte.

„An deiner Oberlippe klebt ein Stückchen Schokolade."

Ganz automatisch fuhr sie mit der Zunge über ihren linken Mundwinkel.

Sein Gesicht, das so nah war, dass sie die helleren Sprenkel in seiner dunkelbraunen Iris erkennen konnte, lächelte belustigt, bevor er leicht den Kopf schüttelte.

„Nein, warte. Ich meinte die andere Seite." Er hob seinen Zeigefinger an ihren Mund und wischte federleicht über ihre Lippen. Dann leckte er sich den Schokosplitter von der Fingerkuppe und senkte den Kopf, um sie auf den Mund zu küssen.

Alexis hielt den Atem an und legte ihre Hand automatisch auf seine Brust, die sich warm und stark anfühlte. Sie konnte seinen Herzschlag spüren. Gleichzeitig konnte sie ihn schmecken, ihn riechen und ihn dicht an ihrem Körper fühlen. Es war wie ein Rausch, der ihr in rasanter Geschwindigkeit zu Kopf stieg, während sich ein warmes Prickeln in ihr ausbreitete.

Vielleicht hatte sie ihn davon abhalten wollen, sie zu küssen, als sie ihre Hand gegen seine Brust gepresst hatte, aber das änderte sich innerhalb weniger Sekunden, denn der Kuss fühlte sich wunderbar an. *Er* fühlte sich wunderbar an, wie er sie in seinen Armen hielt, als würde er sie um nichts auf der Welt hergeben und nirgendwo lieber sein als hier.

Die Berührung seiner Lippen war zärtlich und raubte ihr den Atem, der ihr ohnehin bereits gestockt hatte.

Vorsichtig saugte er an ihrer Unterlippe, bedeckte ihren Mund mit seinem und entlockte ihr ein leises Seufzen. Wohlig schmiegte sie sich an ihn und öffnete den Mund ein bisschen, weil sie mehr wollte. Er tat ihr den Gefallen und berührte ihre Zunge mit seiner.

Der Kuss erschütterte sie regelrecht.

Wie von selbst hob sich Alexis ihm entgegen und ließ ihre Hand über seine Brust und seine Schulter nach oben wandern, um ihn zu spüren.

Ihr wurde schwindelig und ihre Knie wurden weich.

Und als sie bereits Zeit und Raum vergessen hatte und sich nur auf Taylor konzentrierte, der sie wie ein Verhungernder küsste, beendete er langsam den Kuss, drückte seine Lippen zärtlich auf ihre Nasenspitze und streichelte sanft über ihre Wange. Dabei schaute er ihr tief in die Augen und flüsterte gegen ihre Lippen: „Der Kuss wird die Touristengruppe überzeugt haben, die schräg gegenübersteht und Fotos von uns schießt. Spätestens heute Abend sollten sie online sein."

Ein Eimer kaltes Wasser über ihrem Kopf ausgeschüttet hätte sich nicht weniger ernüchternd anfühlen können.

8

„VERSUCHEN WIR ES NOCH EINMAL, Alexis. Dein Einsatz kommt gleich nach dem Gitarrensolo. Achte auf den Übergang“, dröhnte es ungeduldig durch die Kopfhörer, die sich Alexis aufgesetzt hatte.

Alexis nickte und rieb ihre schweißnassen Handflächen an ihren Jeans trocken, während sie durch die Glasscheibe, die den Aufnahmeraum vom Regieraum trennte, auf den Toningenieur schaute, der ihr die Anweisung gegeben hatte. Sie wusste, dass er nicht zufrieden war. Ebenso wenig zufrieden wie ihre Mom, ihr Agent und Casey, der ausführende Produzent und Daves rechte Hand, der heute dabei war, um die Aufnahme der neuen Songs zu betreuen.

Sie konnte sehen, wie ihre Mom und Ted kritisch die Stirn runzelten, während Casey ans Mischpult trat und dem Toningenieur etwas ins Ohr flüsterte. Auch der Tontechniker, der ebenfalls am Pult saß, machte ein zutiefst enttäuschtes Gesicht. Die Musiker, die im benachbarten Aufnahmeraum saßen, wirkten so, als würden sie jeden Moment die Segel streichen und kündigen.

Ihr wurde übel, denn sie wusste, dass es an ihr lag, wie mies die heutige Aufnahme lief. Seit Stunden standen sie im Studio, aber bisher war kein brauchbarer Take dabei, weil sie ständig den Einsatz verpasste, nicht in den Song fand und generell Rhythmusprobleme hatte. Alexis wusste einfach nicht, was los war. Normalerweise fühlte sie sich in einem Aufnahmestudio wie zu Hause und drehte richtig auf, wenn es darum ging, ihre Songs einzusingen.

Heute war die Energie weg. Sie war lustlos, fühlte sich niedergeschlagen und spürte den Druck, der von Minute zu Minute größer wurde. Sie war nicht mit dem Herzen dabei und konnte ihre eigenen Songs nicht einsingen. Es war ein Wunder, dass sie noch nicht in Panik ausgebrochen war, denn sie fühlte sich regelrecht blockiert.

Da machte es auch nicht besser, dass ihre Mom und Ted auf der Ledercouch hinter dem Mischpult saßen und mit apokalyptischen Mienen in ihre Richtung schauten.

„Alexis, was hältst du davon, es mit dem Refrain zu versuchen?“ Caseys Stimme klang nun durch den Kopfhörer. Aufmunternd lächelte er, als sie seinen Blick suchte und zögernd nickte.

Irgendetwas stimmte heute einfach nicht und der Refrain würde den ganzen Schlamassel nicht besser machen.

„Okay.“ Sie zeigte den Daumen nach oben und rang sich ein Lächeln ab.

Kurz darauf war der Toningenieur zu hören, der ihr letzte Anweisungen gab, bevor die Musik einsetzte und Alexis zu singen begann.

Dieses Mal verpatzte sie nicht nur ihren Einsatz, sondern traf auch die Töne nicht. So schlecht war sie niemals zuvor gewesen. Vor Panik schnürte sich ihre Kehle zu und Tränen der Anspannung traten ihr in die Augen. Im Tonstudio hatte sie noch nie versagt.

„Versuchen wir es ein weiteres Mal. So schlecht war das gar nicht", schallte es aufmunternd aus dem Regieraum.

Alexis schüttelte den Kopf und zog die Kopfhörer von ihren Ohren. „Nein ... nein, Casey. Es tut mir leid, aber ... aber das wird nichts mehr. Können wir bitte für heute Schluss machen?"

„Okay." Der Produzent lächelte, auch wenn es gezwungen wirkte. „Das ist ja kein Beinbruch. Wir versuchen es ein anderes Mal, wenn du dich besser fühlst."

„Was war heute mit dir los, Alexis?", fragte ihre Mom sie kurze Zeit später, als sie auf dem Weg von Downtown nach Brentwood waren. Ihr wäre es lieber gewesen, wenn sie allein nach Hause gefahren wäre, aber ihre Mutter war offenbar entschlossen, das heutige Versagen ihrer Tochter ausführlich zu diskutieren. „So habe ich dich noch nie in einem Tonstudio erlebt."

„Keine Ahnung", erwiderte sie dumpf und schaute durch die getönten Scheiben des Geländewagens nach draußen auf den hektischen Verkehr der Stadt. Nach den letzten Stunden wollte sie sich einfach die Bettdecke über den Kopf ziehen.

„Du weißt, was ein Aufnahmetag kostet, oder?" Ihre Mom klang tadelnd und enttäuscht zugleich. Außerdem machte sie sich keine Gedanken darum, dass der Fahrer jedes Wort mithören konnte. Eigentlich war Alexis es gewohnt, dank ständig parat stehender Fahrer oder Bodyguards, die sie zu offiziellen Veranstaltungen begleiteten, kaum Privatsphäre zu haben, aber als erwachsene Frau wollte sie nicht vor Publikum von ihrer Mutter gescholten werden.

„Mhm."

Ihre Mutter kam richtig in Fahrt. „Das Studio, der Aufnahmeleiter, der Toningenieur, die Techniker, die Musiker – sie alle wollen bezahlt werden. Auch dann, wenn du nicht ablieferst und die Aufnahmen abbrichst."

„Das weiß ich, Mom", unterbrach sie ihre Mutter. „Glaubst du denn, dass es mir nicht unangenehm ist, wie das heute gelaufen ist? Ich hätte auch lieber fehlerfrei gesungen, anstatt mich im Aufnahmeraum zu blamieren, während ihr alle zugeschaut habt."

Ihre Mom seufzte und war für Alexis' Sarkasmus unempfänglich. „Du kannst von Glück reden, dass Casey und Dave zu einhundert Prozent hinter dir stehen. Andere Sänger können sich solche Extravaganzen nicht leisten."

Vielleicht hätte sie ihr erklären sollen, dass sie sich keine Extravaganzen leistete, sondern unter einer Blockade litt. Seit Monaten hatte sie keine neuen Songs geschrieben, war nicht aufgetreten, hatte nichts eingesungen und auch nicht gespielt. Dazu kamen der Druck und die Tatsache, dass sie aller Welt eine Beziehung vorspielen musste, die es nicht gab. Wie sollte sie unter diesen Bedingungen funktionieren und ihr Bestes geben?

„Ich werde Ted sagen, dass sie für die nächste Woche einen weiteren Termin im Studio ausmachen sollen. Bis dahin versuchst du einfach, auf andere Gedanken und in Stimmung zu kommen, Schatz." Ihre Mutter tätschelte ihr flüchtig die Hand. „Das wird schon. Beim nächsten Mal bist du wieder die Alte."

Die Zuversicht hatte Alexis nicht. „Nein, Mom. Ted soll keinen neuen Termin verabreden. Ich werde mit Casey reden."

„Und was wirst du ihm sagen?"

Sie rieb sich über die Stirn, weil ein dumpfer Schmerz zwischen ihren Augen eingesetzt hatte. „Dass ich eine Pause brauche, bevor ich wieder ins Studio gehen kann."

„Alexis", widersprach ihre Mom ihr scharf. „Du hattest eine monatelange Pause!"

„Ich brauche eine *kreative* Pause", präzisierte sie und rutschte auf dem kühlen Leder ihres Sitzes hin und her. „Ich will die Songs umschreiben."

Einen Moment herrschte Stille. Dann fragte ihre Mutter völlig fassungslos: „Du willst die Songs umschreiben? Aber ... hast du völlig den Verstand verloren?"

„Ganz und gar nicht. Denk doch nur an *Under the river* – es war ein absolutes Desaster, als ich ihn heute einsingen wollte. Er funktioniert nicht. Ich fühle den Song einfach nicht, Mom."

„Es ist dein Song. Du hast ihn geschrieben."

„Aber er ist nicht richtig", widersprach sie. „Er klingt falsch, und auch die anderen Songs stimmen einfach noch nicht. Ich brauche Zeit, um an dem Album zu arbeiten, damit es perfekt wird."

„Alexis ..."

„Ich bin keine Maschine", unterbrach sie ihre Mutter forsch. „Ich kann nicht auf Knopfdruck funktionieren."

Nach ein paar Sekunden erwiderte ihre Mutter widerwillig: „Das wird *Shine Productions* nicht gefallen."

Alexis verschränkte die Arme vor der Brust und maß ihre Mom mit einem bedeutungsvollen Blick. „Dann überlege mal, was mir nicht gefallen hat, wenn wir schon beim Thema sind, um über *Shine Productions* und über Dave sowie über sein Ultimatum zu reden."

Nun war es an ihrer Mom, bedeutungsvoll die Augen aufzureißen und in Richtung Fahrer zu nicken, der jedes noch so winzige Detail ihres Tages und ihres Versagens zu hören bekam, aber nicht wissen durfte, wie es zwischen Alexis und Taylor wirklich stand. Lediglich eine Handvoll Menschen war eingeweiht. Und nach den letzten Tagen, in denen dank unzähliger Fotos, die sie beide während ihres Restaurantbesuchs zeigten, ihre angebliche Beziehung Schlagzeilen gemacht hatte, wollte niemand der Eingeweihten ein Risiko eingehen.

„Darüber sollten wir jetzt nicht reden, mein Schatz."

„Wann denn dann, Mom? Du weißt, wie zuwider mir es ist, mit ..."

„Nicht jetzt, Alexis“, versetzte ihre Mom geradezu grob. „Wir reden ein anderes Mal darüber.“

Wie ein gescholtenes Kind schwieg Alexis und dachte daran, wie erfreut ihre Mom gewesen war, als die sozialen Medien kurz nach dem Ausflug nach Ventura regelrecht heiß gelaufen waren. Fotos von ihr und Taylor waren so oft geteilt worden, dass es kein anderes Thema gegeben hatte als sie beide. Es war total verrückt, denn es gab sicherlich auch noch andere Themen auf der Welt als eine Sängerin, die mit einem Sänger ausging und sich von ihm küssen ließ, während sie beide ein Date hatten.

Offenbar war es nicht so. Nicht eine einzige TV-Show berichtete nicht über sie beide, was irgendwie lächerlich war. Und die Aufnahmen von ihnen beiden kannte sicherlich das halbe Land.

Besonders beliebt waren die Fotos, auf denen sie tuschelnd im Restaurant saßen und Taylor ihr Handgelenk küsste, während sie ihn verliebt anlächelte, oder auf denen er sie im Arm hielt, hollywoodreif küsste und Alexis die Arme um seinen Hals schlang. Für einen außenstehenden Beobachter mussten sie tatsächlich wahnsinnig verliebt aussehen. Und das hatten sie schließlich beabsichtigt.

In keiner der Schlagzeilen war in irgendeiner Form schlecht über Alexis gesprochen worden. Ihre Befürchtung, dass man sie für eine Schlampe halten könnte, hatte sich nicht bewahrheitet – dafür hatten die Fotos einfach zu verliebt gewirkt.

Taylor hatte ganze Arbeit geleistet, als er sie ständig betatscht, mit Brot gefüttert und geküsst hatte, nachdem er ihr einen Schokoladensplitter von der Lippe geleckt hatte. Mittlerweile glaubte Alexis, dass es niemals einen Schokoladensplitter gegeben hatte. Taylor hatte gewusst, was er tat und wie er es tun musste, um der Öffentlichkeit ein verliebtes Paar vorzuspielen.

Das Problem war nur, dass Alexis' bereits angeschlagenes Selbstbewusstsein darunter litt, wenn Taylor sie küsste und sich wie ein verliebter Mann benahm, dabei jedoch nichts empfand. Er machte es nur, weil es zu seinem Arrangement mit Dave gehörte und weil er auf einen Plattenvertrag hoffte.

Das hatte natürlich nicht in der Presseerklärung ihres Managements gestanden, die gestern veröffentlicht worden war, nachdem sie die Gerüchte durch weitere Fotos angeheizt hatten, auf denen sie Hand in Hand über den Parkplatz von WholeFoods gelaufen waren und Baseballkappen getragen hatten, als wollten sie sich verstecken. Natürlich wusste niemand, dass die Paparazzi durch einen anonymen Tipp dorthin gelockt worden waren und sie anschließend bis zum Eingang der privaten Wohnanlage verfolgt hatten, in der sich Alexis' Haus befand.

Offiziell war Taylor nun ihr Freund.

Gut fühlte es sich jedoch überhaupt nicht an.

* * *

„Dad, das verstehe ich, aber ich kann ganz unmöglich nach Oregon kommen. Ich habe einfach keine Zeit."

„Ich weiß das, Taylor, aber deine Stiefmutter hat mich

eindringlich darum gebeten, dich dazu zu überreden, am Wochenende nach Hause zu kommen, um mit uns meinen Geburtstag zu feiern. Du weißt doch, wie viel es mir bedeuten würde, wenn mein einziger Sohn an meinem Ehrentag zu Besuch käme. Und wer weiß, wie viele Geburtstage noch vor mir liegen."

Augenblicklich wanderte Taylors Augenbraue in die Höhe, denn sein Dad hatte überhaupt keinen Drang zu Theatralik – anders als Taylors Stiefmutter, die höchstwahrscheinlich hinter seinem Dad stand und ihm vorsagte, was er Taylor erzählen sollte. Deshalb klangen die Worte seines Vaters auch auswendig gelernt.

Er verdrehte die Augen. „Steht Bess hinter dir?"

Sein Vater antwortete mit einem Grummeln.

„Also steht sie hinter dir und sagt dir vor, was du mir sagen sollst?", wollte er wissen und legte seine Gitarre beiseite, auf der er gerade an einem neuen Song gearbeitet hatte, als sein Telefon geklingelt hatte. Dummerweise klingelte es seit Tagen permanent, weil ihn Menschen anriefen, von denen er entweder seit Ewigkeiten nichts gehört hatte oder die er gar nicht kannte. Woher sie seine Nummer hatten, war ihm schleierhaft.

Wie es der Zufall wollte, war er derart begehrt, seit sein Name zusammen mit Fotos von ihm und Alexis aufgetaucht war. Seither war er ziemlich gefragt, musste seinem Agenten erklären, weshalb dieser keine Ahnung davon gehabt hatte, dass Alexis seine Freundin war, und musste sich Coles gutmütige Witze anhören, dass er endlich eine

Frau gefunden hatte, die hübscher und berühmter war als er.

„Ja, das tut sie.“ Sein armer Vater seufzte schwer, kurz bevor es in der Leitung knackte und er die Stimme seiner Stiefmutter hörte. Offenbar hatte es ein Handgemenge um das Telefon gegeben.

„Taylor, Schätzchen, dein Dad würde sich sehr freuen, wenn du uns besuchen kämst. Du kennst ihn ja – er kann seine Gefühle nur sehr schwer ausdrücken.“

Fast hätte Taylor gelacht, denn seine Stiefmutter war ziemlich durchschaubar. Dafür war sie aber auch so ungefähr die netteste Person auf diesem Planeten und hatte ihm früher Suppe ans Bett gebracht, wenn er krank geworden war. Damals war er noch ein Kind gewesen, aber er hatte nicht vergessen, dass Bess alles für ihn getan hatte – einschließlich seine Haare mit Anti-Laus-Shampoo zu bearbeiten und sich mit seiner Mathelehrerin anzulegen, als sie Taylor unfair benotet hatte.

Ihm war klar, wie neugierig Bess war, nachdem sie von seiner angeblichen Freundin erfahren hatte. Denn seine Stiefmutter war süchtig nach Hollywoodklatsch und fragte ihn bei jeder sich bietenden Gelegenheit aus, welche berühmten Leute er kannte und wie es bei ihnen zu Hause aussah. Sein Dad interessierte sich eher für die Badezimmer der Schönen und Reichen, aber das war eine andere Baustelle.

„Ja, Bess, ich weiß, dass Dad seine Herzenswünsche nur sehr schwer äußern kann“, entgegnete er trocken.

„Aber ich habe wirklich viel zu tun. Und Oregon liegt nicht gerade um die Ecke."

Seine Stiefmutter schnaubte verächtlich. „Es sind weniger als eintausend Meilen."

„Und ungefähr dreizehn Stunden Fahrt", warf er ein und ließ seine Finger über die Saiten der Gitarre gleiten. Wenn er nicht ständig unterbrochen worden wäre, hätte er längst einen vernünftigen Refrain zustande bekommen. Seit Tagen schwebte ihm die richtige Akkordfolge im Kopf herum, aber sie wollte nicht zum Rest des Liedes passen. Ihm würde wohl nichts anderes übrig bleiben, als die bereits vorhandenen Verse umzuschreiben.

„Wir haben auch Flughäfen in Oregon."

„Bess." Taylor verdrehte die Augen. „Schieß schon los – du willst Alexis kennenlernen, richtig?"

Sie tat erst gar nicht so, als hätte sie keine Ahnung, von wem er sprach. „Natürlich will ich sie kennenlernen! Dein Vater übrigens auch. Schließlich kommt es nicht alle Tage vor, dass der eigene Sohn eine Beziehung mit einem Superstar hat."

Genau die Situation wollte er vermeiden, denn es war nicht seine Absicht, seine Eltern in das Chaos hineinzuziehen, das er momentan sein Leben schimpfte. Es reichte, wenn er sich in eine Katastrophe hineinmanövriert hatte, die ziemlich kompliziert geworden war, als er sie an jenem Tag in Ventura geküsst hatte. „Alexis hat auch viel zu tun. Wir haben beide keine Zeit."

„Was kann wichtiger sein, als seine zukünftigen Schwiegereltern kennenzulernen und zu besuchen?"

Taylor ließ den Kopf in den Nacken fallen. Er hatte es gewusst! Seine Stiefmutter würde durchdrehen, wenn sie von ihm und Alexis erfuhr, und jetzt hatte er tatsächlich den Salat. „Ganz ruhig, Bess. Niemand spricht von einer Hochzeit …"

„Das sagst du! Bei TMA munkelt man, dass Alexis bereits ein Hochzeitskleid von Alfredo Caravente schneidern lässt."

Er hatte keine Ahnung, wer Alfredo Caravente war, aber er wusste, dass TMA absoluten Scheiß in die Welt hinausposaunte. „Ja, das sage ich, schließlich muss ich es doch am besten wissen", empörte er sich. „Es gibt keine Hochzeit."

„Noch nicht", stellte Bess klar. „So etwas geht schneller, als du denkst. Frag deinen Dad."

„Lieber nicht", murmelte Taylor. „Das Gespräch wäre ihm bestimmt genauso unangenehm wie mir. Bess, wir heiraten nicht."

„Aber vielleicht werdet ihr es irgendwann tun, und deshalb will ich meine zukünftige Schwiegertochter kennenlernen."

Besagte zukünftige Schwiegertochter, die ihm seit Tagen kaum noch aus dem Kopf ging, betrat gerade die Terrasse, auf der er es sich mit seiner Gitarre gemütlich gemacht hatte, und hob zur Begrüßung die Hand. So früh hatte er sie nicht zurückerwartet, schließlich hatte sie heute im Tonstudio ein paar ihrer neuen Lieder einsingen wollen. Sie sah müde aus und konnte sich kaum ein Lächeln abringen.

Da konnte etwas nicht stimmen, aber bevor er sich über Alexis' Gemütszustand Gedanken machen konnte, plapperte seine Stiefmutter fröhlich weiter: „Wir haben uns überlegt, dass wir ins *Fielding Inn* essen gehen, wenn ihr beiden kommt. Das ist das mit Abstand beste Restaurant der ganzen Gegend und wird Alexis gefallen."

Taylor fasste sich an die Stirn. „Bess, wir können wirklich nicht ..."

„Dein Dad würde sich so sehr freuen! Nicht wahr, Henry? Sag Taylor, wie sehr du dich freuen würdest, wenn die beiden zu deinem Geburtstag kämen!"

Undeutlich war sein Dad zu hören, der widerwillig irgendetwas murmelte.

„Hast du deinen Vater gehört?", wollte Bess triumphierend von ihm wissen.

„Laut und deutlich", ächzte er trocken.

„Also können wir mit euch rechnen?"

Da Alexis vor ihm stand und er das Gespräch mit seiner Stiefmutter beenden wollte, versprach er ihr: „Das muss ich mit Alexis bereden und melde mich dann. In Ordnung?"

„Wunderbar! Wir freuen uns."

Er murmelte eine Verabschiedung und legte schnell auf, bevor Bess auf weitere obskure Ideen kommen konnte.

„Was musst du mit mir bereden?"

Er verzog das Gesicht und warf das Handy auf die gepolsterte Liege neben sich. „Gar nichts. Ich habe nur meine Stiefmutter abgewimmelt, die eine absurde Idee hatte. Also ..." Er musterte sie. „Du bist schon zurück? Ich hätte gedacht, dass du mit den Aufnahmen bis tief in die Nacht beschäftigt sein würdest."

„Frag lieber nicht", erwiderte sie dumpf und ließ sich auf die benachbarte Liege sinken, was Taylor wunderte, schließlich fand er, dass Alexis ihm in den vergangenen Tagen aus dem Weg gegangen war.

„So schlimm?"

„Schlimmer. Es war ..." Sie brach ab und schüttelte den Kopf. „Eigentlich will ich gar nicht darüber reden, okay?"

„Okay." Er schloss sein Notizheft, in das er ein paar Ideen zu Strophen und zum Refrain notiert hatte, und hob anschließend die Hände, während er vorschlug: „Willst du zur Aufmunterung ins Kino oder etwas essen gehen?"

Er konnte sich täuschen, aber ihre Miene verfinsterte sich. „Nicht nötig. Momentan reichen die Fotos aus, die es bereits von uns gibt. Wir müssen uns nicht schon wieder zusammen irgendwo sehen lassen."

So hatte er seinen Vorschlag gar nicht gemeint. Er hatte sie tatsächlich aufmuntern wollen und deshalb vorgeschlagen, etwas zu unternehmen. „Nein, so meinte ich es nicht."

„Sondern?" In ihrem Blick lag ein Hauch Neugierde.

„Ich dachte, du bräuchtest etwas Ablenkung." Taylor winkte ab. „Das war eine dumme Idee. Du hast schon recht."

Alexis schwieg und starrte auf ihre Hände, die sie auf ihre Oberschenkel gelegt hatte. Sie brauchte ewig, um zu antworten, und schien sich erst nach einer gefühlten Ewigkeit einen Ruck zu geben. „Eigentlich ist die Idee sehr nett, aber ich habe keine Lust, auszugehen und eine fröhliche Miene aufzusetzen, obwohl ich einen beschissenen Tag hatte."

„Das kann ich verstehen."

„Wie war dein Tag?"

Er lehnte sich ein Stück zurück und streckte seine Beine von sich. „Mein Telefon hat fast durchgängig geklingelt, und ich habe versucht, an meinem Album zu arbeiten. Sehr produktiv war ich demnach nicht."

Alexis rümpfte die Nase und schaute von unten zu ihm hoch. Heute trug sie ein blaues Top, das die Farbe ihrer Augen unterstrich. „Das kommt mir bekannt vor. Und dann musstest du deine Stiefmutter auch noch abwimmeln. Darf ich fragen, welche abstruse Idee sie hatte, die mich mit eingeschlossen hat?"

Taylor schnitt eine Grimasse und stützte sich mit beiden Händen auf der gepolsterten Liege ab, von denen einige auf der Terrasse verteilt herumstanden. Wenn er nicht ständig gestört worden wäre, hätte er hier mit dem Blick auf Los Angeles und in wunderbarer Ruhe sehr kreativ sein und stundenlang an seiner Musik arbeiten können. „Mein Dad hat bald Geburtstag, also hielt es meine Stiefmutter für eine tolle Idee, dass ich übers Wochenende nach Oregon fahren sollte, um sie beide zu besuchen. Und zu dieser Gelegenheit sollte ich dich mitnehmen", betonte er mit trockenem Unterton. „Natürlich habe ich ihr sofort gesagt, dass wir keine Zeit haben."

Zu seiner grenzenlosen Überraschung hob Alexis den Kopf und sah ihn irritiert an. „Wieso denn das?"

Seine Augenbrauen zuckten in die Höhe. Vielleicht hatte er sich auch verhört. „Weil du und ich sicherlich nicht zu meinen Eltern nach Oregon fahren werden."

„Aber dein Dad hat Geburtstag", protestierte sie.

„Den er auch ohne mich feiern kann." Taylor seufzte und fuhr sich mit einer Hand durchs Haar. „Meine Stiefmutter ist so versessen darauf, dass wir zu Besuch kommen, weil sie dich kennenlernen will, Alexis. Das ist bestimmt nicht in deinem Sinne. Von einer dreizehnstündigen Autofahrt einmal ganz abgesehen." Und irgendwie konnte er es sich nicht verkneifen, sie auf das Offensichtliche anzusprechen. „Abgesehen davon müsstest du dann ein ganzes Wochenende lang meine Freundin spielen und nicht nur während eines Essens oder eines Einkaufs im Bio-Markt."

Spätestens jetzt rechnete er mit Widerstand gegen die Fahrt zu seinen Eltern, doch Alexis legte abwägend den Kopf schief und nickte nachdenklich. „Der Tapetenwechsel würde mir guttun."

„Das ist nicht dein Ernst."

Ihre blauen Augen zogen sich zusammen. „Sieh es doch von der Seite: Mein Produzent wird begeistert sein, mit welchem Engagement du meinen Freund spielst, wenn du mich sogar mit zu deinen Eltern nach Hause nimmst."

9

Dreizehn Stunden Autofahrt in Richtung Oregon waren nicht die Art von Beschäftigung, die sich Taylor für den heutigen Tag gewünscht hatte. Im Grunde hatte er überhaupt keine Zeit, um seinen Dad und seine Stiefmutter zu besuchen, weil ein paar Projekte abgeschlossen werden mussten und sein Album darauf wartete, fertiggestellt zu werden. Außerdem hatte er auch keine große Lust, *nach Hause* zu fahren.

In dem kleinen Ort südlich von Eugene, in dem er aufgewachsen war, gab es kaum etwas anderes als Flüsse, Wälder und Wanderrouten für Naturliebhaber, die mit Rucksäcken bewaffnet in die umliegenden Naturschutzgebiete einfielen. Taylor war nie ein Naturbursche gewesen, der angeln, wandern und klettern gehen oder Campingausflüge in der freien Natur unternehmen wollte. Ihn hatte es immer aus seiner Heimatstadt hinausgezogen.

Deshalb kam er auch nie besonders gerne zurück.

„Wie lange brauchen wir noch?“, wollte Alexis wissen, die sich auf dem Beifahrersitz rekelte und leise gähnte, nachdem sie ungefähr zwei Stunden lang geschlafen und dabei leise geschnarcht hatte. Zwei Stunden neben einer schlafenden, schnarchenden Alexis zu sitzen und dabei Kaffee aus einer Thermoskanne zu trinken, hörte sich aufregender an, als es in Wirklichkeit war. Vor allem dann, wenn ihre Gesichtszüge völlig entspannt waren und Taylor immer wieder hatte hinsehen müssen, während sie dabei war, ihr Sweatshirt vollzusabbern.

„In zehn Stunden sollten wir dort sein.“

Alexis seufzte wie ein zu Tode Verurteilter, dabei hatte sie wenigstens eine Mütze Schlaf abbekommen, während er den Worten eines Radiopredigers gelauscht hatte, der eindeutig bekifft gewesen war. Aus Rücksichtnahme hatte Taylor nämlich keine Musik gehört, um Alexis nicht zu stören. Dabei war sie diejenige gewesen, die auf diesem Trip bestanden hatte, der ihn dazu zwang, mitten in der Nacht Los Angeles zu verlassen und in Richtung Norden zu fahren. Die Sonne war noch nicht aufgegangen und er hatte zehn weitere Stunden Autofahrt vor sich – mit Alexis an seiner Seite, die ihn einerseits wie einen Aussätzigen behandelte und ihn ansah, als hätte er einen Karton voller Welpen in den Fluss geworfen, und die andererseits darauf bestand, ihn zu seinen Eltern zu begleiten und währenddessen seine Freundin zu spielen.

Wirklich schlau wurde er aus ihr nicht.

Aus dem Augenwinkel verfolgte er, wie sie sich nach

vorn beugte und damit begann, an seinem Radio herumzuspielen. „Was wird das, wenn es fertig ist?"

„Ich suche einen vernünftigen Sender. Dieses Gequatsche ist ja nicht auszuhalten."

Er lächelte und spürte ein paar Sekunden später, wie ihm das Lächeln verging, als sie bei einem Radiosender hängen blieb, der Michael Bublé spielte. „Das ist nicht dein Ernst!"

„Was denn?" Sie lehnte sich in ihrem Sitz zurück, während die charmante Stimme des kanadischen Sängers mit dem Schwiegersohn-Image das Innere des Jeeps erfüllte. „Hast du etwas gegen Michael Bublé?"

„Persönlich? Nein. Aber das heißt nicht, dass ich seine Musik mag." Taylor runzelte die Stirn. „Wenn ich Dean Martin hören will, dann höre ich Dean Martin und nicht seinen Abklatsch."

„Abklatsch? Ich finde Michael sehr talentiert."

„Michael?"

Wie nebenbei erklärte Alexis: „Vor ein paar Jahren sind wir zusammen auf einer Charity-Veranstaltung aufgetreten. Michael ist ein echt netter Kerl mit einer wunderbaren Stimme. Es hat viel Spaß gemacht, mit ihm im Duett zu singen."

Stichelte sie etwa absichtlich? „Wenn du auf aalglatten Jazz aus der Retorte stehst." Er zuckte mit den Schultern, obwohl er innerlich nicht ganz so unbeteiligt war, wie er sich gab. Es störte ihn, wie Alexis über Michael Bublé sprach – so vertraut und so bewundernd. Als Sänger und als Mann fühlte sich Taylor merkwürdigerweise in seinem Stolz verletzt.

„Aalglatter Jazz aus der Retorte?“ Alexis drehte sich zu ihm um, um mit zuckersüßer Stimme einzuwerfen: „Über vierzig Millionen verkaufte Tonträger sprechen für sich, oder etwa nicht?“

Keine Frage – sie wollte ihn provozieren. Und das funktionierte wunderbar, denn etwas in seinem Magen grummelte unangenehm, während er sich nicht verkneifen konnte, verächtlich zu erwidern: „Stell einen hübschen Kerl in einem Anzug auf die Bühne, lass ihn sentimentale Weihnachtslieder singen und du hast Millionen verklärte Frauen, die sein Album kaufen.“

Anstatt beleidigt zu sein, lachte Alexis. „Du bist ja eifersüchtig!“

Empört schnappte Taylor nach Luft. „Etwa auf Michael Bublé? Ich bitte dich! Der Mann lässt sich als perfekter Schwiegersohn verkaufen und ist sich nicht zu schade, ständig ähnlich klingende Songs mit kitschigen Texten und einfachsten Rhythmen zu veröffentlichen.“

„Komisch“, orakelte sie ziemlich aufgesetzt, „wollte dich deine Plattenfirma damals nicht auch als perfekten Schwiegersohn verkaufen, als du *Left behind* veröffentlicht hast?“

Er musste nicht erst hinsehen, um zu wissen, dass Alexis grinste. Daher konzentrierte er sich lieber voll und ganz auf den Verkehr, der zugegebenermaßen um die Uhrzeit irgendwo zwischen Fresno und Sacramento kaum existent war. „Damals war ich Anfang zwanzig, also gar nicht im richtigen Alter, um ein perfekter Schwiegersohn zu sein."

„Komm schon, Taylor." Sie gluckste amüsiert. „Auf dem Cover des Albums sahst du wie ein Bräutigam aus, der mit seiner Braut durchgebrannt ist, um einer spießigen Hochzeit zu entgehen und lieber in einer romantischen Zeremonie von einem Friedensrichter getraut zu werden. Sehr salopp, wie du deine Anzugjacke an deinem Zeigefinger baumeln ließt und verträumt über die Schulter geschaut hast." Sie seufzte entrückt und maßlos übertrieben. „Und dazu das kunstvoll zerzauste Haar. Ich hätte mich nicht gewundert, wenn dir der Fotograf eine rote Rose zwischen die Zähne gesteckt hätte."

Er knirschte mit den Zähnen und kämpfte gegen den Drang an, zu lächeln, denn irgendwie hatte Alexis sogar recht. Trotzdem konnte er sich nicht verkneifen, sie zu fragen: „Woher kannst du dich eigentlich so genau an das Cover meines Albums erinnern? Es ist immerhin schon elf Jahre her, dass die Platte erschienen ist."

„Ich erinnere mich grundsätzlich an kitschige Coverfotos."

Rau lachte er auf, denn die Ausrede nahm er ihr nicht ab. „Bist du deshalb ein Fan von Michael Bublé?"

Genervt seufzte sie auf, beugte sich wieder vor und suchte nach einem Radiosender. „Du gibst keine Ruhe, bis du deinen Willen bekommst, richtig?"

Darauf antwortete er nicht, sondern musterte sie unauffällig, während sie konzentriert sein Autoradio bediente und an ihrer vollen Unterlippe herumknabberte und die Stirn runzelte. Dabei formten sich ihre geschwungenen Augenbrauen, die um einige Töne dunkler waren als ihr blondes Haar, zu einer fast geraden Linie, und auch ihre Nase zog sie kraus. Irgendwie hatte ihr ungeschminktes Gesicht etwas Niedliches an sich, das Taylor nicht benennen konnte. Vielleicht hatte es etwas damit zu tun, dass Alexis wahnsinnig jung aussah, wenn sie ihr blondes Haar zu einem hohen Dutt frisierte, keinerlei Make-up im Gesicht trug und ein graues, bequemes Sweatshirt angezogen hatte, das sicherlich eine Nummer zu groß war und in dem sie fast versank. Sie sah so jung aus, dass er sich unweigerlich in eine andere Zeit versetzt fühlte, in der er mit ihr in einem Mietwagen gesessen hatte und ins Autokino gefahren war, weil sie nur dort hatten allein sein können.

„Was ist mit John Legend?“, unterbrach sie seine Gedanken und holte ihn in die Gegenwart zurück, in der er sich kein Popcorn mit ihr teilte, von der Rückbank eines Autos aus *Krieg der Welten* schaute und den Arm um sie legte, weil sie erschrocken aufschrie, sobald die Aliens im Film Tom Cruise abschlachten wollten. „Sind seine Songs auch zu kitschig für dich?“

„Sie sind zwar kitschig, aber okay“, brummte er und sank tiefer in seinen Sitz hinein. Gleichzeitig beließ sie es dabei, einen Radiosender zu suchen, und lehnte sich mit vor der Brust verschränkten Armen zurück, während sich nun John Legend die Ehre gab und einen Song trällerte.

Verdammte Scheiße – dieses Wochenende würde sowieso alles andere als einfach für ihn werden, da konnte er es nicht gebrauchen, auch noch in Erinnerungen zu schwelgen, die ihn unwillkürlich wie das Arschloch der Nation erscheinen ließen.

Offenbar ahnte Alexis nicht einmal, worüber er gerade nachdachte, weil sie neugierig wissen wollte: „Was muss ich über deine Familie wissen?“

„Was meinst du?“

Sie streckte ihre Füße von sich und lenkte seinen Blick für ein paar Sekunden auf ihre schlanken Beine, die in einem Paar schwarzer Leggings steckten, die auch noch betonten, wie hübsch sie geformt waren.

Mit einem Räuspern schaute er wieder auf die Straße vor sich und hoffte, nicht irgendwann das Lenkrad zu verreißen, weil er ständig in Alexis' Richtung schaute. Eigentlich hatte er nichts gegen lange Autofahrten, aber dreizehn Stunden lang auf engstem Raum neben Alexis zu sitzen und mit ihr über Radiosender zu diskutieren sowie sich an früher zu erinnern, brachte ihn ziemlich aus dem Konzept.

„Muss ich über Familiengeheimnisse informiert werden, bevor ich deine Eltern treffe? Gibt es ein Thema, das ich nicht anschneiden darf? Und geht dein Dad an die Decke, wenn ich ihm erzählen sollte, dass ich den New York Titans die Daumen drücke, wenn sie gegen die Seattle Seahawks spielen?“

Verwirrt runzelte er die Stirn. „Was?“

„Football. Ich spreche von Football, Taylor.“

„Schon verstanden, aber wie kommst du von Michael Bublé und John Legend zu meinen Eltern?“

Alexis seufzte, als müsste sie einem Kleinkind etwas erklären. „Ich will mich bei deinen Eltern nicht ins Fettnäpfchen setzen. Deshalb will ich wissen, ob dein Dad beleidigt sein könnte, wenn wir über Football reden und er herausfindet, dass ich zu seinem Erzrivalen halte. Oregon ist doch Seahawk-Territorium, oder?"

„Eigentlich schon, aber mein Dad interessiert sich nicht für Football."

„Wofür interessiert er sich dann?"

„Für seinen Job", erwiderte er trocken. Nun ja, *das* war die Untertreibung des Jahres! Sein Dad war schließlich obsessiv, was sein Geschäft betraf.

„Der da wäre?"

Zögernd entgegnete Taylor: „Er besitzt einen Einzelwarenhandel für Sanitärbedarf."

„Aha."

„Ja, er ist mit Leib und Seele Verkäufer." Er räusperte sich und kam sich ein wenig schräg vor, sie zu warnen: „Sein Geschäft ist sozusagen sein ... Hobby. Wundere dich also nicht, wenn er kein anderes Thema kennt."

Taylor konnte Alexis' Reaktion nicht sehen, weil ihn ein Fahrzeug auf der gegnerischen Fahrbahn kurz blendete, aber er bemerkte, dass sie einen Moment lang nichts sagte, bevor sie fragte: „Und deine Mom?"

„Meine Stiefmutter ist Hausfrau und ein bisschen exzentrisch."

„Was meinst du mit exzentrisch?"

Er schnitt eine Grimasse. „Exzentrisch ist vielleicht das falsche Wort. Bess hat ein reges Interesse an Prominenten.

Nimm's ihr nicht übel, wenn sie dich fragt, welches Frühstück Miley Cyrus isst und ob du weißt, wann Rihanna endlich heiraten wird. Sie denkt, dass alle Prominenten miteinander vernetzt sind und sich kennen. Früher hatte sie mehrere Fotoalben, in die sie alle Zeitungsartikel einklebte, die sie über SpringBreak in die Finger bekam." Er erwähnte lieber nicht, dass ihm seine Stiefmutter bereits angekündigt hatte, Alexis den ganzen Besuch über in Beschlag zu nehmen. Er wollte schließlich nicht, dass Alexis eine Hechtrolle aus seinem Jeep machte.

„Das ist ja süß."

„Was ist süß?"

„Dass sie alle Zeitungsartikel über dich gesammelt hat. Sie scheint dein größter Fan zu sein", schwärmte sie.

„Das war früher. Damals war ich noch ein halbes Kind."

„Und heute?"

Er lächelte schwach und erinnerte sich voller Selbstironie: „Heute kennt mich kaum noch jemand. Es gibt keine Zeitungsartikel mehr über mich." Außer denen, die ihn als neuen Mann an Alexis' Seite präsentierten, aber das musste er nicht extra erwähnen.

Sie klang ehrlich interessiert, als sie nachfragte: „Wie kommst du damit klar?"

Taylor wechselte die Spur, um einen Truck zu überholen. „Willst du wissen, wie ich damit klarkomme, dass ich vom Superstar zum Nobody geworden bin?"

„So ungefähr. Ja."

Er zuckte mit den Schultern. „So läuft nun einmal das

Geschäft. Alle wissen das. Wenn du ganz oben bist, kannst du auch ganz unten landen. Damit muss man rechnen."

„Ist das deine offizielle Antwort?"

„Kann man so sagen", erwiderte er und bemerkte, dass er das Lenkrad fester umklammerte als nötig. Er lockerte seinen Griff und hatte das Gefühl, sich vor Alexis angreifbar zu machen. Sicherlich ahnte sie, dass es ihm zu schaffen machte, nicht mehr ganz oben in der Branche mitzumischen. Sie musste es wissen, schließlich war sie alles andere als dumm und sie kannte seinen Ehrgeiz. Außerdem wusste Alexis aus eigener Erfahrung, worauf er sich eingelassen hatte, um an einen Plattenvertrag zu kommen. Dennoch war es eine andere Sache, ihr zu gestehen, dass er Probleme damit hatte, kein berühmter, erfolgreicher Sänger mehr zu sein.

Wer gab das schon gerne zu?

„Wie lautet deine inoffizielle Antwort?"

Taylor schnaubte. „Inoffiziell? Inoffiziell ist es ziemlich beschissen, plötzlich weg vom Fenster zu sein und jahrelang alles zu versuchen, um eine zweite Chance zu bekommen, aber niemanden zu finden, der an dich glaubt."

So ehrlich hatte er gar nicht sein wollen.

Alexis gab ein undefinierbares Geräusch von sich. Dann hakte sie nach: „Was hast du gemacht, nachdem dein zweites Album erschienen war? Ich weiß nur, dass es gefloppt ist, aber ich habe keine Ahnung, was danach passiert ist."

Mit der linken Hand klopfte er unsicher gegen das Lenkrad und fuhr sich dann durch sein Haar. „Was soll ich schon getan haben? Ich habe an neuen Songs gearbeitet, Demotapes produzieren lassen und habe ständig meinen Agenten genervt, damit er ein Label findet, das mich unter Vertrag nehmen wollte."

„Das ist ein paar Jahre her", folgerte sie hartnäckig. „Was hast du in der Zeit getan, um deinen Unterhalt zu verdienen? Anders als dein früherer Bandkollege warst du niemals in einer Reality-Show."

Taylor verdrehte die Augen angesichts ihres gutmütigen Spotts gegenüber Cole. „Nein, das war ich nicht. Ich habe andere Dinge getan, die Geld gebracht haben, mich aber nicht unbedingt mit Stolz erfüllten."

„Jetzt sag mir nicht, dass irgendwo in deinem Kleiderschrank eine Lederweste und ein Cowboyhut hängen."

„Ganz sicher nicht." Inbrünstig schnaubte er auf. „Der Job eines Strippers wäre nichts für mich."

„Bist du sicher? Am Taktgefühl kann es nicht hapern. Das besitzt du als Musiker ohnehin."

„Vielen Dank für das Kompliment."

„Also? Was hast du gemacht, was dich nicht sonderlich mit Stolz erfüllt?"

Schwer seufzte er. „Was viele Musiker tun – ich habe Songs für andere Sänger geschrieben, Demobänder für die Alben anderer Künstler eingesungen und sogar hin und wieder Werbejingles komponiert."

„Welche Jingles?"

Wenn er nicht gefahren wäre, hätte er jetzt die Augen zugekniffen, während er zugab: „Die Erkennungsmelodien einiger TV-Shows, den Titelsong von *Hurra, die Pandas sind da!* und diverse andere Jingles."

Er konnte sich täuschen, aber Alexis schien an der Unterhaltung ihre Freude zu haben.

„Welche Jingles?"

„Alexis ..."

„Sag mir nicht, es war der Werbesong für diese Enthaarungscreme!"

„Nein, war es nicht."

„Sondern?"

Nun kniff er doch die Augen zusammen und brummte widerwillig: „Kennst du den Werbespot für glutenfreies Katzenfutter ...?"

Er hatte den Satz nicht einmal beendet, da begann Alexis bereits zu lachen.

„O mein Gott! Meinst du ernsthaft diesen Werbespot, in dem animierte Katzen um eine Getreideähre herumtanzen? Der ist so schlecht!"

„Ja, ich weiß. Aber ich bin nur für den Song verantwortlich", betonte er.

Sie presste sich eine Hand auf den Mund und prustete. „Der ist natürlich Grammy-verdächtig, Taylor." Wie nicht anders zu erwarten, fing sie damit an, den Song zu summen.

Taylor stöhnte. „Jetzt weiß ich wieder, warum ich dir nichts davon sagen wollte."

„Was hast du denn? Ich finde, den Song hast du richtig gut komponiert. Tolle Taktfolge und sehr eingängige Lyrics. Und die Botschaft dahinter, dass auch Katzen

Gefühle haben, ist grandios."

„Ein Meisterwerk", kommentierte er voller Sarkasmus.

Darauf sagte Alexis kein Wort mehr. Das brauchte sie auch nicht. Die Kicherlaute, die sie anschließend hin und wieder von sich gab, reichten völlig aus.

„Ich hätte auch eine Frage", warf Taylor ein, nachdem Alexis zum gefühlt einhundertsten Mal den Werbesong gesummt hatte.

„Schieß los."

„Die Titans?" Ungläubig schüttelte er den Kopf. „Seit wann bist du ein Fan der New York Titans?"

„Seit die Spieler diese *Oben-ohne-Kampagne* gestartet haben, um auf Brustkrebs aufmerksam zu machen", antwortete sie wie selbstverständlich und mit einem geradezu verzückten Seufzen.

Das erklärte natürlich alles.

* * *

„Willst du ihn nicht überholen?"

„Warum sollte ich?"

„Weil der Typ vor dir her kriecht, Taylor!" Die Worte kamen vielleicht etwas schnippisch und ungeduldig aus ihrem Mund, aber Alexis konnte den Anblick des uralten, zerbeulten Kleinwagens vor sich nicht mehr ertragen. Noch weniger ertrug sie Taylors Ruhe und Gelassenheit, mit der er hinter dem Auto herschlich, anstatt ihn zu überholen und aufs Gas zu drücken.

„Er fährt vollkommen korrekt", widersprach er

entspannt. „Hier sind nur sechzig Meilen pro Stunde erlaubt.“

Alexis machte eine saloppe Handbewegung. „Das kümmert doch niemanden. Wenn du ihn nicht langsam überholst, kommen wir erst übermorgen an!“

Sein leises Lachen ging ihr ein wenig auf die Nerven. „Wir liegen gut in der Zeit und kommen sogar früher als gedacht an, wenn es so weitergeht. Alles gut“, redete er ihr amüsiert zu.

Aber Alexis hätte am liebsten auf die Hupe gedrückt. Ihr war schlicht und ergreifend langweilig, immerhin saßen sie seit rund zehn Stunden in diesem Wagen, und das Sandwich, das sie sich vor ungefähr zwei Stunden geteilt hatten, lag ihr schwer im Magen.

Sie hasste lange Autofahrten, hatte das aber völlig vergessen, als Taylor ihr vom Geburtstag seines Dads erzählt hatte, weil sie aus Los Angeles hatte herauskommen wollen. Nach dem desaströsen Erlebnis im Tonstudio war Alexis derart niedergeschlagen gewesen, dass sie nichts anderes gewollt hatte, als wegzufahren und ihre Probleme zu vergessen. Deshalb saß sie nun hier und ging Taylor sicherlich schrecklich auf die Nerven.

„Ich verstehe nur nicht, warum du diese Schnecke vor uns nicht überholst“, maulte sie und deutete auf das schmutzige Auto vor ihnen.

„Willst du fahren?“ Seine Frage hatte nichts Provozierendes an sich, sondern war offenbar ernst gemeint.

„Nein, danke.“

„Ehrlich gesagt hätte ich nichts dagegen, wenn wir uns

abwechseln.“ Taylor rieb sich den Nacken. „Bei der nächsten Haltemöglichkeit können wir tauschen.“

Nervös rutschte sie auf dem Sitz seines Jeeps hin und her. Mit dieser Wendung des Gesprächs hatte sie nicht gerechnet. „Schon gut. Ich halte die Klappe und nörgele nicht mehr herum.“

„Ich meine es ernst – fahr du ruhig die letzte Strecke. Dann kann ich mich ein bisschen ausstrecken.“

Unschlüssig nagte sie auf ihrer Unterlippe herum. „Das ist keine gute Idee“, gab sie schließlich zu.

„Wieso nicht?“

Sie warf seinem gut geschnittenen Profil einen kurzen Blick zu und schaute anschließend wieder nach vorn, wo der schmutzige Kleinwagen noch immer quälend langsam herfuhr. Es war ihr etwas peinlich, vor Taylor zu gestehen: „Meine Fahrkünste sind nicht die besten.“

Als er nichts sagte, schaute sie ihn wieder an und konnte verfolgen, wie seine rechte Augenbraue in die Höhe wanderte. „Soll heißen?“

„Dass ich nicht besonders gut Auto fahren kann.“

Seine Mundwinkel zuckten. „Hast du keinen Führerschein?“

„Natürlich habe ich einen Führerschein“, empörte sie sich, um dann zuzugeben: „Nur habe ich ihn nie benutzt.“

„Also kannst du nicht fahren.“ Das war keine Frage.

Alexis seufzte schwer. „Nein, ich kann nicht fahren … denke ich jedenfalls. Nach meiner Führerscheinprüfung bin ich niemals selbst Auto gefahren. Also habe ich auch keine Fahrpraxis.“

„Interessant."

„Wieso klingst du, als würdest du gleich lachen?", wollte sie misstrauisch wissen.

„Weil du neben mir sitzt und meine Fahrkünste kritisierst, aber selbst zu viel Schiss hast, dich hinters Steuer zu setzen."

„Sehr komisch."

„Schon einmal darüber nachgedacht, deine Karriere als Sängerin zu beenden und Fahrlehrerin zu werden?"

„Nein, ich habe mich entschieden, dass nur du in den Genuss meiner Verbesserungsvorschläge kommst", entgegnete sie.

Genau in diesem Moment hupte jemand hinter ihnen laut auf und fuhr anschließend rasant an ihnen vorbei, um nicht nur sie, sondern auch den Wagen vor ihnen zu überholen.

Alexis, die einen Blick nach hinten geworfen hatte, um nach der Quelle des Hupens zu sehen, und schon einen Kommentar auf den Lippen hatte, dass Taylor tatsächlich zu langsam war, entdeckte auf der Rückbank des Jeeps eine Gitarre, die ihr vorher noch gar nicht aufgefallen war. Als Taylor ihr Gepäck in seinem Auto verstaut hatte, war es auch mitten in der Nacht gewesen, und sie war schlaftrunken eingestiegen, um gleich darauf einzuschlafen.

Kein Wunder also, dass ihr das Instrument bislang gar nicht aufgefallen war.

Sie schnallte sich ab und beugte einer Eingebung folgend den Oberkörper nach hinten, um nach der Gitarre zu greifen.

„Was tust du da?“

„Keine Sorge – du fährst so langsam, dass nichts passieren kann, wenn ich mich kurz abschnalle.“

„Das erklärt aber nicht, *was* du dort tust, Alexis.“

„Ich will mir deine Gitarre anschauen“, erwiderte sie lapidar und rutschte wieder zurück auf ihren Platz – sorgsam darauf bedacht, das Musikinstrument nicht zu beschädigen. Während sie es auf ihrem Schoß balancierte, schnallte sie sich mit dem Sicherheitsgurt wieder an und schob ihren Sitz ein Stück zurück. Gleichzeitig drehte sie sich seitwärts, um genügend Platz zu haben, damit sie auf der Gitarre spielen und Taylor dabei ansehen konnte.

Er sagte nichts, als sie probehalber ein paar Noten anschlug und dann einige Akkorde spielte.

„Ich hätte nicht gedacht, dass du deine Gitarre mitnimmst“, wunderte sie sich und spielte währenddessen die Melodie des Katzenfutterwerbespots.

Sofort wurde sie mit einem breiten Grinsen von Taylor belohnt.

„Die Gitarre nehme ich so gut wie immer mit.“ Er schob die Sonnenblende nach unten. „Es ist besser, sie dabeizuhaben, als ohne sie dazustehen, wenn ich endlich eine Idee habe, wie der Refrain des Songs klingen soll, an dem ich gerade arbeite.“

„Ein neuer Werbejingle?“

„Nein, ein Song fürs nächste Album.“

Interessiert musterte sie ihn, wie er entspannt hinter dem Steuer saß und anders als sonst das Haar ziemlich zerzaust trug. Normalerweise war seine Frisur immer perfekt, aber heute stand sein dunkles Haar ab. Auch auf seinen hageren Wangen erschien ein dunkler Bartschatten, und genauso wie sie trug er ein Sweatshirt, in dem er wunderbar lässig aussah. Sie mochte diesen Taylor, der weder aufgesetzt wirkte noch sich in Schale warf, um ihren Freund zu spielen. „Woran hapert es denn beim Song?“

„Keine Ahnung. Eigentlich war ich mit dem Lied zufrieden, hatte schon den kompletten Songtext geschrieben und die Melodie komponiert, aber jetzt finde ich ihn zu seicht und die Melodie nicht eingängig genug.“

„Welche Akkorde verwendest du?“, wollte sie wissen und verdrängte den Gedanken, wie angenehm es sich anfühlte, neben ihm zu sitzen und Zeit mit ihm zu verbringen.

„Der Song ist in F-Dur – für den Refrain dachte ich an die Folge F-Dur, A-Moll und zwei Takte C-Dur.“

„Sing mal den Refrain, den du hast“, forderte sie ihn auf, woraufhin Taylor ihr einen kurzen Seitenblick schenkte und dann zu singen begann. Augenblicklich bekam sie eine Gänsehaut, denn seine Stimme hatte sie schon immer berührt.

Während er sang, begleitete sie ihn auf der Gitarre und spielte die Akkordfolge, die er ihr genannt hatte.

„Vielleicht passt A-Moll einfach nicht zur restlichen Klangfarbe“, rätselte Taylor, nachdem sein Gesang verklungen war und die Gitarrenlaute verstummt waren.

Alexis schüttelte den Kopf. „A-Moll finde ich gut. Das

gibt dem Refrain einen leicht melancholischen Touch. Setzt du einen Pre-Chorus ein?"

„Das hatte ich vor. Und nach dem Refrain eine Bridge, bevor die nächste Strophe beginnt."

Demonstrativ zupfte sie an den Gitarrensaiten. „Sag an."

Grinsend tat er ihr den Gefallen, woraufhin sie die Akkorde spielte, die er ihr genannt hatte, während Taylor dazu sang.

„In die Strophe muss auf jeden Fall D-Dur mit hinein", gab sie ihm ein wenig später recht, als sie den Song wieder und wieder gespielt sowie gesungen hatten.

„Ich weiß, aber das ändert nichts daran, dass der Refrain noch nicht stimmig ist. Die zwei Takte in C-Dur sind mir zu monoton."

Alexis runzelte die Stirn und schlug die Akkorde ein weiteres Mal an. „Das finde ich eigentlich nicht."

„Es sind zwei Durchgänge im Refrain. Und wenn die sich im ganzen Song mehrmals wiederholen, ist es ..." Er brach ab und seufzte frustriert.

„Was wäre, wenn ..." Nachdenklich legte sie den Kopf schief.

„Wenn was?"

„Mh. Was wäre, wenn wir den zweiten Durchgang variieren? Wenn du den Refrain mit F-Dur beginnst, könntest du ..."

„Ihn auch mit F-Dur abschließen", beendete er ihren Satz und zog die Augenbrauen in die Höhe, als hätten sie beide gerade die Lösung zu den größten Fragen der

Menschheitsgeschichte gefunden. „Anstatt zwei Takte in C-Dur zu spielen, folgt im zweiten Durchlauf des Refrains auf einen Takt in C-Dur ein Takt in F-Dur."

„Genau!" Alexis begann den Refrain zu spielen und sang dabei den Songtext mit, der so eingängig war, dass sie in den nächsten Tagen sicherlich einen Ohrwurm haben würde.

„Scheiße", lachte Taylor, als könnte er es nicht glauben, und bog gleichzeitig auf eine andere Straße ab. „Ich rätsle seit Tagen, was ich tun muss, damit der Refrain nicht abgedroschen klingt, und du veränderst nur einen Takt und es ist perfekt."

Alexis spürte, dass sie errötete. „Es war nur ein Geistesblitz."

„Mehr als das. Du hast ein großartiges Gehör und bist eine wahnsinnig gute Musikerin."

Die Gitarre auf dem Schoß und die Hände an den Saiten, die noch immer leicht vibrierten, stieß sie die Atemluft aus. „Nett, dass du das sagst, aber im Tonstudio habe ich völlig versagt. Und meine Songs sind großer Mist. Ich kann nur hoffen, dass *Shine Productions* das Album einstampft, bevor es auf den Markt kommt und meine Fans schreiend davonrennen."

Die Stimmung im Auto wechselte von einer auf die andere Sekunde – und sie war schuld daran.

Hätte sie doch einfach die Klappe gehalten und nicht das angesprochen, was sie seit Tagen beschäftigte und nachts nicht schlafen ließ. Noch nie hatte sie Probleme gehabt, Songs zu schreiben oder im Tonstudio zu stehen und zu singen. Aber jetzt kam sie nicht umhin, sich zu fragen, ob sie an einer Blockade litt.

„Was stimmt mit deinen Songs nicht?"

Dass Taylor ebenfalls ernst und gleichzeitig sehr ruhig klang, machte Alexis deutlich, dass er sie verstand. Er musste wissen, dass sie Panik davor hatte, nicht mehr arbeiten zu können. Künstler, die eine Blockade hatten, fanden manchmal nie wieder zu ihrer alten Form. Und wenn sie es taten, war es vielleicht schon zu spät. Musik war zwar eine Kunstform, aber die Branche war ein knallhartes Business. Wer nicht ablieferte, war geliefert.

„Sie sind zusammengeschustert", offenbarte sie ihm. „Ich habe zu wenig Mühe und Energie in die Kompositionen gesteckt, obwohl ich genügend Zeit gehabt hätte. Aber dann hatte ich irgendwann keine Zeit mehr und habe ..." Sie zuckte mit den Schultern, weil Taylor vermutlich verstand, was sie ihm sagen wollte.

„Die Plattenfirma hätte dir sicherlich noch Zeit zugestanden, wenn du nicht fertig gewesen wärst. Ich meine ..." Er lachte rau auf. „Du bist Ivy, Alexis! *Die Ivy*! Du bist deren Zugpferd und größter Star. Wenn du mehr Zeit für dein nächstes Album brauchst, dann bekommst du sie."

„Ja, aber ich war zu stolz, um ihnen zu sagen, dass ich herumgetrödelt habe."

„Inwiefern hast du herumgetrödelt?"

Alexis verzog den Mund, weil sie sich wie die größte Idiotin der Welt vorkam. „Sagen wir doch einfach, dass ich zwar an Songs gearbeitet habe, aber dass sie nicht unbedingt für mich bestimmt waren."

Die Verwirrung war ihm anzusehen, auch wenn sie nur sein Profil sah, weil er verantwortungsbewusst auf die Straße vor sich schaute. „Was zum Teufel meinst du?"

Sie seufzte schwer und senkte den Blick auf den Gitarrenhals. „Ich habe für jemand anderen die Songs geschrieben. Meine eigenen blieben dabei auf der Strecke."

„Aber ..." Abrupt brach Taylor ab und holte tief Luft. Er hatte offenbar eine Vermutung. „Du hast für Paxton die Songs geschrieben?"

„Ich will nicht darüber reden, Taylor", wehrte sie ab, weil sie sich tatsächlich absolut dumm vorkam und weil es ihr peinlich war, zuzugeben, dass sie wie eine Amateurin auf jemanden hereingefallen war, der ihr etwas vorgespielt hatte. Eigentlich sollte sie lang genug im Geschäft sein, um auf den ältesten Trick der Menschheitsgeschichte hereinzufallen.

„Also stimmt es? Du hast für ihn Songs geschrieben, die er dann für seine eigenen ausgegeben hat?"

„Können wir das Thema wechseln?", bat sie ihn inbrünstig. „Ich will die ganze Sache einfach nur vergessen."

Taylor schnaubte lediglich und wirkte plötzlich ziemlich angespannt. „Dieses Arschloch hat gerade einen Grammy für *sein* großartiges Album bekommen – ein Album, dessen Lob eigentlich dir gebührt!"

„Nur wenige Künstler schreiben ihre Songs selbst", hörte sie sich sagen.

„Ja, aber sie behaupten auch nicht, die Songs selbst geschrieben zu haben", hielt er sofort dagegen. „Sie kassieren nicht den Ruhm für die Arbeit anderer Menschen.“

„Aber es ist seine Stimme auf dem Album.“

„Verteidigst du den Mistkerl etwa noch?“, wollte er voller Empörung und Unglauben von ihr wissen.

Alexis kuschelte sich in ihr Sweatshirt und hielt die Gitarre wie ein Schutzschild fest. „Nein, das tue ich nicht. Brad Paxton kann meinetwegen auf Welttournee gehen oder Hochzeitssänger werden – mir ist es völlig egal, solange ich nichts mehr mit ihm zu tun haben muss.“

Sie hatte noch nie gehört, mit welcher Verachtung Taylor in der Stimme reden konnte. „Irgendwann wird der Mistkerl ein zweites Album herausbringen müssen. Hat er dafür schon einen Plan oder denkt er, dass du ihm wieder behilflich sein wirst?“

„Wohl kaum“, murmelte sie und dachte daran, dass Brad viel mehr als nur ihre Songs und ihr Vertrauen gestohlen hatte.

Ganz unmöglich würde sie jedoch Taylor erzählen können, dass Brad sie monatelang umgarnt und mit ihr geflirtet hatte, bis sie sich tatsächlich in ihn verliebt und geglaubt hatte, eine Beziehung mit ihm zu führen. Sie war wahnsinnig dumm gewesen und hatte sich von seinem Charme und seinem guten Aussehen blenden lassen – und ein bisschen von der Hoffnung, endlich den richtigen Mann gefunden zu haben, der ihre Interessen teilte, der ihre Arbeit verstand und der mit dem ganzen Zirkus zurechtkam, den sie ihr Leben nannte. Und weil sie wollte, dass er Erfolg hatte, damit sie sich auf Augenhöhe begegneten, hatte sie ihm bei seinem Album geholfen, denn seine Songs waren nur mäßig gut gewesen.

Anders ausgedrückt: Er war ein guter Sänger, aber als Songschreiber war er ein Versager.

Dass er ihre Beziehung geheim halten wollte, weil er in Vertragsverhandlungen steckte und nicht von ihrem Namen profitieren wollte, hatte Alexis verstanden. Sie hatte auch verstanden, dass er sich auf die Studioarbeit konzentrieren wollte und deshalb den Kontakt eingeschränkt hatte, nachdem ihre Arbeit an seinen Songs fertig gewesen war. Wirklich böse war sie ihm nicht gewesen, denn sie hatte in einem Animationsfilm eine Sprechrolle bekommen und die Filmmusik komponiert sowie gesungen. Beide hatten wenig Zeit gehabt und sich fast zwei Monate nicht gesehen.

Und dann war die Grammy-Verleihung im letzten Jahr gekommen.

Wenn sie heute daran dachte, zog sich ihre Kopfhaut vor Verlegenheit zusammen. Sie hatte sich zur Lachnummer der Nation gemacht und war gleichzeitig mit Mitleid überschüttet worden.

Taylor musste einen ähnlichen Gedanken haben. „Deshalb auch dein Auftritt bei den Grammys im letzten Jahr?"

„Wenn es dir recht ist, würde ich diesen Abend gerne vergessen."

„Du wusstest nicht, dass er das Model geheiratet hatte."

„Nein, das wusste ich nicht", entgegnete sie mühsam

beherrscht, während sie daran dachte, dass sie von Brads Heirat erst erfahren hatte, nachdem sie öffentlich erklärt hatte, dass er den Preis für den besten Nachwuchskünstler verdient hätte und nicht die putzige Siebzehnjährige, die in Tränen ausgebrochen war, als ihr Idol Ivy ihren großen Moment kaputt gemacht hatte.

Heute wusste Alexis nicht, welcher Teufel sie damals geritten hatte, dass sie sich derart benommen hatte – auf der Bühne des Staples Center, während Brad im Publikum neben seiner frisch angetrauten Ehefrau saß, die damals sogar schon schwanger gewesen war, auch wenn das noch niemand gewusst hatte. Als Alexis es einige Monate später erfuhr, kam ihr der Verrat noch schlimmer vor.

Sie hatte einer anderen Sängerin den womöglich wichtigsten Abend ihrer Karriere verdorben, indem sie öffentlich davon sprach, dass Brad diesen Preis mehr verdient hätte, während der gespielt unschuldig und fassungslos im Publikum saß. Alle Anwesenden und Fernsehzuschauer mussten Alexis für völlig durchgeknallt und blind vor unerfüllter Liebe gehalten haben, schließlich hatte niemand gewusst, dass Brad ihr monatelang vorgespielt hatte, ihr Freund zu sein.

„Scheiße, Alexis ... das wusste ich nicht."

Ausgerechnet von Taylor wollte sie kein Mitleid. „Woher auch?", entgegnete sie gefasst und hoffte, dass sie genügend abgeklärt klang, damit er sie nicht wie ein bemitleidenswertes, weltfremdes Dummchen behandelte. „Er hat alles sehr geschickt angestellt und sich mein Vertrauen erschlichen, als er noch einer meiner Hintergrundsänger war. Ich dachte, ich kenne ihn, und ich dachte, er würde sich für mich interessieren, dabei wollte er lediglich von mir profitieren. Ich stellte ihn ein paar Menschen vor, unter denen sein heutiger Produzent war, und unterstützte ihn beim Songschreiben. Monatelang haben wir eng zusammengearbeitet ..." Sie holte tief Luft. Die Katze war aus dem Sack, also konnte sie ihm auch die ganze Geschichte erzählen. „Und in der Zeit waren wir auch ein Paar, nur hielt Brad es für besser, unsere Beziehung nicht an die große Glocke zu hängen und lieber geheim zu halten. Das habe ich respektiert."

„Damals war er schon mit diesem Model zusammen?"

„Ich weiß es nicht genau", gab sie zu. „Sobald unsere Arbeit beendet war und er ins Tonstudio ging, herrschte plötzlich Funkstille zwischen uns, die er damit erklärte, dass er sich auf die Aufnahmen konzentrieren wollte. Das habe ich verstanden. Unsere Telefonate wurden seltener und kürzer, aber ich redete mir ein, dass er seine ganze Zeit und Energie in sein Album steckte. Ab und zu wurde ich misstrauisch, aber weil ich nicht wahrhaben wollte, dass er es mit mir nicht ernst gemeint hatte, schob ich solche Gedanken weit weg von mir. Ich hätte auf meinen Bauch hören sollen. Stattdessen machte ich mich zum Gespött – erst auf dem roten Teppich, als ich geheimnisvoll von einer großen Neuigkeit sprach, und wenig später auf der Bühne."

Taylor sagte nicht sofort etwas, aber als er den Mund öffnete und zu reden begann, klang er, als würde er die Zähne zusammenbeißen. „Das Arschloch hat sich dein

Vertrauen erschlichen, ist durch dich an einen Produzenten gekommen, hat sich von dir Songs schreiben lassen, hat dir vorgemacht, eine Beziehung mit dir zu führen, und ist dann plötzlich mit einer Ehefrau an seiner Seite bei den Grammys aufgetaucht?"

„Ja." Voller Scham brannte ihr Nacken.

„Wieso hast du nichts davon erzählt?", fragte er ungläubig. „Wochenlang wurde über deinen Auftritt spekuliert und gelacht ..."

„Ich weiß", unterbrach sie ihn. „Das weiß ich, Taylor."

„Und warum hast du die Angelegenheit nicht richtiggestellt? Du hättest öffentlich bekannt geben sollen, was Paxton für ein Mistkerl ist."

Sie kaute auf der Innenseite ihrer Wange herum und murmelte anschließend: „Wozu? Ich hatte mich bereits zum Gespött gemacht. Wenn ich mit der Wahrheit herausgerückt wäre, dann hätten die Leute erst recht gelacht, dass ich so naiv und verzweifelt war, auf die Lügen eines Mannes hereinzufallen, der nicht an mir interessiert war, sondern an den Vorteilen, die er sich durch mich versprach."

„Alexis ..."

„Ich bin zweiunddreißig und seit vierzehn Jahren im Musikgeschäft", hielt sie ihm entgegen und ballte die rechte Hand zu einer Faust. „In der Zeit gab es häufig Nutznießer, die plötzlich meine Freunde sein wollten, sich bei mir einschleimten und mir dann rührige Geschichten erzählten, dass ihre Eltern krank wären und keine Versicherung hätten oder dass sie ihre Miete nicht zahlen könnten. Jedes Mal gab ich ihnen Geld und fiel auf die Nase. Immer wieder fand ich heraus, dass angebliche Freunde nicht mit mir befreundet waren, weil sie mich mochten, sondern weil sie es toll fanden, mich auf Tour zu begleiten, in Privatjets zu fliegen und in teuren Hotels in exotischen Orten zu schlafen. Und ..." Sie brach ab und holte tief Luft. „Und das hat mich vorsichtig werden lassen. Als ich Brad kennenlernte, dachte ich, ich sei über die Phase hinweg, in der ich mich aufs Kreuz legen ließ. Ich dachte, mein Lehrgeld hätte ich längst bezahlt. Ehrlich gesagt wollte ich nicht öffentlich zugeben müssen, dass ich so dumm gewesen bin, auf ihn hereinzufallen."

Taylor antwortete nicht. Stattdessen wirkte er grüblerisch.

Alexis schluckte schwer. „Verstehst du, was ich meine?"

„Sogar sehr gut."

„Mit SpringBreak wird es doch nicht anders gewesen sein", murmelte sie und erinnerte sich: „Ihr wart nach den Konzerten regelrecht belagert. Alle wollten zu euch gehören."

„Kann schon sein." Er zuckte mit den Schultern. „Aber wir waren zu fünft – eine Gruppe von jungen Kerlen, die nur Musik machen wollten und das Drumherum gar nicht wahrnahmen."

„Willst du damit sagen, dass es niemals jemanden gab, der mit euch befreundet sein wollte, weil er sich Vorteile versprach?", fragte sie ihn zweifelnd.

Jetzt lachte er leise. „Ich glaube, dass sich keiner von denen, die mit uns abhingen, *nicht* irgendwelche Vorteile versprach. Und wenn es nur um Gratis-Alk oder die Gewissheit ging, mit einem Prominenten geschlafen zu haben."

„Ah, die Groupies."

„Genau." Er lächelte schwach. „Die Groupies. Ein paar der Mädchen versprachen sich sicherlich, als Model oder Schauspielerin oder Sängerin entdeckt zu werden, wenn sie mit uns gesehen wurden. Keiner von uns hat gefragt, aber es war meistens offensichtlich."

„Mhm." Alexis betrachtete ihn lange, musterte sein Profil und den Schwung seiner Lippen, der ihm den Eindruck eines umgänglichen, netten Kerls gab, und fragte sich, was in ihm vorgegangen war, als sie sich damals kennengelernt hatten.

„Spuck's schon aus, Alexis", forderte er sie sanft auf. „Woran denkst du?"

„An damals", erwiderte sie leise. „Was hast du gedacht, als wir uns begegnet sind? Hast du mich für eines der Mädchen gehalten, das davon profitieren wollte, dich zu kennen?"

Er wirkte ehrlich überrascht. „Meinst du das ernst?"

„Ja."

Stirnrunzelnd erwiderte er: „Nein, für so ein Mädchen habe ich dich nicht gehalten."

„Wieso nicht?"

Taylor hob die rechte Hand und machte eine fahrige Bewegung, bevor er sie wieder ans Lenkrad hob. „Ich weiß es nicht – vielleicht weil du ... du warst."

„Das verstehe ich nicht."

Er senkte das Kinn und murmelte: „Alexis, du bist verdammt talentiert, lustig und alles andere als berechnend. Das war nicht anders, als du achtzehn warst. Wieso hättest du mich benutzen sollen, wenn es glasklar war, dass du es allein schaffen würdest? Und das hast du ja auch."

Alexis erwiderte nichts. Dafür begann mit einem Mal ihr Herz zu hüpfen.

10

„ERLAUBST du mir eine persönliche Frage?"

Alexis schaute in das freundliche Gesicht von Taylors Dad und wappnete sich gegen die unvermeidliche Frage nach ihrem und Taylors Beziehungsstatus.

Eigentlich war sie davon ausgegangen, dass Taylors Stiefmutter diejenige sein würde, die diese Frage stellte, denn schon beim Betreten des Einfamilienhaus, das in einer ruhigen Straße der Kleinstadt lag und von weißen Gartenzäunen gesäumt war, hatte sie den neugierigen Blick der älteren Frau bemerkt. Das war erst fünf Minuten her, und jetzt saß sie hier im behaglichen Wohnzimmer der Sutters und wartete darauf, dass Taylor und seine Stiefmutter aus der Küche kamen, um Kaffee zu bringen.

Nach der langen Fahrt hatte sie sich auf einen Kaffee gefreut und vielleicht auf einen Spaziergang. Alexis war nicht davon ausgegangen, dass Taylors Vater gleich mit einem Verhör beginnen würde. Und um ehrlich zu sein, wusste sie nicht, was sie ihm antworten sollte. Der ältere Mann, der anscheinend seinem Sohn das dunkle Haar und die dunklen Augen vererbt hatte, wirkte so sympathisch, dass sie ihn eigentlich nicht belügen wollte. Andererseits wollte sie Taylor keine Schwierigkeiten machen, indem er seinen Eltern erklären musste, warum er ihnen nicht gleich die Wahrheit über sie beide erzählt hatte.

Also lächelte sie und nickte zuvorkommend, während sie sich dazu entschied, das freundliche Paar anzulügen, das sie so liebenswert in seinem Heim willkommen geheißen hatte. „Natürlich. Immer raus damit."

Der ältere Mann wirkte geradezu erleichtert, bevor er neugierig von ihr wissen wollte: „Welche Toilette hast du bei dir zu Hause einbauen lassen?"

Verwirrt zwinkerte Alexis und starrte ihren Gastgeber irritiert an, der ihr Schweigen großzügig übersah und ihr ein Album in die Hand drückte.

Ganz automatisch schlug sie es auf, sah sich jedoch nicht mit Taylors Kinderfotos konfrontiert, sondern mit glänzenden Abzügen diverser Toiletten, die liebevoll in das Fotoalbum eingeklebt und handschriftlich gekennzeichnet worden waren.

Ja, richtig – Toiletten. In Hülle und Fülle, um genau zu sein.

„Ich wette, du bist der Typ für eine moderne Wandhängetoilette mit einem Soft-Close-Deckel und einer edlen Keramikbeschichtung. Antibakteriell und leicht zu reinigen. Natürlich spülrandlos und mit ergonomisch geformtem Sitz."

„Äh ... das ... das weiß ich nicht“, entgegnete Alexis ein wenig aus der Fassung geraten. Ehrlicherweise hatte sie bisher über ihre Toilettengewohnheiten nicht sonderlich intensiv nachgedacht und wusste erst recht nicht, welche Toilette sie besaß. Diese war weiß, befand sich in ihrem Badezimmer und war bereits inbrünstig von Alexis umarmt worden – nach einem Abend voller Tequila-Shots und seltsam schmeckenden Chimichangas, die Holly ihr irgendwann einmal mitgebracht hatte. Ansonsten besaß sie keine nennenswerte Beziehung zu ihrem Klo.

„Siehst du diese Toilette?“ Die Stimme von Taylors Vater nahm einen sehnsüchtigen Klang an. „Das ist der Sparkle Millennium Achttausend – der Traum eines jeden Sanitärfachhändlers und gerade erst ganz neu auf dem Markt. Ich habe ihn auf einer Ausstellung vor ein paar Monaten gesehen und kann es kaum erwarten, ihn in mein Sortiment aufzunehmen. Obwohl er um die zweitausend Dollar kostet, bin ich mir sicher, dass meine Kunden begeistert sein werden. Schließlich besitzt er nicht nur eine automatische Absenkfunktion, sondern auch einen ausfahrbaren Duscharm mit pulsierender Massagefunktion. Damit spart man sich ein Bidet.“

Von ganz allein zuckten ihre Augenbrauen in die Höhe.

Noch vor einer halben Stunde hatte sie darüber nachgegrübelt, wie Taylors Eltern angesichts ihres Rufes und der letzten Skandale um ihre Person auf sie reagieren würden, und sie hatte sich gefragt, was sie tun konnte, um von ihnen gemocht zu werden. Und jetzt saß sie auf einer mit einer Häkeldecke belegten Couch, hielt ein Album voller Toilettenfotos in den Händen und hörte Taylors Dad davon reden, dass der Sparkle Millennium Achttausend einen Duscharm samt Massagefunktion besaß.

Dabei wusste sie noch nicht einmal, wie sie Taylors Dad eigentlich ansprechen sollte!

„Dad! Bitte sag mir nicht, dass du Alexis dein Fotoalbum zeigst." Taylors genervte Stimme drang durch das Wohnzimmer seiner Eltern.

Hilfe suchend schaute Alexis auf und sah Taylor mit finsterer Miene den Raum betreten. Das dunkle Haar fiel ihm in die gerunzelte Stirn, und seine Lippen, die normalerweise stets zu einem charmanten Lächeln verzogen waren, hatte er aufeinandergepresst. Gleich hinter ihm befand sich seine Stiefmutter, die entsetzt die Augen verdrehte und eine Kaffeekanne in den Händen trug.

„Henry, also wirklich", schimpfte die Rothaarige mit der rasanten Frisur und dem knallroten Lippenstift. „Ich hatte dich doch darum gebeten, dieses schreckliche Album nicht hervorzuholen, wenn Taylor und Alexis zu Besuch kommen. Nicht jeder interessiert sich für Toiletten!"

„Aber sie kommt aus Hollywood", warf der Hausherr ein, als würde das alles erklären.

Alexis verstand überhaupt nichts mehr.

„Ich bin mir sicher, dass die Leute in Kalifornien nicht anders zur Toilette gehen als hier in Oregon", kommentierte Taylors Stiefmutter und schnalzte anschließend mit der Zunge, während sie Alexis entschuldigend ansah.

Vor lauter Verwirrung hätte Alexis beinahe gelacht, aber Taylors düsterer Gesichtsausdruck hielt sie davon ab, als er vor die Couch trat und ihr wortlos das Album aus den Händen nahm, um es zu schließen und achtlos auf den freien Sessel fallen zu lassen, der hinter ihm stand.

„Hey", beschwerte sich sein Vater. „Ich habe ihr gerade den Sparkle Millennium Achttausend gezeigt. Deine Freundin fand ihn sehr interessant!"

Besagte Freundin warf mit gebotenem Ernst in die Runde ein: „Taylor, wusstest du, dass der Sparkle Millennium Achttausend einen ausfahrbaren Duscharm mit pulsierender Massagefunktion besitzt?"

Taylor kniff die Augen zusammen und wollte ungläubig von seinem Vater wissen: „Du hast meine Freundin vor fünf Minuten kennengelernt und erzählst ihr jetzt schon von Toiletten, mit denen man sich den Arsch duschen kann?"

Alexis konnte nicht anders und begann herzhaft zu glucksen. Gleichzeitig presste sie sich eine Hand gegen den Mund, um nicht in prustendes Gelächter auszubrechen, immerhin war sie die Einzige, die diese Diskussion lustig zu finden schien. Taylor wirkte verärgert, seine Stiefmutter peinlich berührt und sein Dad empört.

Himmel, das kommende Wochenende würde allem Anschein nach sehr *interessant* werden.

„Ich bin nun einmal ein Sanitärfachhändler, Taylor. Mich interessiert, welche Toiletten die Menschen um mich herum benutzen."

„O Gott, Dad!" Taylor hob seine Hand an sein Gesicht,

um sich die Nasenwurzel zu massieren. „Du klingst wie ein perverser Spanner mit einem Verdauungsfetisch!“

Davon ließ sich sein Vater nicht beeindrucken. „Diese Toilette ist bahnbrechend ...“

„Bahnbrechend teuer“, warf Taylors Stiefmutter ein. „Wer bezahlt schon zweitausend Dollar für eine Toilette, Henry?“

„Jemand, der Wert auf Qualität legt“, behauptete ihr Mann augenblicklich. „Ich liebäugele selbst damit.“

„Also wir werden diese Toilette sicherlich nicht kaufen“, befahl seine Frau scharf. „Ich erinnere dich nur daran, dass du auch nicht damit einverstanden warst, diesen tollen Staubsauger zu kaufen, der gleichzeitig saugt und wischt, weil du fandst, dass er zu teuer sei.“

Nun schnaubte ihr Mann. „Wer bezahlt auch eintausend Dollar für einen Staubsauger, wenn es der alte Sauger noch tut?“

„Du erwartest doch nicht allen Ernstes, dass ich mit dem alten Staubsauger meine Möbel entstaube und reinige nach allem, was passiert ist?“ Vor Empörung überschlug sich beinahe die Stimme der anderen Frau.

Entzückt verfolgte Alexis den Disput des Ehepaares, auch wenn Taylors Gesicht Bände sprach. Er schien weniger begeistert zu sein, Zeuge einer Auseinandersetzung seiner Eltern zu werden, die sich um Haushaltsgeräte drehte. Sie grinste und verstand endlich seine merkwürdige Reaktion auf ihre Frage, was sein Dad für Hobbys hätte. Als er gesagt hatte, dass sein Dad mit Leib und Seele seinem Job nachging, hatte er nicht übertrieben! Dennoch hatte Alexis nicht damit gerechnet, eine eheliche Auseinandersetzung über absenkbare Toiletten und wischende Staubsauger aus nächster Nähe zu verfolgen.

Gleichzeitig genoss sie diese Alltagssituation einer ganz normalen Familie. Ihre eigene Mom benahm sich seit Alexis' Pubertät nämlich nur noch wie ihre Managerin, aber nicht wie ihre Mutter. Wenn sie sich stritten, betraf es meist Alexis' Image, Terminabsprachen für die anstehende Tour oder passende Antwortmöglichkeiten für Fernsehinterviews. Über die Anschaffung von Toiletten und Staubsauger hatten sie sich noch nie gestritten.

„Können wir die Diskussion um den Erwerb neuer Haushaltsgeräte bitte verschieben?", bat Taylor genervt. Ihm war die Auseinandersetzung seiner Eltern offensichtlich peinlich. Stirnrunzelnd fuhr er nämlich fort: „Ich weiß sowieso nicht, weshalb du dich wegen eines Staubsaugers derart aufregst, Bess. Der Alte tut es doch noch, oder nicht?"

Das Gesicht seiner Stiefmutter wurde puterrot. „Dein Vater hat meinen Staubsauger an den verrückten Frank verliehen ..."

„Frank ist einer meiner besten Kunden", protestierte Henry Sutter sofort. „Er hat den Subway-Majestic in sein Gästebadezimmer einbauen lassen und das gleiche Modell für seine Mutter bestellt."

„Und wenn er jede Woche ein neues Klo bei dir bestellen würde, heißt das noch lange nicht, dass du ihm meinen Staubsauger überlassen kannst, damit er ... *du weißt schon was* … damit tun kann", echauffierte sich Bess entrüstet.

„Bess!" Henry wurde nun ebenfalls rot. „Ich habe dir doch gesagt, dass diese Angelegenheit unter uns bleiben soll."

Neugierig spitzte Alexis die Ohren, und auch Taylor machte keinen Hehl daraus, dass sein Interesse geweckt war. „Frank? Reden wir hier über Frank Green, der zwei Klassen über mir war und mit seiner Mutter zum Abschlussball gegangen ist? Ist er der verrückte Frank?"

„Darüber darf ich nicht reden", behauptete sein Dad und hob dabei das Kinn. „Er ist schließlich mein Kunde."

„Henry", widersprach seine Frau ihm abfällig. „Du bist Sanitärfachhändler und kein Arzt – du bist an keine Schweigepflicht gebunden! Erzähl Alexis und Taylor, was Frank mit meinem Staubsauger …"

„Bess, das ist privat!"

„Privat? Die ganze Stadt weiß Bescheid, nachdem Frank wie ein Schwein blutend ins Krankenhaus eingeliefert wurde", protestierte die ältere Frau und nickte dabei so heftig, dass ihre roten Haare bestätigend auf und ab wippten. „Nackt, besinnungslos und *meinen* Staubsauger auf dem Schoß."

In Alexis kam ein furchtbarer Verdacht auf.

Taylor musste es ähnlich gehen, denn er kniff mit schmerzverzerrter Miene die Augen zusammen. „Sagt mir nicht, dass das passiert ist, was ich glaube, was passiert ist."

„Er hat meinen Staubsauger missbraucht", flüsterte Taylors Stiefmutter bedeutungsvoll. „Sexuell!"

Prompt widersprach Taylors Dad und wurde dabei puterrot im Gesicht. „Frank sagt, es war ein Unfall. So etwas kann passieren. Er ist ... nun ... ungünstig ... gefallen."

„Ein Unfall?" Bess' Stimme klang verdächtig nach einem empörten Kreischen. Sie drehte sich zu ihrem Stiefsohn um, der kein Wort sagte. Alexis konnte es Taylor nicht verdenken. Vor Schock war sie ebenfalls verstummt. „Bist *du* schon einmal mit dem Penis voran in einen Staubsaugerschlauch gefallen, Taylor? Nackt, während im Fernsehen ein Porno lief?"

„Bess, bitte", flehte er und kniff weiterhin die Augen zusammen. „Diese Bilder im Kopf werde ich bestimmt nie los."

„Ist das ein Nein?"

Taylor schüttelte sich. „Selbstverständlich ist das ein Nein! Hast du mich jemals in Begleitung eines Staubsaugers gesehen? Und ab jetzt werde ich den Dingern sicherlich nie wieder zu nah kommen." Er warf seinem Dad einen ironischen Blick zu. „Für den Fall, dass ich *ungünstig* fallen könnte."

„Mit dem Penis voran." Alexis konnte nicht anders, als zu kichern.

Taylor drehte sich zu ihr um, begegnete ihrem Blick und begann prompt ebenfalls zu lachen.

Woraufhin sich ihr Lachen steigerte. Und seines ebenfalls, bis beide herzhaft gemeinsam lachten, als teilten sie einen wahnsinnig lustigen Scherz. Und irgendwie taten sie das ja auch.

„Ihr habt gut Lachen“, brummte Taylors Stiefmutter. „Es war ja auch nicht euer Staubsauger. Jedes Mal, wenn ich ihn benutzen will, denke ich an den verrückten Frank.“

Vermutlich war der Kommentar ernst gemeint gewesen, aber Alexis verstand ihn eher humorvoll und gluckste so heftig auf, dass sie Angst hatte, sich in die Hose zu machen. Taylors Augen blitzten auf, als wüsste er genau, woran sie gerade dachte.

Sie sah ihn an. „Weißt du, dass ich mich schon immer gefragt habe, wie es im Film *Terminator* zum Aufstand der Maschinen kommen konnte? Ich glaube, jetzt kenne ich die Antwort.“

* * *

„BIST DU SICHER, dass die Handtücher reichen, die ich euch herausgesucht habe?“

„Ja, ich bin mir sicher“, erwiderte Taylor mit einer Engelsgeduld, die er in Gegenwart seiner Stiefmutter hatte, und nahm ihr die frische gespülte Kaffeetasse aus der Hand, um sie abzutrocknen.

„Ist es auch in Ordnung, dass wir nur ein Badezimmer haben, das Alexis mit uns teilen muss?“, wollte Bess besorgt wissen.

Er stellte die abgetrocknete Tasse auf die Küchenarbeitsfläche und nahm Bess die nächste Tasse aus der Hand. „Was wäre, wenn ich Nein sagen würde? Müsste Dad dann über Nacht ein neues Badezimmer einrichten?

Vielleicht sogar mit dem Sparkle Millennium Achttausend?“

Sie stieß ihm tadelnd in die Seite. „Wenn ich noch einmal diesen Namen höre, das schwöre ich dir, werfe ich das Album deines Vaters ins Feuer, um all die Toilettenfotos brennen zu sehen!“

Lachend verschluckte er sich, während er ein Glas abtrocknete.

Mittlerweile war es spät am Abend, sie hatten zusammen bereits gegessen und Alexis war vor ein paar Minuten nach oben gegangen. Sein Dad hatte sich in die Garage verzogen, wo er vermutlich an einem neuen Vogelhäuschen werkelte oder Zeitschriften über Toiletten, Badewannen und Duschen wälzte. Manche Männer versteckten vor ihren Frauen Pornohefte in der Garage – bei seinem Dad waren es Sanitärkataloge. Und während sein alter Herr die Biege gemacht hatte, stand Taylor mit seiner Stiefmutter in der Küche und half ihr beim Abwasch. Das war sozusagen der Dank dafür, dass sie heute Abend sein Lieblingsessen gekocht hatte. Einen Hackbraten, den man in Los Angeles nicht finden konnte – mit gerösteten Zwiebeln, Speckwürfeln und altem Brot. Die Gesundheitsfanatiker aus Kalifornien wären ohnmächtig geworden, wenn sie dieses Zauberwerk aus ungesunden Kohlenhydraten, rotem Fleisch und fetttriefendem Schweinespeck zu Gesicht bekommen hätten, das mit Sicherheit die eine und auch andere menschliche Arterie verstopfte. Nichtsdestotrotz hatte er es sich schmecken lassen. Und auch Alexis hatte zugeschlagen, als hätte sie nie etwas Leckeres gegessen.

Außerdem schien sie sich fantastisch amüsiert zu haben, was ihm voller Erleichterung aufgefallen war. Nach ihrem Gespräch über das Arschloch Paxton hatte er sich seine Gedanken gemacht – und selbst Schuldgefühle verspürt.

„Nein, ich meine es ernst, Taylor. Ist es in Ordnung, dass wir nur das eine Badezimmer haben?"

„Und ich meine es auch ernst, Bess", entgegnete er betont ruhig. „Dad muss weder ein neues Bad bauen noch im Garten duschen oder eine Latrine hinter dem Haus ausheben. Alexis ist kein verwöhnter Superstar, der ohne Masseur und Whirlpool nicht zurechtkommt."

„Das sehe ich doch." Bess reichte ihm einen Teller. „Ich bin wirklich positiv überrascht. Sie ist ein liebes Mädchen und so bodenständig und normal. Ganz anders, als ich mir einen Superstar vorgestellt habe."

„Warum sollte sie es auch nicht sein?"

Seine Stiefmutter warf ihm von unten einen langen Blick zu. „Vielleicht weil ihr Gesicht auf der Packung dieser sündhaft teuren Creme prangt, die mir dein Dad zu unserem letzten Hochzeitstag geschenkt hat?"

Taylor verzog keine Miene. „Das ist Ivy. Nicht Alexis."

„Aber Alexis ist Ivy."

Wie sollte er seiner Stiefmutter erklären, dass Ivy ein Kunstprodukt war, das sich gut verkaufen ließ, und dass Alexis die Frau war, die in seinem Jeep zur Gitarre griff, ihnen beim Abwasch hatte helfen wollen und ganz entzückt über Bess' Hackbraten gewesen war? „Wie auch immer. Du musst dir keine Gedanken machen, was Alexis betrifft. Sie ist ..." Er brach kurz ab, runzelte die Stirn und fuhr fort: „Normal." Eigentlich hatte er ein anderes Adjektiv nehmen wollen.

Zum Glück hatte Bess seine kurzzeitige Verwirrung nicht mitbekommen. „Mir war diese ganze Toilettendiskussion so peinlich vor Alexis."

„Ehrlich?" Verwundert schaute er zu seiner Stiefmutter hinab und erinnerte sich an eine Zeit, als er zu ihr hatte aufsehen müssen.

Damals war er sechs gewesen und hatte sich kaum noch an seine Mutter erinnern können, als Bess bei ihnen aufgetaucht war, um für die Gemeinde nach Kleidungsspenden zu fragen. Sobald sie erfahren hatte, dass Taylors Dad allein für seinen Sohn sorgte, kam sie vorbei, um auf Taylor aufzupassen und den Haushalt zu schmeißen. Und irgendwann war sie bei ihnen geblieben. Kurz darauf hatte sein Dad sie geheiratet. Noch heute waren beide Hals über Kopf ineinander verliebt, auch wenn sie sich um Toiletten und Staubsauger stritten.

„Dafür, dass dir die Toilettendiskussion so peinlich war, hast du das Gespräch über den verrückten Frank und deinen Staubsauger aber freiwillig befeuert", warf er gutmütig ein.

„Ich will mir gar nicht ausmalen, was Alexis über uns denkt", seufzte Bess niedergeschlagen. „Sie muss uns für gestört halten!"

Taylor räumte die Tassen in den oberen Küchenschrank, weil er wusste, dass Bess diesen ohnehin nicht erreichte. „Hast du nicht gesehen, wie herzhaft sie gelacht hat? Alexis hält niemanden für gestört – vom verrückten Frank einmal abgesehen."

„Aber sie wird denken, dass bei uns im Ort nur Gestörte und Perverse wohnen – oder Männer, die überdurchschnittlich an Toiletten interessiert sind."

Er schloss den Küchenschrank. „Alexis wohnt in Los Angeles. Dort befindet sich das Mekka der Gestörten und Perversen." Taylor warf sich das Küchenhandtuch über die Schulter und drängte Bess ein Stück zur Seite, um sich die Hände zu waschen. Langsam wurde er wirklich müde und freute sich auf sein Bett. Leider wusste er noch nicht, wie Alexis und er das Schlafarrangement der nächsten Tage angehen würden. Hoffentlich bestand sie nicht darauf, dass er auf dem Boden schlafen sollte ...

„Wie habt ihr euch eigentlich kennengelernt?" Die entzückte Stimme seiner Stiefmutter hallte durch die Küche und drang an sein Ohr.

Taylor verdrehte die Augen, während er das Wasser abstellte, bevor er sich mit einem nichtssagenden Lächeln zu Bess umdrehte. „Beim Abendessen eines befreundeten Produzenten", entgegnete er und erzählte ihr die offizielle Version, die auch in der Presseerklärung gestanden hatte.

„Und?" Dass sich Bess vor lauter Romantik nicht ans Herz griff, war alles, was noch fehlte. Ihre Augen glühten förmlich auf, als sie auf seine Schilderung wartete, wie sie beide sich unsterblich ineinander verliebt hatten. Bess hatte nun einmal ein Faible für romantische Geschichten.

Taylor erinnerte sich zu gut daran, wie peinlich es ihm vor seinen Schulfreunden ständig gewesen war, dass überall im Haus irgendwelche Liebesromane mit grauenvoll kitschigen Covern herumgeflogen waren – halb nackte Piraten mit langen Haaren und vollbusige Frauen in mittelalterlichen Kleidern. Dazu Titel wie *Sünder meiner Leidenschaft* oder *Gefangene der Lust*. Die Pubertät war in diesem Haushalt nicht immer leicht gewesen.

„Was meinst du mit *und*?"

„Wann hat es zwischen euch gefunkt? Wie seid ihr zusammengekommen? Muss ich dir denn alles aus der Nase ziehen?"

Da Bess erst dann zufrieden sein würde, wenn sie eine märchenhafte Geschichte aufgetischt bekam, blieb Taylor nichts anderes übrig, als seiner Stiefmutter zu erzählen: „Bei mir hat es in dem Augenblick gefunkt, als wir uns zum ersten Mal angesehen haben." Und weil Bess nur darauf wartete, Einzelheiten zu erfahren, erinnerte er sich an sein allererstes Treffen mit Alexis vor vielen Jahren. Wahrheitsgemäß fuhr er fort: „Sie redete gerade mit jemand anderem und nippte an einem Glas, bevor sie lachte. Ich schaute sie an und konnte nicht wegsehen, weil sie so bezaubernd lachte und ihre blauen Augen dabei funkelten. Und dann sah sie mir direkt ins Gesicht. Und um mich war es geschehen."

Seine Stiefmutter seufzte schwärmerisch. „Das klingt so romantisch, Taylor."

Ein bisschen verlegen wand er sich und murmelte: „Irgendwann gab ich mir einen Ruck und stellte mich ihr vor. Vermutlich war ich ziemlich aufdringlich, aber Alexis gab mir ihre Nummer und dann ... nun ja ... wir gingen miteinander aus, und sie fand, dass ich gar kein so schlechter Kerl war. Hier sind wir also."

„Gar kein so schlechter Kerl?" Bess lachte heiser und tätschelte ihm die Wange. „Schätzchen, Alexis ist nicht weniger in dich verliebt als du in sie, schließlich habe ich beobachtet, wie sie dich den ganzen Abend über angesehen hat. Ihr beide seid so ein schönes Paar. Du kannst noch so lange lamentieren, aber ich werde mir schon einmal überlegen, was ich zu eurer Hochzeit anziehen werde."

Darauf erwiderte er nichts und versuchte erst gar nicht, Bess von dieser aberwitzigen Idee abzubringen, dass Alexis und er heiraten könnten. Seine Stiefmutter besaß zu viel Fantasie.

Alexis ist nicht weniger in dich verliebt als du in sie.

Kopfschüttelnd machte er sich auf den Weg in sein altes Schlafzimmer und sagte sich, dass er stolz darauf sein sollte, wie gut Alexis und er ihren Job machten, dass ihnen sogar seine Stiefmutter die Geschichte abkaufte, sie beide wären ein Paar.

„Ich hoffe, du bist nicht sauer", wurde er von Alexis begrüßt, als er das Zimmer betrat, das früher sein Kinderzimmer gewesen war und das er in den nächsten Tagen mit Alexis teilen würde. An und für sich war das okay, schließlich war er kein Triebtäter, der sich nicht unter Kontrolle hatte. Er würde neben ihr schlafen können, ohne allzu intensiv darüber nachzudenken, dass sein letztes erfolgreiches Date, das mit Sex geendet hatte, ein paar Monate her war. Immerhin war er ein erwachsener Mann, der beim Anblick einer schönen Frau nicht durchdrehte. Auch wenn sie so schön war wie Alexis. Nein, für ihn war es kein Problem, das Zimmer mit ihr zu teilen.

Dennoch verschlug ihm der Anblick, den Alexis ihm bot, für ein paar Sekunden den Atem.

Es lag nicht daran, dass sie verführerische Spitzenunterwäsche getragen hätte, denn das tat sie nicht. Es lag auch nicht daran, dass sie mitten in seinem Bett saß und in seiner Lieblingsausgabe des Rolling-Stone-Magazins blätterte. Nein, ihm verschlug es den Atem, weil Alexis mit nackten Beinen im Schneidersitz auf seinem Bett saß und dabei sein altes Green-Day-T-Shirt trug. Gerade vermischte sich die schönste Fantasie seines sechzehnjährigen Ichs mit der heutigen Realität und ließ ihn verwirrt zurück.

„Wieso sollte ich sauer sein?", wollte er wissen und schloss die Tür hinter sich, bevor er sich dagegen lehnte und hoffte, dass er nicht so heiser klang, wie er befürchtete.

„Weil ich mir aus deinem Kleiderschrank ein Shirt genommen habe." Nachlässig zupfte sie an dem dunkelgrünen T-Shirt herum, das sie trug, und blätterte weiter in dem Magazin. „Ich habe vergessen, einen Pyjama mitzunehmen."

Seine Kehle wurde trocken, wovon Alexis nichts mitbekam, weil sie noch immer vertieft in die uralte

Ausgabe war, die er in seinem Nachttisch aufbewahrt hatte. „Schon gut", krächzte er. „Bediene dich."

„Danke. Ich wusste gar nicht, dass du diese alten Ausgaben des Rolling Stone besitzt."

„Da stehen ein paar richtig gute Interviews drin." Er stieß sich von der Tür ab und zwang sich dazu, sie nicht länger anzustarren, sondern zu seiner Reisetasche zu gehen und diese auszupacken.

„Das sehe ich. Kennst du das Interview mit Bob Dylan? Das könnte ich immer und immer wieder lesen."

„Ich glaube, ich habe es immer und immer wieder gelesen." Er schmunzelte und warf seinen Kosmetikbeutel auf den Schreibtisch, an dem er früher seine Hausaufgaben gemacht hatte.

„Deine Eltern sind sehr nett", kommentierte sie völlig aus dem Blauen heraus. „Und das Essen deiner Stiefmutter war himmlisch."

„Bess ist in Sorge, dass du sie und meinen Dad für gestört halten könntest", offenbarte er mit einem Hauch Belustigung.

„Wieso das denn?"

„Vielleicht weil mein Dad dir sein Toilettenalbum gezeigt und meine Stiefmutter dich über den perversen Dorftrottel mit der Vorliebe für Staubsauger informiert haben?" Er warf ihr einen langen Blick über die Schultern hinweg zu.

„Machst du Witze?" Ihr blondes Haar fiel ihr über die Schultern und ihre blauen Augen funkelten. „Ich habe mich lange nicht mehr so gut amüsiert."

Taylor drehte sich zu ihr um und lehnte sich mit der Hüfte gegen den Schreibtisch, dessen Kante er mit beiden Händen umfasste. „Danke, dass du mitgekommen bist. Ich hoffe, mein Dad und Bess werden dir nicht zu sehr auf den Keks gehen."

Alexis wirkte betroffen und ließ das Magazin sinken. „Denkst du, dass mich deine Eltern nerven?"

„Nein." Unschlüssig hob er eine Hand. „Jedenfalls noch nicht. Aber Bess ist ziemlich aus dem Häuschen deinetwegen."

„Ich finde sie unglaublich nett und liebenswert", verteidigte Alexis sie und starrte ihn finster an. „Mir geht sie sicherlich nicht auf den Keks."

„Alexis, so habe ich das nicht gemeint."

„Und wie hast du es dann gemeint?"

Er ließ die Schultern nach unten fallen. „Vergiss es einfach. Es ist spät und ..."

„Und du bist nervös, weil du noch nie eine Freundin mit nach Hause gebracht hast", schloss sie seinen Satz.

So genau hatte er das eigentlich nicht sagen wollen. „Bingo", seufzte er. „Vielleicht bin ich derjenige, der dir auf den Keks fällt."

„Bisher noch nicht", erwiderte sie mit einem Hauch Belustigung. „Es kommt darauf an, ob du mir nachts die Decke wegziehst. Ich erinnere mich, dass du das früher ..." Alexis verstummte und die Stimmung war plötzlich angespannt.

Räuspernd unterbrach er den Blickkontakt und sah sich stattdessen in seinem alten Zimmer um. Es war nicht sonderlich groß – genauso wie das Bett, auf dem Alexis saß, die sich gerade an Zeiten erinnerte, an die auch Taylor in den letzten Tagen immer öfter denken musste.

Der heutige Tag hatte so ganz sicher nicht laufen sollen.

Er schob die Hände in seine Hosentaschen und musterte sie unschlüssig. „Wäre es dir lieber, wenn ich auf der Couch schlafe?"

Alexis schnalzte mit der Zunge. „Wie willst du das deinen Eltern erklären? Dass es gegen deine religiösen und moralischen Überzeugungen verstößt, vor der Ehe mit mir ein Bett zu teilen?"

„Religiöse und moralische Überzeugungen?" Taylor hustete. „Ich fürchte, der Zug ist abgefahren, denn Bess hat mich bereits in diesem Zimmer dabei erwischt, Dinge zu tun, die weder religiös noch besonders moralisch wären."

Ein winziger Funke Neugier stahl sich in ihre Augen. „Dinge, die da wären?"

Er verzog den Mund. „Du kannst dir sicherlich denken, was Jungs mitten in der Pubertät tun, wenn sie allein in ihrem Zimmer sind."

„Ah." Sie nickte verstehend. Das Gespräch machte ihr offenbar Spaß, weil sie schief grinste. „Hast du übermäßig oft dein Zimmer gesaugt?"

Taylor stöhnte weidwund auf. „Willst du etwa, dass ich heute Nacht nicht schlafen kann, weil ich Albträume habe?"

Leise kicherte sie, was ihn erleichtert aufatmen ließ,

denn eine kichernde Alexis war ihm viel lieber als eine, die betroffen auf dem Bett saß und den Kopf dabei senkte.

Ein wenig ernster erklärte er ihr: „Ich kann wirklich auf der Couch schlafen, Alexis, wenn dir das lieber ist."

„Und mir wäre es lieber, wenn wir deinen Eltern nicht erklären müssten, warum du auf der Couch schläfst", entgegnete sie ebenfalls ernst.

„In Ordnung." Taylor nickte und griff nach seinen Sachen. „Ich gehe dann mal duschen."

Sie antwortete nicht, und als er ein paar Minuten später wieder das Zimmer betrat, schlief sie bereits tief und fest.

11

„Du kannst schon einmal die Eier trennen, Schätzchen. Währenddessen wiege ich die restlichen Zutaten ab und heize den Backofen vor."

Alexis stand in der Küche und betrachtete die Backutensilien vor sich, während sie sich fragte, warum sie nicht Taylor begleitet hatte oder mit seinem Dad in dessen Geschäft gefahren war. Nun stand sie nämlich vor der Bredouille, mit seiner Stiefmutter einen Kuchen zu backen, obwohl sie keine Ahnung hatte, wie das funktionierte. Sie hatte noch nie einen Kuchen gebacken und empfand es als ein bisschen peinlich, das vor Bess zugeben zu müssen.

Nachdem sie mitten in der Nacht wach geworden war und sich dicht an Taylors Brust geschmiegt wiedergefunden hatte, war es ihr schwergefallen, wieder einzuschlafen. Und heute Morgen hatte sie ein bisschen Abstand zu ihm gebraucht, weil es ihr zu schaffen machte, so viel Zeit mit ihm zu verbringen und ihm auch physisch so nah zu sein. Dummerweise war es nämlich verdammt einfach und sehr schön, mit Taylor zusammen zu sein. Beide liebten sie die Musik, beide hatten einen ähnlichen Humor und beide waren auf der gleichen Wellenlänge. Das war schon früher so gewesen.

Bevor sie etwas so Dummes tat, wie sich wieder in ihn zu verlieben, hatte sie es für besser gehalten, ihn auf Abstand zu halten und ihn heute nicht zu begleiten. Stattdessen war sie bei Bess geblieben, die für ihren Mann einen Geburtstagskuchen backen wollte.

„Sechs Eier sollten reichen“, erklärte diese fröhlich und kramte währenddessen in einer Schublade herum.

Unschlüssig starrte Alexis die Eier an und hatte keine Ahnung, was Bess meinte, wenn sie davon sprach, sie zu trennen.

In der Küche tat Alexis eigentlich nichts anderes, als etwas in der Mikrowelle zu erhitzen und ihr Geschirr in die Spülmaschine zu stellen, aber selbst das schien sie nie richtig zu machen, weil Theresa das Geschirr meistens wieder umräumte. Ihre Haushälterin war diejenige, die Kuchen backte, Essen kochte und sich darum kümmerte, dass der Haushalt funktionierte.

„Es wird ein Schokoladenkuchen mit eingelegten Pfirsichen. Henry liebt diesen Kuchen“, vertraute Bess ihr an, während sie sich eine Schürze umband. „Und Taylor ist ebenfalls verrückt danach. Seit er erwachsen ist, kann ich die Pfirsiche auch endlich in Likör einlegen, wie es schon meine Grandma gemacht hat. Als er klein war, habe ich stattdessen Apfelsaft ... Liebes, ist alles okay?“

Alexis fuhr sich mit der Zunge über die Unterlippe und lächelte verlegen, als sich Bess zu ihr umdrehte und sie fragend umsah. „Ich fürchte, ich werde dir keine große Hilfe sein, Bess“, gab sie zu.

„Wieso denn nicht, mein Schatz?“

Ihre Wangen glühten. „Weil ich keine Ahnung habe, wovon du sprichst. Ich habe noch nie einen Kuchen gebacken und weiß nicht, was du meinst, wenn du sagst, dass ich Eier trennen soll.“

„Du hast noch nie einen Kuchen gebacken?“

Wortlos schüttelte Alexis den Kopf.

Bess trat näher an sie heran und lächelte leicht. „Hast du denn deiner Mom nie über die Schulter geschaut, wenn sie gebacken hat?“

Angesichts der liebenswerten Hausfrau, die voller Freude einen Geburtstagskuchen für ihren Mann backen wollte und sie gestern Abend mit einem liebevoll zubereiteten Abendessen sowie heute Morgen mit einem wundervoll gedeckten Frühstückstisch verwöhnt hatte, fiel es Alexis schwer, Bess zu erzählen, dass ihre Mom Mutterschaft etwas anders definierte. Ihre Mom hatte ihre Zuneigung vor allem darin gezeigt, Alexis eine Karriere als Sängerin zu ermöglichen und ehrgeizig sowie engagiert daran zu arbeiten, ihre Tochter zum Star zu machen. Für einen Kuchen war schlichtweg nie Zeit gewesen.

„Meine Mom kann nicht backen“, erklärte sie daher einfach nur.

„Oh, das ist aber schade." Bess tätschelte ihr die Schulter. „Möchtest du, dass ich dir zeige, wie es geht? Dann kannst du deine Mom zu ihrem nächsten Geburtstag überraschen und ihr einen selbst gebackenen Kuchen schenken."

Weshalb ihre Kehle plötzlich vor Rührung eng wurde, wusste Alexis nicht. „Ich möchte dir nicht im Weg stehen."

„Unsinn." Die andere Frau lachte fröhlich auf. „Du stehst mir doch nicht im Weg! Ich freue mich, wenn ich Gesellschaft habe. Seit Taylor ausgezogen ist und mir in der Küche nicht mehr helfen kann, ist es manchmal ziemlich einsam."

Überrascht zog sie die Augenbrauen in die Höhe. „Taylor kann backen?"

„Natürlich kann er das. Ich habe ihm alles beigebracht, was ich weiß. Sag mir nicht, dass er für dich noch nie sein köstliches Schokoladensoufflé zubereitet hat!" Bess wirkte fassungslos, und Alexis merkte, dass sie einen Fehler gemacht hatte, denn ihr Freund hätte in den letzten Monaten sicherlich das eine oder andere Mal für sie gekocht oder gebacken. Männer und Frauen taten so etwas, wenn sie in einer Beziehung waren.

Verlegen verdrehte sie die Augen und log schamlos: „Du weißt doch, wie das in Hollywood ist – ständig muss man Diät halten und darf nichts Süßes essen. Deshalb hat er vermutlich nichts für mich gebacken."

„Aber an dir ist doch fast nichts dran", empörte sich Bess, die selbst gertenschlank war. „Der Junge hätte dir längst ..."

„Bess", unterbrach Alexis sie bittend, bevor die Diskussion ausarten konnte. „Könntest du mir zeigen, wie du diesen Kuchen backst? Ich würde ihn gerne irgendwann für Taylor zubereiten, um ihn zu überraschen."

Glücklicherweise lenkte diese Idee Taylors Stiefmutter ab, denn ihr Gesicht glühte regelrecht vor Freude auf. „Natürlich zeige ich es dir! Das ist eine wunderbare Idee und wird ihn freuen – glaub mir."

In der folgenden Stunde lernte Alexis, wie man Eier trennte und warum man das tat. Bess zeigte ihr, was man tun musste, damit keine Eierschalen in die Schüssel fielen, und wie man Schokolade in einem Wasserbad schmolz. Außerdem erfuhr sie endlich, wofür eine Küchenmaschine gut war, als diese den Teig glatt rührte, während Bess ihr erzählte, warum sie eine Prise Salz in die geschmolzene Schokolade gab.

Sie hätte nie gedacht, wie viel Spaß es machen konnte, in einer Küche zu stehen und einen Kuchen zu backen. Es war gemütlich und gab ihr ein geradezu heimeliges Gefühl, inmitten schmutzigen Geschirrs zu stehen und dabei zuzuschauen, wie der Kuchen im Ofen aufging, oder rohen Schokoladenteig vom Kochlöffel zu lecken.

„Manchmal habe ich geglaubt, dass Taylor mir nur deshalb beim Backen geholfen hat, weil er immer den restlichen Teig vom Löffel lecken durfte", erinnerte sich Bess und zeichnete dabei so ein putziges Bild vom jungen Taylor, dass sich Alexis vornahm, die ältere Frau um Kinderfotos von ihm zu bitten.

„Wie war Taylor denn als Kind?"

„Er war ein lieber Junge“, entgegnete Bess mit einer gehörigen Portion Zuneigung in der Stimme. „Sehr hilfsbereit und zuvorkommend. Eigentlich war er ein fröhlicher kleiner Kerl, aber gleichzeitig konnte er still und in sich gekehrt sein. Ich denke, als Kind hatte er sehr daran zu knabbern, dass ihn seine Mom verlassen hatte.“

Alexis schaute von dem Holzlöffel auf und verfolgte, wie Bess die Schüssel der Küchenmaschine mit Wasser füllte. „Seine Mom hat ihn verlassen?“

„Sie hat sich von Henry scheiden lassen und den Jungen bei ihm gelassen, als er fünf war. Anschließend wollte sie mit keinem der beiden etwas zu tun haben“, erwiderte Bess mit trauriger Stimme. „Für Taylor war das hart. Er schrieb ihr jedes Jahr eine Karte zum Geburtstag und zu Weihnachten, bekam aber nie eine Antwort. Als er ungefähr zehn war, kamen die Karten zurück, weil der Empfänger ohne Nachsendeadresse verzogen war. Keiner weiß, wo seine Mom mittlerweile lebt.“

Das hatte sie nicht gewusst. Alexis war davon ausgegangen, dass seine Eltern geschieden waren. Dass seine Mom einfach verschwunden war und ihn nach der Scheidung nie wiedergesehen hatte, hatte sie nicht gewusst. Und es tat ihr leid, dass er seiner Mom Karten geschickt hatte, ohne jemals eine Antwort von ihr zu bekommen. Einem Kind musste diese Zurückweisung sehr wehtun.

Sie selbst war von ihrer Mom aufgezogen worden, nachdem ihr Dad starb, als sie noch ein Baby war. Weil sie sich nicht an ihn erinnern konnte, fehlte er ihr auch nicht. Aber eine Vaterfigur hatte ihr immer gefehlt, denn Hollys

Dad und damit ihr Stiefvater hatte sich schneller aus dem Staub gemacht, als dass sie sich an ihn hätte gewöhnen können.

Wenigstens hatte Taylor eine Mutterfigur gehabt – Bess, die ihm zeigte, wie man Kuchen backte, und die ihn den Teig vom Löffel naschen ließ.

„Das tut mir leid zu hören."

„Taylor spricht nicht gerne darüber, aber wer könnte es ihm verübeln?"

„Verständlich", murmelte Alexis und legte den Löffel beiseite.

Bess trocknete ihre Hände an einem Geschirrspültuch ab und nahm anschließend Alexis' Hand in ihre. „Umso schöner ist es, zu sehen, wie glücklich Taylor mit dir ist. Das hat er verdient."

Vor Scham, dieser netten Frau etwas vorzuspielen und indirekt ihre Gefühle zu verletzen, spürte Alexis einen Stich in der Magengegend. „Taylor ist auch etwas ganz Besonderes", flüsterte sie und kam sich dabei wie ein schrecklicher Mensch vor.

„Das bist auch du für ihn", antwortete Bess strahlend. „Taylor hat mir verraten, dass er sich auf den ersten Blick in dich verliebt hat."

* * *

ALS TAYLOR in die abseits gelegene Straße abbog und ungefähr eine Meile durch einen dicht gewachsenen Wald fuhr, sagte er sich, dass sich an Deans Behausung seit seinem letzten Besuch vor ein paar Monaten nichts geändert hatte. Doch dann endete die nicht asphaltierte Straße und das Haus kam zum Vorschein, das sein Kumpel vor gut zwei Jahren gekauft hatte. Aus der damaligen Bretterbude, die auf Taylor einen einsturzgefährdeten Eindruck gemacht hatte, war eine respektable Blockhütte mitten in einem Wald und nur wenige Fahrminuten von der Küste Oregons entfernt geworden. Hier ließ es sich aushalten, auch wenn Taylor diese Einöde nach spätestens einer Woche verrückt machen würde.

Er blieb vor dem Haus mit der breiten Veranda und der dreistufigen Treppe stehen und schaltete den Motor aus, bevor er ausstieg und sich auf die Suche nach Dean machte. Sein ehemaliger Bandkollege und begnadeter Sänger, der einen wahnsinnigen Stimmumfang besaß und problemlos von einer hohen Stimmlage in eine tiefe wechseln konnte, lebte mittlerweile als Eremit im abgeschiedenen Oregon und verdiente seine Brötchen als Handwerker.

Im Gegensatz zu ihm, Cole und Jesse hatte Dean als Einziger die Musikbranche hinter sich gelassen und beruflich komplett neu begonnen.

Wenn er darüber nachdachte, wie sehr Dean früher das Rampenlicht und kreischende Groupies genossen hatte, war es erstaunlich, dass sich sein Kumpel in dieser Einsamkeit derart wohlfühlte.

Taylor folgte dem Geräusch eines rhythmisch schlagenden Hammers und ging um das Blockhaus herum, wo er einen Schuppen fand, in dem Dean an einer Werkbank stand und ein Stück Holz mit dem Hammer bearbeitete. Gleich neben der Werkbank entdeckte Taylor eine Kreissäge, einen Schraubstock und diverse andere Geräte, die offenbar ziemlich oft im Einsatz waren.

Dean schien ganz in seinem Element zu sein, hämmerte auf das Holz ein, trug Arbeitshandschuhe sowie eine Schutzbrille und hörte währenddessen ACDC. Es war also kein Wunder, dass er ihn noch nicht gehört hatte.

Mit einem lauten Räuspern machte Taylor auf sich aufmerksam, bevor er lauthals fragte: „Hey – ist das hier der Weg nach Hollywood?“

Augenblicklich hob Dean den Kopf und drehte sich zu ihm um, während er die Schutzbrille nach oben schob und ihn angrinste. „Ne, die Ausfahrt müssen Sie verpasst haben!“

Auch Taylor grinste breit und kam auf seinen Freund zu, um ihn kurz und ruppig zu umarmen, bevor er einen Schritt zurückmachte und ihn gespielt kritisch musterte. „Hattest du das Gleiche nicht schon bei meinem letzten Besuch an? Und die Haare hast du dir seither auch nicht mehr geschnitten, was?“

Dean vergalt ihm den Kommentar mit einem gutmütigen Schlag gegen den Oberarm. Taylor war froh, dass es lediglich ein Klaps gewesen war, denn kräftetechnisch hätte er es mit Dean sicherlich nicht aufnehmen können. Sein Kumpel war größer und breiter als er und verfügte über ein paar beeindruckende Armmuskeln, die man sogar unter dem rot karierten Flanellhemd erkennen konnte, die Dean trug. Zusammen mit dem schwarzen

Haar, das er zu einem Pferdeschwanz gebunden hatte, und den dunklen Augenbrauen sowie dem kräftigen Bartschatten auf seinen Wangen konnte er einen gemeingefährlichen Eindruck machen. Das war schon früher der Fall gewesen. Bei Kneipenschlägereien war es immer von Vorteil gewesen, Dean in der Nähe zu wissen, auch wenn Schlägereien in Bars zur Seltenheit gehört hatten.

„Was treibst du denn hier?", wollte Dean von ihm wissen und stellte das Radio ab.

„Mein Dad hat Geburtstag und ich besuche ihn. Deshalb dachte ich, ich schaue mal bei dir vorbei." Er rümpfte die Nase. „Ich wollte nachsehen, ob du noch lebst oder von einem Bären gefressen wurdest."

„Keine Sorge", erwiderte sein Freund unbekümmert. „Ich gehöre nicht zur Nahrungskette der heimischen Bären. Die ernähren sich lieber von verzärtelten Städtern, die zu viel Haargel verwenden und Polohemden tragen."

Da Taylor heute Morgen Haargel benutzt hatte und ein Polohemd trug, zeigte er Dean den Mittelfinger und wurde mit einem heiseren Lachen belohnt.

Sein Freund warf seine Arbeitshandschuhe auf die Werkbank. „Kaffee?"

„Ich dachte, du fragst nie."

Wenig später hatte Taylor nicht nur das Innere der Blockhütte erkundet, sondern es sich auch auf der Veranda gemütlich gemacht, während er aus einer Kaffeetasse trank und die Beine von sich streckte. Dean saß ihm gegenüber auf der Verandabrüstung und trank aus seiner

Tasse. Bis auf ein paar Vögel und das Geräusch der Blätter, wenn der Wind sie bewegte, war nichts zu hören.

„Was macht die Arbeit?"

„Ich kann mich nicht beklagen. In der Gegend gibt es immer etwas zu tun und die Leute zahlen gut. Im Winter gibt es zwar weniger Aufträge, aber in der Zeit kann ich mich mit dem Restaurieren von Möbeln beschäftigen."

Taylor hatte die robusten Holzmöbel im Inneren des Blockhauses gesehen und nicht schlecht gestaunt, dass sein Kumpel dafür verantwortlich sein sollte. Dean war ziemlich talentiert, und das nicht nur auf einer Bühne. „Verkaufst du sie auch oder baust du sie für dich um?"

„Ein paar Stücke habe ich an Bekannte verkauft. Ein Geschäft will ich daraus nicht machen, weil ich keine Zeit für einen Onlinehandel habe und sich hierhin sowieso keine Käufer verirren."

Taylor blickte von der Veranda in die von Bäumen gesäumte Auffahrt. „Ziemlich einsam für meinen Geschmack."

„Und für meinen genau richtig."

Verteidigend hob er eine Hand. „Nichts für ungut, aber wird man nicht verrückt mit so viel Natur und so wenigen Menschen?"

Dean lächelte schief, aber das Lächeln war irgendwie aufgesetzt. „Du übersiehst etwas Entscheidendes."

„Und was?"

„Hier läuft man nicht Gefahr, alle einhundert Meter einen Dealer zu treffen, der dich mit Stoff versorgen kann."

Taylor ließ die Kaffeetasse sinken und stellte sie auf

den Boden neben dem Stuhl ab, auf dem er saß. „Du bist seit Ewigkeiten clean“, hielt er dagegen. „Kein Rückfall seit wie vielen Jahren?“

„Es sind mittlerweile acht Jahre.“ Er zuckte mit den Schultern. „Wer weiß, ob es nicht daran liegt, dass es hier verdammt einsam ist.“

„Du würdest überall Stoff besorgen können, wenn du wolltest.“

Darauf antwortete Dean nicht, sondern schob den linken Ärmel seines Hemdes hoch. Wie von allein fiel Taylors Blick auf die markanten Tattoos seines Freundes und erinnerte ihn an jenen Abend in Seattle, als sie alle fünf in diesen Tattoo-Shop eingefallen waren.

„Vermutlich, aber hier ist die Versuchung nicht so groß“, entgegnete Dean gelassen und nahm einen weiteren Schluck Kaffee.

Auf Taylor machte er nicht den Eindruck, bei jeder sich bietenden Gelegenheit Stoff zu kaufen, aber er hielt die Klappe, denn es war offensichtlich, dass Dean nicht über das Thema reden wollte. „Hattest du mir bei meinem letzten Besuch nicht von dieser Grundschullehrerin erzählt, mit der du ein Date hattest? Läuft was zwischen euch?“

Kopfschüttelnd antwortete er: „Nein, da lief von Anfang an nichts. Wir waren nicht auf der gleichen Wellenlänge.“

„War sie kein Musikfan?“

„Doch.“ Dean schaute ihm genau in die Augen. „Selena Gomez.“

„Autsch. Das ist hart." Taylor verzog den Mund. „Aber du solltest doch keine Probleme haben, jemanden zu finden, der einen guten Musikgeschmack besitzt."

„Sprichst du aus Erfahrung?"

„Ich lebe schon lange nicht mehr in Oregon", erinnerte er ihn. „Woher soll ich wissen, wie die Frauen hier ticken?"

Deans stechendem Blick konnte Taylor nicht ausweichen. Noch immer machte sein Kumpel den Eindruck, Gedanken lesen zu können. „Da wir schon bei dem Thema sind: Soll ich dir zu deiner Beziehung mit einem musikalischen Superstar gratulieren oder reicht ein Hofknicks?"

„Keines von beidem", ächzte er. „Woher weißt du davon? Ich gehe jede Wette ein, dass du keine Klatschzeitschriften abonniert hast."

„Selbst hier gibt es einen Internetanschluss." Dean pfiff anerkennend. „Nette Fotos von euch beiden. Und so romantisch. Erst hielt ich die Fotos für Aufnahmen für eine Realityshow, aber das wäre ja eher Coles Metier."

„Genau", antwortete er schlicht und ahnte, dass Dean ihn durchschaute. „Das wäre was für Cole."

„Ivy ist schon eine Hausnummer."

„Du weißt doch: Wo die Liebe hinfällt."

„Mhm." Dean war die Ruhe selbst und musterte ihn ausgiebig, während er seine Tasse in der Hand balancierte. „Wessen Idee war dieses Schauspiel? Steckt dein Manager dahinter?"

„Ich habe keine Ahnung, wovon du sprichst."

„Du vergisst, mit wem du sprichst", erinnerte Dean ihn

freundlich. „Ich bin mir sicher, dass Cole dir das Märchen von dir und der Pop-Prinzessin abgekauft hat, aber ich habe Augen im Kopf. Seit wann bist du der Typ, der mit einer Frau Händchen haltend bei WholeFoods einkaufen geht? Das wirkt alles andere als echt."

Dean hatte ja keine Ahnung, wie echt es sich angefühlt hatte, heute Morgen aufzuwachen und Alexis an seiner Seite vorzufinden, die sich mit dem Rücken an seine Brust gekuschelt hatte und lediglich ein Höschen sowie sein altes Shirt trug, das im Schlaf nach oben gerutscht war.

„Auf die Presse wirkt es jedenfalls echt", entgegnete er und gab die Angelegenheit damit vor Dean zu, dem er sowieso nichts vormachen konnte.

„Seit wann interessiert es die Presse, ob eine Geschichte wahr ist, wenn sie nur genügend Zeitschriftenexemplare verkauft?"

„Auch wieder wahr." Taylor schnitt eine Grimasse und zögerte ein paar Sekunden, während er Deans wissendem Blick begegnete, bevor er sich einen Ruck gab. „Hör zu – die Sache ist heikel, und für mich hängt viel davon ab, dass die Wahrheit unter uns bleibt."

„Schon verstanden." Sein Freund machte eine Geste, als würde er seinen Mund verschließen. „Von mir erfährt niemand ein Wort."

„Danke."

„Aber eines musst du mir erklären", bat er stirnrunzelnd. „Wie bist du auf die Schwachsinnsidee gekommen, ausgerechnet mit der Frau eine Beziehung vorzutäuschen, der du früher den Laufpass gegeben hast, bevor sie berühmt wurde und du deine Karriere in den Sand gesetzt hast? Das kann doch nur in einem Chaos enden."

Verwirrung musste sich auf seinem Gesicht abzeichnen. „Woher zum Teufel weißt du von …?"

Verächtlich verdrehte Dean die Augen. „Du willst wissen, woher ich weiß, dass die süße Blondine, die du damals ständig in dein Hotelzimmer geschleust hast, die vom Bühnenrand aus unsere Konzerte beobachtete und die dich auf Schritt und Tritt verfolgt hat, die Frau ist, die heute von fast jedem Werbeplakat hinabsieht? Ich habe doch Augen im Kopf, Mann!"

Bittere Magensäure stieg ihm die Kehle hoch, denn Taylor war die ganzen letzten Jahre davon ausgegangen, dass niemand von Alexis und ihm gewusst hatte. Damals hätte es einen Skandal gegeben, wenn ein Mitglied von SpringBreak mit einer Freundin erwischt worden wäre. Die Fans wären eskaliert. Deshalb waren sie immer vorsichtig gewesen und hatten sich nirgendwo blicken lassen. Sie waren verdammt vorsichtig gewesen.

Nicht einmal Cole hatte etwas gewusst.

Das sagte er auch Dean. „Keiner wusste von uns Bescheid. Ich habe nicht einmal Cole etwas gesagt."

„Das war auch gar nicht nötig. Wir alle wussten es." Dean seufzte. „Um deiner Erinnerung auf die Sprünge zu helfen, Kumpel, aber wir fünf haben die meiste Zeit im Jahr so eng beisammengelebt und aufeinandergehockt, dass wir mehr über die anderen wussten, als gut für uns war. Ich persönlich hätte beispielsweise darauf verzichten können, über Jesses ausgedehnte Hygieneroutine informiert zu werden und im Tourbus ständig über Coles dreckige Socken zu stolpern. Denkst du tatsächlich, dass uns nicht aufgefallen wäre, dass bei dir etwas im Busch mit dieser Kleinen war?“

„Und warum glaubst du zu wissen, dass ich ihr den Laufpass gegeben habe?“

„Hast du denn?“

Er nickte finster.

„Tja, Karma ist beschissen, oder?“

„Es ist total beschissen“, pflichtete er ihm bei.

12

„Du brauchst meinem Dad nichts zu schenken."

„Ich möchte aber", betonte Alexis und betrachtete die Auslage im Schaufenster eines Bekleidungsgeschäftes ganz genau, während Taylor neben ihr stand und ungeduldig zu sein schien. „Es ist sein Geburtstag. Natürlich bekommt er auch von mir ein Geschenk."

„Es ist Geschenk genug, dass er dir in der vergangenen Stunde an die zwei Dutzend Toiletten, Badewannen und Waschbecken zeigen durfte, während du ihm Fragen gestellt hast, als würdest du einen Zeitungsartikel zu dem Thema schreiben und dafür einen Pullitzer erwarten."

Unempfänglich für seinen Sarkasmus zuckte Alexis mit den Schultern und betrachtete einen dunkelgrünen Pullover. „Dein Dad ist sehr nett. Und er ist sehr stolz auf seinen Laden. Warum soll ich ihn mir nicht von ihm zeigen lassen?"

Sie konnte sich täuschen, aber Taylor stieg rastlos von

einem Bein auf das andere. Schon im Geschäft seines Dads hatte er einen ungeduldigen Eindruck gemacht und war zwischenzeitlich verschwunden, bevor er zurückgekommen war und sie gedrängt hatte, dass sie nun gehen müssten. Unauffällig blickte sie ihn an und bemerkte, dass er auf seine Armbanduhr schaute. „Musst du dringend pinkeln oder hast du noch einen Termin?“

Seufzend ließ er den Arm sinken. „Um ehrlich zu sein, muss ich nach Burbank fahren, weil der alte Henderson sein Sportfachgeschäft hier geschlossen hat und man nur dort Angelbedarf kaufen kann.“

„Du gehst angeln?“

„Nein, aber mein Dad“, erwiderte er mit einem Hauch Resignation in der Stimme.

Alexis verstand und drehte sich zu ihm um. Sie zog die Augenbrauen in die Höhe. „Du hast noch kein Geschenk für deinen Dad?“

„Wie du dich erinnerst, war unser Ausflug nach Oregon eher spontan“, hielt er ihr vor. „Das Einzige, was ich ihm schenken kann und ihn erfreut – abgesehen vom Sparkle Millennium Achttausend –, hat was mit dem Angeln zu tun. Und das Geschäft schließt in gut zwei Stunden.“

„Gut. Ich will nur schnell diesen Pullover für ihn kaufen und dann können wir zusammen nach Burbank fahren.“

„Alexis, du musst nicht ...“ Er verstummte, was vielleicht auch damit zu tun hatte, dass sie ihn böse ansah. Taylor gab nach und begleitete sie in das Geschäft hinein, indem er ihr die Tür aufhielt. Ihr machte es eine Heidenfreude.

„Hier – der wird ihm gut stehen." Sie schnappte sich seine Hand und zog ihn zu einem Stapel Pullover. Bisher war keine Verkäuferin in Sicht, also wühlte sie sich selbst durch die Pullover. „Welche Größe trägt dein Dad?"

„Woher soll ich das wissen?"

Sie begutachtete die Größenschilder und ignorierte Taylors Kommentar. „Welche Größe trägst du?"

„Warum willst du das wissen?"

„Weil du ähnlich wie dein Dad gebaut und gleich groß bist."

Sein Stöhnen sollte ihr wohl signalisieren, dass er nicht gerne einkaufen ging. Spontan entschied sich Alexis dazu, in der kommenden Woche mit ihm eine werbewirksame Tour über den Rodeo Drive zu unternehmen. Die Paparazzi würden ausflippen, wenn er stundenlang ihre Taschen halten und vor Umkleidekabinen warten müsste, während sie ausgedehnt shoppte.

„Probiere es mal mit Large", brummte er.

Zufrieden zog sie den passenden Pullover hervor, drehte sich zu ihm um und hielt ihm das Kleidungsstück entgegen. „Hier."

„Was soll ich damit?"

„Anprobieren." Sie lächelte ihn an. „Wenn er dir passt, dann passt er sicherlich auch deinem Dad."

Seine Augenbrauen zogen sich zusammen. „Alexis, nach Burbank brauchen wir gute zwanzig Minuten ..."

„Ein Grund mehr, dich mit dem Anprobieren zu beeilen“, unterbrach sie ihn forsch.

„Du bist eine Nervensäge“, konstatierte er, nahm den Pullover jedoch in die Hand und marschierte zu der einzigen Umkleidekabine, die sich in einer Ecke befand und durch einen Vorhang vom Rest des Geschäfts getrennt war.

Taylor verschwand in der Kabine und zog den Vorhang hinter sich zu. Alexis blieb davor stehen und wartete. Nur das monotone Klick-klack einer alten Kuckucksuhr, die über der Theke des Ladenlokals befestigt war, war zu hören.

„Und? Passt er dir?“

„Keine Ahnung“, antwortete er ihr. Durch den Vorhang klang seine Stimme gedämpft.

Alexis verdrehte die Augen und öffnete den Vorhang kurzerhand. Sie hatte nicht damit gerechnet, dass er den Pullover noch gar nicht angezogen hatte und mit nacktem Oberkörper vor ihr stehen würde. Doch das tat er, und er sah so verdammt gut aus, dass es in ihren Fingerspitzen kribbelte, ihn zu berühren.

Sie erspähte eine breite Brust, einen flachen Bauch, kräftige Arme und ein Tattoo auf seiner linken Brust, das noch nicht da gewesen war, als sie ihn zum letzten Mal nackt gesehen hatte. Damals war Taylor auch nicht so muskulös gewesen wie jetzt. Er war schlank und sportlich gewesen mit einem drahtigen Körper, der erst später kräftiger geworden war. Das konnte Alexis jetzt mit eigenen Augen sehen. Taylor war noch immer athletisch und sportlich, aber auch breiter in den Schultern als früher und definitiv muskulöser gebaut. Ihre Augen betrachteten interessiert seinen trainierten Bauch und die deutlich sichtbaren Muskeln, die unter dem Bund der Jeans verschwanden, und wandten sich dann dem Tattoo zu, das sie sofort als das Bandlogo von SpringBreak identifizierte.

Es wunderte Alexis nicht, dass sie angesichts des Motivs ein düsteres Grollen in ihrer Magengegend bemerkte. Auf SpringBreak war sie seit damals nicht gut zu sprechen. Wer hätte es ihr auch verübelt?

„Darf ich den Pullover vielleicht noch anziehen?", fragte Taylor ruhig und hob besagtes Kleidungsstück in die Höhe.

Sie hoffte, von ihm nicht beim Starren erwischt worden zu sein, und vollführte daher eine ungeduldige Geste. Unter keinen Umständen sollte Taylor wissen, wie gerne sie ihn noch weiter betrachtet hätte und wie gerne sie mit ihren Händen über seinen Oberkörper gefahren wäre. „Was brauchst du denn so lange? Ich dachte, wir hätten keine Zeit!"

Taylor brummte etwas Undefinierbares und zog sich den Pullover über den Kopf.

Während er hineinschlüpfte, hatte sie die Gelegenheit, kurz durchzuatmen und ihre Fassung wiederzugewinnen. Auch wenn es ihr schwerfiel, überspielte sie das Verlangen, ihn zu berühren und ihm nahe zu sein, indem sie am Pullover herumzupfte und kritisch die Stirn runzelte, als sei sie noch nicht ganz zufrieden. Dabei stand ihm der Pullover ausgezeichnet. Das Grün betonte die Farbe seiner samtigen braunen Augen und ließ sie noch intensiver aussehen.

„Autsch", beschwerte er sich, als sie die Schulternaht zurechtzupfen wollte und ihn dabei unabsichtlich kniff.

„Entschuldige", murmelte sie und rieb unwillkürlich über die malträtierte Stelle. Der Pullover nahm sofort Taylors Körperwärme auf und fühlte sich himmlisch weich an. Die Kombination des weichen Materials zusammen mit seiner Körperwärme und den starken Muskeln unter Alexis' Händen bewirkte, dass aus dem Reiben über die Stelle, an der sie ihn gezwickt hatte, ein zärtliches Streicheln wurde.

Ihre Kehle wurde schlagartig trocken.

Langsam sah sie zu ihm auf und stellte mit klopfendem Herzen fest, dass er den Kopf gesenkt hatte und sie mit einem brennenden Blick betrachtete. Ganz automatisch hielt sie den Atem an und spürte, dass ihre Fingerspitzen zitterten, die unablässig seine Schulter streichelten.

Alexis konnte seinen Atem auf ihrer Haut fühlen. Fast sofort wurden ihre Brüste schwer und heißes Verlangen gepaart mit himmlischer Süße floss durch ihre Adern. Seine Pupillen verengten sich, seine Lider wurden schwer und sein Atem ging schneller.

„Willst du mich brandmarken, Alexis?" Seine Stimme war tief, heiser und brachte sie innerlich zum Schmelzen.

„Kann schon sein", murmelte sie nicht weniger heiser als er und machte automatisch einen Schritt auf ihn zu.

Und genau in dem Moment schrillte die Türklingel. Es

war, als hätte jemand einen Eimer kaltes Wasser über die spannungsgeladene Atmosphäre zwischen ihnen geschüttet.

Die Stimme einer Frau erklang, woraufhin ein männlicher Kunde, der offenbar gerade den Laden betreten hatte, mit dröhnender Stimme etwas erwiderte.

Alexis brach den Blickkontakt zu Taylor ab. „Der Pullover ist ... hübsch. Ich nehme ihn."

„Okay."

Sie schluckte. „Ich ... ich warte an der Kasse auf dich."

Taylor brummte eine Erwiderung.

Beinahe hätte sie den Vorhang abgerissen, als sie so schnell wie möglich die Kabine verließ, um außer Reichweite von Taylor zu gelangen. In seiner Gegenwart konnte sie sich selbst nicht trauen.

„Oh, hallo", wurde sie von einer älteren Verkäuferin begrüßt, die hinter der Theke stand und sie verwundert betrachtete. „Ich hatte gar nicht gehört, dass wir Kundschaft haben."

Alexis war sich bewusst, dass sie ziemlich rot im Gesicht sein musste, als sie den neugierigen Blicken der Verkäuferin und des Kunden begegnete und wie jemand wirkte, der gerade bei etwas Unanständigem ertappt worden war.

„Wir wollten uns nur kurz einen Pullover ansehen. Mein ... Freund probiert ihn gerade an."

„Falls Sie Hilfe brauchen, lassen Sie es mich wissen", erklärte die Verkäuferin freundlich.

„Vielen Dank", entgegnete Alexis und bemühte sich

darum, den grinsenden Mann zu ignorieren, der breitbeinig an der Theke stand und sie betrachtete, als wäre sie ein saftiges Steak und er ein Mann, der sein Fleisch gerne blutig aß. Eigentlich war Alexis solche und ähnliche Blicke gewohnt, aber die Mischung aus seinen geifernden Augen, dem breitbeinigen Stand und seiner merkwürdigen Frisur mit einem unnatürlich breiten, nach vorn gekämmten Pony ließ Unbehagen in ihr aufkommen.

„Einen Moment, Mr. Green, ich schaue im Lager nach, ob die Bestellung Ihrer Mutter schon da ist."

„Danke, Dolores", erwiderte er träge, um gleich darauf Alexis anzuquatschen, sobald die Verkäuferin im Hinterzimmer verschwunden war. „Ich kenne dich doch."

Alexis hielt es für besser, ein paar wirklich hässliche Männerhemden zu begutachten, als mit ihm ein Schwätzchen zu halten. Sie lächelte unverbindlich. „Ganz sicher nicht."

„Doch, ich bin mir sicher. Stehst du nicht bei Sampsons hinter der Bar?"

Sie schüttelte den Kopf. „Nein."

„Echt nicht?" Er kratzte sich am Kopf. „Ich hätte es schwören können! Da steht auch eine Blondine hinter der Bar, die aussieht wie du."

Obwohl das Hawaii-Hemd wahnsinnig hässlich war, nahm sie es in die Hand und betrachtete es eingehend.

Dass sie ihm nicht geantwortet hatte, hielt ihn nicht davon ab, weiter auf sie einzureden. „Kommst du hier aus der Gegend?"

Glücklicherweise wurde in diesem Moment der

Vorhang der Umkleide zur Seite gerissen und Taylor erschien fertig angezogen mit dem grünen Pullover in der Hand. Alexis hätte ihn küssen können – nun, das hätte sie auch vor ein paar Minuten tun wollen, aber jetzt gerade vor allem aus Dankbarkeit.

„Ich bin fertig", verkündete er und zog die Augenbrauen zusammen, als er das Hawaii-Hemd in ihrer Hand sah. „Ist das dein Ernst?"

„Es würde dir sicherlich gut stehen", neckte sie ihn, hing es jedoch sofort zurück und kam auf ihn zu, um ihm den Pullover abzunehmen.

„Hey, Hollywood!"

„Hey, Frank", erwiderte Taylor spröde und nickte dem Kerl mit der schrägen Frisur knapp zu, während er Alexis einen Arm um die Schulter legte und zur Kasse trat. Zum Glück hatte er sich an ihre rechte Seite gestellt, sodass Taylor nun zwischen ihr und dem aufdringlichen Typen stand. Er war ihr schon gerade nicht sonderlich sympathisch gewesen, und auch Taylor schien ihn nicht leiden zu können.

„Lange nicht gesehen, Hollywood."

„Mhm", erwiderte er auskunftsarm.

Ungefragt erzählte der andere Mann: „Bei mir läuft es richtig gut. Mom und ich sind in ein größeres Haus gezogen. Dein Dad hat dir bestimmt erzählt, dass wir gleich zwei Badezimmer von ihm haben einrichten lassen. Hat ne schöne Stange Geld gekostet, aber das war's wert."

„Schön für dich, Frank."

„Von dir hört man schon lange nichts mehr. Mit der Musik läuft es wohl nicht mehr, oder?"

Alexis zog die Augenbrauen in die Höhe und spähte an Taylor vorbei zu dem Mann, dem die Schadenfreude ins Gesicht geschrieben stand. Ihr stellte sich das Nackenfell auf. Taylor dagegen blieb ziemlich gelassen.

„Ich kann nicht klagen."

„Echt nicht? Das wundert mich aber. Die Leute rätseln schon drüber nach, ob du zurück nach Oregon ziehst, um wieder bei deinen Eltern zu wohnen. Hätteste mal was Ordentliches gelernt."

Taylor nickte leichthin. „Tja, wir können nicht alle Schlachter werden so wie du."

Der Typ war Schlachter? Was für ein verrückter Kerl war dieser Frank eigentlich, der davon sprach ...

Abrupt zuckte Alexis zusammen.

Der verrückte Frank!

Sie musste Taylor nicht einmal fragen, ob der andere Mann wirklich *der* Frank war, der Bess' Staubsauger entehrt hatte, weil Taylors Mundwinkel zuckten, als hätte er genau gemerkt, wann bei ihr endlich der Groschen gefallen war.

Bevor sie ein weiteres Mal an ihm vorbei zu dem Mann schauen konnte, der vermutlich deshalb so breitbeinig gegen die Theke gelehnt stand, weil er sich von seinem *Unfall* noch nicht erholt hatte, erschien die Verkäuferin und bemerkte Taylor. „Oh! Hallo, Taylor! Wie nett, dass du mal wieder vorbeischaust."

„Hallo, Dolores. Wir waren auf der Suche nach einem Geschenk für Dad.“

„Ah ... das ist ja schön.“ Unschlüssig sah sie zwischen Taylor und Alexis hin und her und fixierte den Arm, den Taylor vertraulich über ihre Schulter gelegt hatte. Es war ihr deutlich anzusehen, was sie dachte.

Auch Taylor musste die Neugier der anderen Frau erkannt haben. „Das ist meine Freundin. Wir sind zusammen aus Los Angeles gekommen, um Dads Geburtstag zu feiern.“

Sofort glühte das Gesicht der Verkäuferin auf und aufgeregt erklärte sie an Alexis gewandt: „Ach, jetzt weiß ich, woher ich Sie kenne! Ich dachte gerade schon, dass Sie mir so bekannt vorkommen! Bess hat mir bereits erzählt, dass Taylor mit seiner neuen Freundin zu Besuch kommt, um Henrys Geburtstag zu feiern.“ Sie kicherte auf. „Wir haben hier eigentlich nie prominente Gäste in unserer Stadt – und ganz sicher nicht Superstars wie Sie, Ivy.“

Obwohl Alexis es gewohnt war, dass sie überall als Ivy angesprochen wurde, war ihr der Überschwang der Frau ein bisschen unangenehm. Eigentlich hatte es ihr gefallen, schlicht und ergreifend Alexis zu sein – Taylors Freundin.

„Ich würde gerne den grünen Pullover kaufen.“ Sie reichte der Frau das Kleidungsstück und zückte das Portemonnaie in der Hoffnung, dieser merkwürdigen Situation schnell zu entkommen. „Wir müssen leider gleich schon weiterfahren.“

„Natürlich! Das verstehe ich doch.“ Offenbar hatte Dolores vergessen, dass Frank auf die Waren seiner Mutter wartete, weil sie sofort den Pullover an sich nahm und das Preisschild einscannte.

Während Alexis Geld auf die Theke legte, faltete Dolores den Pullover und hob ihn anschließend hoch. „Warten Sie eine Minute, Ivy. Ich packe Ihnen das gute Stück hübsch ein, wenn er ein Geschenk sein soll.“ Und dann rauschte sie schon wieder eilig ins Hinterzimmer.

Entschuldigend schaute Alexis zu Taylor hoch.

„Gut, dass der Pullover ein Geschenk für deinen Dad ist. Ich dachte schon, dass deine Frau deine Kleidung bezahlen muss.“ Der verrückte Frank lachte, als hätte er gerade den Witz des Jahrhunderts gerissen. „Mir könnte das nicht passieren. Meine Frau dürfte nicht mehr Geld haben als ich.“

Was vermutlich erklärte, warum er eine Beziehung mit einem wehrlosen Staubsauger eingegangen war. Für einen Mann, der den Staubsauger anderer Leute bumsen musste, um zum Schuss zu kommen, hatte er eine ziemlich große Klappe.

„Aber vielleicht ist das in Hollywood so“, mutmaßte Frank mit einem hämischen Lachen.

Alexis musste nicht einmal in Taylors Richtung sehen, um zu bemerken, dass er wütend war. Sie holte tief Luft und wollte Frank gerade sagen, dass das Staubsaugerzubehör woanders zu kaufen war, als Taylor sie an sich zog. Vermutlich hatte er geahnt, dass sie am liebsten mit gestreckten Fingernägeln auf diesen Idioten losgegangen wäre.

Dass Frank ein Idiot war, bewies er mit seinem

nächsten Satz, der an sie gerichtet war. „Ich hab meiner Mom mal ne Platte von dir geschenkt. In echt siehst du viel kleiner aus als auf Fotos."

Mit einem zuckersüßen Lächeln wandte sie sich an den Staubsaugerfetischisten: „Das werden die meisten Frauen wohl auch zu dir sagen."

„Was?" Er schaute sie verständnislos an.

Taylor dagegen hustete unterdrückt.

Alexis blinzelte unschuldig. „Keine Sorge – es gibt gute Prothesen."

„So! Da wäre ich schon wieder", flötete Dolores, ohne zu wissen, in welches Gespräch sie gerade hineinplatzte.

Mit einem gemurmelten Dank schnappte sich Taylor die Plastiktüte, in der sich der Pullover befand, und zog Alexis hinter sich her.

Sie konnte sich jedoch nicht verkneifen, dem verdatterten Frank zu raten: „Beim nächsten Mal würde ich keinen Staubsauger benutzen, der *Dirt Devil* heißt! Da ist der Name Programm!"

* * *

DAS *FIELDING INN* war bis auf den letzten Platz belegt.

Taylor hätte es sich denken können, immerhin war das Restaurant des einzigen Country Clubs der ganzen Gegend das beliebteste Lokal und an jedem Wochenende gut besucht. Die Tische im Saal waren hübsch dekoriert, das Essen war ziemlich gut, und eine Band spielte auf der kleinen Bühne, vor der es eine Tanzfläche gab, auf der einige Paare ihre Runden drehten.

Die Gäste hatten sich in Schale geworfen und genossen einen Abend, an dem ihnen von den Kellnern alle Wünsche von den Augen abgelesen wurden.

Seine Stiefmutter war ganz in ihrem Element, trug ihr bestes Kleid und schalt seinen Dad, weil der seine Rippchen mit den Fingern aß, obwohl das auch alle anderen Gäste taten, die dieses Gericht bestellt hatten. Trotz der Tatsache, dass er an seinem eigenen Geburtstag einen Anzug tragen musste, war sein Dad eigentlich ganz gut drauf.

Auch Alexis amüsierte sich blendend, was man von Taylor nicht unbedingt behaupten konnte.

Für ihn war der ganze Tag total beschissen gelaufen, und er konnte es kaum erwarten, morgen zurück nach Los Angeles zu fahren, auch wenn er der dreizehnstündigen Fahrt allein mit Alexis nicht gerade mit Freude entgegensah.

Wie sollte er sich auch fühlen außer beschissen?

Erst hatte sie ihn in dieser Umkleide völlig verrückt gemacht und angesehen, als müsste sie sterben, wenn er sie nicht augenblicklich küsste, und kurz darauf hatte sie sich im Sportgeschäft von ihm erklären lassen, woran man eine gute Angel erkannte, als ob nichts passiert wäre.

Während Taylor nur daran denken konnte, wie sie ihn berührt hatte und wie gut sich ihre Hände durch den Pullover auf seiner Haut angefühlt hatten, begutachtete Alexis

Angelspulen und machte absurde Kommentare zu Lebendködern.

Und jetzt saß sie in einem grauen Seidenkleid neben ihm, hatte ihr blondes Haar hochgesteckt und sah so wunderschön aus, dass es ihm körperliche Schmerzen bereitete. Dazu kamen ihr lieblicher Duft, den er permanent in der Nase hatte, und ihr melodisches Lachen, das in seinem Kopf wiederhallte. Taylor konnte nichts anderes tun, als die Zähne zusammenzupressen und nicht daran zu denken, wie ihre vollen Lippen aussahen, wenn sie sich ein saftiges Stück Hähnchenfilet in den Mund schob und …

„Haben wir eigentlich schon erzählt, dass wir heute den verrückten Frank getroffen haben?"

Auch das noch!

„Nein, das habt ihr nicht erzählt", erwiderte seine Stiefmutter, die angesichts der bedeutungsvollen Blicke, die sie ihm und Alexis ständig schenkte, vermutlich schon Namen für ihre potenziellen Enkelkinder aussuchte. Auch das würde er nicht vermissen, wenn er zurück in L. A. war – seinen Eltern eine Beziehung vorzugaukeln, die es nicht gab.

„Wir waren in diesem kleinen Bekleidungsgeschäft und haben ihn dort getroffen."

„Und woher wusstest du, dass es Frank war?"

Äußerst fröhlich gab Alexis zu Protokoll: „Als Taylor ihn Frank nannte, fiel bei mir irgendwann der Groschen. Angesichts seines breitbeinigen Ganges hätte ich es eigentlich sofort wissen müssen."

Beide Frauen kicherten auf.

Sein Dad und er sahen sich währenddessen schweigend an. Frank mochte noch so gestört sein, aber Penisverletzungen waren ein heikles Thema! Taylor würde sicherlich nie wieder einen Staubsauger ansehen können, ohne dabei panisch zusammenzuzucken. Frank war ein Vollidiot ohne Freunde und mit einer etwas zu intensiven Beziehung zu seiner Mom, aber das hieß nicht, dass er es verdient hatte, durch ein Haushaltsgerät entmannt zu werden.

„Hat er etwas gesagt?"

„Und ob er das hat." Alexis' Miene verfinsterte sich. „Mich wundert es nicht, dass er sich Staubsauger als Sexualpartnerinnern auserkoren hat. Er ist ein so unsympathischer Kerl, dass keine Frau freiwillig mit ihm ausgehen würde."

„Herrje", seufzte Bess auf. „Hat er dich etwa beleidigt?"

„Er hat Taylor durch den Kakao gezogen", vertraute Alexis seinen Eltern mit gesenkter Stimme an und griff nach seiner Hand, die er auf die Tischplatte gelegt hatte.

Im ersten Moment war er verwundert, dass Alexis seine Hand in ihre nahm, aber dann begriff er, dass sie vor seinen Eltern etwas demonstrieren wollte. Es war lediglich Show.

„Was hat er denn gesagt?" Das kam von seinem Dad, der sich bislang aus der Diskussion herausgehalten hatte und sich nun neugierig nach vorn beugte.

Erzürnt entgegnete Alexis: „Er spielte darauf an, dass Taylor schon lange kein neues Album veröffentlicht hat, und tat so, als würde er sich von mir aushalten lassen müssen. Es war widerlich. Am liebsten hätte ich ihm ins Gesicht geboxt."

„Das klingt gar nicht nach Frank", murmelte sein Dad unsicher.

Alexis drückte seine Hand. „Taylor hat nichts zu ihm gesagt, aber ich hätte ihm gerne unter die Nase gerieben, was für ein fantastischer Musiker Taylor ist und ..."

Taylor unterbrach sie, indem er ihr die Hand entzog und sich erhob. „Entschuldigt ihr mich kurz? Mein Weinglas ist fast leer."

Vielleicht war es nicht die feine englische Art, das Gespräch am Tisch auf diese Weise zu unterbrechen, aber Taylor war nicht in Stimmung, sich von Alexis verteidigen zu lassen und von ihr hören zu müssen, wie talentiert er doch sei. Also schnappte er sich sein Glas und machte sich auf den Weg zur Bar, an der er sich einen Scotch bestellte. Gerade war ihm nach etwas Stärkerem als nach Weißwein.

Er nippte an seinem Glas, nachdem der Barkeeper es ihm gereicht hatte, und sagte sich, dass er kein Sexist war, der nicht damit zurechtkam, dass seine Frau erfolgreicher, reicher und berühmter war als er. Erstens war Alexis nicht seine Frau und zweitens neidete er ihr nichts. Alexis war ein Ausnahmetalent, das sich den Erfolg hart erarbeitet hatte. Tatsächlich war er stolz auf das, was sie erreicht hatte. Punkt.

Was ihn störte, war die schlichte Tatsache, dass er sich wie ein Arschloch vorkam, das von Alexis' Berühmtheit profitierte. Die Kommentare, die Frank Green heute vom Stapel gelassen hatten, waren wie eine Erinnerung daran gewesen, dass er nur deshalb Alexis' Freund spielte, um an einen Plattenvertrag zu kommen. Im Grunde ließ er sich dafür bezahlen, mit Alexis zusammen zu sein.

War er nicht genauso wie dieses Arschloch Paxton, der Alexis ausgenutzt hatte?

Und was sagte es über ihn aus, dass Alexis meinte, ihn vor seinen Eltern und vor Frank Green verteidigen zu müssen? Dachte sie, dass er beleidigt sein könnte, wenn sie mehr Aufmerksamkeit bekam als er?

„Bist du wütend auf mich?"

Taylor fuhr herum, als er ihre Stimme hinter sich hörte.

Skeptisch und verunsichert schaute sie ihn an und hatte ihre Hände vor sich verschränkt.

„Nein, ich bin nicht wütend auf dich", versicherte er ihr mit einem schwachen Lächeln und stellte sein Scotchglas zurück auf die Theke.

„So siehst du aber aus", entgegnete sie und trat näher zu ihm, um nicht im Weg zu stehen, als ein paar Kellner mit voll beladenen Tabletts an ihnen vorbeieilten. „Habe ich irgendetwas gesagt, was dich verärgert hat?"

„Ich bin nicht wütend auf dich", versicherte er ihr und seufzte dabei.

„Sondern?"

Achtlos zuckte er mit den Schultern. „Ich weiß es nicht. Sagen wir doch einfach, dass die Situation nicht leicht ist. Okay?"

„Okay", murmelte sie und reichte ihm die Hand. „Tanzt du mit mir?"

Taylor fragte erst gar nicht, warum sie mit ihm tanzen wollte. Vermutlich hatte sie gemerkt, dass die anderen Gäste sie nach und nach erkannt hatten, und wollte ihnen nun demonstrieren, wie verliebt sie beide waren.

Wortlos zog er sie auf die Tanzfläche, auf der augenblicklich ein neuer Song erklang.

Tennessee Whiskey.

Es wäre ihm lieber gewesen, wenn es ein schnellerer Song gewesen wäre anstatt des langsamen Countrysongs, zu dem man sich eigentlich nur aneinander schmiegen konnte. Während die ersten Gitarrentöne erklangen, zog er Alexis eng an sich und legte seinen rechten Arm um ihre Hüften, während er mit seiner linken Hand ihre festhielt, die sie auf seine Brust gelegt hatte.

Sie standen nun so eng beieinander, dass er ihren Körper dicht an seinen gepresst fühlen konnte, als er sich langsam zu den gemächlichen Rhythmen des Liedes zu bewegen begann.

Alexis passte sich ihm perfekt an, schmiegte sich an ihn und legte den Kopf zurück, um ihm ins Gesicht schauen zu können, während der Sänger den souligen Countrysong zum Besten gab.

Obwohl er wusste, dass sie beobachtet wurden, hatte er nur Augen für Alexis, fühlte den schweren Bass der Musik unter seinen Füßen und schmiegte sich zum Rhythmus des Liedes an sie. Gänsehaut zog sich über seinen Körper, die nicht davon kam, dass der Sänger besonders gut war. Den Song hatte Taylor schon dutzendmal besser singen hören. Nein, die Gänsehaut kam von dem intensiven Gefühl, Alexis so nah zu sein. Die Reibung ihrer Körper aneinander, der Blick aus ihren blauen Augen und ihre winzige Hand, die über seinen Brustkorb nach oben fuhr und sich in seinen Nacken legte, bewirkten, dass schwere Süße sich in ihm ausbreitete.

Sanfte Gitarrenklänge schwebten durch den Saal, das Licht wurde gedämmt und Taylor zog Alexis noch näher an sich heran. Sie seufzte leise und ließ ihre Fingerspitzen quälend langsam über seinen Nacken wandern.

Und dann setzte sein Herzschlag für eine kurze Sekunde aus, denn sie stellte sich auf die Zehenspitzen, schloss ihre Augen und gab ihm den süßesten Kuss, den er jemals erhalten hatte. Zärtlich erwiderte er den Kuss – mitten auf der Tanzfläche des Countryclubs – und scherte sich nicht darum, wer ihnen womöglich zusah. Stattdessen ließ er seine Lippen über ihre gleiten und genoss das sanfte Saugen ihres Mundes an seinem. Vorsichtig erkundete er ihren Mund und drückte federleichte Küsse auf ihren Mundwinkel, als sich Alexis langsam zurück auf die Füße sinken ließ und ihren Kopf unter sein Kinn schmiegte.

Noch immer fühlte sich sein Herz an, als würde es gleich zerspringen, und auf seinen Lippen konnte er sie schmecken. Sie schmeckte so wahnsinnig gut, dass er sich dazu zwingen musste, Alexis nicht gleich ein zweites Mal zu küssen. Und ein drittes und ein viertes Mal.

Sobald die letzten Töne des Liedes verklangen und alle

Tanzpaare der Band applaudierten, stellte sich Alexis wieder auf die Zehenspitzen und flüsterte ihm vertraulich zu: „Vergiss nicht, gleich meine Hand zu nehmen, wenn wir zurück zum Tisch gehen. Ein paar der Gäste haben Fotos von uns gemacht, als wir getanzt haben.“ Sie legte ihre Hand auf seine Wange, sah ihn verliebt an und raunte lächelnd: „Außerdem sehen deine Eltern zu, also küss mich noch einmal, *Baby*.“

Der Kuss war nur gespielt gewesen, weil Gäste Fotos von ihnen gemacht hatten?

Enttäuschung wallte in ihm hoch, denn *er* hatte den Kuss nicht spielen müssen.

Und irgendwie war er davon ausgegangen, dass auch Alexis ihm nichts vorgespielt hatte.

13

„ENTWEDER SIND Sie ein schwer beschäftigter Mann, Mr. Sutter, oder Sie haben wirklich keine Lust, mich zurückzurufen."

Taylor starrte den kleinen kahlköpfigen Mann an, der sich zu ihm gesellt hatte und ihn aufmerksam musterte, und konnte sich partout nicht daran erinnern, ihm jemals begegnet zu sein. Am Alkohol konnte seine absolute Erkenntnislosigkeit nicht liegen, denn er hatte bisher erst einen halben Gin Tonic getrunken, der auch noch grauenvoll verwässert war. Für die Party eines Start-up-Millionärs hätte er etwas Besseres erwartet.

Er fixierte den Mann, kramte in seinem Gedächtnis herum und gab schließlich zu: „Entschuldigen Sie, bitte, aber kennen wir uns?"

Lachend reichte der Mann, der ihm nur bis zur Schulter reichte, die Hand. „Chris Patterson – ich vertrete den Musiksender *MusicWorld* und versuche schon seit geraumer Zeit, mit Ihnen zu sprechen. Haben Sie fünf Minuten Zeit?“

Taylor musste sich nicht einmal umdrehen und nach Alexis suchen, um zu wissen, dass sie noch immer von dem Start-up-Millionär in Beschlag genommen wurde, der sie zu dieser Party auf der Dachterrasse seines Luxuslofts mitten in Los Angeles eingeladen hatte. Seit sie vor einer halben Stunde angekommen waren, hatte er sie kaum zu Gesicht bekommen und wusste nicht, ob er darüber erleichtert sein sollte oder nicht.

Nachdem sie vor zwei Wochen aus Oregon zurückgekommen waren, gingen sie sich aus dem Weg. Lediglich auf offiziellen Anlässen wie der heutigen Party waren sie ein Herz und eine Seele und ließen sich kaum aus den Augen. Allein der übereifrige Millionär, der über eine Beteiligung an *Shine Productions* nachdachte, hatte ihnen einen Strich durch die Rechnung gemacht.

„Natürlich habe ich Zeit für Sie, Mr. Patterson. Was kann ich für Sie tun?“

„Erst einmal sollte ich mich bei Ihnen entschuldigen, dass ich Sie hier auf einer Party überfalle, aber weil ich noch immer keine Antwort von Ihnen oder Ihrem Agenten erhalten habe, dachte ich, dass ich die Gelegenheit beim Schopf packe und hier mit Ihnen spreche.“

Ahnungslos, was der andere Mann meinte, runzelte Taylor die Stirn. „Sie sagen, Sie arbeiten für *MusicWorld*?“

„Genau.“ Er reichte ihm eine Visitenkarte.

„Meinen wir beide den gleichen Musiksender?“, wollte Taylor skeptisch wissen.

„Gibt es denn noch einen anderen?“, erwiderte der andere schmunzelnd.

„Nicht, dass ich wüsste“, gab Taylor zu.

„Es geht um das fünfundzwanzigjährige Jubiläum unseres Musiksenders im kommenden Herbst. Wie ich Ihrem Agenten bereits erklärt habe, planen wir eine Live-Show mit einer landesweiten Fernsehübertragung und einem riesigen Event, für das wir die größten Hits des letzten Vierteljahrhunderts präsentieren wollen. Selbstverständlich darf SpringBreak bei dieser Show nicht fehlen.“

In der Gewissheit, seinen Agenten umzubringen, wenn der kleine Kerl tatsächlich der Chief Creative Officer von *MusicWorld* war, wie es auf seiner Visitenkarte stand, und er ihm keinen Bären aufband, zwinkerte Taylor verblüfft. Auf dieser Party hatte er mit allem gerechnet, aber ganz sicher nicht damit, dass einer der wichtigsten Leute eines riesigen Musiksenders mit ihm über einen Auftritt seiner alten Band reden wollte. „Sie wissen aber schon, dass es SpringBreak seit geraumer Zeit nicht mehr gibt? Wir haben uns vor Jahren getrennt.“

Keinesfalls eingeschüchtert nickte Chris Patterson. „Natürlich wissen wir das. Umso sensationeller wäre es, wenn wir SpringBreak wieder auf die Bühne holen würden – live und landesweit. Eine bessere Publicity für ein Revival kann es gar nicht geben.“

„Niemand hat von einem Revival gesprochen, Mr. Patterson.“

„Nennen Sie mich Chris“, erwiderte er unerschrocken.

„Nur weil bisher niemand von einem Revival gesprochen hat, heißt es ja nicht, dass es dieses nicht geben kann. Richtig?“

Taylor war so perplex, dass er nickte. „Da mögen Sie schon recht haben, dennoch ist es sehr unwahrscheinlich, dass wir nach so vielen Jahren noch einmal zusammen auftreten könnten.“

„Das wäre sehr schade, denn wie es der Teufel so will, bin ich mit Gordon Bellamy befreundet. Der Name sagt Ihnen sicherlich etwas.“

Natürlich sagte ihm der Name Gordon Bellamy etwas. Jedem noch so kleinen Büroboten, der im Musikgeschäft arbeitete, musste der Name Gordon Bellamy etwas sagen, schließlich war der seit einigen Jahren der neue Präsident von Gooseberry. Und Gooseberry war nicht nur eines der größten Musiklabels des Landes, sondern auch das alte Label von SpringBreak.

„Als ich mit Gordon über unser Jubiläum und unsere Idee sprach, SpringBreak zurück auf die Bühne zu bringen, war er davon sehr angetan und meinte, es wäre ein fantastischer Coup, wenn die Band ein großes Comeback hätte – mit neuem Album und neuem Look. Sozusagen eine erwachsene Boyband. Gooseberry wäre bestimmt nicht abgeneigt, ein neues Album mit SpringBreak aufzunehmen.“

Taylor war klar, dass Chris Patterson ihn locken wollte. Und natürlich war er damit erfolgreich, weil die Idee eines Revivals so verdammt gut klang, dass Taylor gar nicht anders konnte, als darüber nachzudenken. Ein Comeback, ein neues Album ...

Verdammt! Das klang so gut, dass er entweder träumte oder ihn jemand gerade dermaßen aufs Kreuz legte, dass er nie wieder aufstehen würde.

Tausend Möglichkeiten schossen ihm durch den Kopf und Aufregung bahnte sich ihren Weg durch seine Gliedmaßen. Er vermisste es, auf der Bühne zu stehen, aber noch mehr vermisste er es, mit seiner Band auf der Bühne zu stehen.

„Ich sehe, dass Sie sich für die Idee erwärmen könnten."

„Eventuell." Räuspernd hakte er nach, während er hoffte, dass Chris Patterson nicht bemerkte, wie begeistert Taylor von der Idee eines Revivals war: „Warum will *MusicWorld* unbedingt uns auf die Bühne holen? Warum ausgerechnet SpringBreak?"

„Über dreißig Millionen verkaufte Tonträger und Sie fragen mich, warum wir SpringBreak zurück auf die Bühne holen wollen?"

„Ja, genau. Das frage ich."

Chris Patterson lachte fröhlich. „Hören Sie, Taylor, ich mache das, was für den Sender am besten ist. Wenn unsere Zuschauer Ariana Grande und Justin Bieber sehen wollen, dann mache ich es möglich, sie bei uns auftreten zu lassen. Aber unsere Durchschnittszuschauer sind keine vierzehn mehr. Vierzehnjährige tummeln sich in den sozialen Medien und schauen Netflix, aber ihre Eltern schalten noch ganz traditionell den Fernseher an – und diese Eltern waren früher Ihre Fans und haben Ihre CDs gekauft. Warum bieten wir ihnen nicht ein bisschen Nostalgie und die Möglichkeit auf richtig gute Musik?“

„Ihr Vorhaben klingt gut, aber das habe ich nicht allein zu entscheiden. Wir waren zu fünft und haben uns getrennt.“

„Warum trommeln Sie nicht einfach Ihre alten Bandkollegen zusammen und lassen sich die Idee durch den Kopf gehen?“

Das würde er gerne tun – am liebsten jetzt sofort, aber so einfach war die Angelegenheit nicht. Ein paar der Jungs hatten sich seit Jahren weder gesehen noch gesprochen, und von Zac hatte selbst Taylor nichts mehr gehört. Aber das konnte er dem Mann, der ihm gegenüberstand, nicht so einfach auf die Nase binden.

Und dann gab es noch eine andere Frage, die ihn beschäftigte. „Hat Ihr Interesse an SpringBreak etwas damit zu tun, dass meine Freundin zufällig Ivy ist?“

Grinsend schüttelte der Mann von *MusicWorld* den Kopf. „Die Frage hatte ich bereits erwartet.“

„Und?“

„Zufällig hatte ich schon zwei Monate vor der offiziellen Verlautbarung, dass Sie beide ein Paar sind, nach Ihnen und nach SpringBreak angefragt. Das kann Ihnen Ihr Agent sicherlich bestätigen.“ Er stieß mit seinem Glas gegen Taylors. „Rufen Sie mich an. Sie haben ja jetzt meine Nummer.“

* * *

„OH, entschuldige. Ich wollte dich nicht stören."

Alexis schaute von ihrem Klavier hoch und entdeckte Taylor in der Tür zu ihrem kleinen Studio stehen, in dem sie seit mehreren Stunden saß und bisher nichts zu Papier bekommen hatte als diverse Kritzeleien. Eigentlich arbeitete sie an ihrem Album. Dummerweise war ihr Kopf wie leer gefegt und an Inspirationen mangelte es auch.

Vielleicht fiel ihr auch einfach nichts ein, weil sie andauernd an Taylor denken musste, der zwar ebenfalls in ihrem Haus lebte, aber sich sehr rarmachte. Oft sahen sie sich so selten am Tag, dass sie völlig fremde Gäste in einem Hotel hätten sein können. Seit ihrem Ausflug nach Oregon lief das schon so zwischen ihnen, dabei hatte sie geglaubt, dass sie sich dort nähergekommen wären.

„Du störst nicht." Sie nickte dem Handy in seiner Hand zu. „Gibt es etwas Neues?"

Kopfschüttelnd betrat er das Studio und lief dabei so lässig auf sie zu, dass sie gar nicht anders konnte, als ihn zu betrachten. Am Geburtstag seines Dads hatte er einen dunklen Anzug getragen, in dem er so gut ausgesehen hatte, dass sie mehrmals den Atem angehalten hatte. Auch gestern Abend auf der Party dieses grauenvoll aufdringlichen Millionärs hatte er in der dunklen Anzugjacke, die er über einem weißen Shirt getragen hatte, fantastisch ausgesehen. Aber barfuß in alten abgetragenen Jeans und einem verblichenen T-Shirt wie jetzt mochte sie ihn am liebsten.

„Ich habe mit meinem Agenten telefoniert."

„Gute Neuigkeiten?"

„Sagen wir doch einfach, wir mussten ein klärendes

Gespräch führen." Neben dem Klavier blieb er stehen und warf einen Blick auf ihre fantasievollen Zeichnungen. Jackson Pollock wäre vor Neid erblasst. „Wie kommst du voran?"

Alexis schnitt eine Grimasse. „Gar nicht." Verlegen schlug sie ein paar Tasten an. Dass ihr Klavier einen großartigen Klang besaß, half leider nicht über die Tatsache hinweg, dass sie momentan einfach nicht in der Lage war, Songs zu schreiben.

„Kann ich dir helfen?"

„Ich wüsste nicht wie." Sie schob eine Haarsträhne hinter ihr Ohr, betrachtete ihre Finger, die auf den Tasten des Klaviers verharrten, und nagte unschlüssig auf ihrer Unterlippe herum. „Vielleicht mache ich mir zu viel Druck."

Taylor antwortete nicht sofort. Stattdessen setzte er sich auf die Ecke ihres Klavierhockers und berührte sie dabei an der Hüfte. Seine rechte Hand schlug ein paar Noten an.

Lächelnd stellte sie fest, dass er die Melodie von *Tennessee Whiskey* spielte. Als sie zu diesem Song getanzt hatten, hatte sich Alexis so geborgen gefühlt, dass es ihr fast Tränen in die Augen getrieben hätte. Und wenn Taylor den anschließenden Kuss ernst gemeint hätte, wäre sie verdammt glücklich gewesen.

„Was mache ich, wenn ich wirklich unter einer Blockade leide?", wagte sie sich, ihn leise zu fragen, und sprach damit ihre größte Angst aus.

„Wieso glaubst du, dass du an einer Blockade leidest?"

Auch sie schlug die Noten des Liedes an und genoss den Klang der Melodie, die sie beide gleichzeitig spielten. „Weil ich im Studio versagt habe und keinen brauchbaren Song schreiben kann."

Er murmelte etwas vor sich hin, bevor er seine Hand zurückzog. „Du könntest etwas Ablenkung gebrauchen, um auf andere Gedanken zu kommen."

Alexis legte ihre Finger auf die Tasten, die Taylor gerade noch bespielt hatte. „Als ich zum letzten Mal auf andere Gedanken kommen wollte, habe ich einen Stripper in Lederweste und mit Cowboyhut geheiratet."

Leise lachte er auf. „Da lässt sich bestimmt etwas weniger Dramatisches finden."

Eine Stunde später saß sie neben ihm in Theresas Auto, hatte eine Baseballkappe ins Gesicht gezogen und flehte ihn an: „Bitte nicht, Taylor! Es war mein völliger Ernst! Ich kann das nicht."

Doch er war unerbittlich und erst zufrieden, als sie hinter dem Steuer des Kleinwagens saß, während er neben ihr Platz nahm.

„Theresa wird mich umbringen, wenn ich ihr Auto zu Schrott fahre", prophezeite sie ihm und meinte es auch so, wie sie es sagte. Als er vorgeschlagen hatte, Theresas Auto zu nehmen und vorher einen Wagen zu bestellen, der sozusagen ohne Fahrgäste nach Downtown fahren sollte, um die Paparazzi wegzulocken, war sie einverstanden gewesen. Da hatte sie aber noch nicht gewusst, dass Taylor nach wenigen Fahrminuten rechts ranfahren und von ihr verlangen würde, den Rest der Strecke selbst zu fahren.

„Solltest du es zu Schrott fahren, dann repariere ich es."

„Du kannst Autos reparieren?", wollte sie erstaunt von ihm wissen, während sie das Lenkrad mit beiden Händen umklammerte, obwohl der Motor noch nicht einmal lief.

„Nein", erwiderte er seelenruhig und schnallte sich an. Auch er trug eine Baseballkappe und eine Sonnenbrille. „Das Gas ist rechts und die Bremse links."

Recht verzweifelt schaute sie ihn an. „Taylor, ich ..."

„Komm schon, Alexis. Den Weg nach Santa Monica findet das Auto fast von ganz allein."

Sie biss die Zähne zusammen und startete den Motor. „Das werde ich dir nie verzeihen", versprach sie zitternd und stellte das Automatikgetriebe auf *Drive*.

„Ich erwarte deine Rache", entgegnete Taylor keineswegs eingeschüchtert und lehnte sich entspannt zurück, während Alexis so angespannt war, dass ihr Herz vor Nervosität raste.

Das Auto kroch geradezu zögernd aus der Parklücke hinaus, die Gott sei Dank so groß war, dass Alexis keine anderen Autos schrammte. Jedes Mal, wenn sie an einer Ampel bremste, kam der Wagen ruckartig zu stehen, und sie war sich ziemlich sicher, dass das ständige Hupen um sie herum auf ihr Konto ging.

„Du machst das gut", redete Taylor ihr gut zu und erklärte ihr, wann sie wo abbiegen musste.

„Ich bin ein nervliches Wrack."

„Für ein nervliches Wrack fährst du gut Auto und bist dabei noch hübsch anzusehen."

„Du wusstest schon immer, wie man Komplimente macht.“

Taylor lachte heiser und wies sie an, bei der nächsten Kreuzung links abzubiegen.

Als sie endlich Santa Monica erreichten und Alexis das Auto in ein Parkhaus fuhr, fühlte sie sich zwar etwas sicherer hinter dem Steuer als noch vor einer halben Stunde, aber sie würde dennoch darauf bestehen, dass Taylor zurückfuhr. Nur machte der keine Anstalten, schon bald wieder zurück nach Brentwood zu fahren, sondern schlug einen Spaziergang am Strand vor.

Unter vielen Menschen fühlte sie sich eigentlich nicht wohl, weil sie meistens sehr schnell erkannt wurde, aber sie schlug seine Idee nicht aus und spazierte mit ihm in Richtung Strand. Dort angekommen betrachtete sie die vergnügten Schwimmgäste, Teenager und Touristen, die unbedarft am Strand lagen, und konnte sich nicht erinnern, wann sie einfach so am Strand gelegen hätte – an einem öffentlichen Strand mitten in Los Angeles. Sie wäre nie auf diese Idee gekommen und hatte meistens eh keine Zeit, weil ein Termin den nächsten jagte.

„Komm mal mit“, forderte Taylor sie auf und zog sie zu einem Geschäft direkt neben dem berühmten Santa Monica Pier.

Stirnrunzelnd sah sie sich die Fassade an. „Was sollen wir hier?“

„Jetzt sag mir bitte nicht, dass du kein Fahrrad fahren kannst.“

Alexis hob das Kinn und funkelte ihn durch ihre

Sonnenbrille hindurch an. „Natürlich kann ich Fahrrad fahren! Wollten wir nicht spazieren gehen?"

„Warum spazieren gehen, wenn wir auch Fahrrad fahren können?"

Was hätte sie darauf antworten sollen? Taylor würde sowieso keine Ruhe geben, bis sie nicht beide auf einem Drahtesel saßen. Sie sah es schon vor sich: Vermutlich würde sie einen japanischen Touristen überfahren und ihr Image komplett zerstören, wenn sie deshalb im Knast landete.

Doch nichts dergleichen passierte. Sie liehen sich zwei Räder, fuhren damit fast bis nach Venice, hielten ab und zu an, wenn Taylor sie auf spezielle Sehenswürdigkeiten wie den Muscle Beach aufmerksam machte, und kauften sich an einem Imbissstand zwei Falafeltaschen, die sie auf einer Parkbank verspeisten. Dass Taylor den Verkäufer bat, in ihre Tasche keine Karotten zu tun, kommentierte Alexis zwar nicht, aber sie war erstaunt und auch entzückt, dass er sich an ihre Allergie erinnerte.

Nachdem sie die Fahrräder wieder zurückgebracht hatten, schlenderten sie über den Santa Monica Pier und lieferten sich an einem der unzähligen Automaten eine wilde Verfolgungsjagd auf Motorrädern, die Taylor gewann, weil Alexis ihr Motorrad mehrmals zu Schrott fuhr. Dafür kaufte er ihr jedoch ein Eis, das sie mit ihm teilte, während sie sich gemeinsam ein paar Teenager ansahen, die Straßenmusik machten und dabei die vielen Besucher begeisterten, die ebenfalls stehen geblieben waren, um sich das Spektakel anzuschauen.

Alexis fühlte sich ausgelassen, entspannt und ... normal.

Es war lange her, dass sie sich so gefühlt hatte.

Als es später wurde und sie schon damit rechnete, dass Taylor mit ihr zum Parkhaus gehen würde, setzten sie sich an den Strand und beobachteten die untergehende Sonne. Es war malerisch und trotz der übrigen Besucher, die sich am Strand verteilten und ebenfalls den Sonnuntergang beobachteten, sehr friedlich.

„Ist dir kalt?", wollte Taylor mit einem Murmeln wissen, als sie nah an ihn heranrückte.

„Ein bisschen."

Wortlos legte er einen Arm um sie.

Für einen Moment schloss Alexis die Augen. Es gefiel ihr mehr, als gut für sie war, neben Taylor zu sitzen, seinen Geruch wahrzunehmen und sich in seinen Arm zu schmiegen.

„Das war ein sehr schöner Tag."

„Das finde ich auch", stimmte er ihr zu.

„Danke."

Er bewegte sich ein Stück neben ihr, um sie ansehen zu können. „Wofür?"

„Dafür, dass du mich abgelenkt und mir das Gefühl gegeben hast, normal zu sein", gestand sie ihm und zuckte verlegen mit den Schultern.

Weil sie noch immer ihre Sonnenbrille trug, zog Taylor sie ihr vorsichtig von der Nase. Auch seine eigene setzte er ab. „Wieso hast du nicht das Gefühl, normal zu sein?"

„Weil ich noch nie hier war", antwortete sie zurückhaltend. „Und weil ich heute viel Spaß hatte, ohne an den Job zu denken oder mich verstellen zu müssen."

„Bei mir musst du dich nie verstellen, Alexis."

Seine Worte berührten sie. Vorsichtig ließ sie sich gegen ihn sinken und schmiegte ihr Gesicht an seine Schulter.

Ohne es zu bemerken, begann sie kurz darauf zu summen. Und Taylor stieg mit ein.

Zuerst summte sie das Lied nach, das die Kids heute am Pier gespielt hatten, aber dann formte sich eine neue Melodie zusammen. Eine bittersüße, leichte Melodie, die die Stimmung wiedergab, die sie empfand. Und Taylor nahm sie auf. Rhythmisch klopfte er mit seiner Hand gegen seinen Oberschenkel. Alexis gab den Takt vor und verfolgte, wie Taylor ihn imitierte.

Irgendwoher kamen die passenden Worte zur Melodie.

Alexis sang sie, Taylor summte die Melodie und alles fügte sich zusammen.

Sie wusste nicht, ob daraus ein Song entstehen konnte. Sie wusste nur, dass es sich verdammt gut anfühlte, mit Taylor Musik zu machen, mit ihm hier zu sitzen und mit ihm zu reden. In den letzten Jahren hatte *Ivy* einen so großen Raum in ihrem Leben eingenommen, dass *Alexis* manchmal verschwunden war. Aber zusammen mit Taylor gab es nur sie – nur Alexis.

„Das könnte ein Song werden."

„Das habe ich auch gerade gedacht", gab sie ihm recht und genoss das Streicheln seiner Hand an ihrem Oberarm. „Es ist nicht viel, aber ein Anfang."

„Du könntest einen Pre-Chorus einbauen – direkt vorm Refrain mit einer ähnlichen Melodie, aber bestehend aus Achtelnoten, um dem Stück ein bisschen mehr Tempo zu geben." Wieder klopfte Taylor mit seiner freien Hand gegen seinen Oberschenkel und summte dabei die Melodie, die ihm vorschwebte.

Alexis hörte ihm zu und nahm die Klänge in sich auf.

„Es war nur eine Idee", erklärte er leichthin, nachdem die Melodie verstummt war.

„Eine fantastische Idee", flüsterte sie. „Du bist ein außergewöhnlicher Musiker, Taylor."

Als er lachte, klang er verlegen. „Das sehen die meisten Leute anders, nachdem mein zweites Album erschien."

„Vergiss dein zweites Album." Alexis rieb ihre Wange gegen seine Schulter und hob dann den Kopf, wobei die Baseballkappe, die sie noch immer trug, ein bisschen im Weg war. Taylor hatte seine bereits abgesetzt. „Dein erstes Album hätte einen Grammy verdient. Es war das Beste, was ich bis dahin gehört hatte."

Er wollte abwinken. „Alexis ..."

„Ich meine es ernst", unterbrach sie ihn heiser. „Das Album war ein Meisterwerk."

Als er darauf nichts sagte, schluckte sie schwer und gestand ihm leise: „Ich habe *Left behind* geliebt – der Song hat mich sofort gepackt und nicht mehr losgelassen. Etwas Ähnliches hatte ich bis dahin nicht erlebt. Damals wollte ich ihn nicht gut finden, weil du ihn geschrieben und gesungen hast, aber dennoch ..." Alexis brach ab.

Lange sah Taylor sie an und forschte in ihren Augen,

als ob er wissen wollte, dass sie die Wahrheit sagte. Alexis wich seinem Blick nicht aus. Dann zog er ihr langsam die Baseballkappe vom Haar und ließ sie neben sie in den Sand fallen. Sanft strich er ihr ein paar blonde Strähnen aus dem Gesicht und rieb mit seinen Fingerknöcheln über ihre Wange, bevor er ihr Gesicht mit beiden Händen umfasste und den Mund auf sie senkte.

Er küsste sie zärtlich, tief und leidenschaftlich und raubte ihr mit diesem Kuss die Sinne.

Und am schönsten war die bittersüße Erkenntnis, dass er sie küsste, ohne dass Fotografen in der Nähe waren.

14

„WAS SAGT Alexis zu der Idee, dass wir mit SpringBreak zurück auf die Bühne kommen könnten?"

Taylor reichte Cole ein Glas Eistee und setzte sich auf den freien Stuhl, der im Schatten des Sonnensegels stand, bevor er selbst einen Schluck Eistee nahm. Die paar Sekunden brauchte er, um sich zu überlegen, was er seinem Kumpel sagen sollte, der heute von San Diego nach Los Angeles gekommen war, um ihn zu besuchen.

Es war nicht so, dass er Cole nicht vertraute, aber sein Freund mit dem jungenhaften Gesicht hatte eine derart unbekümmerte Art, dass er gerne Dinge von sich gab, bevor er sich über deren Konsequenzen bewusst machte. Mit anderen Worten war Cole eine Quatschtüte.

Er entschied sich für das Naheliegendste. „Es steht noch gar nicht fest, dass es ein Revival geben wird, Cole. Dean hat nur unter Vorbehalt zugesagt und Zac ..." Er rümpfte die Nase. „Der hat nach ungefähr einer Minute aufgelegt."

Cole machte eine lässige Handbewegung. „Der kriegt sich schon wieder ein."

Da war sich Taylor nicht sicher, denn Zac hatte seinen Groll auch nach über dreizehn Jahren nicht vergessen. So optimistisch wie Cole war er daher nicht, dass es wirklich zu einem Revival kommen könnte.

In der vergangenen Woche hatte er alle möglichen Hebel in Bewegung gesetzt, um die alte Truppe zu mobilisieren, nachdem er mit seinem Agenten Klartext gesprochen hatte, was er davon hielt, über das Angebot von *MusicWorld* nicht unterrichtet worden zu sein. Nachdem Cole und Jesse sofort zugesagt hatten, war Taylor dazu übergegangen, Dean anzurufen, der weit weniger begeistert gewesen war, aber letztendlich zugesagt hatte, über ein Comeback nachzudenken, wenn Zac mit an Bord war.

Und das war der Knackpunkt.

Es hatte fast zwei Tage gedauert, bis Taylor Zacs Nummer über dessen Mutter bekommen und herausgefunden hatte, dass er mittlerweile in Seattle lebte und als Anwalt arbeitete.

Als Anwalt!

Taylor hätte sich vieles vorstellen können, was Zac beruflich trieb, aber an einen Job als Anwalt hatte er sicherlich nicht gedacht! Es hätte ihn nicht gewundert, wenn Zac auf der anderen Seite des Gesetzes gesessen hätte, aber so ... Zac war immer für eine Überraschung gut.

Von dessen unkonventioneller und direkter Art, seinen

Mitmenschen nicht vorzuenthalten, was er dachte, hatte Zac nichts eingebüßt und einfach aufgelegt, nachdem Taylor ihm gesagt hatte, was er von ihm wollte.

Obwohl Taylor nicht gewusst hatte, was er erwarten sollte, wenn er Zac anrief, war er doch überrascht gewesen, dass dieser nicht einmal über die Idee eines Revivals nachdenken wollte. Zwar war Taylor nicht an den Punkt angelangt, aufgeben zu wollen, aber er war weitaus pessimistischer als zuvor. Die Aussicht, SpringBreak eine zweite Chance zu geben und wieder Teil einer Band zu sein, fesselte ihn mehr als der Gedanke an ein drittes Solo-Album. Ehrlich gesagt war er ziemlich aus dem Häuschen, was das Revival betraf, und hatte sich bereits mit Gooseberry in Verbindung gesetzt, weil er herausfinden wollte, ob Chris Patterson von *MusicWorld* ihm etwas vorgemacht hatte. Das hatte er nicht.

Die Plattenfirma war tatsächlich sehr daran interessiert, ihre erfolgreiche Band wieder auftreten zu lassen und ein neues Album herauszubringen.

„Und was sagt Alexis nun zu einem Revival?"

Innerlich schnitt er eine Grimasse, denn Alexis war in der letzten Woche unterwegs gewesen und hatte gar nicht mitbekommen, dass er ständig am Telefon gehangen und einen Termin mit dem zuständigen Produzenten von Gooseberry gehabt hatte. Das war ihm ganz recht gewesen, denn aus naheliegenden Gründen war Alexis auf Spring-Break nicht gut zu sprechen. Und momentan lief es zwischen ihnen so gut, dass er die angenehme Stimmung nicht ruinieren wollte.

Außerdem wollte er es allein schaffen – ohne Beziehungen oder Vorteile, die er durch Alexis bekommen konnte. Taylor wollte ihr zeigen, dass er anders war als dieses Arschloch Paxton, das dafür die Verantwortung trug, dass Alexis voller Selbstzweifel war.

„Sie weiß es nicht, und mir wäre es lieb, wenn das so bliebe", offenbarte er seinem Freund. „Alexis hat gerade genug zu tun und soll sich auf ihr neues Album konzentrieren."

Cole schluckte den Köder und nickte, während er sich seine Sonnenbrille auf die Nase setzte. „Von mir erfährt sie nichts."

Taylor konnte nur hoffen, dass Cole Wort hielt.

Der lehnte sich behaglich in seinem Stuhl zurück und streckte die Beine von sich, als hätte er keine Sorgen auf der Welt. „Eins muss man dir lassen – dich hat es ziemlich gut getroffen, wenn ich mich hier umsehe. Auch wenn ich nicht verstehe, weshalb du seit Monaten eine Frau datest und ich es aus dem Radio erfahren muss."

Ein wenig sträubte sich sein Nackenfell, weil Cole mit Sicherheit Alexis' wenig bescheidene Behausung mit dem großen gepflegten Grundstück und dem riesigen Pool meinte, an dem sie gerade saßen und die kalifornische Sonne genossen. Andererseits wusste er, dass Cole seinen Kommentar nicht berechnend gemeint hatte. Daher zuckte er mit den Schultern. „Wir wollten Zeit für uns haben und haben es daher nicht an die große Glocke gehangen. Du weißt doch, wie das ist."

„Nein, das weiß ich nicht", erwiderte Cole grinsend,

der Taylors Wissens nach noch nie eine feste Beziehung geführt hatte. Dafür war er zu rastlos und sprunghaft. Und zu beliebt bei den Frauen, die sich ihm scharenweise an den Hals warfen.

„Natürlich weißt du das nicht." Taylor seufzte. „Tu mir einen Gefallen und bring in den nächsten Tagen keine Groupies mit hierher, die du irgendwo aufgerissen hast."

„Keine Sorge", versprach sein Kumpel großspurig. „Ich nehme grundsätzlich keine Frauen dorthin mit, wo ich gerade wohne, sondern gehe mit zu ihnen nach Hause. Ansonsten werde ich sie einfach nicht los."

Taylor verdrehte die Augen, denn so ein Spruch war typisch für Cole. Vermutlich log er nicht einmal.

„Ist es denn wirklich okay, wenn ich hier penne?" Er verzog den Mund und sah sich um. „Für meinen Geschmack ist es ein bisschen zu nobel. Du kennst mich – ich könnte zufällig eine kostbare Ming-Vase umwerfen und einen Picasso in Brand setzen."

„Hier gibt es keine Ming-Vasen und keinen Picasso, aber lass die Finger von meiner Gitarre. Ich weiß noch ziemlich gut, dass meine Fender neue Saiten brauchte, nachdem du sie dir ausgeliehen hattest."

Coles Antwort war ein breites Grinsen. „Also hat Alexis nichts dagegen?"

„Nein, für sie ist das okay", bestätigte Taylor und erinnerte sich, wie er sie vor zwei Tagen angerufen hatte, als sie für Fotoaufnahmen in Georgia gewesen war. Erst in der letzten Nacht war sie nach Hause gekommen. Er hatte sie nur kurz am Morgen gesehen, bevor sie schon zum nächsten Termin gefahren war. Seit einer Woche hatte er sie kaum zu Gesicht bekommen, was ihn merkwürdigerweise unruhig werden ließ.

„Apropos Fender – ich hätte Lust auf eine Jamsession", unterbrach Cole seine Gedanken. „Leihst du mir eine Gitarre, wenn ich dir verspreche, aufzupassen? Ich muss mal wieder richtig gute Musik machen, damit ich das elektronische Zeug ertragen kann."

„Und ich dachte, du genießt dein Leben als DJ?"

„Ich genieße es, dass die Weiber vorm DJ-Pult stehen und miteinander rummachen, um meine Aufmerksamkeit zu gewinnen." Er schnitt eine Grimasse. „Ein richtiger Musiker spielt seine Instrumente lieber selbst, als nur Knöpfe zu drücken."

Taylor wusste nicht, ob Cole von der Musik oder von den Frauen sprach.

Um seinem Kumpel einen Gefallen zu tun, holte er zwei seiner Gitarren aus dem Studio hervor und verbrachte die nächsten Stunden damit, mit Cole ein bisschen Musik zu machen und über die guten alten Zeiten zu philosophieren. Netterweise brachte Theresa ihnen ein paar Hotdogs, bevor sie Feierabend machte, und lächelte Taylor dabei sogar an, was vermutlich nicht passiert wäre, wenn sie gewusst hätte, dass es seine Idee gewesen war, ihr Auto für ihren Ausflug vor einer Woche zu kapern.

Weil es mittlerweile dunkel wurde, zündete Taylor den Außenkamin an und wurde mit einem spöttischen Kommentar seines Freundes belohnt, als der flötete: „O Baby, willst du mich in romantische Stimmung bringen?"

„Nein, lieber nicht", entgegnete Taylor trocken. „Bei dir würde ich mir vermutlich einen Tripper holen."

Cole brach in lautes Gelächter aus.

„Will ich wissen, worüber ihr redet, oder soll ich lieber gehen?"

„Du solltest lieber bleiben, schließlich will dein Freund über mich herfallen", rief Cole vergnügt über die Terrasse in Richtung Alexis, die gerade aus dem Haus getreten war. Sein Kumpel hatte noch nie Berührungsängste gegenüber Fremden verspürt. Und Alexis war ihm schließlich fremd. Dennoch klimperte er weiter auf seiner Gitarre herum und nickte ihr grüßend zu.

„Hey!"

„Hey", entgegnete sie verhalten und lächelte leicht.

Taylor ließ Cole stehen und ging auf Alexis zu, die abwägend stehen geblieben war.

Seit ihrem Ausflug vor einer Woche waren sie nicht mehr allein gewesen. Seither hatte sich keine Möglichkeit ergeben, über das zu reden, was an jenem Abend zwischen ihnen geschehen war. Und diese Unsicherheit spiegelte sich auf ihrem Gesicht wider.

„Hey", begrüßte Taylor sie leise und zog sie an sich.

„Entschuldige, dass es so spät geworden ist", antwortete sie mit einem Murmeln und sah unschlüssig zu ihm auf. „Der Termin dauerte länger als geplant."

„Jetzt bist du ja da." Er strich ihr eine verwirrte Strähne aus der Stirn und hob anschließend ihr Kinn mit seiner Hand in die Höhe, um sie küssen zu können. Und das tat er nicht, weil Cole hinter ihnen stand und vermutlich beobachtete, was sie taten.

Er tat es, weil er gar nicht anders konnte, als seinen Mund auf ihren zu pressen und sie zu schmecken.

„Ich habe dich vermisst", bekannte er heiser gegen ihre Lippen und spürte ihren bebenden Körper an seinem.

„Ehrlich?"

Taylor nickte und schaute ihr in die Augen. Im Halbdunkel der Terrasse schimmerten sie wie tiefe Seen. Er holte Luft und bekannte: „Es war ziemlich einsam ohne dich."

Ihr Lächeln ging ihm durch und durch. „Das Gleiche wollte ich dir eigentlich auch sagen."

„Also hast du mich ebenfalls vermisst?"

Wortlos nickte sie, biss sich zögernd auf ihre Unterlippe und stellte sich anschließend auf die Zehenspitzen, um ihm einen weiteren Kuss zu geben.

Er verlor sich in diesem Kuss und zog Alexis noch enger an sich, während eine unbekannte Wärme in seiner Brust aufstieg. Prickelnde Süße gepaart mit atemloser Freude, sobald Alexis ihn berührte und seinen Namen seufzte, als er sie küsste.

Dass sie beide nicht allein auf der Terrasse waren, hatte Taylor schon vergessen, als Cole sich mit einem lauten Räuspern meldete. „Ich will das junge Glück nicht stören, aber ich komme mir wie ein Spanner vor, wenn ihr euch nicht langsam voneinander trennt."

Alexis gluckste und löste sich von ihm. Taylor dagegen kämpfte das Bedürfnis nieder, Cole in die ewigen Jagdgründe zu schicken. Leider blieb ihm nichts anderes übrig, als Alexis mit seinem Kumpel bekannt zu machen und sich wieder zu ihm zu setzen. Einzig die Tatsache, dass es sich Alexis auf seinem Schoß gemütlich machte, gefiel ihm.

* * *

„Seid ihr sicher, dass ihr nicht mitkommen wollt? Die Jungs sollen echt Talent haben."

„Ja, wir sind sicher, dass wir nicht in eine einsturzgefährdete, verräucherte Bar mitkommen wollen, in der ein Konzert stattfindet, das nach spätestens einer halben Stunde von der Polizei gestürmt wird, weil dort Drogen vertickt werden."

Alexis beobachtete, wie Cole angesichts von Taylors Antwort verständnislos die Stirn runzelte, als verstünde er nicht, warum sein Kumpel gegen diese apokalyptische Vorstellung eines Undergroundkonzerts Einspruch erhob. „Aber die Jungs machen echt gute Musik", warf er ein.

Taylor, auf dessen Schoß sie saß, schnaubte. „Das ist natürlich etwas vollkommen anderes!"

Alexis kicherte und bemerkte, wie Cole ihr zuzwinkerte. „Sollen wir den alten Nörgler hierlassen und irgendwo auf den Putz hauen?"

„Wen nennst du hier einen alten Nörgler?"

„Na, dich." Cole war die Sorglosigkeit in Person. „Wie kommt es, dass du nur ein Jahr älter bist als ich, aber dich wie ein Rentner verhältst, der zu Hause das Glücksrad sehen will? Stehen hier irgendwo zufällig deine Hausschuhe herum?“

Man musste Taylor zugutehalten, dass er sehr gelassen auf den Kommentar seines Freundes reagierte und seelenruhig entgegnete: „Aber wenigstens habe ich keinen Tripper.“

„Dagegen gibt es Antibiotika.“

Alexis konnte nur hoffen, dass Cole Scherze trieb. Im Grunde war er ein witziger Zeitgenosse, der sie in der vergangenen Stunde mit lustigen Anekdoten über Taylor unterhalten hatte und dabei auch gerne Scherze über sich selbst gerissen hatte. Und so unbekümmert er wirkte, war sie sich ziemlich sicher, dass er ein totaler Frauenschwarm und Aufreißer war – ein wenig wie der Wolf im Schafspelz, denn hinter dem jungenhaften Gesicht mit dem breiten Grinsen und den unschuldigen Augen steckte wahrscheinlich ein Kerl, der nichts anbrennen ließ.

„Wenn du nichts dagegen hast, bleibe ich auch hier“, gestand sie Cole. „Gegen die meisten Antibiotika bin ich allergisch, von daher ...“ Sie ließ den Satz unvollendet und spürte an ihrem Rücken, dass Taylors Brust bebte.

Cole dagegen verdrehte die Augen. „Ich verstehe schon. Ihr beide wollt *allein* sein.“ So wie er das Wort betonte, blieb wenig Raum für Spekulationen. Er erhob sich und tätschelte Taylors Kopf. „Bleibt nicht zu lange auf, Kinder, aber das habt ihr ja eh nicht vor.“

„Kauf dir ein paar Kondome“, rief Taylor ihm hinterher, während er sich durch sein Haar fuhr, um es zu entwirren. „Und benutz jedes nur einmal!“

„Danke, Grandpa“, trällerte Cole, bevor er die Terrasse verließ und sie beide nun wirklich allein waren.

Alexis rutschte ein Stück nach rechts, sodass sie nun seitlich auf seinem Schoß saß und ihn ansehen konnte. „Ein interessanter Kerl – dein Freund.“

Seine dunklen Augen funkelten amüsiert. „*Interessant* beschreibt ihn nicht einmal annähernd.“

Obwohl sie auf seinem Schoß saß und er ihr bei ihrer Begrüßung gesagt hatte, dass er sie vermisst hatte, wusste Alexis nicht genau, wie sie sich verhalten sollte. Ihr geisterte die Frage durch den Kopf, ob er für seinen Freund eine Show aufgeführt hatte oder ob er sie wirklich vermisst hatte.

Tatsächlich fragte sie sich seit einer Woche, was das zwischen ihnen war. Alexis wusste, dass Taylor ihren Freund spielte, weil es zu seiner Abmachung mit Dave Phillips gehörte, um einen neuen Plattenvertrag zu bekommen. Aber das erklärte nicht, warum er mit ihr diesen Ausflug gemacht und sie am Strand geküsst hatte, während niemand dort gewesen war, um sie zu beobachten und zu fotografieren. Und es erklärte nicht, warum er jetzt einen federleichten Kuss auf ihre nackte Schulter drückte.

„Wie war deine Woche?“

„Lang.“

„Alles okay bei dir?“ Er klang besorgt und schaute sie eingehend an.

Alexis erwiderte seinen Blick. Sie wollte nicht mehr nachdenken und sich den Kopf zerbrechen. Nicht heute

Nacht. Heute wollte sie ihm nah sein und sich gut fühlen. Es war ihr egal, warum er hier war. Wichtig war nur, *dass* er hier war.

Langsam ließ sie sich gegen ihn sinken und legte beide Arme um seinen Nacken. Als ihr Mund seine Lippen fand, schloss sie die Augen und konnte spüren, wie er nach Luft schnappte und seinen Mund öffnete. Träge bewegten sich ihre Zungen aneinander, umtanzten einander und neckten sich gegenseitig. Ein elektrisierendes Pulsieren breitete sich über ihren ganzen Körper aus, während schwere Lust sich in ihrer Mitte sammelte.

Leise seufzte sie seinen Namen und konnte seine Lust auf ihrer Zunge schmecken.

Sein Geruch war für den wohligen Schauer auf ihrer Haut verantwortlich und für das aufgeregte Prickeln, das sie bis in die Zehenspitzen fühlte.

Sanft saugte Taylor an ihrer Oberlippe und knabberte anschließend an ihrem Mundwinkel. Dass er heiser ihren Namen flüsterte, brachte sie dazu, sehnsüchtig ihre Oberschenkel aneinander zu reiben und ihre Brüste gegen seine Brust zu pressen. Er roch so gut und schmeckte noch besser. Alexis konnte nicht genug davon bekommen, ihm nah zu sein. Langsam ließ sie ihre rechte Hand unter sein Shirt wandern, um seine Haut zu berühren, und war über die Hitze, die er verströmte, und über die harten Muskeln erstaunt, die sie unter ihren Handflächen spürte. So hatte er sich früher nicht angefühlt – so hart, so stark und so überwältigend.

Auch seine Hände gingen auf Wanderschaft und

legten sich um ihre Taille. Mit seinen Daumen zog er winzige Kreise über den Stoff ihrer Bluse und setzte Alexis förmlich in Flammen. Sie konzentrierte sich voll und ganz auf seine Hände und auf seinen Mund, der wundervolle Dinge mit ihren Lippen vollführte.

„Sollen wir nach oben gehen?“, flüsterte sie gegen seinen Mund und lachte heiser auf, als er sie keine Sekunde später hochhob und über die Terrasse trug.

Ja, das hier fühlte sich richtig an, entschied sie und presste ihre Lippen gegen die warme Haut an seinem Hals, die salzig schmeckte und in Alexis das Bedürfnis weckte, noch mehr von ihm zu kosten.

Zwar trug Taylor sie bis zur großen Freitreppe, aber die Stufen nahmen sie gemeinsam und schafften es in Rekordzeit in ihr Schlafzimmer.

Eine kleine Stimme in ihrem Kopf meldete sich zu Wort, dass sie nicht wissen konnte, ob Taylor das Gleiche für sie empfand wie sie für ihn, und dass sie es langsam angehen lassen sollte, um nicht einen ähnlichen Fehler zu machen wie bei Brad, aber die Stimme wurde immer leiser und leiser. Bis sie verschwand.

Stürmisch küsste Taylor sie und ließ ihren Mund nur für wenige Sekunden los, die Alexis brauchte, um ihm sein Shirt über den Kopf zu ziehen, und die er brauchte, um ihr das Oberteil auszuziehen. Der Rest ihrer Kleidung folgte, während sie in Richtung Bett taumelten.

Ihr wurde schwindelig, als seine großen Hände über ihren nackten Rücken strichen und sie dabei ihre harten Brustwarzen gegen seine Brust rieb, während sich seine harte Erektion gegen ihren Bauch presste. Zusammen strahlten sie eine solche Hitze aus, dass sie sich wunderte, dass nichts in Brand geriet.

Ihr Kuss verschlang sie beide und entfachte die wilde Lust, die sich zwischen ihren Schenkeln aufbaute. Mit seinen Händen fand er jede sensible Stelle, und er schien sich daran zu erinnern, wie empfindlich sie direkt unter ihrem linken Ohr war, weil er diese Stelle unablässig küsste.

Und Alexis wusste noch immer, wie gern er es hatte, wenn sie mit den Fingerspitzen über seine Brust und über seinen Bauch rieb. Das tat sie auch jetzt und wurde mit einem unterdrückten Stöhnen belohnt.

Langsam machte sie einen Schritt zurück und betrachtete seinen nackten Körper. Gleichzeitig zitterten ihre Hände vor Erregung. Sie konnte nicht anders, als ihn anzuschauen und dabei zu berühren. Mit den Fingerspitzen fuhr sie über seine starken Arme und seine breite Brust, ertastete die Hügel und Täler, die seine Muskeln hinterließen, und folgte der dünnen Linie Haare, die sich abwärts zog.

Seine Augen brannten vor Lust, und an seiner Kehle konnte sie erkennen, dass er schwer schluckte.

Bevor ihre Hand tiefer wandern konnte, umfasste er sie und zog Alexis eng an sich. Er drückte einen feuchten Kuss in ihre Handfläche und bog dann ihren Kopf zurück, um sie sanft in die Kehle zu beißen.

Beinahe wären ihr die Beine weggeknickt. Atemlos

stöhnte sie seinen Namen und umfasste mit beiden Händen seinen Nacken.

Taylor überraschte sie, indem er ihren Po umfasste und sie in die Höhe hob.

Ganz automatisch umschlang sie mit beiden Beinen seine Hüften, während er sie die letzten Meter zum Bett trug und dabei unablässig küsste. An ihrem Oberschenkel konnte sie seine Härte fühlen und verging fast vor Lust, als Taylor sie aufs Bett legte und mit seinen Händen und seinem Mund ihren nackten Körper erkundete.

Da niemand von ihnen das Licht gelöscht hatte, konnte sie jeden Zoll seines nackten Körpers mit ihren Blicken verschlingen.

Erst kniete er zwischen ihren aufgestellten Beinen, aber dann beugte er sich vor und stützte sich neben ihr ab, um mit seiner Zunge unsichtbare Muster auf ihre Haut zu malen. Sein Mund kroch tiefer und leckte über ihre harten Brustwarzen, bis er sie abwechselnd in seinen Mund nahm, fest an ihnen saugte und dann wieder federleicht über sie pustete. Es war fast mehr, als sie aushielt. Alexis hob sich ihm unwillkürlich entgegen und grub ihre Finger in seine Haut.

Und Taylor machte weiter, als würde er sie nicht gerade lustvoll foltern.

Schwer atmend glaubte sie, jeden Moment Sterne zu sehen, und krampfte die Zehen zusammen, als sein Mund noch tiefer kroch, ihren Bauchnabel umrundete und sich über ihren Bauch bis zu der Stelle vorarbeitete, an der sich seit Minuten heißes Verlangen sammelte. Jetzt sah sie tatsächlich Sterne und gab ein tiefes, sinnliches Stöhnen von sich, weil seine Lippen über ihr feuchtes Fleisch glitten und ein Feuer in ihr entzündeten, das sie zu verbrennen drohte. Mit saugenden Bewegungen neckte er sie, zog sie dicht an seinen Mund und ließ seine Zunge über sie gleiten. Aufreizend liebkoste er sie, bis Alexis zitternd und keuchend vor ihm lag und ihn heiser bat, nicht aufzuhören.

Ihr Puls hämmerte in einem Rhythmus, den sie nicht zu überleben glaubte. Intensive Begierde rollte wie eine Hitzewelle durch sie hinweg. Vor ihren Augen verschwamm alles, aber bevor sie Erlösung finden konnte, ließ Taylor von ihr ab, biss ihr zärtlich in den Oberschenkel und erhob sich langsam über ihr.

Sein Blick war heiß und direkt auf sie gerichtet und sagte ihr, dass er sie wunderschön und sexy fand.

Alexis verglühte beinahe und wollte ihn in sich fühlen. Sie wollte ihm wieder nah sein, sein Gewicht wieder auf sich spüren und wieder gemeinsam mit ihm zum Höhepunkt kommen – wie früher.

Drängend flüsterte sie seinen Namen und setzte sich auf, um die Arme nach ihm auszustrecken und ihn hungrig zu küssen, als er sich langsam auf sie senkte. Haut an Haut kamen sie zum Liegen und ihre Münder vereinigten sich in einem explosiven Kuss, während Taylor in sie eindrang.

Sofort klammerte sie sich an ihm fest, kam ihm bei jedem Stoß entgegen und spürte fiebrige Lust in sich aufsteigen, die ihren Körper erbeben ließ. Beinahe hätte sie ihm in die Lippen gebissen, als er tief in sie stieß und dabei den sensibelsten Punkt ihres Körpers berührte. Stattdessen schrie sie leise auf und grub ihre Finger in sein Schulterblatt.

Irgendetwas murmelte er gegen ihre Lippen, aber Alexis verstand ihn nicht. In ihren Ohren rauschte es, und in ihrem Unterleib sammelte sich eine so intensive Begierde, dass sie glaubte, jeden Moment in tausend Stücke zu zerspringen.

Taylor bewegte sich schneller, härter und tiefer in ihr und schaute ihr dabei in die Augen, was intim und heiß war. So heiß, dass Alexis damit rechnete, jeden Moment zu kommen. Sie konnte bereits spüren, wie sich ihr Orgasmus mit jeder Reibung ihrer Körper aneinander aufbaute. Sie wollte ihm nah sein und ihn fühlen lassen, was sie fühlte, und zog ihn deshalb wieder zu sich.

Heiß und erregt küssten sie sich, bis Taylor über ihr erstarrte und ein tiefes Stöhnen von sich gab. Gleichzeitig explodierte auch Alexis in einem so intensiven Orgasmus, dass sie seinen Namen schrie.

15

Als Taylor wach wurde, lag er in Alexis' Bett und drehte sich zur Seite, um sie zu wecken, aber sie war nicht mehr da.

Um ehrlich zu sein, war er enttäuscht, denn er hätte nicht nur gerne dort weitergemacht, wo sie mitten in der Nacht erschöpft aufgehört hatten, sondern hatte sich auch gewünscht, sie zerzaust neben sich zu finden und einfach nur anzusehen.

Am liebsten wäre es ihm gewesen, wenn Alexis noch geschlafen hätte, als er wach wurde, weil er sie dann hemmungslos hätte betrachten können, ohne dass sie etwas davon mitbekam. Und ohne dass sie unweigerlich erkannt hätte, was mit ihm los war und dass er sich rettungslos in sie verliebt hatte. Schon wieder.

Die letzte Nacht hatte ihm endgültig die Augen geöffnet.

Er hatte keine Lust mehr auf dieses Versteckspiel und

keine Lust mehr darauf, nicht zu wissen, woran er bei Alexis war. Schon in Oregon hatte er gedacht, dass zwischen beiden mehr war als eine bloße Fake-Beziehung, aber dann hatte Alexis angefangen, ihn zu küssen, um den Restaurantgästen eine Show zu liefern. Also war er auf Abstand gegangen, weil er sich in keine Sache hineinstürzen wollte, die es gar nicht gab. Aber dann hatte es jenen Ausflug nach Santa Monica gegeben.

Seither wollte er, dass zwischen ihnen mehr war als lediglich eine Beziehung, die nur vorgetäuscht war, um die Öffentlichkeit an der Nase herumzuführen.

Wenn sie nicht beide eine Vorgeschichte gehabt hätten, wäre es vermutlich leichter gewesen. Und vermutlich war das, was damals zwischen ihnen passiert war, auch schuld an Alexis' Zurückhaltung. Sie hatten zwar in der letzten Nacht miteinander geschlafen, aber da war diese Distanz gewesen, die er an ihr gespürt hatte. Es hatte sich angefühlt, als wollte sie sich nicht komplett auf ihn einlassen, was Taylor ihr nicht einmal verdenken konnte.

Alexis wollte nicht ein weiteres Mal verletzt werden.

Und das Letzte, was er wollte, war, sie zu verletzen.

Einmal hatte er ihr bereits wehgetan, und noch heute erinnerte er sich daran, wie verletzt und am Boden zerstört sie gewesen war. Taylor glaubte nicht, dass er es ertragen könnte, diesen unglücklichen Blick ein weiteres Mal an ihr zu sehen.

Er erhob sich aus dem Bett und schnappte sich seine Boxershorts und sein T-Shirt, die beide auf dem Boden des

Zimmers lagen, um sie anzuziehen, bevor er sich auf die Suche nach Alexis machte.

In der Küche war sie nicht. Stattdessen saß Cole dort und verdrückte vergnügt eine Schale Müsli, während er mit Theresa zu plaudern schien, die dabei war, irgendetwas zu kochen. Es roch fantastisch, und Taylor hätte eine Tasse Kaffee gut gebrauchen können, aber viel dringender als einen Schub Koffein wollte er Alexis sehen und mit ihr sprechen.

„Guten Morgen."

Anstatt seinen Gruß zu erwidern, erklärte Cole: „O Mann, du siehst nicht aus, als hättest du viel Schlaf abbekommen."

Taylor schnitt eine Grimasse und ignorierte Theresas neugierigen Blick. Er wusste, dass sie ihn musterte und dass ihr sicherlich auffiel, dass er das gleiche T-Shirt wie gestern Abend trug. Sobald sie Alexis' Schlafzimmer zu Gesicht bekam, würde kein Zweifel mehr daran bestehen, was dort in der letzten Nacht passiert war.

„Habt ihr Alexis gesehen?", wollte er leichthin wissen und hoffte, dass sie nicht das Haus verlassen hatte, weil sie einen Termin hatte – oder weil sie die letzte Nacht bereute.

„Ist dir die Frau davongelaufen?" Cole kicherte amüsiert.

„Nein, das ist sie nicht", widersprach er ihm und hoffte, dass er die Wahrheit sagte.

„Sie ist am Pool", informierte Theresa ihn und reichte ihm eine volle Tasse Kaffee, die er dankbar annahm, bevor er Cole einen strafenden Blick schenkte und sich anschließend auf den Weg nach draußen machte.

Er hatte damit gerechnet, dass Alexis auf einem der Gartenstühle saß, und nicht damit, dass sie im Pool ihre Bahnen zog. Für einige Augenblicke blieb er stehen und beobachtete, wie sie schwamm und ihn entdeckte. Sofort trat ein wachsamer Ausdruck in ihre Augen, während ihr Mund sich zu einem Lächeln formte, das ihn nicht gänzlich überzeugen konnte.

„Guten Morgen." Er trat an die Kante des Beckens heran und ging in die Hocke.

Alexis schwamm langsam in seine Richtung. Ihr blondes Haar hatte sie zu einem Dutt zusammengefasst und die Träger ihres Bikinis hatte sie im Nacken verknotet. „Guten Morgen."

Als sie die Hand nach der Kaffeetasse ausstreckte, reichte er sie ihr und verfolgte, wie sie einen Schluck nahm und sie ihm wieder zurückgab. Taylor konnte sich täuschen, aber die Stimmung zwischen ihnen hatte nichts mehr mit der heißen, lustvollen Atmosphäre von gestern Nacht zu tun.

„Danke." Sie versank bis zum Kinn im Wasser.

„Gern geschehen." Er stellte die Tasse neben sich und musterte Alexis eingehend. „Ist alles gut?"

„Natürlich", murmelte sie mit gesenktem Blick. „Warum fragst du?"

„Weil ich aufgewacht bin und du nicht da warst."

Ihre Wangen erröteten zart. „Ich konnte nicht gut

schlafen und dachte, ein bisschen Morgensport könnte nicht schaden."

„Du hättest mich wecken können."

„Mhm."

In diese Antwort konnte er so viel hineininterpretieren, dass es ihn verrückt machte. „Habe ich irgendetwas falsch gemacht?"

Sie schüttelte den Kopf. „Nein, das hast du nicht. Ich ... ich musste nur ein bisschen nachdenken."

„Über gestern Nacht?"

Seufzend flüsterte sie: „Ja, auch über gestern Nacht."

Ein Loch tat sich in seinem Magen auf. Der zögernde und distanzierte Blick in ihren Augen gefiel ihm gar nicht. Deshalb ließ er die Katze aus dem Sack: „Mir hat die letzte Nacht viel bedeutet."

Etwas flackerte in ihrem Blick auf. Gleichzeitig bewegte sie sich im Wasser von ihm weg. Auch das gefiel ihm nicht.

„Und mir war es ernst, als ich dir gestern gesagt habe, dass ich dich vermisst habe."

Es dauerte eine gefühlte Ewigkeit, bis sie murmelte: „Du hast mir auch gefehlt."

„Weshalb bist du dann heute Morgen aufgestanden, anstatt bei mir zu bleiben?", wollte er sanft wissen. „Ich wäre gerne neben dir aufgewacht und hätte dir ein paar Dinge gesagt."

„Welche Dinge?"

Taylor setzte sich auf den Beckenrand und ließ die

Beine ins Wasser baumeln, das kalt war und ihn endgültig wach werden ließ.

„Dass ich dich großartig finde und dass ich gerne mit dir Zeit verbringe." Er legte den Kopf schief und gestand: „Du bist mir unglaublich wichtig, Alexis. Ich bin auf dem Weg, mich rettungslos in dich zu verlieben, und das solltest du vermutlich wissen."

Ihre Reaktion fiel nicht so aus, wie er es sich gewünscht hatte. Ihr Gesicht wurde weich und sie lächelte vorsichtig, aber sie kam noch immer nicht näher. Und was sie sagte, kam keinem Liebesgeständnis gleich. „Vor ein paar Jahren hast du auch behauptet, in mich verliebt zu sein."

Seine Schultern fielen nach unten. „Ich weiß. Und damals habe ich es ernst gemeint."

Sie runzelte die Stirn, sagte jedoch nichts. Und das war auch nicht nötig.

„Ich habe mich nie für das entschuldigt, was damals passiert ist."

Obwohl sie leichthin mit der Schulter zuckte, war ihm klar, dass sie etwas überspielen wollte. „Das ist schon so lange her, Taylor."

„Aber ich habe dir wehgetan", widersprach er leise. „Das wollte ich nie."

„Warum hast du es dann getan?"

Er stieß die angehaltene Atemluft aus. „Weil ich ein Idiot war, der an seine Karriere dachte und zu jung war, um zu verstehen, was wirklich zählte. Heute ist es anders."

Alexis musterte ihn eindringlich. „Ich weiß nicht, was ich davon halten soll. Ich bin kein Sozialfall."

„Ein Sozialfall?" Verwirrt blinzelte er.

Ihre Stimme klang belegt. „Du spielst nur meinen Freund, Taylor. Wer sagt mir, dass du nicht gestern auch gespielt hast?"

„Hat sich für dich irgendetwas in der letzten Nacht so angefühlt, als hätte ich es gespielt?", fragte er ruhig, obwohl er sie am liebsten an sich gezogen und geschüttelt hätte, denn gestern Nacht war besonders gewesen. Das hatte sie doch spüren müssen!

„Bei Brad habe ich auch nicht geglaubt, dass er mir nur vorgespielt hat ..."

„Vergleiche mich nicht mit diesem Mistkerl", grollte er aufgebracht.

„Entschuldige", murmelte sie und schlug die Augen nieder. „So war das nicht gemeint."

„Alexis." Er suchte nach Worten. „Geht es hier um damals?"

„Ich kann es schlecht trennen", gab sie zu. „Ständig muss ich daran denken und frage mich, was ich glauben soll."

„Damals war ich immer ehrlich zu dir. Warum sollte ich es jetzt nicht sein?"

Sie lachte, aber es war kein lustiges Lachen. „Ja, du warst tatsächlich immer ehrlich. Du warst sogar schonungslos ehrlich, als du Schluss gemacht hast."

Seine Kehle verengte sich vor Scham. „Ich habe dich

verletzt, und das tut mir leid. Du wirst es mir nicht glauben, aber ich wollte dir niemals wehtun.“

„Aber du hast mir wehgetan“, hielt sie ihm vor. „Du hast deine Karriere mir vorgezogen.“

Ihr Satz war wie ein Schlag in den Magen. Dazu kam ihr aufgelöstes Gesicht, dessen Anblick er kaum ertragen konnte. „Ich war einundzwanzig“, erwiderte er in dem Wissen, dass sich jede Entschuldigung hohl anhörte. „Ich wusste es nicht besser, Alexis. Damals verlangte das Management von mir, keine Freundin zu haben, um das Image der Band nicht zu gefährden. Und ich dachte, ich tue das Richtige, als ich Schluss machte.“

„Du hast mir das Herz gebrochen, Taylor.“

„Ja, ich weiß“, raunte er heiser. „Es tut mir leid.“

„Ich war so sehr in dich verliebt.“ Ihre Stimme schwankte. „Und ich war mir sicher, dass wir glücklich waren. Aber plötzlich hast du Schluss gemacht und mir gesagt, dass du keine Freundin haben darfst und dass du dich auf deine Karriere konzentrieren wolltest.“

Er wollte sie in den Arm nehmen und sie trösten, aber Alexis war zu weit weg, um ihr zu versichern, dass heute alles anders war.

„Ich ... ich habe einfach Angst, dass du mir wieder das Herz brechen könntest. Wer sagt mir, dass nicht wieder deine Karriere an erster Stelle steht, wenn du dich entscheiden musst?“

Bedächtig antwortete er: „Ich sage es dir.“

Ihr Kinn zitterte.

„Du wirst mir einfach vertrauen müssen, Alexis.“

„Das möchte ich, aber ..." Sie brach ab.

Taylor entschied sich dafür, nicht länger nur zu reden und lieber zu handeln. Kurzerhand hüpfte er zu ihr in den Pool und hörte ihr Kreischen, mit dem sie auf die Tatsache reagierte, dass er sie mit Wasser vollspritzte. Das Wasser war arschkalt, und er fragte sich, warum Alexis nicht längst blau angelaufen war.

„Was ... was tust du? Du bist angezogen!"

Das war seine geringste Sorge. Durch das Wasser zog er sie an sich. Zufrieden spürte er, dass sie die Arme um seinen Hals schlang. Taylor verfrachtete Alexis zwischen sich und den Beckenrand, an dem er sich mit einer Hand festhielt, damit sie nicht zusammen untergingen. Ihr Gesicht, auf dem sich zahlreiche winzige Wassertropfen befanden, war wunderschön und wirkte verlegen.

„Ich bin kein Junge mehr", erklärte er heiser. „Ich bin erwachsen und ein Mann, der weiß, was ihm wichtig ist. Lass mich dir beweisen, dass ich es richtig machen kann."

Alexis schluckte und starrte ihn zögernd an. Währenddessen klopfte sein Herz rasend schnell und nervöse Anspannung machte sich in ihm breit.

„Gibst du mir eine zweite Chance?"

Vorsichtig nickte sie, lächelte und drückte ihm einen Kuss auf die Lippen, den er mit Inbrunst erwiderte, während ihm vor lauter Erleichterung beinahe schwindelig wurde.

* * *

„Ihr solltet euch mal wieder sehen lassen. Du warst eine Woche lang unterwegs, und in der Zeit gab es keine Fotos von euch beiden. Warum verbringt ihr nicht ein paar Tage im Strandhaus? Dort können die Paparazzi Fotos von euch am Strand machen. Oder wie wäre ein Urlaub irgendwo in der Karibik? Du könntest eine Jacht mieten. Fotos von verliebten Paaren beim Sonnenbaden sind immer gerne gesehen und werden in Zeitschriften abgedruckt."

Alexis lauschte der Stimme ihrer Mom am Telefon und spürte den alten Groll in ihrer Magengegend.

Fotos von verliebten Paaren beim Sonnenbaden sind immer gerne gesehen und werden in Zeitschriften abgedruckt.

Überlegte ihre Mom eigentlich, was sie da sagte?

Von ihrem Agenten könnte Alexis erwarten, dass er solche Ideen hatte, weil er schließlich für ihre Karriere und für ihr Image zuständig war, aber doch nicht von ihrer Mom! Die hätte sich eigentlich danach erkundigen sollen, wie es ihrer Tochter ging und ob sie gut damit zurechtkam, mit einem angeblich fremden Mann herumzuturteln und ein glückliches Paar zu spielen.

Eine normale Mutter hätte ihre Tochter angerufen und wissen wollen, wie sie mit der heiklen Situation zurechtkam.

Vielleicht hätte eine normale Mutter auch niemals von ihr verlangt, bei solch einem Theater mitzuspielen, und hätte Alexis' Agenten und Produzenten gesagt, wohin sie sich ihre Idee stecken konnten. Dann hätte Alexis auch nicht das Gefühl haben müssen, von ihrer Mom verkauft worden zu sein.

„Ich muss arbeiten“, entgegnete sie daher ruppiger als gewollt. „Ich kann nicht in den Urlaub fahren.“

„Dann solltet ihr euch irgendwo in der Stadt sehen lassen. Ich könnte einen Tisch bei *The Nice Guy* reservieren. Wir müssten nicht einmal einen Fotografen vorher dorthin schicken, weil die Paparazzi da sowieso immer Spalier stehen.“

„Ich will nicht ins *The Nice Guy* gehen“, hörte sie sich empört antworten. „Ich will zu Hause bleiben und an meinem Album arbeiten.“

Ihre Mom schnalzte mit der Zunge. „Bist du schlecht gelaunt, Alexis?“

„Nein! Ich will einfach nur meine Ruhe haben, ohne dass andere Leute über mein Leben bestimmen.“

„Was ist denn los? Du klingst überhaupt nicht wie du selbst.“

„Ich klinge wie jemand, der keine Lust mehr darauf hat, sich vorschreiben zu lassen, was er tun soll und was nicht, Mom. Mir reicht es langsam, durch Reifen zu springen und Männchen zu machen, weil es von mir verlangt wird. Weil du es von mir verlangst!“ Woher diese plötzliche Wut kam, wusste sie selbst nicht genau.

Auch ihre Mom hatte sie überrascht. Das war ihr anzuhören, als sie fassungslos und ratlos erwiderte: „Wie kommst du denn darauf, dass ich von dir verlange, Männchen zu machen? Das ist absurd.“

„Hast du mir nicht erst vor einer Minute gesagt, dass ich mit Taylor in den Urlaub fahren oder mich in einem Restaurant sehen lassen soll?“

„Das ist etwas völlig anderes!“

„Und hast du nicht von mir verlangt, dieses Theaterstück aufzuführen und einen Mann als meinen Freund auszugeben, um mein Image zu verbessern?“

„Du sagst es selbst! Das war nur zu deinem Besten, Alexis. Es ging immerhin um deine Karriere.“

„Um meine Karriere“, murmelte sie verächtlich und schüttelte den Kopf. „Mom, hast du auch an meine Gefühle gedacht? Hast du dir überlegt, wie ich mich fühle, wenn mir ein Mann an die Seite gestellt wird, der vorgeben soll, mein Freund zu sein?“

„Himmel, Alexis, du müsstest wissen, dass alles, was ich tue, dir zugutekommen soll.“ Sie seufzte schwer. „Dein nächstes Album muss ...“

„Mir geht es nicht um mein nächstes Album“, unterbrach sie ihre Mutter forsch. „Und dir sollte es auch nicht darum gehen.“

„Ich bin deine Managerin.“

„Du bist meine Mom“, hielt sie ihr entgegen. „Könntest du nicht einfach daran denken, was am besten für mich ist? Für Alexis und nicht für Ivy?“

„Ich ... ich weiß ehrlich gesagt nicht, was du meinst.“

Leise erklärte sie: „Ich bin keine Maschine, Mom. Ich kann nicht auf Knopfdruck funktionieren, weil andere es so wollen. Außerdem habe ich Gefühle. Können dir meine Gefühle nicht einfach wichtiger sein als die Frage, was gut für mein Image ist und was nicht?“

„Natürlich sind mir deine Gefühle wichtig.“

„Dann zeig mir das, Mom.“

„Okay.“ Ihre Mutter schien sich geschlagen zu geben. „Vielleicht lege ich den Fokus wirklich etwas zu sehr auf deine Karriere und vergesse, dass du nicht nur meine Künstlerin, sondern auch meine Tochter bist.“

„Vielleicht?“

„Du weißt, wie ich das meine“, seufzte sie. „Ich versuche mich zu bessern.“

Alexis glaubte nicht, dass ihre Mom so leicht aus ihrer Haut konnte, aber ihre Zusage war besser als nichts. „Danke, Mom.“

„Also ...“ Man konnte hören, wie sie Luft holte und fast schon widerwillig wissen wollte: „Möchtest du, dass wir die ganze Sache mit Taylor abblasen und eure Trennung bekannt geben? Der Zeitpunkt ist nicht ideal, aber wenn du dich mit der Situation nicht wohlfühlst, dann beenden wir lieber diese *Beziehung*.“

Mit dieser Wendung hatte Alexis nicht gerechnet. Viel eher hätte sie vermutet, dass sich ihre Mutter mit Händen und Füßen gegen diese Idee wehren würde. „Das wird nicht nötig sein“, entgegnete sie ruhig.

„Wieso nicht?“

Sie schaute aus dem Fenster des Wohnzimmers und erahnte bereits die Reaktion ihrer Mom, bevor sie zugab: „Taylor und ich müssen nichts mehr vorspielen, Mom. Wir sind zusammen. Richtig zusammen.“

Am anderen Ende der Leitung wurde es verdächtig ruhig, bis die Stimme ihrer Mom argwöhnisch nachfragte: „Zusammen?“

„Ja.“

„Erkläre mir das."

Was gab es da schon zu erklären? „Wir haben uns ineinander verliebt", erwiderte sie schlicht.

„Das ist nicht dein Ernst."

Irgendwie war es desillusionierend, dass Alexis genau mit dieser Reaktion gerechnet hatte. Deshalb hatte sie ihr auch noch nicht erzählt, dass Taylor und sie ein richtiges Paar waren. Sie hatte dieses Gespräch hinauszögern wollen. „Er und ich haben viel Zeit miteinander verbracht. Irgendwann hat es gefunkt."

„Es hat gefunkt?"

„Ja." Sie würde ihrer Mom nicht erzählen, dass Taylor und sie sich schon viel länger kannten und vor Jahren bereits einmal zusammen gewesen waren – wenn auch nur für kurze Zeit. Von dieser Geschichte wusste ihre Mutter nichts, weil sie damals im Dreieck gesprungen wäre, wenn sie erfahren hätte, dass Alexis einen Freund hatte. Zu jener Zeit waren sie auf der Suche nach einem Label gewesen, das Alexis einen Plattenvertrag geben würde. Nichts war für ihre Mom wichtiger gewesen als Alexis' Karriere. Ein Freund wäre eine zu große Ablenkung gewesen.

„Natürlich hat es bei ihm gefunkt. Taylor ist nicht dumm und weiß, wie er davon profitieren kann, wenn er mit dir ..."

„Sag das nicht, Mom."

„Aber ich muss es sagen, Liebling. Ich möchte nicht, dass du schon wieder auf einen Mann hereinfällst, der in dir lediglich ein Sprungbrett für seine eigene Karriere sieht."

Die Worte ihrer Mutter versetzten ihr einen Stich mitten ins Herz. „Denkst du, dass ein Mann nicht in mich verliebt sein kann?“

„Natürlich denke ich das nicht!“

„Und warum sagst du dann so etwas? Taylor ist kein Opportunist ...“

„Taylor Sutter ist seit Jahren weg vom Fenster und strampelt sich verzweifelt ab, um in der Branche wieder auf die Füße zu kommen. Dave hat ihm einen Vertrag in Aussicht gestellt, wenn er deinen Freund spielt. Womöglich ist ihm mittlerweile aufgefallen, welche Vorteile es mit sich bringt, mit dir zusammen zu sein.“

Alexis’ Kehle wurde eng. „Du irrst dich, Mom.“

„Sei doch nicht so naiv“, bat ihre Mutter sie sanft. „Willst du wirklich schon wieder auf einen Mann reinfallen? Hat es dir nicht gereicht, wie Brad dich ausgenutzt hat?“

„Taylor ist nicht wie Brad.“

„Wer sagt dir denn, dass Taylor nicht genauso von dir profitieren will wie Brad?“

Das traf einen Nerv. „Ich lege jetzt auf, Mom.“

„Alexis ...“

Sie wollte nicht hören, was ihre Mom noch zu sagen hatte, und beendete das Telefonat.

Jetzt wusste sie auch wieder, weshalb genau sie diesem Gespräch mit ihrer Mom aus dem Weg gegangen war. Wieso freute sie sich nicht für sie und musste ihr alles madig machen? Die Vorstellung, dass Taylor wie Brad war, war einfach lächerlich. Brad war ein mieser Opportunist, der sie ausgenutzt und von Anfang an belogen hatte. Ihm war nur daran gelegen gewesen, den größtmöglichen Vorteil aus der Verbindung zu ihr zu ziehen und nicht nur einen Plattenvertrag zu bekommen, sondern auch noch die passenden Songs für dieses Album sozusagen geschenkt zu bekommen. Taylor hatte so etwas nicht nötig.

Er war überhaupt nicht wie Brad.

Alexis straffte die Schultern und sagte sich, dass sie über kurz oder lang ihrer Mom beweisen würde, dass sie falschgelegen hatte. Taylor war ihretwegen mit ihr zusammen. Aus keinem anderen Grund. Sie machte sich auf den Weg ins Studio, um weiter an ihrem Album zu arbeiten, und schwor sich dabei, nicht länger an ihre Mom zu denken. Stattdessen wollte sie sich voll und ganz auf ihre Arbeit konzentrieren.

Als sie das Studio betrat, entdeckte sie, dass Taylor anscheinend auch an seinem Album arbeiten wollte. Angesichts seines Anblicks, wie er mit zerzaustem Haar gedankenversunken und konzentriert auf dem Boden saß, machte ihr Herz einen kleinen Sprung. Auf Zehenspitzen schlich sie näher und betrachtete, wie er seine Gitarre im Schoß hielt, auf ihr herumklimperte und sich über ein Notizheft beugte. Irritiert begutachtete die das Notizheft, das frappierende Ähnlichkeit mit dem Notizheft hatte, das sie benutzte – ihr Heft, in das sie ihre Songideen notierte.

Eiskalt lief es ihr den Rücken hinab.

„Was tust du da?"

Erschrocken hob er den Kopf und starrte sie an. Er

wirkte wie ein Einbrecher, der auf frischer Tat ertappt worden war. Ihr drehte sich der Magen um.

„Ich habe dich gar nicht kommen hören."

Schweigend deutete sie auf ihr Heft, das aufgeschlagen vor ihm lag. Die Notenfolge und die Notizen verschwammen vor ihren Augen.

„Du solltest das hier eigentlich nicht sehen, Alexis."

„Das glaube ich dir sofort", antwortete sie und verspürte abruptes Sodbrennen.

Er grinste schief. „Shit, du hast mich erwischt."

„Erwischt?" Sie traute ihrer eigenen Stimme nicht. „Wobei erwischt? Ist das mein Notizheft?"

„Ja", gab er zu und benahm sich, als sei nichts Schlimmes passiert. „Vermutlich hätte ich darauf warten sollen, dass du das Haus verlässt, bevor ich mir dein Notizheft geschnappt habe. Das ist wirklich dumm gelaufen."

„Dumm gelaufen?" Er gab auch noch wie selbstverständlich zu, dass er ihre Ideen stehlen wollte! Alexis konnte es nicht fassen. Innerlich bebte sie vor Wut, Enttäuschung und der Erkenntnis, dass sie schon wieder ...

„Setz dich, Baby, ich will dir etwas vorspielen."

„Nein, danke. Ich stehe lieber!"

Nun wirkte er irritiert und sah zu ihr auf. „Bist du etwa sauer?"

„Natürlich bin ich sauer!" Beinahe hätte sie geschrien.

Er verzog den Mund. „Scheiße ... das wollte ich nicht. Du solltest es erst hören, wenn es fertig ist. Ich hätte wissen müssen, dass du nicht willst, dass ich in deinem Notizheft herumpfusche."

Jetzt verstand sie überhaupt nichts mehr. „Wovon zum Teufel sprichst du?“

Er spielte ein paar Noten. Sofort erkannte sie die Melodie, die sie beide an jenem Abend in Santa Monica komponiert hatten. „Es sollte eine Überraschung sein. Mir geht die Melodie seit Tagen nicht aus dem Kopf. Daher dachte ich, ich bringe die Noten und den Songtext zu Papier, damit du ihn in deinem Notizheft findest. Für dein nächstes Album.“ Naserümpfend fügte er hinzu: „Das war eine dumme Idee, okay? Vergiss es einfach.“

Es vergessen?

Alexis schaute auf ihn hinab und ihre Wut verschwand sofort. Er hatte sich nicht an ihren Songideen bedienen wollen – Taylor hatte ihr helfen und sie überraschen wollen. Nicht sie half ihm dabei, ihre Songs zu schreiben, sondern er unterstützte *sie*.

Vor Erleichterung und Glück kamen ihr die Tränen.

Wenn sie noch einen Beweis gebraucht hätte, dass Taylor nicht wie Brad war und ihretwegen mit ihr zusammen sein wollte, hatte sie ihn nun.

„Danke“, flüsterte sie ihm zu.

„Wofür?“

Sie schluckte den Kloß in ihrem Hals hinunter und ließ sich auf die Knie nieder. Vorsichtig schob sie die Gitarre beiseite und legte ihm die Arme um den Hals. Während sie ihm in die braunen Augen sah, wallte pures Glück durch sie hindurch. „Für dich.“

16

„WENN DU JEMANDEN zum Vögeln suchst, solltest du woanders ... *was zum Teufel tust du denn hier*?!"

Taylor hielt noch die Faust in die Höhe, mit der er gerade gegen die Wohnungstür geklopft hatte, als diese schwungvoll aufgerissen wurde und ein ziemlich finster dreinblickender Kerl mit langen Haaren, dem Augenbrauenpiercing und einem schwarzen T-Shirt von *Black Sabbath* vor ihm erschien. Im ersten Moment glaubte er, sich in der Tür geirrt zu haben, aber dann erkannte er in dem Mann vor sich seinen alten Kumpel. Und der wirkte alles andere als begeistert, ihn hier zu sehen. Taylor hätte sich auch etwas Besseres vorstellen können, als nach Seattle zu fliegen, um Zac zu sprechen. Aber was hätte er tun sollen, wenn der sich weigerte, mit ihm zu telefonieren.

Von dessen finsterem Blick ließ er sich nicht einschüchtern. Fragend zog er eine Augenbraue in die

Höhe und wollte wissen: „Hast du dir ein Callgirl bestellt und einen Callboy bekommen oder was ist hier los?“

Sein ehemaliger Bandkollege atmete tief durch. „Keines von beidem.“

„Gut siehst du aus – wenn auch ziemlich verändert. Sind das Extensions?“ Er deutete grinsend auf die langen Haare. Früher hatte Zac kurze blondierte Haare getragen. Aber früher war alles anders gewesen.

„Nein, sind sie nicht.“ Zac legte eine Hand an die Tür, als wolle er unter allen Umständen vermeiden, dass Taylor hineinkam. „Sag mir nicht, dass du nur in der Gegend warst.“

„Seattle ist regnerisch und liegt am Arsch der Welt – natürlich bin ich nicht einfach nur so in der Gegend.“ Taylor nickte ihm zu. „Kann ich reinkommen?“

Obwohl er vermutet hatte, dass Zac ihm die Tür vor der Nase zuschlagen würde, ließ er ihn hinein. Besonders gastfreundlich wirkte er zwar nicht, aber das sollte Taylor egal sein. Neugierig sah er sich in der Wohnung um, die sich in einem teuer wirkenden Wohnhaus befand. Als Anwalt musste er ganz gut verdienen. Ansonsten war die Wohnung schlicht eingerichtet – mit ein paar funktionellen Möbeln und einigen Kunstdrucken an den Wänden. Die Einrichtung war alles andere als überladen. Zac war noch nie auf Schnickschnack abgefahren.

„Ich habe Pizza und Bier da. Interesse?“

„Zu einem Bier sage ich nicht Nein“, entgegnete Taylor und folgte Zac, als dieser in die Küche ging, die hypermodern, sauber und wenig persönlich aussah. Theresa hätte vermutlich überall Topfpflanzen aufgestellt, um die Küche wohnlicher zu gestalten. „Nette Wohnung."

Sehr trocken antwortete Zac: „Mein Hobby ist Inneneinrichtung."

Das brachte Taylor zum Lachen. Belustigt nahm er von Zac eine Dose Bier entgegen und bedankte sich bei ihm. „Sorgst du dich um ein zweites Standbein? Du bist vielseitig begabt, Zac – ein Rechtsverdreher, Inneneinrichter und Musiker. Schon mal drüber nachgedacht, eine Autobiographie zu schreiben?"

„Meine Karriere als Musiker ist lange vorbei", erwiderte Zac kühl und nahm einen großen Schluck Bier. „Bleiben also nur die Rechtsverdreherei und die Inneneinrichtung."

„Das hört sich für mich an, als könntest du ein drittes Standbein vertragen."

„Mhm."

Weil er nicht länger über Inneneinrichtungen schwafeln wollte, fragte er ihn geradeheraus: „Hast du in letzter Zeit mal wieder gespielt?"

Sein alter Kumpel lehnte sich gegen die Küchentheke hinter sich und brummte: „Falls du gekommen bist, um mit mir über diesen Auftritt bei *MusicWorld* zu reden – da vorne ist die Tür."

Das fing ja großartig an! Zac war schon früher ein sturer Idiot gewesen, aber Taylor hatte gehofft, dass er im Alter etwas vernünftiger geworden wäre. Das war offenbar nicht der Fall. Gleichzeitig schien der frühere Milchbubi der Band bereits wütend gewesen zu sein, bevor Taylor überhaupt an seine Tür geklopft hatte. Das waren natürlich ideale Voraussetzungen für ein Gespräch über ein Thema, das Zac offenbar noch nicht verwunden hatte.

Er schüttelte den Kopf und bat ihn: „Sei doch nicht gleich angepisst. Es war ziemlich scheiße von mir, dich vor ein paar Wochen am Telefon zu überfallen. Deshalb wollte ich vorbeikommen, um mit dir zu reden, Zac." Er machte eine kurze Pause. „Von Angesicht zu Angesicht."

Zac machte eine abfällige Handbewegung. „Du verschwendest deine Atemluft. Ich bin nicht interessiert, Taylor." Und bevor Taylor etwas sagen konnte, fügte er hinzu: „Mit SpringBreak habe ich nichts mehr zu tun. Und bei diesem Auftritt mache ich nicht mit."

„Nicht einmal der guten, alten Zeiten wegen?"

„Die guten, alten Zeiten? Tut mir leid, aber ich muss damals wohl besoffen gewesen sein, denn an gute, alte Zeiten erinnere ich mich nicht."

„Doch, das tust du." Taylor runzelte die Stirn und fixierte ihn. „Nur willst du es nicht zugeben, dass unsere Zeit damals – vom Ende abgesehen – so ungefähr die beste Zeit deines Lebens war."

Allem Anschein nach hatte dieser Kommentar gesessen, denn Zac zuckte merklich zusammen. Seine düstere Miene glättete sich ein wenig, während er den Blick senkte.

Taylor hatte keine Ahnung, woran Zac gerade dachte, aber er erinnerte sich an einige verdammt gute Jahre mit seinen Kumpels. Er dachte daran, wie großartig es gewesen war, Teil einer Band zu sein und mit seinen

Kumpels Musik zu machen. Sie fünf waren wie eine große Familie gewesen – wie Brüder. Verflucht, Zac war wie sein Bruder gewesen und hatte so ziemlich jede Höhe und Tiefe mit ihm geteilt, die es damals gegeben hatte. Die Zeit als Solokünstler war okay gewesen. Mehr aber nicht. Wie sehr er es vermisst hatte, mit Cole, Dean, Jesse und Zac auf der Bühne zu stehen, hatte er erst wirklich begriffen, als die Möglichkeit eines Revivals in greifbare Nähe gerückt war.

Die Zeit mit SpringBreak wollte er zurückhaben.

Mit allen Bandmitgliedern. Auch mit Zac.

Mittlerweile war sogar der Vorschlag aufgekommen, ein Revival ohne ihn zu starten – *MusicWorld* und Gooseberry wären damit einverstanden, aber Taylor wollte davon nichts wissen. Entweder würden sie zu fünft ein Comeback starten oder gar nicht.

Das würde Taylor Zac nur nicht sagen, denn er hatte keine Skrupel, seinen alten Kumpel auf gute altmodische Art ein schlechtes Gewissen zu machen.

Dieser murmelte plötzlich resigniert: „Nun gut. Vielleicht war die Zeit mit SpringBreak sogar die beste Zeit meines Lebens, aber die ist lange vorbei. Und wenn ich dran denke, wie sie geendet ist, dann will ich sie auch nicht aufleben lassen. Ich mache nicht mit."

„Zac ..."

„Ich meine es ernst."

Taylor seufzte schwer und stellte die alles entscheidende Frage: „Stellst du dich etwa wegen der Sache mit Tonya quer? Scheiße, Mann, das ist dreizehn Jahre her!

Wir waren damals halbe Kinder und gleichzeitig großspurige Idioten, die mit einem Finger schnipsen mussten, um Frauen dazu zu bringen, sich nackt vor uns hinzuknien!" Er runzelte die Stirn und gab zu: „Ja, wir hätten etwas sagen sollen, aber wir haben alle nicht gedacht, dass es etwas Ernstes war, Zac." Und dann fügte er ruhig hinzu: „Dean auch nicht."

Das war wohl der falsche Kommentar gewesen, denn Zac atmete scharf ein. „Wenn du mich wirklich dazu kriegen willst, bei dieser Sache mitzumachen, gehst du das Gespräch völlig falsch an!"

Abwehrend hob er die Hände in die Höhe. „Seit wann bist du nachtragend, Zac?"

Zacs Miene sagte alles. Dafür musste er nicht einmal antworten.

„Keiner von uns wollte dich verletzen. Wir waren schließlich Bandkollegen", versicherte Taylor ihm.

Spöttisch erwiderte Zac: „Tolle Kollegen! Hast du eigentlich eine Ahnung, wie es ist, wenn man ausgerechnet von seinen Bandkollegen, die dir so nahestehen wie Brüder, hintergangen wird? Ich kam mir wie der letzte Trottel vor!"

Taylor zuckte zusammen, denn in Zacs Worten steckte ein Quäntchen Wahrheit. Dummerweise hatte niemand von ihnen damals angenommen, dass Zac es mit seiner Flamme Tonya ernst gemeint hatte. Dann war es zu spät gewesen und Zac hatte das Handtuch geworfen. „Zac, wir hatten nicht die Absicht ..."

„Spar dir das!"

„Du kannst mir glauben, dass alle bedauern, was damals passiert ist.“ Demonstrativ klopfte er sich auf die linke Brust, wo sich alle ein Tattoo ihres Bandlogos hatten stechen lassen.

Zac verengte die Augen. „Bedauert ihr es, weil es bedeutet, dass ich bei diesem Revival nicht mitmachen will?“

„Vergiss doch den Scheiß-Auftritt“, brach es aus ihm heraus, und er verschränkte die Arme vor der Brust, nachdem er die Bierdose weggestellt hatte. „Keiner von uns ist stolz auf das, was damals passiert ist. Aber wir waren jung und dumm. Wir alle!“ Er holte tief Luft. „Heute würde so etwas nicht mehr passieren.“

Sein Freund schnaubte abfällig.

„Natürlich bin ich hier, weil ich hoffe, dass wir alle fünf bei diesem Auftritt auf der Bühne stehen. Aber ich bin auch hier, weil du früher mein Freund warst und weil ich in den letzten dreizehn Jahren ziemlich oft bedauert habe, wie unsere Zeit geendet ist.“

Zacs finstere Miene wurde nachdenklicher, bis er den Kopf schüttelte. „Ich bin Jurist. Hast du schon einmal darüber nachgedacht, wie es sich auf meinen Ruf unter meinen Mandanten auswirken könnte, wenn ich wieder mit einer Band auf der Bühne stehe?“

Räuspernd deutete Taylor auf das abgetragene T-Shirt, auf dem der Totenschädel einer Fledermaus abgedruckt war. „Welche Mandanten meinst du? Etwa die, die Anstoß an deinem Piercing, deinen langen Haaren und deinem dezenten Kleidungsstil nehmen?“

Anstatt darauf zu antworten, brummte Zac abwehrend: „Ich habe keine Lust mehr, durch Reifen zu springen, Männchen zu machen und mir sagen lassen zu müssen, welche Antworten ich geben soll, wenn ich in einem Interview danach gefragt werde, was mein Lieblingsgericht ist. Und die Zeiten, in denen mir Klamotten herausgesucht wurden, die ich zu Auftritten anziehen sollte, liegen auch hinter mir. Auf den Zirkus habe ich keine Lust mehr!"

„Denkst du, dass ich Lust auf so einen Scheiß habe?"

Zacs Gesichtsausdruck sprach Bände.

Taylor knirschte mit den Zähnen. „Die Plattenfirma wird inzwischen von völlig neuen Gesichtern geleitet, Zac. Das alte Management ist passé. Niemand würde uns irgendetwas vorschreiben."

„Sag das nicht, bevor du nicht einen Blick auf den zweihundert Seiten langen Vertrag geworfen hast, den das Label dir unter die Nase halten wird", spottete Zac. „Da wird bestimmt drinstehen, wann du pinkeln darfst und wann nicht. Als Anwalt kann ich dir sagen, dass das Kleingedruckte ganz entscheidend ist. Das hätten wir damals lesen sollen."

Fragend legte er den Kopf schief. „Bist du wirklich glücklich als Anwalt?"

„Ich bin ein guter Anwalt", verteidigte sich Zac augenblicklich. „Du magst es nicht glauben, aber ich bin verdammt gut in meinem Job."

„Das beantwortet nicht meine Frage, Zac. Macht es dich glücklich? So glücklich wie auf einer Bühne zu stehen und Musik zu machen?" Er ballte beide Hände zu Fäusten und spannte sich an, denn er sprach nicht nur von Zac. Er sprach auch von dem, was er sich wünschte – für sich selbst. „Bist du glücklich, wenn du an deinem Schreibtisch sitzt, anstatt deine Gitarre zu nehmen und das Adrenalin zu fühlen, sobald du auf eine Bühne kommst und um dich herum nur Schwärze ist, bis die Lichter angehen und Zehntausende dir zujubeln, weil sie nur dich hören wollen?"

Er konnte sehen, dass Zac die Zähne zusammenbiss.

„Klar, du bist sauer wegen der Sache, die damals mit Tonya abgelaufen ist, aber willst du dir deswegen alles versauen lassen?", fragte er ihn mit bebender Stimme. „Damals warst du zwanzig Jahre alt, Zac. Deshalb solltest du dir keine Chancen entgehen lassen, die vielleicht nie wiederkommen." Als Zac den Blick hob und ihn ansah, fuhr Taylor fort: „Willst du wegen deinem Groll auf diese Sache vielleicht das Beste verpassen, was dir passieren könnte?"

„Und du denkst, das Beste ist ein Revival von SpringBreak?"

„Ja, das denke ich."

Zac runzelte die Stirn und verschränkte nun selbst die Arme vor der Brust. Sein Brustkorb hob sich, bevor er zischend den Atem ausstieß. „Ich sage nicht Ja. *Noch* nicht", erklärte er beinahe widerwillig. „Erst muss ich eine Sache klären."

„Mit deinem Job?"

Kopfschüttelnd gab er zu: „Mit einer Frau."

„Mit einer Frau?" Er hustete gespielt auf. „Und ich

dachte, ich hätte mit meiner Frage nach einem Callboy richtiggelegen. Hätte mich aber gewundert, wenn du das Ufer gewechselt hättest, Zac."

„Halt die Schnauze", erwiderte Zac gutmütig und nickte in Richtung Pizzaschachtel. „Jetzt schnapp dir endlich ein Stück Pizza, du Arschloch, und erzähl mir mehr von deinen Plänen."

Das war in der Tat besser gelaufen als gedacht.

17

„Das war gar nicht schlecht. Probieren wir es noch einmal, in Ordnung?"

Das Lächeln, das sich Alexis abrang, war gequält, und sie alle wussten es. Alle Anwesenden wussten auch, dass der letzte Versuch keineswegs *nicht schlecht* gewesen war, wie es der Aufnahmeleiter behauptet hatte. Auch Alexis musste es wissen, weil sie aussah, als würde sie gleich in Tränen ausbrechen.

Taylor beobachtete durch die Glasscheibe hindurch, wie sie im Aufnahmeraum des Tonstudios stand und die Hände rang. Sie sah nervös aus und wirkte unsicher, dabei waren die neuen Songs, die sie in den letzten Wochen geschrieben hatte, erstklassig. Ohne Untertreibung waren ein paar der Songs, die sie hier einsingen sollte, die besten ihrer bisherigen Arbeiten. Tag und Nacht hatte sie gearbeitet, war voller Energie gewesen und voller Inspiration.

Das neue Album war in Rekordzeit entstanden und wartete eigentlich nur darauf, von Alexis eingesungen zu werden.

Zu sehen, wie sie hinter dem Mikrofon des Aufnahmeraumes stand und ihre Einsätze verpatzte, machte Taylor ernsthaft zu schaffen, weil er sehen konnte, dass Alexis sich mehr und mehr unter Druck setzte und von Take zu Take nervöser wurde.

So würde das niemals etwas werden.

„So wird das nie etwas", hörte er die Stimme ihres Agenten hinter sich, der zusammen mit Alexis' Mutter, Dave Phillips und dem ausführenden Produzenten auf dem Sofa am hinteren Ende des Regieraumes saß und tadelnd den Kopf schüttelte. „Was ist nur mit ihr los?"

„An den Songs kann es nicht liegen. Die sind großartig." Dave Phillips runzelte die Stirn. „Die Demotapes haben mich sofort überzeugt. Alexis hat wahnsinnig gute Arbeit abgeliefert, aber hier im Tonstudio ..." Er schüttelte den Kopf.

„Sie kommt schon noch rein. Geben wir ihr etwas Zeit." Das kam von Alexis' Mom, die vermutlich zuversichtlich klingen wollte. Vielleicht hätte das auch geklappt, wenn nicht ihre starre Miene gewesen wäre.

Am liebsten hätte Taylor ihnen allen dazu geraten, die Klappe zu halten und aus dem Regieraum zu verschwinden, weil Alexis sie zwar nicht hören, aber sehr wohl sehen konnte, welche besorgten Mienen sie machten. Ihre Reaktionen auf Alexis' Gesang mussten dazu beitragen, dass diese offenbar am liebsten weggelaufen wäre.

Eher unabsichtlich begegnete Taylor dem Blick ihrer Mom, mit dem sie ihn skeptisch und misstrauisch musterte.

Das ging schon seit Wochen so, wann immer sie aufeinandertrafen. Ihm war klar, dass ihre Mom ihn für einen Goldgräber hielt, und das war ihm ziemlich egal, solange Alexis die Wahrheit kannte. Seine Meinung über ihre Mutter war schließlich auch nicht die allerbeste, immerhin hatte sie ihrer Tochter noch vor zwei Stunden geraten, sich zusammenzureißen und bessere Arbeit abzuliefern als beim letzten Mal in diesem Tonstudio.

Für Alexis, die ohnehin nervös gewesen war, hatte das alles nur schlimmer gemacht.

„Versuchen wir es gleich noch einmal, Alexis“, kündigte der Toningenieur an und nickte ihr durch die Glasscheibe zu.

Taylor schenkte ihr ein aufmunterndes Lächeln, was leider nicht besonders half, weil sie zwar ihren Einsatz richtig abpasste, aber in der falschen Tonlage zu singen begann.

Die Aufnahme wurde angehalten und hinter Taylor begannen die vier Anwesenden Kriegsrat zu betreiben. Taylor ignorierte sie, klopfte an die Glasscheibe und erklärte an den Toningenieur gewandt: „Wir brauchen eine Minute.“

Ohne abzuwarten, was die anderen sagten, betrat er den Aufnahmeraum und schloss die Tür hinter sich.

Alexis zog die Kopfhörer von ihren Ohren und sah ihn verzweifelt an. „Ich kann das nicht.“

„Natürlich kannst du das", redete er ihr gut zu und legte seine Hände auf ihre Schultern. Tröstend rieb er über ihren Rücken und senkte den Kopf, um sie auf die Stirn zu küssen. „Du bist nervös, Baby, aber dafür gibt es keinen Grund."

„Können wir nach Hause fahren?", murmelte sie gegen seinen Hals. „Ich glaube, ich wechsele den Job und werde Schlachter. Wie der verrückte Frank."

Er lachte heiser und tätschelte zärtlich ihren Hintern. „Und das sagt die Frau, die kein Kalb essen will?"

„Kälber sind Babys", protestierte sie erwartungsgemäß gegen sein Hemd. „Wer isst schon Babys?"

„Hm." Ein letztes Mal presste er seine Lippen gegen ihre Stirn. „Weißt du noch, wie wir vorgestern genau dieses Lied gespielt haben, als wir zu Hause im Studio saßen?"

„Ja." Sie klang alles andere als enthusiastisch.

„Da warst du fantastisch", flüsterte er ihr zu. „Ich hatte Gänsehaut, weißt du noch?"

„Aber jetzt ist alles anders." Zittrig holte sie Luft. „Ich weiß auch nicht, aber ... aber ich fühle mich beobachtet."

„Okay. Was stimmt sonst nicht?"

Zögernd gestand sie: „Die Musik ist zu weit weg. Ich spüre die Rhythmen durch die Kopfhörer nicht."

Taylor nickte ernst, lehnte den Kopf zurück und hob ihr Kinn an, um sie anzusehen. „Daran können wir arbeiten."

Kurze Zeit später hatten sie nicht nur das Mikrofon so umgebaut, dass Alexis mit dem Rücken zum Regieraum saß, sondern Taylor hatte sich auch eine Gitarre geben lassen und sich zu Alexis gesellt, um den Song zu spielen, während sie ihn sang.

Der Unterschied war sofort zu erkennen.

Alexis brauchte lediglich zwei Anläufe und lief zur Hochform auf.

Unzählige Male spielte Taylor den Song, saß ihr dabei gegenüber und schaute ihr ins Gesicht, das vor Zufriedenheit glühte. Jeder Take war besser als der vorherige. Tatsächlich fühlte es sich nicht anders an als zu Hause, wenn sie gemeinsam Musik machten und allein im kleinen Studio des Hauses saßen. Es war ein tolles Gefühl, Alexis bei ihren Aufnahmen zu begleiten und für sie zu spielen. Außerdem machte es ihn stolz, sie bei der Arbeit zu beobachten, denn sobald sie ihren Rhythmus gefunden hatte, war sie Herrin der Lage, machte Vorschläge zum Arrangement und bestand darauf, einen kurzen Übergang mit den Drums selbst zu spielen.

„Ohne Sie hätte Alexis die Kurve vielleicht nicht bekommen." Dave Phillips gesellte sich zu ihm, als sie eine kurze Pause einlegten.

Taylor drehte sich zu dem Musikproduzenten um und setzte sein Wasserglas ab. „Alexis ist eine Ausnahmekünstlerin", stellte er klar. „Sie schafft alles, was sie sich in den Kopf setzt."

„Trotzdem war es gut, dass Sie heute hier waren."

„Sie brauchte nur ein bisschen Zuspruch." Er zuckte mit den Schultern.

„Und den haben Sie ihr gegeben. Sie tun ihr gut."

Interessiert legte er den Kopf schief. „Wie weit sind Sie mit Ihrem eigenen Album?"

Die Frage hatte er erwartet und gleichzeitig gehofft, dass Dave Phillips sie nicht stellte. Ausweichend erwiderte er: „Ich kann nicht klagen. Die Arbeit kommt gut voran."

„Schön, schön." Freundlich nickte er ihm zu. „Wir sollten uns bald über Ihr Album unterhalten, Taylor. Haben Sie in der nächsten Woche Zeit für einen Termin?"

In seinen kühnsten Träumen hätte Taylor es niemals für möglich gehalten, Dave Phillips einen Korb zu geben, wenn der ihn fragte, wann er Zeit für einen Termin hatte. Niemand gab dem Mann einen Korb, und Taylor war sich ziemlich sicher, dass Dave Phillips normalerweise nicht nach einem Termin fragte, sondern ihn einfach bestimmte.

Er wollte den Mann nicht vor den Kopf stoßen und erwiderte daher äußerst vorsichtig und höflich: „Vielen Dank für Ihr Angebot, Mr. Phillips, aber unter den gegebenen Umständen würde ich lieber verzichten."

Falls er erstaunt war, zeigte der andere Mann es nicht. Sein Pokerface verrutschte keinen Zentimeter. „Unter den gegebenen Umständen?"

„Angesichts der Tatsache, dass Alexis und ich zusammengekommen sind, möchte ich Ihr Angebot lieber nicht annehmen." Unschlüssig hob er die Hand. „Ich möchte keinen Vorteil aus meiner Beziehung zu Alexis ziehen."

„Ich habe schon gehört, dass Sie beide sich näher gekommen sind." Sein Blick gab nicht preis, was er zu der

Entwicklung der anfänglichen Scheinbeziehung dachte und ob er – ähnlich wie Alexis' Mom – Taylor für einen Goldgräber hielt, der von seiner Beziehung profitieren wollte. „Meiner Meinung nach hat das jedoch keinen Einfluss auf eine mögliche Zusammenarbeit zwischen Ihnen und mir. Unser Abkommen entstand schließlich, bevor es mit Ihnen und Alexis ernst wurde."

„Das mag schon sein, aber es käme mir einfach nicht richtig vor. Sie sind Alexis' Produzent." Abwehrend schüttelte er den Kopf. „Es ist sehr freundlich, dass Sie an mich gedacht haben, Mr. Phillips, aber Sie verstehen sicherlich, dass ich mich lieber anderweitig umsehe."

„Wenn das Ihre Entscheidung ist ..." Er reichte ihm die Hand. „Dann muss ich sie wohl akzeptieren."

„Danke für Ihr Verständnis."

Der andere Mann verzog den Mund. „Es muss Ihnen ernst sein mit Alexis, sonst hätten Sie sich diese Chance nicht entgehen lassen. Ich glaube, mir hat noch nie ein Künstler abgesagt."

Taylor konnte nur hoffen, dass Verwunderung aus Dave Phillips sprach und nicht etwa Kränkung. „Ja, es ist mir ernst mit ihr."

Schmunzelnd riet der andere Mann ihm: „Dann wünsche ich Ihnen viel Glück mit Emma." Er deutete auf Alexis' Mom. „Aus eigener Erfahrung kann ich Ihnen sagen, dass man es sich mit seiner Schwiegermutter niemals verscherzen sollte."

Das waren ja wunderbare Aussichten!

Kaum war Dave Phillips verschwunden, gesellte sich Alexis zu ihm und biss dabei in ein Sandwich, das zusammen mit anderen Speisen und Getränken vor wenigen Minuten geliefert worden war, um für das leibliche Wohl zu sorgen.

„Du hast mit Dave geredet?“

„Wir haben ein bisschen geplaudert“, gab er zu und nahm einen Bissen von ihrem Sandwich.

„Was gab es denn Interessantes zu besprechen?“

Es wäre ihm lieber gewesen, wenn ihr nicht aufgefallen wäre, dass er mit ihrem Produzenten geredet hatte. Er legte einen Arm um ihre Schulter. Eigentlich wollte er das Thema ihr gegenüber nicht aufgreifen, hielt es jedoch für besser, sie einzuweihen, falls Dave Phillips es irgendwann erwähnen sollte. „Er wollte mit mir über ein mögliches Album sprechen, aber ich habe abgelehnt.“

Im Gegensatz zu ihrem Produzenten zeigte sie ihr Erstaunen und zuckte mit dem Kopf in die Höhe. „Du hast sein Angebot abgelehnt, dein Album zu produzieren?“

Wortlos nickte er.

„Aber warum?“

„Weil er dein Produzent ist“, entgegnete er schlicht.

„Er hat Dutzende Musiker unter Vertrag“, erinnerte sie ihn. „Nicht nur mich.“

„Ja.“ Taylor fuhr sich verlegen durch sein Haar. „Aber er produziert deine Alben und ich will keinen Nutzen daraus ziehen.“

„Ihr hattet eine Vereinbarung.“

„Das war, bevor du und ich zusammengekommen sind."

Alexis' Mundwinkel hoben sich leicht. „Willst du damit sagen, dass du meinetwegen auf einen Vertrag verzichtest?"

„So ungefähr", murmelte er.

„Aber das musst du nicht."

„Ich weiß, aber es ist mir wichtig."

Offenbar war das die richtige Antwort, denn sie schlang die Arme um ihn und schmiegte sich an ihn.

* * *

ALEXIS KONNTE Auftritten auf roten Teppichen nichts abgewinnen. Im Vorfeld saß man stundenlang herum, um frisiert und geschminkt zu werden, musste Feuchtigkeitsmasken tragen und durfte nichts essen, was einen in irgendeiner Form aufgebläht wirken ließ. Am besten aß man tagelang gar nichts und trainierte wie eine Besessene, um eine möglichst gute Figur abzugeben. Dazu kam natürlich die Frage, was man anziehen und welchen Schmuck man tragen sollte.

Und am Ende durfte man minutenlang für Fotografen posieren, bevor man das Unglück hatte, an einige besonders eifrige Journalisten zu geraten, die entweder total belanglose Fragen nach den Designern der eigenen Kleider und nach der Unterwäsche unter jenen Kleidern stellten oder sehr schnell sehr persönlich wurden.

Die persönlichen Fragen hasste Alexis.

Früher hatte man sie meistens gefragt, wann sie den Mann fürs Leben fand oder wie dieser Mann sein musste. Jedes Mal war sie gefragt worden, warum sie zu einem Event allein erschien und warum es noch keinen Mann an ihrer Seite gab. Alexis hatte es immer als sehr unangenehm empfunden, auf solche Fragen zu antworten, und hätte ab und zu gerne einen spitzen Kommentar abgegeben, aber weil dies unmöglich gewesen wäre, hatte sie freundlich gelächelt und irgendeine nichtssagende Antwort gegeben.

Nach der Grammy-Verleihung im letzten Jahr, bei der sie sich zum Gespött der Leute gemacht hatte, weil sie auf der Bühne gestanden und eine Lobeshymne auf Brad gesungen hatte, die schwer nach einer Liebeserklärung klang, während er mit seiner frisch angetrauten Ehefrau im Publikum saß, hatte sie es vermieden, Events mit roten Teppichen zu besuchen. Sie hatte den Fragen aus dem Weg gehen wollen, die man ihr unweigerlich gestellt hätte.

Die heutige Veranstaltung hatte sie ganz unmöglich schwänzen können, denn es war die Premiere des Films, für den sie die Musik geschrieben und den sie teilweise mitsynchronisiert hatte.

Ihr war nichts anderes übrig geblieben, als sich in Schale zu werfen und lächelnd über den roten Teppich zu marschieren. Zum Glück war Taylor an ihrer Seite und hielt die ganze Zeit ihre Hand. Auch er hatte sich in Schale geworfen und einen schwarzen Anzug angezogen, der ihm fabelhaft stand.

Alexis' Stylistin hatte ihr ein langes weißes Kleid mit einem tiefen Rückenausschnitt ausgesucht, das einen langen Schlitz am Bein hatte und aus hauchdünner Seide bestand. Obwohl es eigentlich sehr schlicht war, entpuppte es sich als wahrer Hingucker und veranlasste die Journalisten, als Erstes folgende Frage zu stellen: „Sie tragen ein weißes Kleid, Ivy? Bedeutet das, dass Sie bald in den Hafen der Ehe einlaufen?"

Alexis wusste irgendwann nicht mehr, wie oft sie diesen Satz bereits gehört hatte. Bei der letzten Reporterin, die in der Reihe stand und ihr Fragen stellte, konnte sie kaum noch gute Miene zum bösen Spiel machen. Wenn sie gewusst hätte, welche Schlüsse man aus der Farbe ihres Kleides zog, hätte sie sich für ein anderes entschieden.

„Eigentlich habe ich das Kleid ausgesucht, weil es so hübsch war. Die Farbe hatte mit meiner Entscheidung nichts zu tun."

„Heißt das, dass eine Hochzeit in weiter Ferne liegt?"

Noch während sie darüber nachdachte, was sie darauf antworten sollte, ohne allzu unhöflich zu wirken, lachte Taylor an ihrer Seite heiser auf und zog die Aufmerksamkeit der Journalistin auf sich.

„Sie lachen, Taylor. Können Sie uns bei der Frage weiterhelfen?"

Offenbar hatte er mehr Geduld mit Journalisten als Alexis, weil er gutmütig erwiderte: „Ich verspreche Ihnen, dass Sie die Erste sind, die es erfährt, sollten wir beide über eine Hochzeit nachdenken."

Die schwarzhaarige Reporterin verdrehte leicht die

Augen und versuchte es noch einmal: „Finden Sie denn nicht, dass Ivy in einem weißen Kleid wundervoll aussieht? Ihr würde ein Hochzeitskleid bestimmt großartig stehen."

„Oh, da bin ich mir sicher. Ihr steht eigentlich alles wunderbar. Ob Sie es glauben oder nicht, aber selbst in alten Shirts und Jogginghosen sieht sie entzückend aus." Und um seine Worte zu unterstreichen, presste er seine Lippen für einen Moment gegen ihre Stirn.

Dankbar lächelte Alexis zu ihm hoch und drückte seine Hand.

Taylor hatte ihr den Wind aus den Segeln genommen. Jetzt blieb nur zu hoffen, dass die Journalistin das Hochzeitsthema endlich fallen ließ.

„Ivy, Sie haben nicht nur die Musik zu diesem Film beigesteuert, sondern auch eine der Sprechrollen übernommen. Wie hat Ihnen die Arbeit gefallen, und könnten Sie sich vorstellen, auch irgendwann in einem Film mehr als nur eine Sprechrolle zu übernehmen?"

„Es war eine tolle Erfahrung und die Arbeit im Studio sowie mit den Filmemachern war unglaublich, aber ich denke, meine Liebe gehört der Musik. Vor einer Kamera fühle ich mich sicherlich nicht so wohl wie hinter einem Mikrofon."

Angesichts des künstlichen Lächelns der Journalistin ahnte Alexis bereits, dass die nächste Frage schon wieder auf ihr Privatleben abzielte. „Der Film ist ein Kinderfilm und auch für ganz kleine Zuschauer freigegeben. Hier auf dem roten Teppich haben wir heute viele Kinder gesehen, die ihre berühmten Eltern zur Filmpremiere begleiten. Bekommt man da nicht Lust auf eigenen Nachwuchs?“

Gott, diese Frage war so typisch! Und glaubten Journalisten wirklich, dass sie jetzt Ja sagen oder das Geheimnis lüften könnte, schwanger zu sein, falls sie es wäre?

Mit einem breiten Lächeln erwiderte sie: „Es war sehr spannend, an einem Film mitzuwirken, der vor allem für Kinder gemacht ist. Mir hat es großen Spaß gemacht. Momentan stellt sich die Frage nach eigenen Kindern jedoch noch nicht, weil Taylor und ich an vielen verschiedenen Projekten arbeiten.“

Augenblicklich hielt die Frau ihm das Mikrofon unter die Nase. „Was sagen Sie dazu, Taylor?“

Gut gelaunt kommentierte er: „Da schließe ich mich ihr doch einfach mal an.“

„Ivy hat davon gesprochen, dass Sie beide an vielen verschiedenen Projekten arbeiten. Bei ihr wissen wir, dass an ihrem neuen Album auf Hochtouren gearbeitet wird. Können wir von Ihnen auch bald etwas Neues erwarten?“

Geradezu fröhlich entgegnete er: „Dazu kann ich noch nicht viel sagen. Warten Sie einfach die nächste Zeit ab.“

Innerlich zuckte Alexis zusammen, denn die Frage musste für Taylor mehr als nur unangenehm gewesen sein.

Seit er klargemacht hatte, dass er ihretwegen keinen Plattenvertrag mit *Shine Productions* eingehen wollte, arbeitete er zwar weiter an seinen Songs, aber ein anderer

Vertrag war nicht in Sicht. Sie beide sprachen nicht viel über das Thema, aber Alexis ahnte, wie sehr es ihn belastete, bei keinem Label unter Vertrag zu sein und keine Möglichkeit zu haben, sein Album fertigzustellen.

Dass er Daves Angebot abgelehnt hatte, war für sie ein absoluter Liebesbeweis. Taylor wollte nicht von ihr profitieren, auch wenn er den Vertrag gebraucht hätte. Dafür liebte sie ihn noch mehr, weil es ihr zeigte, dass er sich wirklich nur für sie interessierte und nicht für die Vorteile, die er aus einer Beziehung mit ihr herausschlagen konnte. Gleichzeitig hatte sie ein schlechtes Gewissen, dass er diese Chance ihretwegen ausschlug. Sie hätte ihm gerne geholfen, wusste aber, dass Taylor es allein schaffen wollte. Er war stolz.

Und dieser Stolz wurde ganz bestimmt verletzt, als diese dämliche Journalistin weiterbohrte: „Taylor, Sie waren früher selbst ein Star und feierten große Erfolge. Heute ist es Ihre Freundin, die ganz oben an der Spitze der Charts steht und Millionen Tonträger verkauft. Wie fühlen Sie sich an der Seite einer so erfolgreichen Frau wie Ivy?“

Alexis hätte ihr gerne die Augen ausgekratzt, doch Taylor blieb völlig gelassen. „Ich bin stolz auf sie“, erklärte er. „Sie ist talentiert, witzig, klug und wunderschön, und sie ist die großartigste Musikerin, die ich kenne.“ Er schaute ihr in die Augen, und Alexis wusste, dass er alles genau so meinte, wie er es sagte. Er zog nicht einfach nur eine Show für die Kamera ab, die vermutlich gerade aufnahm, dass sie ihn dankbar anlächelte und ihm verliebt ins Gesicht schaute. „Ich bin verdammt glücklich und fühle mich geehrt, dass ich sie unterstützen darf."

Vermutlich konnte jeder Zuschauer sehen, wie berührt sie von seinen Worten war. Von ganz allein stellte sie sich auf die Zehenspitzen und küsste ihn sanft auf den Mund.

Die Journalistin schien den Wink mit dem Zaunpfahl nicht verstanden zu haben, da sie hartnäckig wissen wollte: „Ist es nicht schwer für Sie, hautnah die Erfolge Ihrer Freundin mitzuerleben, während Ihr eigenes Album vor vielen Jahren gefloppt ist und Sie als erfolgloser Musiker unterwegs sind?"

Man musste Taylor zugutehalten, dass er keinesfalls beleidigt reagierte.

Aber Alexis tat es. „Taylor war mehrmals für den Grammy nominiert, hat einige Male den Billboard Music Award sowie den MTV Music Award gewonnen und hat mehrere Platten veröffentlicht, die den Platinstatus erreicht haben. Mit seiner Band hat er über dreißig Millionen Tonträger verkauft und seine Single *Left behind* ist meiner Meinung nach einer der besten Songs der letzten zwanzig Jahre. Ihn erfolglos zu nennen, ist absolut unwahr." Sie konnte spüren, dass Taylor ihre Hand drückte, als wolle er sie davon abhalten, weiterzusprechen, aber sie war zu sehr in Rage, als dass sie nun den Mund halten konnte. „Einige meiner neuen Songs sind mit seiner Hilfe entstanden und dank seiner Ideen so gut geworden, wie ich es nicht für möglich gehalten hätte. Ohne Taylor wäre mein neues Album nicht zustande gekommen."

Mit ihrer Verteidigungsrede hatte sie die Journalistin völlig überrumpelt, denn die sagte kein Wort mehr und starrte sie lediglich mit riesigen Augen an.

Offenbar hielt Taylor das für den richtigen Moment, die Kurve zu kratzen, weil er sich freundlich für das Interview bedankte und Alexis weiterzog. Sobald sie das Innere des Gebäudes betreten hatten und von Kameras sowie Reportern abgeschirmt waren, seufzte er schwer. Alexis ahnte, dass es ihm nicht recht war, wie sie ihn in Schutz genommen hatte. Vermutlich hätte sie einfach den Mund halten sollen, aber die stichelnden Fragen der Journalistin hatten sie wütend gemacht.

„Das hättest du nicht tun müssen." Taylor sah sie stirnrunzelnd an.

„Ich weiß."

„Es war nicht nötig. Ich kann mich selbst verteidigen, wenn ich denke, dass ich es muss." Er verdrehte die Augen. „Die Journalistin wollte mit der Frage nur provozieren."

Sie nickte. „Das weiß ich auch."

„Warum hast du dann etwas gesagt?"

Alexis schluckte schwer und rieb mit ihrem Daumen zärtlich über seine Handfläche. „Weil du mein Freund bist – mein Partner. Und weil ich es nicht ertragen konnte, wie sie dich klein gemacht hat."

Er antwortete nicht sofort, sondern wirkte nachdenklich, bis seine Mundwinkel zuckten und seine braunen Augen funkelten. „In dem Film leihst du einem Goldfisch deine Stimme, aber man hätte dir eher die Rolle einer Löwenmutter geben sollen. Himmel, Alexis!" Er gluckste.

„Ich hatte schon befürchtet, du würdest die arme Reporterin ohrfeigen."

Sie reckte das Kinn in die Höhe. „Ehrlich gesagt hätte ich ihr lieber ein paar Haare ausgerissen."

Das brachte ihn erst recht zum Lachen. Er zog sie an sich. „Erinnere mich daran, dich niemals zu reizen. Meine Haare sind schließlich mein Kapital."

18

Offiziell war Zac ihr niemals vorgestellt worden, weil Taylor und sie sich damals, als sie achtzehn und er einundzwanzig Jahre alt gewesen waren, vor allem heimlich getroffen hatten. Nichtsdestotrotz hatte sie natürlich gewusst, wer er war und wie er aussah.

Aber das war immerhin ein paar Jahre her.

In dem großen, schlanken Bräutigam mit dem dunklen, langen Haar, das er zurückgebunden hatte, hätte sie fast nicht Taylors ehemaligen Bandkollegen erkannt, der an einem wunderschönen Sommertag inmitten kalifornischer Weinberge in einem romantischen Hotel mit blühenden Gärten heiraten wollte. Dass er nervös war, konnte Alexis sogar von ihrem Platz aus erkennen, und sie schmunzelte, als er die Hände rang und seinen Trauzeugen, die hinter ihm Aufstellung genommen hatten und auf den Brautmarsch warteten, eine gequälte Grimasse schnitt.

Amüsiert verfolgte sie, wie einer seiner Freunde ihm zum wiederholten Male zeigte, dass er die Ringe dabeihatte, und wie er an seinem Hemdkragen zog und ungeduldige Blicke in Richtung Hotel warf, aus dem jeden Moment die Braut kommen konnte.

Alexis war erstaunt gewesen, als Taylor ihr erzählt hatte, dass sie zur Hochzeit seines früheren Bandkollegen eingeladen waren, weil sie angenommen hatte, dass er kaum noch Kontakt zu ihm hatte. Die anderen Bandmitglieder hatte sie unter den übrigen Gästen nicht gesehen, was jedoch nichts heißen musste. Cole befand sich beispielsweise zurzeit in Osteuropa, wo er auf einem Festival als DJ auftrat. Er war ziemlich oft ihr Hausgast gewesen, seit Taylor und sie zusammengekommen waren, und schien Taylor bei dessen Album zu unterstützen, weil die zwei ständig im Tonstudio zu finden waren, wenn Cole die Zelte bei ihnen aufschlug.

Obwohl Taylor für sein Album noch keinen Vertrag in Aussicht hatte, wirkte er nicht sonderlich gestresst oder gehetzt. Auch jetzt saß er völlig entspannt neben ihr, beobachtete das Geschehen vorn am Altar und erhob sich wie die übrigen Hochzeitsgäste, als die Braut den Garten betrat.

Alexis hielt sich eigentlich nicht für sonderlich nah am Wasser gebaut, zumal sie das Brautpaar nicht kannte, aber als die rothaarige, elfenhafte Braut am Arm ihres Vaters auf ihren Bräutigam zuschritt und der mit seiner Rührung zu kämpfen hatte, wurden ihre Augen feucht. Man sah den beiden an, wie verliebt sie ineinander und wie glücklich sie waren.

Die Zeremonie unter freiem Himmel war wunderbar romantisch und die anschließende Feier sogar ein bisschen kitschig, als der Bräutigam für seine Braut den alten Song *It has to be you* von SpringBreak sang, anstatt eine gewöhnliche Rede zu halten. So viel Romantik hätte Alexis einem Mann nicht zugetraut, der eher wie ein knallharter Rockstar aussah – trotz seines förmlichen Anzugs.

„Entschuldige, aber wir müssen dich einfach ansprechen."

Alexis hatte sich gerade ein Stück Jakobsmuschel in den Mund geschoben, als drei Frauen neben ihr auftauchten, die sie sofort als die Brautjungfern identifizierte. Wie sollte man sich auch nicht an die völlig verschieden aussehenden Frauen erinnern, die während der Zeremonie Rotz und Wasser geheult hatten und von denen eine dank ihres Heuschnupfens alle zwei Minuten wie verrückt geniest hatte?

Es gestaltete sich ziemlich schwierig, zu lächeln und gleichzeitig auf dem Muschelfleisch herumzukauen, während Alexis hoffte, dass ihr peinlicherweise nicht ein Stück Muschel aus dem Mund fiel. Leider war das Stück, auf dem sie gerade kaute, nämlich ziemlich groß.

„Natürlich", entgegnete sie mühsam und schluckte schwer. „Hi."

„Hi."

„Hi."

„Hi."

„Wir sind die Brautjungfern."

„Lucys beste Freundinnen."

„Seit dem College."

„Ich bin Harper."

„Und ich bin Blair."

„Ich bin Mac."

Ein wenig überrumpelt zwinkerte Alexis, denn die Namen würde sie sich so schnell sowieso nicht merken können. Außerdem war sie überrumpelt, als sich die Brünette auf den Stuhl neben sie setzte, auf dem gerade noch Taylor gesessen hatte, bevor er aufgestanden war, um mit Zac zu plaudern.

„Ich darf mich doch setzen, oder? Mir ist etwas flau." Bedeutungsvoll tätschelte sie ihren Bauch. „So ist das wohl im vierten Monat."

„Herzlichen Glückwunsch", erwiderte sie automatisch.

„Danke." Sie lächelte. „Wir wollten kurz vorbeischauen und dir sagen, wie toll wir deine Musik finden. Mein Mann und ich waren sogar auf einem deiner Konzerte. Damals waren wir noch nicht verheiratet, aber ich wusste, dass er der Richtige war, als er lauthals *Girlpower* mitsang."

Das fand Alexis ziemlich süß. „Vielen Dank. Das freut mich zu hören."

„Ja, es ist eines seiner Lieblingslieder, was er sogar offen zugibt. Ich liebe es auch, aber – offen gesagt – mein absolutes Lieblingslied ist *Left behind*."

„Bitte erzähle ihr nicht das, was du uns gerade erzählt

hast“, bat die Blondine inbrünstig, woraufhin die Brünette die Augen verdrehte.

An Alexis gewandt erklärte sie ihr, während sie auf die Blondine deutete: „Harper ist meine Schwägerin. Ich habe ihren Bruder geheiratet, und sie nimmt es mir krumm, dass ich gerade erzählt habe, wie großartig ich *Left behind* fand.“

„*Das* habe ich dir nicht krummgenommen“, erwiderte die Blondine scharf.

Die Dunkelhaarige mit den exotischen Gesichtszügen stieß ein heiseres Kichern aus. „Blair, du solltest vielleicht erwähnen, dass du zu dem Song laut eigener Aussage bewusstseinserweiternden Sex mit Jake hattest. Ich glaube, *daran* hat sich Harper gestoßen und nicht an der Tatsache, wie großartig du den Song fandst.“

„Müsst ihr darüber reden? Ihr seid peinlich“, schimpfte Harper seufzend und flüsterte: „Ihr könnt vor einer weltbekannten Sängerin doch nicht über bewusstseinserweiternden Sex reden.“

Glaubte sie, dass Alexis sie nicht verstand? Belustigt zuckten ihre Schultern.

„Entschuldigung“, wehrte die Frau mit dem dunklen Haar und den faszinierenden Augen ab, die wie Bernstein glänzten. „Normalerweise sind wir sehr viel gefasster, aber es kommt nicht so oft vor, dass wir Prominente auf Hochzeiten treffen.“

„Abgesehen davon sind wir eigentlich nie alle gleichzeitig auf einer Hochzeit.“

Den letzten Satz, der von der Schwangeren neben ihr

kam, verstand Alexis zwar nicht, aber sie konnte auch nicht sonderlich lange darüber nachdenken, weil die Blondine ihre Aufmerksamkeit auf sich zog, als sie schief lächelte und tief Luft holte. „Wir möchten wirklich nicht aufdringlich sein, hätten aber eine Frage."

„Es ist vielmehr eine Bitte", warf die Dunkelhaarige ein, die Mac sein musste.

„Ja, es ist eher eine Bitte." Die blonde Harper nickte, bevor sie fortfuhr. „Wir wollten Lucy und Zac mit einer kleinen Diashow überraschen, zu der die Band *Endless Love* spielen sollte."

„Auf dem College hat sie den Song rauf und runter gehört", warf Mac ein und stöhnte.

„Lucy ist sehr romantisch", offenbarte Blair, als hätte Alexis dies nicht bereits geahnt.

„Auf jeden Fall hatten wir gerade spontan überlegt, wie viel schöner es wäre, wenn vielleicht ... richtig gute Sänger das Lied singen würden. Im Duett", erklärte Harper bedeutungsvoll.

„Eine Frau und ein Mann", kommentierte Blair.

Alexis gluckste. „Ich habe schon verstanden. Ihr möchtet wissen, ob Taylor und ich den Gesangspart übernehmen?"

Harper stieß den Atem aus. „Ja, genau. Danach wollten wir unverschämterweise fragen." Sie lächelte schief.

„Es ist nicht so, als wären wir zu geizig für ein Geschenk", beteuerte Blair. „Jake und ich haben den beiden einen richtig tollen Tischgrill gekauft."

Mac räusperte sich. „Wer kann schon von sich behaupten, dass zwei Stars auf ihrer Hochzeit singen?“

Bevor sie weiter über Tischgrills oder bewusstseinserweiternden Sex sprachen, versicherte Alexis: „Kein Problem. Wir machen es.“

„Ehrlich?“

„Natürlich. Taylor und ich machen das gerne.“

„Das wird wunderbar!“

„Die beiden werden sich unglaublich freuen.“

„Lucy wird in Ohnmacht fallen!“

Das hoffte Alexis nicht.

Als es später dunkel wurde und die Leinwand im Garten aufgestellt wurde, damit die Vorführung von Fotos von Lucy und Zac beginnen konnte, stand Alexis neben Taylor auf der kleinen Bühne vor der Jazzband und sang mit ihm im Duett den gefühlvollen Song *Endless Love*.

Alexis hatte schon einige Male im Duett gesungen wie damals auf einer Charity-Veranstaltung zusammen mit Michael Bublé.

Aber sie war noch nie in ihren Gesangspartner verliebt gewesen.

Auf der Bühne performte man, sah seinem Partner beim Singen tief in die Augen und spielte dem Publikum eine Verbindung vor, die es nicht gab, um die Emotionen des Songs zu unterstreichen. Das war der Normalfall.

Doch dieses Mal war es ein völlig anderes Gefühl. Es war nicht geschauspielert, sondern echt. Sie beide mussten niemandem etwas vormachen. Und deshalb harmonierten sie vermutlich auch so gut miteinander, während sie gemeinsam das Lied sangen.

Alexis achtete nicht auf die Diashow und sah auch die Hochzeitsgäste nicht, sondern konzentrierte sich ganz allein auf Taylor, der seine Augen nicht von ihr ließ. Seine Stimme war wunderschön und klar und drückte genau das aus, was der Song sagen wollte. Außerdem schaffte sie es, dass Alexis ein warmer Schauer über das Rückgrat lief.

Sie hatte den Eindruck, dass er nur für sie sang.

Und sie sang für ihn.

19

„ICH BESPRECHE das mit der Produktionsfirma. Der Termin für den Videodreh steht noch nicht fest, und wenn wir früh genug die Woche blocken, müssen sie uns einen Ausweichtermin nennen. Außerdem findet die Pressetour erst später als gedacht statt. Das passt ganz gut in deinen Kalender hinein."

Für Alexis klangen die Pläne ihres Agenten nach arbeitsintensiven Monaten – so war es immer, wenn ein neues Album erschien. Der Vorlauf war gigantisch und betrug mehrere Monate, bis die erste Single endlich erschien. Und in der Zeit hatte jeder einzelne Tag nicht genügend Stunden.

„Wie groß soll die Pressetour denn werden?" Insgeheim kreuzte sie die Finger und hoffte auf eine kurze, knappe und nationale Pressetour im nächsten Jahr.

„Dein Gesichtsausdruck verrät dich, Alexis", erwiderte Ted und kniff die Augen zusammen.

Sie lächelte schwach. „Können wir die Tour bitte auf ein paar ausgewählte Termine beschränken? Ich bin schließlich nicht mehr die Jüngste."

Er schnaubte und machte sich eine Notiz in seinen Computer. „Ich kann nichts versprechen."

„Tu dein Bestes", forderte sie ihn liebenswert auf. „Ich zähle auf dich."

Das brachte ihr einen ironischen Blick von ihm ein. „Ich kann nicht zaubern."

„Aber du kannst dafür sorgen, dass mir eine unnötige Tour durch Dutzende Fernsehprogramme und Radiosender erspart bleibt."

„Schon gut, schon gut." Er hob beide Hände, als würde er sich geschlagen geben. „Ich habe es verstanden. Aber du wirst nicht um ein paar wichtige Termine drumherum kommen."

„Das ist mir klar." Sie rieb sich über die Stirn, denn die Besprechung mit Ted war heute nicht der erste und auch nicht der letzte Termin, den sie hinter sich bringen musste.

Bereits am frühen Morgen war sie unterwegs gewesen und spürte trotz des zweiten Kaffees innerhalb der letzten Stunde, wie müde sie war. Dazu kam der Muskelkater, den sie dank Taylor hatte, weil er auf die grandiose Idee gekommen war, am Wochenende mit ihr eine Pferderanch zu besuchen, wo sie zum ersten Mal seit zig Jahren wieder im Sattel gesessen hatte. Seit Tagen konnte sie sich kaum rühren und hatte daher gestern ihrem Trainer abgesagt, der mit ihr eine Choreographie üben wollte, die sie für einen gemeinsamen Auftritt mit einigen anderen Sängerinnen auf einem Tribute-Konzert können musste. Tanzchoreographien hatte sie früher geliebt, aber mit zweiunddreißig wollte sie nicht mehr übermäßig viel über die Bühne hüpfen.

„*Shine Productions* möchte neue Fotos machen. Bei dem Umfang werden bestimmt zwei Tage dafür draufgehen."

Gottergeben seufzte sie.

„Zwei Wochen vor der Singleauskopplung sollten wir darüber nachdenken, dich ..."

Sie hob den Kopf und unterbrach ihn. „Das ist die Woche meines Geburtstags, oder?"

Ted schaute auf den Monitor seines Computers. „Ja, scheint so."

„In der Woche hätte ich gerne frei."

Erwartungsgemäß wanderte eine Augenbraue in die Höhe. „Du möchtest *was* haben?"

„Frei", erklärte sie leichthin. „Du weißt schon: keine Termine, ausschlafen ... *Urlaub*."

„Alexis ..."

„Es ist mein Geburtstag, Ted."

„Und an dem willst du ausschlafen?"

„Eigentlich will ich in den Urlaub fahren. Nur für ein paar Tage", beeilte sie sich zu sagen, als er die Stirn runzelte. „Ich würde gerne mit meinem Freund ein bisschen ausspannen und die Seele baumeln lassen, bevor ihr mich vor den Karren spannen könnt und ich Taylor eine ganze Zeit nur noch selten sehen werde, weil ich ständig unterwegs sein muss. Ist das zu viel verlangt?"

„Von wie vielen Tagen reden wir hier?"

„Sieben ... fünf." Sie seufzte schwer. „Fünf, okay?"

Er grummelte etwas vor sich hin, betrachtete eingehend seinen Monitor und nickte widerstrebend. „Meinetwegen, aber das musst du deiner Mom erklären."

Natürlich hätte sie ihm erklären können, dass sie nicht mehr fünfzehn und er nicht ihr Vater war und dass ihre Mom kein Recht hatte, gegen ihren Urlaub mit Taylor zu protestieren, aber Alexis hielt den Mund und lächelte vergnügt vor sich hin. Die kleinen Siege zählten – und dazu gehörte, dass ihre Mom sich sehr darum bemühte, Alexis nicht mehr zu bevormunden und Taylor nicht jedes Mal böse anzuschauen, wenn sie auf ihn traf. Außerdem hatte sich Alexis durchgesetzt, was Liebesdemonstrationen in der Öffentlichkeit betraf. Taylor und sie gingen nur noch zu Veranstaltungen, weil sie es wollte, und nicht, weil irgendjemand auf gute Fotos hoffte.

Das hatte den Druck enorm von ihnen genommen, auch wenn vor allem die Presse ganz verrückt nach neuen Aufnahmen von ihnen war.

Seit das Video viral gegangen war, das zeigte, wie Taylor und sie auf der Hochzeit seines alten Bandkollegen *Endless Love* sangen, flippten Fotografen regelmäßig aus, wenn sie sich irgendwo sehen ließen, was wohl auch daran lag, dass das Video millionenfach angeklickt worden war.

Apropos Video ...

„*MusicWorld* veranstaltet in der kommenden Woche dieses riesige Event zum fünfundzwanzigjährigen Bestehen des Senders."

„Ich weiß." Sie lächelte schwach, denn es gab vermutlich niemanden im ganzen Land, der die Werbung für die Show nicht gesehen hatte. Mittlerweile hatte Alexis den Eindruck, dass das Event größer als der Superbowl werden würde.

„Schon vor Monaten hatten sie angefragt, ob du dabei sein wolltest, aber damals hielten wir es für besser, wenn du nicht teilnehmen würdest." Mit anderen Worten hatten sie damals noch um ihr Image gefürchtet.

Innerlich schnitt sie eine Grimasse. „Ich erinnere mich."

„Relativ kurzfristig hat der Sender angefragt, ob Taylor und du gemeinsam auftreten würdet." Ted legte beide Hände auf die Schreibtischplatte. „Die Verantwortlichen werden das Video gesehen haben."

„Natürlich." Alexis wusste nicht, ob sie lachen sollte oder nicht, schließlich war sie schon zigmal auf dieses Video angesprochen worden. Es würde sie nicht wundern, wenn bald der Vorschlag ins Haus flatterte, dass Taylor und sie offiziell eine Version des Songs aufnehmen wollten.

Vielleicht sollten sie tatsächlich über diese Möglichkeit nachdenken, denn für Taylor könnte sich dadurch etwas für sein Album ergeben ...

„Hast du verstanden, was ich gesagt habe, Alexis?"

„Entschuldige, Ted." Sie hob den Kopf und schüttelte diesen. „Ich habe gerade nachgedacht. Was wolltest du sagen?"

„Ich habe dich gefragt, ob du damit einverstanden bist, mit Taylor bei der Show aufzutreten."

„Das muss ich zuerst mit Taylor besprechen", stellte sie klar. Gleichzeitig dachte sie darüber nach, ob es nicht wirklich eine gute Idee war, den Song zu veröffentlichen – ein Duett von Taylor und ihr. Ein Auftritt im Fernsehen bei einer Show mit solcher Aufmerksamkeit und dann die Auskopplung einer gemeinsamen Aufnahme würden seinen Namen bei den richtigen Leuten bekannt machen. Er war ein toller Sänger. Mit ein bisschen Publicity wäre es ein Leichtes, durch dieses Duett an ein neues Label zu kommen. Und das wäre sozusagen sein eigener Verdienst.

„Tue das. Für Taylor sollte es kein Problem sein, an dem Abend zweimal aufzutreten. Ganz im Gegenteil, denn ich denke, ihm und seiner Band käme es nur zugute, wenn er durch ein Duett mit dir noch mehr Aufmerksamkeit erhält."

Ahnungslos starrte sie ihn an und verstand nicht, wovon er sprach. „Was?"

Ihr Agent zuckte mit den Schultern und widmete sich voll und ganz seinem Computer. „Natürlich zieht *Music-World* dieses Revival von SpringBreak ganz groß auf und macht ein riesiges Geheimnis darum, aber die Zuschauer werden total aus dem Häuschen sein, wenn das neue Traumpaar der Branche erst dieses Duett singt und Taylor dann nach fast vierzehn Jahren Trennung wieder mit seiner Band auf die Bühne kommt. Das wird das Highlight des Abends sein, und das soll *MusicWorld* auch bekommen."

Schlagartig wurde ihre Kehle staubtrocken. Ihr Magen sackte ins Bodenlose. „Ich ... ich verstehe nicht, was du meinst, Ted."

Er runzelte die Stirn und erklärte, als müsste Alexis längst Bescheid wissen: „Das muss man *MusicWorld* und Gooseberry lassen – einen tollen Coup haben sie sich da einfallen lassen mit dem Comeback der Band. Man kann gespannt auf das Album sein, das in Planung ist. Hat Taylor schon gesagt, für wann sie die Veröffentlichung planen? Vielleicht könnte man ein paar Pressetermine zusammenlegen, damit ihr beide gemeinsam auftretet, schließlich seid ihr das neue Traumpaar, und die Leute wollen euch sehen."

Was auch immer Ted noch sagte, verstand Alexis nicht.

Sie fühlte sich wie betäubt und konnte nicht glauben, was sie gehört hatte.

Taylor hatte mit keinem Wort etwas über ein Comeback erzählt. Sie hatte nicht einmal gewusst, dass er bei jener TV-Show auftreten würde – schon gar nicht mit seiner alten Band! Und von einem Album hatte sie erst recht nichts gewusst! Alexis war davon ausgegangen, dass er noch immer auf der Suche nach einem Plattenlabel war, nachdem er Dave abgesagt hatte.

Ein anderer Gedanke schoss ihr durch den Kopf.

Dass Taylor das Angebot ausgeschlagen hatte, sein Album durch Dave Phillips produzieren zu lassen, hatte sie als ultimativen Liebesbeweis betrachtet. Sie war davon ausgegangen, dass er das Angebot nur deshalb ausgeschlagen hatte, weil er nicht von ihr profitieren wollte.

Aber wahrscheinlicher war, dass er es ausgeschlagen hatte, weil er längst einen anderen Plattenvertrag in Aussicht gehabt hatte.

Er war auf diesen Vertrag gar nicht angewiesen gewesen.

Nur hatte er ihr das nicht erzählt.

Alexis stellte sich die Frage, warum er nicht mit der Wahrheit herausgerückt war.

Sie befürchtete, die Antwort zu kennen.

* * *

In dem Moment, in dem Alexis das Schlafzimmer betrat, wusste Taylor, dass etwas nicht in Ordnung war. Ihr Gesicht verriet sie, denn so verschlossen und kühl sah sie nur dann aus, wenn jemand ihre Musik kritisierte.

Er steckte also tief in der Patsche, auch wenn er nicht wusste, was er ausgefressen hatte.

Scheiße.

Dennoch versuchte er, die Stimmung aufzulockern, während er aus seinen Sportschuhen schlüpfte, weil er eigentlich unter die Dusche hatte springen wollen. „Du kommst genau richtig, Baby. Wie wäre es mit einer heißen Dusche, bevor ich mich um deinen Muskelkater kümmere und dich dann ein bisschen im Bett verwöhne?“

„Nein.“

Gespielt arglos fragte er nach: „Wir können auch einen kleinen Quickie in der Dusche einlegen, wenn dir das lieber ist, aber ich erinnere dich daran, dass wir beim letzten Mal fast ausgerutscht wären."

Nichts. Nicht einmal ein Zucken ihrer Mundwinkel folgte als Reaktion, dabei hatten sie beide herzlich gelacht, als sie fast auf ihren Hintern gelandet waren.

„Willst du wirklich mit mir schlafen oder musst du dich dazu überwinden?"

Hier stimmte irgendetwas nicht.

Taylor erhob sich und schaute sie verständnislos an, während sie die Arme vor der Brust verschränkte und einen Schritt zurück machte. Das war Distanz in ihrer Reinform.

„Was ist los, Alexis?"

„Nichts. Ich bin nur neugierig, wie weit du gehst, um deine Karriere voranzutreiben. Hat es dich Überwindung gekostet, mit mir ins Bett zu gehen, oder war der Sex das Bonbon auf dem Plattenvertrag?"

Wenn er nicht direkt vor ihr gestanden hätte, hätte er nicht für möglich gehalten, dass es Alexis war, die mit ihm sprach. „Wovon zum Teufel redest du?"

„Ich rede von dem Comeback deiner Band, das du mir vorenthalten hast. Herzlichen Glückwunsch, Taylor."

Seine Schultern sackten hinunter. Augenblicklich verstand er, was hier los war. „Du missverstehst die ganze Situation, Alexis. Das ..."

„Inwiefern missverstehe ich die Situation? Du kommst mit mir zusammen und kurz darauf findet eine Wiedervereinigung deiner alten Band statt!"

Ein dicker Kloß bildete sich in seinem Hals. „Wie

kannst du nur denken, dass unsere Beziehung irgendetwas mit dem Comeback der Band zu tun haben könnte?“

„Wie kann ich nicht? Du hast mir nichts gesagt“, fuhr sie ihn an.

Er machte eine fahrige Handbewegung.

So hatte das nicht laufen sollen! Er hatte ihr in einer ruhigen Minute von dem Revival der Band erzählen wollen und war davon ausgegangen, dass sie sich freuen würde – dass sie stolz war, weil er es ohne ihren Einfluss geschafft hatte. Niemals hätte er vermutet, dass sie deshalb wütend auf ihn sein würde. Und ihr Vorwurf verletzte ihn nicht nur, sondern machte ihn auch noch wütend.

„Verflucht, Alexis, *MusicWorld* und Gooseberry haben uns strengste Geheimhaltung auferlegt! Was hätte ich denn tun sollen? Niemand darf etwas vor der Show über das Comeback wissen.“

„Und warum wusste dann mein Agent Bescheid?“, feuerte sie zurück. „Hast du gedacht, ich würde losziehen und einem Paparazzo auf die Nase binden, dass Spring-Break zurück auf die Bühne kommt?“

„Nein, natürlich nicht“, wehrte er ab und fühlte sich schuldig, dass er bisher noch keinen reinen Tisch gemacht hatte. Gleichzeitig war er sauer, dass sie so verdammt schlecht über ihn dachte.

„Dann fällt mir nur ein Grund ein, weshalb du bisher nichts gesagt hast.“ Sie holte tief Luft. „Du bist wirklich nur mit mir zusammen, um davon zu profitieren.“

Taylor schnappte nach Luft. „Hörst du dir eigentlich selbst zu? Was du da sagst, ist absolut lächerlich!“

„Ist es das?“ Sie bebte am ganzen Körper. „Du verheimlichst mir, dass du ein Comeback mit deiner alten Band planst, dass ihr bald einen großen Auftritt habt und dass ihr bereits an einem Album arbeitet, das sogar schon bei eurem alten Label untergekommen ist. Weißt du, wie romantisch ich es fand, dass du Daves Angebot abgelehnt hast? Ich habe wirklich geglaubt, dass du es ernst meintest! Wer sagt schon zu einem Vertrag mit Dave Phillips Nein? Was ich für einen wunderbaren Liebesbeweis gehalten habe, war purer Mist! Du hattest längst ein anderes Angebot und hast mich im Glauben gelassen, für mich ein Opfer zu bringen.“

„Verdammt noch mal! So war das überhaupt nicht. Du siehst das alles komplett falsch, Alexis. Das eine hat mit dem anderen nichts zu tun.“ Beinahe hätte er sich die Haare gerauft. „Ich hatte längst entschieden, nicht mit Dave Phillips und *Shine Productions* zusammenzuarbeiten, bevor die Anfrage von *MusicWorld* kam.“

„Natürlich“, entgegnete sie höhnisch. „Was für ein Zufall!“

Er knirschte mit den Zähnen. „Es ist ein Zufall! Der Sender hatte sich mit meinem Agenten in Verbindung gesetzt, bevor die ersten Fotos von dir und mir erschienen sind!“

„Ich komme mir so dumm vor“, rief sie aufgebracht und schien ihn gar nicht gehört zu haben. „Als ich heute auf ein Duett zwischen dir und mir angesprochen wurde, dachte ich darüber nach, dass wir gemeinsam einen Song herausbringen könnten. Wir hätten *Endless Love* einsingen können. Ich war mir sicher, dass du dadurch die Aufmerksamkeit anderer Produzenten bekommen könntest, die sich für dich interessieren würden – für dich und dein Talent. Ich hatte ein richtig schlechtes Gewissen, dass du die Chance auf einen Plattenvertrag hast sausen lassen, um mir zu beweisen, wie ernst es dir mit mir ist. Dabei war das alles eine große Inszenierung!"

„Das war keine Inszenierung", widersprach er ihr heftig und spürte Panik und Wut in sich aufsteigen. „Schon in Oregon war ich in dich verliebt, Alexis. Das weißt du."

Zitternd holte sie Luft. „Ich ... ich weiß es nicht."

Das traf ihn. „Denk nach, Liebling. Wieso sollte ich dir monatelang etwas vorspielen?"

Offenbar war das die falsche Antwort gewesen. Alexis klang verletzt, verbittert und verwirrt, als sie abgehackt erklärte: „Du wärst nicht der erste Mann, der mir monatelang weisgemacht hat, in mich verliebt zu sein, weil er sich dadurch Vorteile für seine Karriere versprochen hat."

Scharf atmete er ein, während sich ihre Worte wie ein Schlag in die Magengrube anfühlten. „Du kannst mich nicht ernsthaft mit diesem Wichser vergleichen, Alexis!"

„Ich weiß nicht, was ich denken soll." Ihre Stimme zitterte so heftig, dass es ihn nicht gewundert hätte, wenn sie im nächsten Moment in Tränen ausgebrochen wäre. „Brad hat mich ausgenutzt und von dir fühle ich mich auch ausgenutzt! Anfangs warst du mit mir zusammen, weil ..."

Taylor unterbrach sie und unterdrückte dabei das

Bedürfnis, sie heftig zu schütteln. „Anfangs hatten wir eine Abmachung – ja! Aber dann habe ich mich in dich verliebt. Und du dich in mich, Alexis. Ich habe dich nie ausgenutzt!"

„Aber wer sagt mir, dass das stimmt?"

„Ich sage es dir!" Er fuhr sich über seine trockenen Lippen. „Habe ich dir jemals einen Anlass gegeben, mir nicht zu glauben?"

„Du hast mir nichts von diesem Comeback gesagt!"

Am liebsten wäre er aufgebraust. „Und das war ein Fehler, aber keine böse Absicht! Ich war immer ehrlich zu dir."

An ihrer Kehle konnte er sehen, wie sie schluckte.

Taylor ballte seine Hände zu Fäusten. „Mein Agent hatte völlig vergessen, mir davon zu erzählen, dass *Music-World* an einem Auftritt von SpringBreak interessiert war. Das war Wochen bevor sich Dave Phillips mit mir in Verbindung gesetzt hat. Ich habe davon erst später erfahren. Weißt du, dass meine erste Frage an den TV-Sender lautete, ob sie lediglich an uns interessiert wären, weil du und ich ein Paar waren? Unter den Umständen hätte ich nämlich nicht mitmachen wollen, weil ich nicht von unserer Beziehung profitieren wollte."

„Das sagst du jetzt."

Er knirschte mit den Zähnen. „Meinetwegen kannst du meinen Agenten anrufen, wenn dir das so wichtig ist! Er kann dir bestätigten, dass ich die Wahrheit sage."

„Aber er kann mir nicht bestätigen, warum du mit mir

zusammen bist." Sie sah beiseite und murmelte: „Vielleicht siehst du auch nur ein Sprungbrett in mir."

Zwischen dem Gefühl von absoluter Hilflosigkeit, weil Alexis ihm nicht glauben wollte, und Wut, weil sie ihn mit Brad Paxton auf eine Stufe stellte, hin- und hergerissen hörte er sein eigenes Blut durch seinen Schädel rauschen. Mühsam beherrscht wollte er wissen: „Das glaubst du wirklich von mir? Ich habe dir nie einen Anlass gegeben, mir nicht zu vertrauen."

„Früher war dir deine Karriere wichtiger als alles andere."

Taylor verengte die Augen zu winzigen Schlitzen. „Wirfst du mir das immer noch vor? Ich dachte, wir wären längst darüber hinweg!"

„Vielleicht bin ich es nicht." Sie zuckte niedergeschlagen mit den Schultern. „Jetzt, wo du deine alten Zeiten mit SpringBreak wiederaufleben lässt, hast du sicherlich keine Verwendung mehr für eine Freundin. Deine Fans werden schließlich wollen, dass du noch zu haben bist. So wie damals."

Das war der Augenblick, als er förmlich platzte und ziemlich laut wurde. „Du bist verdammt nachtragend und absolut irrational! Das ist alles ein großer Haufen Scheiße, in den du dich hineinsteigerst, weil du von allen Menschen um dich herum nur das Schlechteste denkst!"

Ihr Gesicht wurde feuerrot.

Taylor fuhr fort, bevor Alexis antworten konnte. „Denkst du denn, dass die Situation für mich einfach ist? Jeder – wirklich jeder – hält mich für einen Goldgräber, der von seiner berühmten Freundin profitieren will! Angefangen bei deiner Mom und irgendwelchen Journalisten, die nicht einmal meinen Namen richtig schreiben können. Aber ich lächele darüber hinweg, dass sie mich pausenlos wie einen Schmarotzer darstellen. Stattdessen strampele ich mich ab, um allen und insbesondere dir zu beweisen, dass es so nicht ist. Jetzt habe ich die Chance, karrieretechnisch wieder auf die Beine zu kommen, ohne auf dich und deine Beziehungen zurückgreifen zu müssen, und es ist auch nicht richtig! Nein", brüllte er sie an. „Du wirfst mir sogar noch vor, ein berechnendes Arschloch zu sein, dabei wollte ich lediglich, dass du stolz auf mich sein konntest. So stolz, wie ich es auf dich bin."

Alexis zuckte zusammen, starrte ihn lange an und protestierte aufgeregt: „Dann versetze dich doch in meine Lage, Taylor! Als ich achtzehn Jahre alt war, hast du mich wegen deiner Karriere verlassen und mir dabei das Herz gebrochen. Jahre später spielst du meinen Freund, weil es mein Produzent verlangt und weil du auf einen Plattenvertrag hoffst. Das hat mich unglaublich fertiggemacht. Ich kam mir wie ein unerwünschter Gegenstand vor, den niemand haben wollte. Dann verliebe ich mich wieder in dich, und du sagst, dass du meine Gefühle erwiderst. Alles war wunderbar. Und nun ..." Unschlüssig schaute sie ihn an. „Und nun frage ich mich, ob ich so wenig liebenswert bin, dass Menschen nur dann mit mir zusammen sein wollen, wenn sie sich dadurch etwas versprechen."

Sofort wallte Mitleid in ihm auf, obwohl er noch immer aufgebracht und wütend war. Dennoch machte er einen Schritt auf sie zu, weil er sie in den Arm nehmen und ihr versichern wollte, dass mit ihr alles in Ordnung sei und dass er sie liebte, aber Alexis hob abwehrend ihre Hände in die Höhe und schüttelte den Kopf.

„Nein, bitte ..."

„Alexis." Er atmete schwer. „Lass uns in Ruhe reden. Du bist auf dem Holzweg, Baby."

Mit unglücklicher Miene schaute sie ihn an. „Ich muss nachdenken und ich brauche ... Zeit."

Er wollte protestieren und hätte sie am liebsten an sich gezogen, aber sie war auf Abstand gegangen.

Weil er nicht wusste, was er noch hätte sagen sollen, schwieg er und beobachtete, wie sie ein paar Kleidungsstücke in eine Reisetasche packte. Das verstand Taylor überhaupt nicht, schließlich war das hier ihr Haus. Wenn sie wollte, dass er ging, würde er augenblicklich seine Sachen zusammensuchen.

„Ich bin in den nächsten Tagen im Strandhaus in Malibu und denke nach", informierte sie ihn leise.

Als er sprach, klang seine eigene Stimme seltsam mechanisch. „Du musst nicht gehen. Es ist dein Haus. Ich ziehe aus."

Sie schüttelte den Kopf. „Nein ... bitte nicht. Ich will nicht, dass du gehst."

„Aber du willst nicht bleiben. Nicht, wenn ich hier bin."

Ihr blasses Gesicht verdüsterte sich. „Wenn du in meiner Nähe bist, kann ich nicht nachdenken. Außerdem würde es auffallen, wenn du plötzlich ausziehst."

Ging es ihr nur darum, was man in der Presse über sie lesen würde?

Taylor fragte nicht weiter.

Und er versuchte auch nicht, sie davon abzuhalten, nach Malibu zu fahren.

20

„WIE WÄRE ES MIT PIZZA?"

„Ich habe wirklich keinen Hunger, Holly."

„Nicht einmal auf Eis?"

Wortlos schüttelte sie den Kopf und rollte sich auf ihrem Bett zusammen, während sie dafür dankbar war, dass die bodentiefen Fenster mit Blick auf den Ozean bereits abgedunkelt gewesen waren, als sie gerade ins Strandhaus eingefallen war und sofort in ihr Bett gelegt hatte. Sie wollte sich einfach nur die Decke über den Kopf ziehen und ein bisschen heulen. Das hatte sie sich in Anwesenheit eines Fahrers nämlich verkniffen. Dummerweise wurde aus ihrem Plan nichts, denn das Haus war nicht wirklich leer gewesen.

Holly hatte es sich dort gemütlich gemacht und schien nicht gewillt zu sein, Alexis in Ruhe zu lassen. „Du musst nur einen Ton sagen, und ich besorge uns eine Flasche Tequila."

Im Gegensatz zu ihrer Schwester vertrug Alexis nun wirklich keinen Alkohol, aber sie hatte keine Lust, sie daran zu erinnern, und brummte daher lediglich ein lautloses Nein.

„Sollen wir uns einen Film ansehen?“

„Nein.“

„Willst du reden?“

Alexis schluckte schwer. „Sei mir nicht böse, Holly, aber ich will allein sein.“

Daraufhin schwieg ihre Schwester, auch wenn Alexis spüren konnte, dass sie noch neben ihr auf der Bettkante saß.

„Und sei du mir nicht böse, wenn ich lieber hierbleibe. Du siehst ziemlich angeschlagen aus.“

„Keine Sorge“, murmelte sie und hielt dabei ihre Augen geschlossen. „Ich werde mir schon nichts antun. Es ist nur ein bisschen Liebeskummer.“

Holly seufzte schwer. „Was hat Loverboy gemacht?“

Alexis versteifte sich und öffnete die Augen. „Nenn ihn nicht so, okay?“ Trotz allem verspürte sie das Bedürfnis, ihn zu verteidigen. „Er ist kein Loverboy.“

„Okay, okay ...“ Abwehrend hob sie beide Hände hoch und schüttelte erstaunt den Kopf. „Seit wann verstehst du keinen Spaß mehr?“

„Das ist kein Spaß.“ Sie runzelte die Stirn. „Es ist ziemlich beleidigend und eine abwertende Unterstellung ihm gegenüber.“

„Schon verstanden.“

„Mhm.“

„Also? Was hat *Taylor* gemacht?"

„Ich will nicht darüber reden."

„Demnach hat er etwas gemacht?"

Holly war die schlimmste Nervensäge, die sie kannte!

Frustriert setzte sich Alexis auf und lehnte sich gegen das Kopfteil des Bettes. „Was tust du eigentlich hier?"

Ihre Schwester stockte einen winzigen Moment, bevor sie lässig abwinkte. „Wir reden gerade über dich und über Taylor."

„Falsch, das tun wir nicht. Sag mir lieber, was du in meinem Haus machst."

„Seit wann muss ich vorher um Erlaubnis bitten, wenn ich dein Haus benutze?"

„Musst du nicht, aber ich wundere mich, dass du hier bist."

Holly schnalzte mit der Zunge. „Das Wetter ist herrlich, die Sonne scheint und du hast ein Haus mit direktem Zugang zum Strand. Wunderst du dich wirklich, warum ich hier bin?"

Irgendetwas in der Stimme ihrer Schwester klang nicht richtig und stattdessen aufgesetzt, aber Alexis hatte keine Lust, sich ausgerechnet auch noch darüber Gedanken zu machen. Holly war schließlich erwachsen und – wie es aussah – sehr viel klüger in Liebesdingen und allen Lebenslagen als Alexis. Ihre Schwester hätte sich sicherlich niemals von dem gleichen Mann zweimal das Herz brechen lassen.

„Du bekommst einen ganz glasigen Blick. Was ist passiert?"

„Was soll schon geschehen sein?“ Sie rieb sich über die Stirn und dachte daran, wie sie beide sich angebrüllt hatten. „Taylor und ich haben uns gestritten.“

„Und worüber?“

„Das ist privat.“

Ihre Schwester schnappte nach Luft. „Sag nicht, dass er eine andere Freundin hat!“

„Was?“ Empört richtete sie sich auf. „Natürlich nicht! Wie kommst du denn darauf?“

„Ts!“ Holly rümpfte die Nase. „Jetzt tu nicht so überrascht. Bei Brad war es schließlich auch so, dass er dich mit einer anderen Frau betrogen hat.“

„Aber Taylor hat mich nicht mit einer anderen Frau betrogen.“ Sie schob das Kinn nach vorn. „Und die Geschichte mit Brad ist längst vorbei.“

Sie meinte es so, wie sie es sagte. Mit Brad hatte sie längst abgeschlossen oder es zumindest versucht. Er bedeutete ihr rein gar nichts mehr, und mittlerweile war es ihr völlig egal, ob er mit seiner Frau glücklich wurde oder nicht. Nein, um Brad selbst ging es Alexis nicht. Es ging aber darum, dass er ihr Vertrauen derart erschüttert hatte, dass sie nicht mehr wusste, was sie glauben sollte und was nicht.

Wenn Brads Betrug nicht gewesen wäre, dann hätte sie vielleicht gar nicht so heftig auf Taylors Pläne, ein Comeback mit SpringBreak zu starten, reagiert. Aber so, wie es gelaufen war, konnte sie nur daran denken, dass hinter Taylors Zuneigung zu ihr eventuell ein Hintergedanke steckte. Wie bei Brad.

Alexis fühlte sich schuldig, Taylor in Zweifel zu ziehen. Im Gegensatz zu Brad hatte er sich weder von ihr Songs schreiben lassen noch sie schamlos ausgenutzt oder sie mit einer anderen Frau betrogen. Gleichzeitig hatte er ihr seine Karrierepläne verschwiegen. Das fand Alexis verdächtig.

Sie wollte nicht schon wieder benutzt werden.

War es denn zu viel verlangt, um für die Person geliebt zu werden, die man war, und nicht für die Vorteile, die man dem anderen einbrachte?

„Wenn keine andere Frau im Spiel ist, was hat er dann getan, dass ihr beide euch gestritten habt?" Sie runzelte die Stirn. „Und warum bist du hier? Bist du ausgezogen?"

„Ich wollte herkommen, um nachzudenken." Sie spielte mit ihren Fingern.

„Also bist du nicht ausgezogen? Ich meine ... es ist dein Haus. Er hätte ausziehen müssen."

„Das wollte er, aber ich habe gesagt, dass er dortbleiben soll."

„Heißt das, dass ihr nicht Schluss gemacht habt?"

Der Kloß in ihrem Hals war so groß, dass sie befürchtete, an ihm zu ersticken. „Nein, das haben wir nicht ... denke ich."

„Du denkst, dass ihr nicht Schluss gemacht habt?"

„Jedenfalls haben wir nicht offiziell Schluss gemacht." Alexis starrte auf das Muster der Bettdecke. „Zu diesem Zeitpunkt wäre es karrieretechnischer Selbstmord, wenn wir uns trennen."

Verächtlich schüttelte Holly ihren Kopf. „Du redest schon wie Mom!"

Alexis stockte einen kurzen Moment, bevor sie entschuldigend erwiderte: „Ich bin durcheinander und weiß schon gar nicht mehr, was ich sage."

„Scheint so."

Vorsichtig strich sie sich ein paar Haare aus dem Gesicht. „Taylor und seine Band planen ein Comeback."

„Schön für sie."

„Sie werden beim Jubiläum von *MusicWorld* auftreten."

„Das klingt nach einer großen Sache."

„Ein neues Album ist schon geplant."

„Da waren sie offenbar fleißig."

Alexis rieb ihre Lippen aufeinander. „Taylor hat mir davon nichts gesagt."

„Aha."

„Ja." Sie nickte. „Ich musste es von meinem Agenten erfahren. Ted war wohl der Meinung, dass ich es längst wissen müsste. Aber Taylor hat mir nichts davon gesagt."

„Und warum nicht?"

„Erst erklärte er, dass die Angelegenheit streng geheim sei, aber dann ..." Sie machte eine fahrige Handbewegung. „Dann meinte er, er hätte nichts gesagt, weil er es allein und ohne mich schaffen wollte, etwas auf die Beine zu stellen."

„Das klingt einleuchtend."

Alexis hob den Kopf und glaubte nicht, was sie da hörte. „Wie bitte?"

„Für mich klingt das nachvollziehbar."

„Das ist überhaupt nicht einleuchtend! Taylor hat den Plattenvertrag abgelehnt, den Dave Phillips ihm anbot, als er sich dazu bereit erklärte, meinen Freund zu spielen. Er tat so, als hätte er den Vertrag abgelehnt, um mir zu beweisen, dass er mit mir zusammen sein wollte, ohne von mir zu profitieren. Dabei hatte er bereits einen anderen Vertrag in Aussicht!"

Ihre Schwester runzelte die Stirn. „Wenn er bereits einen anderen Vertrag in Aussicht hatte, warum ist er dann noch mit dir zusammen, falls er wirklich so ein Arschloch ist, dass er sich von dir irgendwelche Vorteile verspricht?"

„Du willst mich nicht verstehen", jammerte Alexis. „Hast du nicht gehört, was ich gesagt habe? Ich dachte, er hätte mir seine Liebe bewiesen, indem er Dave einen Korb gab. Dabei hatte er bereits andere Pläne. Und er hat mir kein Wort über dieses Comeback verraten."

Holly sah sie lange an. „Der Mann hat seinen Stolz, Alexis. Ich kann mir verdammt gut vorstellen, wie schwierig es für ihn sein muss, in deinem Schatten an eigenen Karriereplänen zu arbeiten."

„Das ist nicht der Punkt!" Sie schnappte nach Luft.

„Doch, das ist der Punkt", behauptete ihre Schwester. „Er war einmal ganz oben, aber dann hat sich seine Karriere in Luft aufgelöst. Jetzt ist er mit dir zusammen, unterstützt dich bei deiner Karriere und will gleichzeitig sich und allen anderen beweisen, dass er es ohne dich schaffen kann. An seiner Stelle hätte ich auch nichts gesagt – einfach aus dem Grund, dass ich nicht dein Mitleid ertragen müsste, wenn es doch nicht klappt."

Sie öffnete den Mund, um Holly zu widersprechen, als sie ihr einen langen Blick schenkte.

„Ich bin deine Schwester und kann ein Lied davon singen, wie schwer es ist, in deinem Schatten zu sein, Alexis. Du hast eine so überragende Karriere hingelegt, dass alles daneben völlig verblasst."

Erschüttert über dieses Geständnis sah Alexis sie lange an. „Du hast nie etwas gesagt."

Holly zuckte mit den Schultern. „Weil es für mich nicht wichtig ist."

„Warum sagst du es jetzt?"

„Damit du verstehst, wie es für Taylor sein muss. Die meisten Männer würden dieses Spiel keinen Tag mitmachen. Sie wollen der Macher sein und nicht *der Mann an der Seite der berühmten Ivy*. Wenn die eigene Frau klüger, erfolgreicher, berühmter oder reicher ist als sie, ertragen sie es meistens nicht. Den Eindruck macht Taylor nicht. Er unterstützt dich bei deiner Karriere und ist stolz auf dich. Gleichzeitig möchte er selbst Karriere machen."

Von dieser Perspektive hatte Alexis die Sache noch gar nicht betrachtet. Plötzlich verstand sie, was Taylor gemeint hatte, als er davon gesprochen hatte, dass sie genauso stolz auf ihn sein sollte wie er auf sie. Ja, sie verstand.

Nichtsdestotrotz flüsterte sie Holly zu: „Ich will nicht schon wieder benutzt werden. Nicht von Taylor. Das ... das könnte ich nicht ertragen."

„Hast du mir nicht gerade noch verboten, ihn einen Loverboy zu nennen?"

„Was hat das denn damit zu tun?"

Holly sah sie bedeutungsvoll an. „Deine Worte lauteten, es käme einer Unterstellung gleich, ihn einen Loverboy zu nennen, Alexis. Es wäre eine Beleidigung, hast du gesagt. Denkst du denn wirklich, dass er dich benutzen könnte – dein *Loverboy*?"

21

Es war einer der wichtigsten Tage seines Lebens. Ein Tag, von dem unglaublich viel abhing und auf den er seit langer Zeit hingefiebert hatte. Eigentlich müsste Taylor heute zu Hochform auflaufen und voller Energie sein. Stattdessen war er genervt, niedergeschlagen und hätte sich gerne betrunken.

Und er war wütend.

Leider schienen das alle um ihn herum mitzubekommen.

Das wiederum machte ihn noch wütender, schließlich war er es gewesen, der Monate damit verbracht hatte, die Band zusammenzutrommeln und sie zu überreden, über ein Comeback nachzudenken. Jetzt waren sie alle hier, probten für den morgigen Auftritt und er war nicht bei der Sache. Taylor dachte nämlich unentwegt über Alexis nach. Er konnte nicht schlafen, hatte kaum Hunger und konnte nicht arbeiten.

Seit fast vierzehn Jahren waren alle Jungs wieder beisammen, probten zum ersten Mal miteinander und er war mit den Gedanken ganz weit weg. So durfte das eigentlich nicht laufen. Er hatte so ziemlich alles auf den Kopf gestellt, damit sie mit SpringBreak ein zweites Mal starteten. Jetzt hätte er derjenige sein sollen, der alle antrieb und sie aneinanderschweißte.

Aber es war ihm egal.

Das war eine total beschissene Voraussetzung für ein Comeback, und er wusste es.

Er ließ seinen Blick über die Bühne des Aufnahmestudios wandern und betrachtete seine Bandkollegen, die miteinander redeten, ihre Gitarren stimmten oder etwas mit den Tontechnikern besprachen.

In den letzten Tagen waren sie alle in Los Angeles eingetrudelt. Zac war aus Seattle gekommen. Jesse aus Chicago und Dean aus Oregon. Cole war sowieso schon hier gewesen, auch wenn er seine Zelte mittlerweile irgendwo anders aufgeschlagen haben musste, weil er sich bei ihm nur noch selten blicken ließ. Einzeln oder zu zweit hatten sie bereits den Song geprobt, aber heute war es das erste Mal, bei dem sich alle wiedersahen, und somit auch die erste Gelegenheit, wieder gemeinsam zu spielen.

Komischerweise hatte sich in ihrer Dynamik kaum etwas geändert – Jesse und Cole alberten miteinander herum, Dean war ganz auf seine Gitarre konzentriert und Zac bequatschte gerade einen Tontechniker, weil ihn vermutlich irgendetwas am Sound störte. Zac hatte immer etwas zu meckern gehabt, bis der Bass seiner Meinung nach perfekt eingestellt gewesen war.

Einzig die Tatsache, dass Zac und Dean noch kein Wort miteinander gewechselt hatten und sich offensichtlich aus dem Weg gingen, trübte die Harmonie. Darum würde sich Taylor kümmern, wenn er Zeit dafür fand. Zuerst mussten sie diese Probe hinter sich bringen und den morgigen Tag überstehen, dem er mit gemischten Gefühlen entgegensah.

Morgen war nämlich nicht nur der entscheidende Tag, der über ein Comeback der Band entschied, sondern auch der Tag, an dem ihm Alexis nicht länger aus dem Weg gehen konnte, schließlich hatten sie einen gemeinsamen Auftritt vor sich. Er hoffte nur, dass er ihr nicht vor laufenden Kameras den Hals umdrehte ...

„Wir sollten noch einen Durchgang starten", rief Cole über die Bühne und zog damit Taylors Aufmerksamkeit auf sich. „Jesse sieht ziemlich müde aus und muss bald ins Bett, um seine zwölf Stunden Schönheitsschlaf zu bekommen, also sollten wir uns ein bisschen beeilen."

Jesse, fröhlich wie immer, lachte unerschrocken und rempelte Cole freundschaftlich an. „Schon gut, Cole, wir sind unter uns. Du kannst ruhig zugeben, dass du nach Hause willst, weil deine Lieblingssendung gleich beginnt. Wir haben Verständnis dafür, dass du Heimweh nach Tropicana hast und deshalb keine einzige Folge verpasst."

Sogar der wortkarge Dean grinste, auch wenn er gleichzeitig den Blick nicht von seiner Gitarre losriss und an den Saiten herumzupfte.

„Du bist zu komisch, Mann“, beschwerte sich Cole und lief dabei tatsächlich rot an. Das animierte Jesse zu einem wiehernden Gelächter.

„Wenn ihr zwei Komiker endlich zum Ende eurer Darbietung kommen würdet, könnten wir mit der Probe weitermachen“, rief Zac ihnen zu.

An *diesen* Zac musste sich Taylor erst einmal gewöhnen, denn verantwortungsbewusst und zielgerichtet kannte er ihn gar nicht. Zac war immer eher derjenige gewesen, der anderen Streiche spielte und dafür gestimmt hatte, die Probe zu schwänzen und lieber in eine Bar zu gehen. Mit dem schwarzen Hemd, dem Augenbrauenpiercing und den langen Haaren sah er zwar nicht wie ein verantwortungsvoller Bürger aus, der zur Wahl ging und freiwillig zum Geschworenendienst erschien, aber so benahm er sich. Vielleicht hatte seine Disziplin auch etwas mit dem Ehering zu tun, den er nun trug.

Unweigerlich musste Taylor an Zacs Hochzeit denken und daran, wie Alexis und er das Wochenende in dem verwunschen wirkenden Hotel verbracht hatten. Jene Nacht war atemberaubend gewesen, weil sie sich bei offenem Fenster geliebt hatten und ...

„Hast du noch was vor, Zac?“

„Ja, du Idiot“, flötete der liebevoll an Cole gewandt. „Ich habe noch ein Date, aber keines wie du, das einen Wisch vom Gesundheitsamt nötig macht.“

Taylor schnitt eine Grimasse und ahnte, dass die Generalprobe ins Wasser fallen könnte, wenn er nicht endlich einschritt und die vier ein bisschen antrieb. „Wenn wir uns alle zusammenreißen, sind wir bald fertig", prophezeite er und ging zu den anderen hinüber. „Dann kann jeder von uns das tun, was er noch vorhaben sollte."

„Was du vorhast, wissen wir alle", johlte Jesse mit einem breiten Grinsen und zog das Bandana fest, das er sich in sein Haar geflochten hatte.

Großspurig erwiderte Taylor das Grinsen, obwohl ihm nicht danach zumute war. Niemand wusste, dass es zwischen ihm und Alexis gekracht hatte. Und das war auch besser so.

Dass Dean über eine exzellente Auffassungsgabe verfügte, wurde einmal mehr deutlich, als er Taylor nach der beendeten Probe auf die Schulter klopfte und ihm vorschlug: „Sollen wir irgendwohin und ein Bier trinken?"

Taylor nickte Zac zu, der sich gerade von Cole und Jesse verabschiedete, aber nicht zu ihm rüberkam. Er war sich sicher, dass das mit Dean zu tun hatte, der neben ihm stand. „Ich dachte, du bist trocken."

„Bin ich auch", erwiderte sein Freund gelassen. „Es gibt alkoholfreies Bier."

„Und das schmeckt?"

„Frag lieber nicht."

Müde rieb er sich über das Gesicht. „Sei nicht sauer, aber ich bin heute nicht in Stimmung, um etwas trinken zu gehen und die Sache zwischen dir und Zac zu bereden. Lass uns das auf ein anderes Mal verschieben, wenn's recht ist." Er hob die Hand, als auch Cole und Jesse sich verabschiedeten und das Studio verließen, aus dem morgen das große Jubiläum von *MusicWorld* gesendet werden würde.

„Eigentlich dachte ich, wir könnten den Grund bequatschen, aus dem du ziemlich mies gelaunt und nicht ganz bei der Sache bist.“

Taylor setzte sich in Bewegung und machte sich auf den Weg nach draußen, während Dean ihn begleitete. Dummerweise war das Gelände des Musiksenders ziemlich weitläufig und verfügte über mehrere Hallen und Aufnahmestudios, was wiederum bedeutete, dass Dean nicht so schnell von seiner Seite weichen würde.

„Unser Auftritt morgen schlägt mir aufs Gemüt“, log er. „Bei der zweiten Strophe gibt es einen Tempowechsel, der ...“

„Seit wann schlägt dir ein Auftritt aufs Gemüt?“

„Seit der Auftritt entscheidend für unser Comeback ist. Ich will nichts vermasseln.“

„Dann solltest du vielleicht vorher das klären, was dich mit einem Gesicht herumlaufen lässt, als hätte jemand deine Lieblingsgitarre in Brand gesteckt.“ Räuspernd fügte er hinzu: „Oder als hätte deine Frau dich aus dem Haus geworfen.“

Natürlich wusste er, dass er seinem Freund auf den Leim ging, als er erwiderte: „Sie hat mich nicht aus dem Haus geworfen.“ Seine Schultern sackten nach unten und er stieß eine Tür nach draußen auf. „Sie ist ins Strandhaus gezogen.“

„Ins Strandhaus. So, so.“

„Ja. Das ist der Vorteil einer reichen Freundin“, kommentierte er trocken. „Niemand muss in ein schäbiges

Motel ziehen – man wechselt einfach die Residenz und geht dem anderen aus dem Weg."

„Klingt, als hättest du etwas gegen das Strandhaus oder die Tatsache, dass deine Freundin, die berühmte Ivy, sich mehrere Residenzen leisten kann."

„Du müsstest mich besser kennen." Er sah ihn von der Seite an. „Außerdem heißt sie nicht Ivy. Ihr Name ist Alexis."

„Ich weiß, aber alle Welt nennt sie nun einmal Ivy."

„Das ist ihr Künstlername." Taylor runzelte die Stirn, denn als Ivy hatte er sie nie gesehen. Für ihn war sie immer nur Alexis gewesen und hatte mit der Figur, die ihre Agenten, Manager und Produzenten erschaffen hatten, nichts zu tun gehabt. Alexis war sehr viel mehr als die Kunstfigur einer allseits gut gelaunten, strahlenden und unfehlbaren Frau, die nie ein schlechtes Wort über jemanden verlor und sich stets untadelig, anständig und vorbildhaft benahm.

Ivy war perfekt.

Alexis war es nicht, und das liebte er an ihr.

Wer wollte schon mit einer Frau zusammen sein, die keinerlei Fehler machte, niemals Selbstzweifel besaß und geradezu unmenschlich in ihrer ganzen Perfektion war?

Taylor wollte eine Frau an seiner Seite haben, die aufbrauste, wenn sie sauer war, die weinte, wenn sie traurig war, und die sich mit ihm stritt, wenn sie anderer Meinung war. Er wollte Alexis und nicht Ivy.

„Ich dachte, diese Beziehung wäre nur zum Schein."

„Wäre ich derart am Arsch, wenn sie nur zum Schein wäre?“, grollte er.

„Ich schätze nicht.“ Dean seufzte auf. „Also hast du gerade Streit mit deiner Herzallerliebsten.“

„So könnte man es nennen“, murmelte er.

„Willst du darüber reden?“

„Ja, aber mit ihr.“ Er sah ihn an. „Nicht mit dir.“

Es war erstaunlich, wie sich Deans Gesicht veränderte, wenn er grinste. Aus dem raubeinigen, gefährlich wirkenden Mann, dessen Gestalt den Eindruck erwecken könnte, dass er an illegalen Straßenkämpfen teilnahm, wurde augenblicklich ein charmanter Kerl, der Männern an der Haustür wertlose Aktien verkaufen könnte, während er deren Ehefrauen seine Telefonnummer zusteckte.

„Dann tu das.“

Als wäre es so einfach! „Gehst du heute Abend auf diese Party, die Gooseberry veranstaltet?“, wollte er von seinem Freund wissen.

„Wechselst du gerade das Thema?“

„Ja, tue ich. Also? Gehst du hin?“

„Wieso fragst du? Brauchst du ein Date, weil du dort nicht allein auftauchen willst?“

Taylor schnaubte. „Ich bleibe zu Hause, aber vielleicht solltest du dich dort sehen lassen.“

„Gute Idee“, stimmte Dean ihm sarkastisch zu. „Ich auf der Party unseres Plattenlabels mit jeder Menge kostenlosen Alkohol. Da bleibe ich lieber in meinem gemütlichen Hotelzimmer und sehe mir die Wiederholungen von

Tropicana an, um etwas zu haben, mit dem ich Cole aufziehen kann."

Gerne hätte Taylor ihm gesagt, dass er damit aufhören sollte, sich selbst wie einen zügellosen Junkie darzustellen, der er schon lange nicht mehr war. Stattdessen bat er ihn: „Schau dir lieber Jeopardy an. Cole ist auf Tropicana nicht besonders gut zu sprechen."

„Kann ich verstehen. Das wäre ich an seiner Stelle auch nicht."

„Okay." Taylor hielt Dean eine Tür auf, um zum Fahrstuhl zu gehen, mit dem sie in die Tiefgarage des Gebäudes gelangen würden.

Wie es aussah, stand schon jemand vor dem Aufzug und wartete ebenfalls auf diesen.

Brad Paxton.

Taylor verharrte mitten im Schritt und straffte automatisch die Schultern, als der Mistkerl ihn entdeckte und augenblicklich ein großkotziges Lächeln aufsetzte, das Taylor ihm nur zu gerne aus dem Gesicht geschlagen hätte – zusammen mit dessen Zähnen.

„Sutter, richtig?"

„Paxton." Er nickte ihm unfreundlich zu und verfluchte diesen Zufall. Taylor hätte es gerne vermieden, nicht mit diesem Arschloch in einem Fahrstuhl zu stecken.

Anstatt dass Brad Paxton einfach die Klappe hielt und sich auf eine friedliche Koexistenz berief, musterte er Dean, der bislang keinen Ton von sich gegeben hatte, und fragte neugierig: „Hält Alexis es mittlerweile für nötig, ihr Eigentum von einem Bodyguard schützen zu lassen?"

Bei Taylor stellte sich das Nackenhaar auf, und aus dem Augenwinkel sah er, dass sich Dean zu seiner vollen Größe aufrichtete, was ihn sicherlich noch mehr nach einem Bodyguard aussehen ließ. Brad Paxton wusste nicht, mit wem er sich anlegte, wenn er ausgerechnet Dean provozierte. Und Taylor selbst brannte ebenfalls darauf, dem Wichser den Arsch aufzureißen, was gar nicht gut gewesen wäre. Hier gab es sicherlich irgendwo Kameras. Er drehte sich zu Dean um. „Sollen wir die Treppen nehmen?"

„Ich habe ein paar Fotos gesehen", warf das Arschloch höhnisch ein. „Und natürlich diesen Gesangsauftritt. War ein nettes Schauspiel. Sehr rührend. Wie viel löhnt Alexis für deine Dienste?"

Taylor ballte die Hände zu Fäusten und atmete tief durch, bevor er Dean zunickte, der fragend eine Augenbraue in die Höhe zog. „Lass uns gehen."

„Zuerst der Stripper und jetzt das abgehalfterte Mitglied einer alten Boyband. Keine Ahnung, ob das ein Aufstieg oder ein Abstieg für Alexis ist."

Taylor fixierte den Mistkerl. „Wenigstens haben weder der Stripper noch das abgehalfterte Mitglied einer alten Boyband sich von Alexis Songs schreiben lassen müssen und sie als die eigenen ausgegeben, du Wichser."

Offenbar konnte Brad Paxton zwar gut austeilen, aber miserabel einstecken. Sein Gesicht verzog sich nämlich zu einer Fratze, bevor er den Arm hob und Taylor einen Faustschlag verpassen wollte.

Zum Glück sah Taylor den Schlag kommen und wich

aus. Dabei wäre er beinahe in Dean gestolpert, der gelassen einen Schritt zur Seite machte.

Brad Paxton stolperte nach seinem eigenen Schwinger und wollte sich ein weiteres Mal auf Taylor stürzen, als Dean ihn geradezu gutmütig anrempelte, um zu verhindern, dass es zu einer Schlägerei kam.

Mit einer Ruhe, die er früher nicht besessen hatte, riet er dem Grammy-Gewinner: „Verzieh dich lieber, Alter, und lass es gut sein."

„Finger weg, Arschloch!" Wütend strich er sich seine Jacke glatt und warf anschließend den Kopf zurück, um an Taylor gewandt verächtlich zu lachen. „Schöne Grüße an Alexis! Gott, was bin ich froh, dass ich sie endlich los bin! Aber vielleicht stehst du ja auf Frauen, die es im Bett nicht bringen."

Plötzlich war es Taylor scheißegal, ob irgendwo Kameras installiert waren.

Mit geballten Fäusten ging er auf Brad Paxton los, um ihm die widerliche Fresse zu polieren, und wurde von Dean gestoppt, der lediglich den Kopf schüttelte und sich ihm in den Weg stellte.

„Das solltest du nicht tun."

Er bleckte die Zähne. „Geh mir aus dem Weg, Dean!"

Sein Kumpel lächelte leicht, drehte sich um und schlug Brad Paxton mit einem gezielten Schlag ins Gesicht. Der andere Mann ging mit einem Ächzen sofort zu Boden und hielt sich die blutende Nase.

Dean schüttelte seine Hand und verzog das Gesicht. „Scheiße ... besteht seine Nase aus Beton?"

Völlig verwirrt schaute Taylor vom sich windenden Brad Paxton, dem das Blut durch die Finger rann, zu Dean, der seine Hand begutachtete. „Was zum Teufel sollte das?"

„Ich dachte, es wäre besser, wenn du dir nicht die Finger schmutzig machst. Heutzutage gibt es überall Kameras."

Spöttisch legte Taylor den Kopf schief. „Aha! Und da dachtest du, es wäre besser, wenn *du* dabei gefilmt wirst, wie du ihm die Nase brichst?"

Dean zuckte mit den Schultern. „Von mir wird es erwartet, dass ich mich prügele, aber du bist der Schwiegersohn-Typ. Ich dachte an dein gutes Image."

Während Brad Paxtons Jammern immer lauter wurde, kniff Taylor lediglich die Augen zusammen und stöhnte aus tiefster Seele. „Scheiße ... dann lass uns lieber einen Arzt rufen, bevor wir dabei gefilmt werden, wie wir ihn hier blutend liegen lassen."

22

„Hey, Taylor!"

Taylor sah von der Tür zu Alexis' Garderobe auf, vor der er unschlüssig stand, und blickte zur Seite, wo er ihre Schwester Holly entdeckte, die auf ihn zukam und grüßend die Hand hob. Wie selbstverständlich lief sie durch den Gang, in dem rege Betriebsamkeit herrschte, weil die Live-Show bereits im vollen Gange war, Techniker hin und her rannten und Dutzende Assistenten mit Headsets Künstlerinnen und Künstler auf die Bühnen lotsten, damit diese ihre Einsätze nicht verpassten.

Bis zum Auftritt von Alexis und ihm dauerte es noch ein bisschen, weshalb er gedacht hatte, dass es eine gute Idee sei, vorher mit ihr zu reden. Jetzt war er sich nicht mehr so sicher und stand deshalb seit einer halben Minute vor ihrer Garderobentür und zögerte, hineinzugehen.

„Hi, Holly." Er machte einen Schritt zurück und lächelte unverbindlich.

Hoffentlich fiel ihr nicht auf, dass seine Hände schwitzten. Falls es ihr auffiel, schob sie seine Nervosität vielleicht dem Umstand zu, dass der heutige Tag wichtig für ihn war. Heute waren alle ein bisschen nervös und drehten durch. Beispielsweise hatte Cole sogar ein Buch dabei, saß in ihrer gemeinsamen Garderobe und las. Taylor hatte ihn noch nie ein Buch lesen sehen. Das war absolut untypisch für seinen Freund.

Dass Taylor vor allem deshalb nervös war, weil er Alexis endlich wiedersah und keinen Schimmer hatte, wie sie auf ihn reagieren würde, musste niemand wissen.

„Wie geht's dir?"

„Ganz gut."

Bedeutungsvoll deutete sie auf die Tür. „Willst du nicht hineingehen?"

„Ich will nicht stören."

„Sie wird gerade frisiert", erklärte sie auskunftsfreudig. „Dabei wirst du sicherlich nicht stören."

Weder sie noch er öffnete die Tür, und Taylor wurde den Verdacht nicht los, dass sich Holly köstlich zu amüsieren schien.

Dafür sprach auch ihr breites Grinsen. „Hast wohl Muffensausen?"

„Nein."

„Lampenfieber?"

„Nicht wirklich."

Heiser gluckste sie auf. „Ich habe gerade gehört, dass

Brad Paxton seinen heutigen Auftritt aus gesundheitlichen Gründen absagen musste."

„Tatsächlich?" Betont gleichgültig wischte er einen imaginären Fusel von seiner Anzugsjacke, die er beim Auftritt mit Alexis tragen würde. Für den späteren Auftritt mit SpringBreak hatte er ein anderes Outfit. „Das ist wirklich ... tragisch."

„Ja, sehr tragisch. Angeblich eine Stimmbandentzündung."

Seit wann bekam man von einer gebrochenen Nase eine Stimmbandentzündung, überlegte Taylor ironisch und erinnerte sich daran, wie Brad Paxton beinahe geheult hätte, als der Arzt gekommen war. Wenigstens hatte das Arschloch auf eine Anzeige gegen Dean verzichtet, nachdem er erfahren hatte, dass das Gebäude tatsächlich videoüberwacht wurde – sogar mit Ton. Für seinen Ruf wäre es mehr als schädigend gewesen, wenn die Aufnahmen des Vorfalls öffentlich gegangen wären.

Jetzt konnte Taylor eigentlich nur hoffen, dass irgendwann Fotos von diesem Mistkerl auftauchten, die ihn mit seiner lädierten, bandagierten Nase samt Kopfverband zeigten. Bei diesem Anblick hätte sofort die ganze Welt angenommen, dass er eine Nasenkorrektur hatte vornehmen lassen.

„Tja, hoffentlich erholt er sich schnell wieder."

Holly schnaubte und machte deutlich, dass sie ihm sein geheucheltes Mitgefühl keine Sekunde lang abkaufte. „Was ist wirklich passiert?"

„Keine Ahnung, wovon du sprichst." Er machte einen

Schritt zur Seite, um einen Techniker vorbeizulassen, der eine Kabeltrommel trug und durch den Gang rannte.

„Du bist ein schlechter Lügner, Taylor."

„Möglich." Er lächelte leicht und gab zu: „Das ist eine lange Geschichte."

„Vielleicht erzählst du sie mir ja irgendwann."

„Kann schon sein."

Sie zog beide Augenbrauen ein wenig in die Höhe und deutete auf sich selbst. „Wunderst du dich gar nicht darüber, dass ich dich bei deinem Namen nenne und nicht Loverboy zu dir sage?"

Ehrlich gesagt hatte er darauf überhaupt nicht geachtet.

„Alexis hat es mir verboten", fuhr sie fort, ohne auf seine Antwort zu warten.

„Was?"

„Ja." Höchst zufrieden nickte Holly. „Sie faselte etwas davon, dass es beleidigend wäre und einer Unterstellung gleichkäme, dich einen Loverboy zu nennen. Das fand ich ziemlich bezeichnend."

Taylor schüttelte den Kopf. „Ich verstehe nicht."

„Dann denk mal scharf drüber nach." Sie öffnete einfach die Tür und rief hinein: „Schau mal, Schwesterherz, wen ich vor deiner Tür getroffen habe!"

Taylor knirschte mit den Zähnen und hätte Holly gerne einen Kopf kürzer gemacht!

Dieses Gefühl verblasste jedoch, sobald sein Blick auf Alexis fiel, die ihn durch den Spiegel vor sich ansah, während ihr Haar frisiert wurde.

Wie ein Idiot stand er in der Tür zu ihrer Garderobe, in der sich noch ein paar andere Menschen befanden und lauthals miteinander redeten, und hatte nur Augen für Alexis. Mit hochgestecktem Haar saß sie auf einem Frisierstuhl, trug ein schulterfreies dunkelgraues Kleid mit ausladendem Rock, der mit unzähligen Kristallen bestickt war, und schien den Atem anzuhalten, seit er in der Tür erschienen war.

Ihm ging es nicht anders, denn sie sah zauberhaft aus. Er sog den Anblick ihres verletzlich wirkenden Nackens, der nackten Schultern und ihrer schlanken Arme in sich auf und blieb an ihrem Gesicht förmlich hängen, das von ihren blauen Augen dominiert wurde, die durch das dunkle Make-up unglaublich groß wirkten.

Alexis war wunderschön, und er hätte ihr das zu gern gesagt und ihr versichert, dass es ihm scheißegal war, ob sie ein Superstar oder ein Schlachter wie der verrückte Frank war, weil er einfach nur mit ihr zusammen sein wollte.

Endlich machte er ein paar Schritte vorwärts und schloss die Tür hinter sich. Langsam trat er zu ihr heran und schaute ihr dabei durch den Spiegel ins Gesicht, und Alexis ließ ihn dabei nicht aus den Augen. Ein zögerndes und unsicheres Lächeln breitete sich dabei auf ihrem Gesicht aus.

Sie lächelte und schon schmolz er dahin.

„Hey."

„Hey", entgegnete er wenig geistreich und blieb hinter ihrer rechten Seite stehen, während die Friseurin ein paar

Strähnen an ihrer linken Seite hervorzupfte. „Ich dachte, ich schaue mal nach dir."

„Das ist lieb." Wieder lächelte sie und schluckte dabei. „Danke, dass du gekommen bist. Ich wollte schon nach dir sehen, aber ... aber dann musste ich in die Maske."

Sie hatte nach ihm sehen wollen? Ein warmes Gefühl entfaltete sich in seiner Brustgegend.

Taylor stand kurz davor, ihr einen Kuss auf den Hals zu drücken und die anderen Anwesenden vor die Tür zu setzen, um mit ihr allein zu sein. Er musste ein paar Dinge erklären und richtigstellen, aber das konnte er nicht, wenn ihre komplette Entourage dabei war.

Sie forschte in seinem Gesicht. „Bist du nervös?"

Nun lächelte er weich und zog den linken Mundwinkel in die Höhe. „Warum sollte ich das sein? Auf mich wird sowieso niemand achten, weil alle nur dich ansehen werden."

Ihre Wangen blühten auf und ihre Augenlider flatterten. „Das stimmt nicht."

„Doch." Er beugte sich ein Stück über sie und suchte ihren Blick im Spiegel. „Du bist wunderschön", raunte er ihr zu. „Einfach wunderschön, Alexis."

Offenbar rührten seine Worte sie, weil ihre Augen glasig wurden.

Er holte Luft und senkte die Stimme. „Alexis, du sollst wissen, dass ich ..."

„Ich bin fertig. Ist die Frisur so in Ordnung?" Die laute Stimme der Friseurin unterbrach den privaten Moment zwischen ihnen.

Himmel! Er hatte ihr so viel zu sagen, dass er nicht einmal wusste, wo er anfangen sollte, aber irgendwie schaffte er es nicht, einfach nur mit ihr zu reden – wenigstens für fünf Minuten.

Taylor richtete sich wieder auf und brach gezwungenermaßen den Blickkontakt zu Alexis ab, die sich an die Friseurin wandte und sich bei ihr bedankte.

Als die Friseurin ihre Sachen einpackte und Alexis sich erhob, ging Taylor davon aus, jetzt ein paar Worte mit ihr reden zu können, aber auch daraus wurde nichts, weil sich die Tür zur Garderobe öffnete und eine gestresst wirkende Frau hereinkam, die auf sie beide zeigte und verkündete: „Sie beide sind ja noch gar nicht verkabelt! O Mann! Wir müssen uns dringend beeilen."

Bevor sie sichs versahen, kamen zwei Tontechniker in den Raum geeilt, die sie verkabelten, ehe sie eilig verschwanden und Alexis und Taylor nach draußen eskortiert wurden. Im Marschschritt ging es durch mehrere Gänge, bis sie sich kurze Zeit später hinter der großen Bühne wiederfanden, wo sie auf ihren Auftritt warteten.

Um sie herum schwirrten Dutzende Menschen.

Eine Visagistin puderte Taylor ab und eine andere zog Alexis' Lippenstift nach, während ein Techniker an Taylors Jacke herumfummelte, damit der Transmitter, der an seinem Gürtel befestigt worden war, nicht sichtbar wurde. Eine Assistentin instruierte sie beide über den genauen Standpunkt auf der Bühne und über die Kamerapositionen und ein anderer Techniker gab die verbleibende Zeit bis zum Auftritt durch.

Taylor verspürte kein Lampenfieber, aber eine gehörige Portion Respekt vor diesem Auftritt. Er durfte ihn nicht versauen.

Nervös war er aus einem anderen Grund. Denn ihm war viel wichtiger, die Sache mit Alexis nicht zu versauen.

Er fasste sich ein Herz und ignorierte alle anderen Personen bis auf Alexis, die neben ihm stand. „Holly hat mir gesagt, dass du von ihr verlangt hast, mich nicht länger Loverboy zu nennen."

„Ja, das stimmt", murmelte sie und trat dicht neben ihn. Sie roch wunderbar.

„Noch sechzig Sekunden!"

Räuspernd wollte er von ihr wissen: „Gibt es einen speziellen Grund dafür?"

Sie holte tief Luft und legte den Kopf zurück, um ihn anzusehen. „Du weißt warum, oder?"

„Ich würde es gerne aus deinem Mund hören, Alexis", bat er sie.

Ihre Miene nahm einen unglücklichen Ausdruck an, bevor sie raunte: „Was ich gesagt habe ... das war falsch, Taylor. Ich hätte niemals behaupten dürfen, dass du wie Brad bist. Es tut mir leid, dass ich an dir gezweifelt habe."

„Noch dreißig Sekunden!"

Eine riesige Last fiel von seinen Schultern. „Also glaubst du mir, dass ich nur deinetwegen mit dir zusammen sein will? Dass ich keine Hintergedanken habe oder dich ausnutzen will?"

„Natürlich tue ich das. Ich glaube dir." Alexis schluckte

sichtbar. „Ich war einfach nur ... durcheinander und verletzt."

Er hatte gar nicht gemerkt, dass er den Atem angehalten hatte, bis er ihn erleichtert ausstieß. „Ich würde dir nie wehtun, Baby."

„Das weiß ich. Es tut mir leid", flüsterte sie. „Ich hatte Angst, dass du mir das Herz brechen würdest. Du bedeutest mir so viel, und die Vorstellung, dass du es nicht ernst meinen könntest, hat ... hat mir wahnsinnig zugesetzt."

Jetzt hätte er sie gerne geküsst und drehte sich schon zu ihr um, aber die nervöse Assistentin eskortierte sie auf die Bühne, wo sie hinter dem geschlossenen Vorhang Aufstellung nahmen, der sich in wenigen Sekunden öffnen würde.

Alexis streckte ihm die Hand hin und sah ihn bittend an. „Nimmst du meine Hand?"

Taylor atmete durch, schaute sie an und wollte leise von ihr wissen: „Denkst du darüber nach, ob das Publikum begeistert sein wird, wenn ich deine Hand halte?"

Alexis schüttelte den Kopf. „Das Publikum ist mir völlig egal. Ich möchte einfach nur deine Hand halten. Okay?"

„Okay." Er nahm ihre Hand in seine und verschränkte die Finger mit ihren.

Und dann ging der Vorhang hoch.

* * *

*„*EXKLUSIV PRÄSENTIERT MUSICWORLD *eine absolute Weltsensation! Nach vierzehn Jahren Pause kehrt SpringBreak für ein Comeback zurück! Wir begrüßen Taylor, Cole, Dean, Jesse und Zac auf unserer Bühne und freuen uns, dass sie hier die Premiere ihres neuen Songs* Second Chances *feiern! Begrüßen wir sie mit einem kräftigen Applaus!"*

Automatisch hielt Alexis den Atem an, als das Licht anging und Taylor und die anderen von Scheinwerfern beleuchtet auf der Bühne standen. Stolz wallte in ihr auf, als sie Taylor betrachtete, der vorn am Bühnenrand stand, als sei er genau dafür geschaffen worden, die Hand locker auf das Mikro im Mikrofonständer legte und seinen Bandkollegen ein Grinsen schenkte, als würde er ihnen ein Startsignal geben.

Das Publikum tobte.

Auch Alexis stand kurz davor, vor Begeisterung laut loszukreischen.

Die ersten Klänge des Songs ertönten – sanfte Gitarrenmelodien unterlegt mit einem mitreißenden Rhythmus, der sofort ins Blut ging.

Taylor begann zu singen. Er erwischte seinen Einsatz genau auf die Sekunde.

I know I failed you
I know I was a fool
God knows I felt blue
and now I'm acting cool

I knew I loved you
when you walked out the door
now I'm pretending
on my way to the liquor store

GÄNSEHAUT.

Ihre Arme waren von einer Gänsehaut überzogen. Seine Stimme klang großartig – tief, samtig und absolut klar. Er brachte die Stimmung des Songs perfekt rüber und riss das Publikum mit sich, das an seinen Lippen hing. Alexis war überwältigt.

Gleichzeitig lief es ihr kalt und heiß zusammen den Rücken hinunter, während ihr eines klar wurde. Mit dem Titel *Second Chances* war nicht nur das Comeback der Band gemeint. Auch sie war gemeint. Sie war mit den zweiten Chancen gemeint, die er besang, und mit der Entschuldigung, die in den Versen des Liedes steckten.

Das sagten auch Taylors Blicke, mit denen er sie über das Publikum hinweg fixierte, als wüsste er genau, dass sie dort neben dem Regiepult und dem Aufnahmeleiter stand, um sich seinen Auftritt anzusehen.

Ihr Puls raste und ihr Herz klopfte im gleichen Rhythmus wie das Lied.

Während Dean den Pre-Chorus sang und dazu Gitarre spielte, betrachtete Alexis einzig und allein Taylor und spürte eine solche Sehnsucht in sich, die sie nicht einmal gefühlt hatte, als sie beide vor knapp einer Stunde ihren gemeinsamen Auftritt absolviert hatten. Der Auftritt war bereits eine emotionale Achterbahnfahrt gewesen, aber sein jetziger Auftritt mit seiner Band und mit diesem Song ließ Alexis innerlich schmelzen.

Dabei wurde ihr eines klar: Er hatte in den letzten Wochen und Monaten an diesem Song gearbeitet und ihre frühere Trennung verarbeitet. Das hier war für sie.

Er hatte nicht hinter ihrem Rücken an einem Comeback gearbeitet und sie gleichzeitig benutzt, um wieder Karriere zu machen und von ihr zu profitieren. Taylor hatte ihr nichts von diesem Comeback erzählt, weil er mit diesem Song ausdrücken wollte, was er damals falsch gemacht hatte und wie schlecht er sich dabei gefühlt hatte. Er wollte ausdrücken, was sie ihm noch immer bedeutete. Während der ganzen letzten Zeit hatte er nur an sie gedacht.

Als die Jungs den Refrain sangen, in dem es hieß, dass er sie immer noch vermisste, wäre Alexis fast in Tränen ausgebrochen, denn Taylor hatte recht – in den vergangenen Jahren ohne ihn hatte auch sie ihn vermisst.

Honey, you know you were
my first love
couldn't look at you
it hurt too much

To think of all the times we had
all to ourselves, no compromises

but things changed fast
and we just fell apart

Der Knoten in ihrem Hals war mittlerweile unglaublich groß vor lauter Rührung. Sie war nur froh, dass es im Publikumsbereich der Halle dunkel war, damit niemand sehen konnte, wie sie mit ihrer Fassung rang. Auch wenn nicht Taylor die Strophe sang, sondern Jesse mit seiner dunklen Soulstimme, war die Botschaft hinter den Worten eindeutig. Es war Taylor, der sprach.

Beim letzten Teil des Songs, den Cole übernahm, kamen ihr tatsächlich die Tränen, während sie gleichzeitig auflachen musste. Schöner hätte er es wirklich nicht sagen können.

You thought I was gone forever
don't say your heart didn't ache
got all my shit together
I just was on my SpringBreak

Sobald die letzten Töne des Songs verklungen waren, brandete tosender Applaus auf. Das Publikum flippte völlig aus und schrie nach einer Zugabe. Es gab keinen Zweifel: SpringBreak war zurück.

Alexis hätte nicht aufgewühlter sein können, wenn es sich um einen ihrer Auftritte gehandelt hätte. Vielleicht war sie sogar noch aufgeregter, weil es um Taylor ging. Nach seinem Auftritt und der Premiere seines neuesten Songs war sie so verdammt stolz auf ihn, dass sie hätte platzen können. Lauthals brüllte sie seinen Namen und den seiner Band und wischte sich völlig aufgedreht ein paar Tränen von der Wange.

Am liebsten wäre sie jetzt sofort auf die Bühne gesprungen und hätte ihn gepackt und nie wieder losgelassen.

„Wahnsinn! Jungs, das war der absolute Wahnsinn“, brüllte der Moderator in sein Mikrofon, als er auf die Bühne trat und sich zu Taylor und den anderen gesellte.

Und die wirkten gelassen, gefasst und absolut cool – nicht wie eine Band, die seit fast vierzehn Jahren nicht mehr gemeinsam Musik gemacht hatte. Sie waren verdammte Rockstars!

„Wir sind noch immer völlig aus dem Häuschen! Was sagt ihr zu SpringBreaks neuer Single *Second Chances*?“ Der Moderator streckte den Arm aus und hielt das Mikrofon über das Publikum, das augenblicklich zu kreischen schien.

Die Jungs auf der Bühne lachten zufrieden. Jesse schlug Cole freundschaftlich auf die Schulter und Taylor, der neben dem Moderator stand, lachte erleichtert auf und fuhr sich durchs Haar.

„Ihr seid seit ewigen Zeiten nicht mehr gemeinsam aufgetreten, aber konntet uns derart aus den Socken hauen! Ich muss sicherlich nicht fragen, ob es die richtige Entscheidung war, wieder zusammenzukommen." Er schaute Taylor an und wollte wissen: „In eurem Song geht es um zweite Chancen – damit ist sicherlich euer Comeback gemeint. Trotzdem ist er ein Lovesong. Kann man sagen, dass die Band eure große Liebe – eure erste Liebe – ist?"

Taylor war noch ein bisschen außer Atem, als er in sein Mikro sprach: „Ich will nicht für alle von uns sprechen, schließlich befindet sich ein frisch Verheirateter unter uns. Zacs Frau hätte sicherlich etwas dagegen, wenn er Spring-Break als seine große Liebe bezeichnet."

Damit erntete er einige Lacher. Auch von Zac, der demonstrativ seine linke Hand in die Höhe hob, an dem man seinen Ehering erkennen konnte.

„Okay, dann sprechen wir doch von dir, Taylor. Du hast den Song geschrieben, also musst du mit der Band sehr viel Gutes verbinden. Dürfen wir davon ausgehen, dass die Band einen besonderen Platz in deinem Herzen einnimmt und deine erste große Liebe ist?"

Es war offensichtlich, worauf der Moderator abzielte.

Alexis beobachtete, wie Taylor sich zu seinen Bandkollegen umdrehte und dann wieder nach vorn ins Publikum sah. Er lächelte und erklärte dem anderen Mann: „Ich mag die Jungs sehr, aber ich habe nur eine große Liebe und der habe ich auch diesen Song gewidmet." Er zeigte in ihre Richtung. „Alexis, Baby, das war alles nur für dich. Ich liebe dich."

Die Leute klatschten und jubelten. Manche wirkten

verwirrt. Seine Bandkollegen lachten oder verdrehten die Augen. Auch der Moderator war kurz aus dem Konzept gebracht.

Und Alexis weinte und lachte gleichzeitig. Sie musste nicht jetzt sofort in seine Arme stürzen und ihm sagen, wie viel seine Worte ihr bedeuteten. Das würde sie später machen. Dann, wenn sie allein waren.

Bei der Gelegenheit würde sie ihm zeigen, wie gerührt sie über sein Liebesgeständnis war. Darüber, dass er ihr öffentlich vor unzähligen Menschen im Publikum und vor den Fernsehern seine Liebe gestanden hatte. Vor Menschen, die jetzt verwirrt waren, weil er sie Alexis genannt hatte.

Nicht Ivy, sondern Alexis.

Einfach nur Alexis.

EPILOG

Cole Maddox hatte in seinem Leben schon so ziemlich alles gesehen.

Ob es ein Mann mit einem Dartpfeil im Schädel war, der ins Auto stieg, um Bier kaufen zu fahren, ein alternder Wrestler, der im Bambusröckchen an einem Lagerfeuer saß und Nacktschnecken aß, oder eine Horde braun gebrannter, betrunkener Achtzigjähriger, die splitterfasernackt über ein Schiffsdeck rannten und in einen Whirlpool sprangen.

Es gab nicht viel, was ihn hätte schockieren können.

Seine Devise lautete, das Leben mit Humor zu nehmen und drauf zu scheißen, was andere von einem dachten. Wenn er sich in der Vergangenheit immer Gedanken darüber gemacht hätte, was andere von ihm hielten, hätte er sich längst eine Kugel zwischen die Augen schießen müssen. Und dafür war sein Leben zu perfekt.

Er war vierunddreißig, besaß dank der guten Gene

seiner Eltern ein sehr nettes Äußeres, auf das die Frauen abfuhren, als Musiker und Sänger machte er sich verdammt gut und er war unabhängig. Seine Unabhängigkeit schätzte er besonders, denn die führte ihn an die interessantesten Plätze der Welt und brachte ihn mit den coolsten Leuten zusammen. Cole machte gerne Partys, lernte Frauen kennen und probierte sich häufig aus. Besser hätte es nicht laufen können.

Und jetzt kam zusätzlich seine Karriere wieder ins Rollen.

Es sah zumindest ganz danach aus, wenn er die kreischenden Fans betrachtete, die ihm und seinen Bandkollegen nach ihrem Auftritt und der Premiere ihrer neuesten Single auflauerten und Autogramme haben wollten. Wie in alten Zeiten hatte er schon Dutzende Dekolletés mit seiner Unterschrift signieren dürfen. Ein paar der Frauen hatten ihm sogar zu verstehen gegeben, dass sie ihm gern noch mehr nackte Haut zeigen würden, die er mit seinem Stift versehen dürfte.

Was konnte ein Mann mehr wollen?

Lachend unterschrieb er auf T-Shirts, Handyhüllen und irgendwelchen Zetteln, die ihm hingehalten wurden, als er sich zusammen mit seinen Bandkollegen durch das Gewühl an Fans kämpfte, die ihre Namen schrien.

Verdammt, das hatte er vermisst!

Wie hatte er in den Jahren seit der Trennung ihrer Band SpringBreak bloß vergessen können, wie großartig das Gefühl war, von Fans umringt zu werden? Oder wie befriedigend es war, auf der Bühne zu stehen und Musik zu machen? Die Arbeit als DJ war einfach nicht damit zu vergleichen, richtige Musik zu machen, Instrumente zu spielen und Songs aus Leibeskräften ins Mikro zu schmettern. Das Adrenalin zu spüren, das durch deinen Körper rauschte und dafür verantwortlich war, dass du glaubtest, abzuheben und zu schweben!

Scheiße – Cole kam sich wie jemand vor, der zum ersten Mal seit fast vierzehn Jahren wieder Sex hatte und erst nach dem Orgasmus begriff, was ihm in der langen Zeit gefehlt hatte.

„Cole! Kommt mit“, rief sein Kumpel Jesse ihm über die Schulter hinweg zu, der es sichtlich genoss, von vielen Frauen umschwärmt zu werden.

Cole fand es zwar auch wirklich nett, dass Frauen seinen Namen kreischten und ihn anfassen wollten, aber er hatte nicht die Absicht, eine der Telefonnummern, die ihm seit Minuten zugesteckt wurden, auch anzurufen. Momentan war er mit seinem Sexleben sehr zufrieden und fand, dass seine Kapazitäten in diesem Bereich ausreichend abgedeckt waren. Und wie sie das waren!

Von ganz allein grinste er und dachte an die vorletzte Nacht, in der er den vermutlich besten Sex seines Lebens gehabt hatte. Ein paarmal in jener Nacht hatte er sich gefragt, ob er heute in der Lage sein würde, auf der Bühne zu stehen, weil er so erschöpft und fertig gewesen war, dass es undenkbar erschienen war, nur zwei Tage später eine Gitarre halten zu können.

Für heute Nacht plante er etwas ganz Ähnliches, denn

seinen heutigen Auftritt musste er feiern – im Bett mit einer ganz bestimmten Frau.

Gut gelaunt bedankte er sich bei ein paar Fans und folgte Jesse in den abgesperrten Bereich hinter der Bühne, der für das Publikum und für Fans nicht zugänglich war. Hinter ihm konnte er noch immer hören, wie man seinen Namen schrie. Er bekam eine Gänsehaut und wollte gleichzeitig ausflippen vor Glück.

Dieses Glücksgefühl hielt auch dann noch an, als er die große Garderobe betrat, in der ausgelassene Partystimmung herrschte, wenn man von seinem Kollegen Taylor einmal absah, der mit seiner Herzensdame – der aktuell wohl bekanntesten und erfolgreichsten Sängerin des Landes – in einer Ecke stand und herumknutschte. Kein Wunder, dass sie sich an ihn klammerte, als wolle sie ihn nie wieder loslassen, schließlich hatte Taylor ihr gerade vor laufenden Kameras seine Liebe gestanden. Sein Kumpel war zu einem kitschigen Romantiker mutiert, aber Cole sollte es egal sein.

Nachdem er die Gemeinschaftsgarderobe betreten hatte, überreichte Zac ihm eine Dose Bier und prostete ihm zu, bevor er sich zu seiner Frau gesellte, die das bunte Treiben mit großen Augen verfolgte und ein bisschen eingeschüchtert wirkte. Dabei war diese inoffizielle Aftershow-Party so ungefähr das Harmloseste, was sich Cole nur denken konnte.

Seinem Kumpel Dean nickte er zu, lief an ihm vorbei, öffnete die Bierdose und schlenderte zu seinem Platz, an dem er seine Klamotten verteilt hatte. Während er einen

Schluck Bier nahm und dankbar für die kühle Erfrischung war, griff er nach seinem Handy, um eine Sprachnachricht aufzusprechen.

Gerade als er das Handy entsperren wollte, öffnete sich die Tür zur Garderobe und er hörte das heisere Lachen einer Frau.

Augenblicklich war er bester Laune und warf das Handy zurück in seinen Rucksack, denn so wie es aussah, musste er nicht einmal eine Sprachnachricht verschicken. Die Person, die er hatte erreichen wollen, war bereits hier.

O ja – die heutige Nacht würde verdammt gut werden.

Feixend drehte er sich herum und spürte, wie sein Lächeln erstarrte, denn die Person, für die er bereits Pläne geschmiedet hatte, war nicht allein hergekommen. Neben ihr stand ein Kerl, der vertraulich einen Arm um ihre Schultern gelegt hatte. Und sie machte nicht den Eindruck, dessen Berührung unangenehm zu finden.

Das großartige Glücksgefühl, das Cole gerade noch empfunden hatte, war mit einem Mal wie weggewischt.

„Rockstar Love - Ein Song für Holly“
(Juni 2019)

NACHWORT

Als ich im letzten Jahr meine „Just Married"-Reihe schrieb und die Idee hatte, einen meiner Protagonisten zu einem Rockstar zu machen, ahnte ich noch nicht, dass sich daraus eine weitere Reihe entwickeln würde. Aber dann kamen die Jungs von SpringBreak ins Spiel, und ich hatte nicht mehr viel dazu zu sagen.

Zacs Geschichte warf so viele Fragen und Geheimnisse auf, dass ich unbedingt die Geschichte dieser Band schreiben wollte. Und hier sind wir.

Sehr viele Menschen haben mich bei diesem Projekt unterstützt, denen ich danken möchte. Da wären die besten Kollegen der Welt wie Daniel Morawek, der passend zu diesem Buch einen Song geschrieben, komponiert und produziert hat. „Second Chances" gibt es nämlich wirklich - inklusive Musikvideo. Beim Musikanbieter eures Vertrauens und bei YouTube könnt ihr das Lied finden.

Danke auch an Annie Stone, die dieses Projekt mit Rat und Tat begleitet hat. Mein Dank gilt ebenfalls Catrin Sommer für den kreativen Prozess rund ums Cover und ums Shooting, bei dem wir wahnsinnig viel Spaß hatten. Leute, ich könnte euch Geschichten erzählen ...

Danke an Gina Beyer, die das Shooting erst möglich gemacht hat, und an meine Testleserinnen Susanne, Olga, Verena, Conny und Ina für ganz viel Unterstützung und gutes Zureden. Und natürlich geht ein herzliches Dankeschön an Sybille, die immer wieder alle Fehler ausbügelt und die bei der Korrektur vermutlich herzlich etwas zu lachen hatte.

Wie ihr alle wisst, lieben wir Autoren Rückmeldungen zu unseren Büchern. Wir brauchen sie - fast sosehr wie die Luft zum Atmen. Sie inspirieren uns, machen uns Mut und zeigen uns, was wir vielleicht besser machen können. Wenn ihr also Lust habt, eine kleine Rezension zu diesem Buch zu schreiben, würde ich mich wahnsinnig freuen. Vielen Dank!

Ich hoffe, ihr hattet viel Vergnügen mit dem ersten Band meiner Rockstar-Reihe und freut euch auf die Teile, die noch kommen werden.

Alles Liebe
Eure Poppy

Poppy J. Anderson

46280800R00244

Printed in Poland
by Amazon Fulfillment
Poland Sp. z o.o., Wrocław